JULIA HEABERLIN   E.L.A.S ESPECIALISTAS LITERÁRIAS NA ANATOMIA DO SUSPENSE

ESPECIALISTAS LITERÁRIAS NA ANATOMIA DO SUSPENSE

CRIME SCENE® FICTION

BLACK-EYED SUSANS
Copyright © Julia Heaberlin, 2015
Todos os direitos reservados.

No part of this book may be used or reproduced in any manner for the purpose of training artificial intelligence technologies or systems.

This edition published by arrangement with Ballantine Books, an imprint of Random House, a division of Penguin Random House LLC

Imagens: © Adobe Stock, © Freepik

Tradução para a língua portuguesa
© Débora Isidoro, 2024

Diretor Editorial
Christiano Menezes

Diretor de Novos Negócios
Chico de Assis

Diretor de Planejamento
Marcel Souto Maior

Diretor Comercial
Gilberto Capelo

Diretora de Estratégia Editorial
Raquel Moritz

Gerente de Marca
Arthur Moraes

Gerente Editorial
Bruno Dorigatti

Capa e Projeto Gráfico
Retina 78

Coordenador de Diagramação
Sergio Chaves

Designers Assistentes
Guilherme Costa
Jefferson Cortinove

Preparação
floresta
Isadora Torres

Revisão
Lauren Nascimento
Milton Mastabi
Retina Conteúdo

Finalização
Sandro Tagliamento

Marketing Estratégico
Ag. Mandíbula

Impressão e Acabamento
Ipsis Gráfica

DADOS INTERNACIONAIS DE CATALOGAÇÃO NA PUBLICAÇÃO (CIP)
Jéssica de Oliveira Molinari - CRB-8/9852

Heaberlin, Julia
    Sono eterno das margaridas / Julia Heaberlin ; tradução de Débora Isidoro. — Rio de Janeiro : DarkSide Books, 2024.
    352 p.

    ISBN: 978-65-5598-460-6
    Título original: Black-Eyed Susans

    1. Ficção norte-americana 2. Horror I. Título II. Isidoro, Débora

22-0910   CDD 813
            Índice para catálogo sistemático:
                1. Ficção norte-americana

[2024, 2025]
Todos os direitos desta edição reservados à
DarkSide® *Entretenimento* LTDA.
Rua General Roca, 935/504 — Tijuca
20521-071 — Rio de Janeiro — RJ — Brasil
www.darksidebooks.com

JULIA
HEABERLIN

SONO ETERNO DAS MARGA- RIDAS

TRADUÇÃO
DÉBORA ISIDORO

E.L.A.S

DARKSIDE

PRÓLOGO

Trinta e duas horas da minha vida desapareceram.

Minha melhor amiga, Lydia, me diz para imaginar essas horas como as roupas velhas do fundo do armário, no escuro. Fecho os olhos. Abro a porta. Afasto os objetos. Procuro.

Das coisas que eu lembro, prefiro não lembrar. Quatro sardas. Olhos que não são pretos, mas azuis, bem abertos, a cinco centímetros dos meus. Insetos devorando uma bochecha lisa, macia. A textura da terra em meus dentes. Disso eu lembro.

É meu aniversário de 17 anos, e as velas no bolo estão acesas.

As chamas acenam me pedindo pressa. Estou pensando nas Margaridas Amarelas nas gavetas geladas de metal. Em como já me lavei e me esfreguei, mas não consigo me livrar do cheiro delas, por mais banhos que tome.

Seja feliz.

Faça um pedido.

Forço um sorriso e me concentro. Todo mundo na sala me ama e me quer em casa.

Espero que seja assim para a velha Tessie.

Nunca me deixe lembrar.

Fecho os olhos e sopro.

PARTE I
Tessa e Tessie

A minha mãe me matou.
O meu pai me devorou.
A minha irmã juntou os meus ossos.
Amarrou-os firme num lenço de seda.
Colocou-os debaixo do pé de zimbro.
Piu, piu, que belo pássaro eu sou!

TESSIE, DEZ ANOS, LENDO PARA O AVÔ
UM TRECHO DE "O PÉ DE ZIMBRO", 1988

Tessa, no presente

Para o bem ou para o mal, percorro o caminho tortuoso para minha infância.

A casa torta fica empoleirada no cume de uma encosta, como se tivesse sido construída por uma criança com blocos e rolos de papel higiênico. A chaminé se inclina em ângulo cômico, e torreões brotam dos dois lados como mísseis prontos para o lançamento. Houve um tempo em que eu dormia num deles todo sábado à noite no verão e fingia viajar pelo espaço.

Para o desgosto do meu irmão mais novo, eu pulava da janela para o telhado e engatinhava até o topo, me agarrando a orelhas de gárgula e parapeitos. No alto, eu me apoiava ao gradil cheio de arabescos para observar a plana e infinita paisagem do Texas e as estrelas do meu reino. Tocava flautim para as aves noturnas. O ar fazia dançar minha camisola fina de algodão branco, como se eu fosse um pombo estranho pousado no alto de um castelo. Parece um conto de fadas, e era mesmo.

Meu avô fez de seu lar essa casa maluca de fábula, mas ele a construiu para meu irmão Bobby e para mim. Não era enorme, mas ainda não faço ideia de como conseguiu comprar a casa. Deu um torreão para cada, um lugar onde poderíamos nos esconder do mundo sempre que quiséssemos. Foi seu gesto grandioso, uma Disneylândia particular, para compensar a morte de nossa mãe.

Vovó demorou uma eternidade para vender a casa, anos mais tarde, depois de enterrar vovô ao lado da filha. Ninguém a queria. Era estranha, as pessoas diziam. Amaldiçoada. Essas palavras feias a amaldiçoaram de fato.

Depois que me encontraram, a casa apareceu nos jornais e na televisão. Os noticiários locais a apelidaram de "Castelo de Grim". Nunca soube se foi um erro da edição. Os texanos soletram as coisas de um jeito diferente. Por exemplo, nem sempre terminamos de falar as palavras que acabam em *mente*.

As pessoas comentavam que meu avô devia ter algo a ver com o meu desaparecimento, com o assassinato de todas as Margaridas Amarelas, por causa de sua casa sinistra. "Variações de Michael Jackson e seu rancho Neverland", diziam, mesmo após um homem ir para o corredor da morte pelos crimes, pouco mais de um ano depois. Essas pessoas eram as mesmas que, todos os anos, no Natal, levavam os filhos para ver a casa de biscoito de gengibre iluminada e pegar um doce colorido do cesto na varanda da frente.

Toco a campainha. Ela não toca mais "Cavalgada das Valquírias". Não sei o que esperar, por isso fico um pouco surpresa quando o casal de idosos que abre a porta parece bem adequado para morar ali. A *hausfrau* gordinha e cansada, com o lenço na cabeça, o nariz fino e o espanador de pó na mão me lembra a velha que vivia num sapato.

Gaguejo a solicitação. Vejo um sinal imediato de reconhecimento na mulher, a boca um tanto mais suave. Ela vê a pequena cicatriz em forma de lua crescente embaixo do meu olho. Seus olhos dizem *pobrezinha*, embora dezessete anos tenham se passado e eu agora tenha uma filha.

"Sou Bessie Wermuth", se apresenta. "E este é meu marido, Herb. Entre, querida." Herb continua carrancudo enquanto se apoia na bengala. Desconfiado, eu sei. E não o critico por isso. Sou uma estranha, embora ele saiba exatamente quem sou. Todo mundo em um raio de setecentos quilômetros sabe. Era uma vez a garota Cartwright, que certo dia foi jogada com a universitária estrangulada e ossos humanos ensacados perto da Highway 10, em um campo abandonado nas proximidades da propriedade Jenkins.

Sou a estrela das manchetes dos tabloides e das histórias de fantasmas em volta das fogueiras de acampamento.

Sou uma das quatro Margaridas Amarelas. A *sortuda*.

Prometo que só vou ocupar vocês por uns minutinhos. O sr. Wermuth franze a testa, mas a sra. Wermuth diz *sim, é claro.* Fica evidente que é ela quem decide o que importa, como a altura da grama e o que fazer com uma criança abandonada ruiva e tocada pelo mal que aparece na porta e pede para entrar.

"Não vamos poder descer com você", o homem resmunga ao abrir a porta um pouco mais.

"Nenhum de nós vai lá embaixo com muita frequência desde que nos mudamos", a sra. Wermuth explica apressada. "Uma vez por ano, talvez. É úmido. E tem um degrau quebrado. Uma fratura de bacia pode ser fatal para nós. Um ossinho quebrado nesta idade e em trinta dias ou menos você já foi dessa para melhor. Se não quiser morrer, não pise em um hospital depois de completar 65 anos."

Enquanto ela fez esse pronunciamento sombrio, eu paralisei na sala, inundada por lembranças, procurando coisas que não estão mais ali. O totem que Bobby e eu serramos e entalhamos em um verão, sem supervisão e com uma única visita ao pronto-socorro. A pintura do vovô do ratinho navegante no barco com um lenço fazendo as vezes de vela em mar revolto.

Agora, tem um Thomas Kinkade pendurado ali. A sala tem dois sofás floridos e uma coleção de bugigangas lotando prateleiras e pequenas cristaleiras. Canecas de cerveja alemã e velas, uma coleção de bonecas *Little Women*, borboletas e sapos de cristal, umas cinquenta xícaras de chá inglesas, um palhaço de porcelana com lágrima preta. Aposto que todos eles se perguntam como foram parar no mesmo lugar.

O tique-taque é relaxante. Dez relógios antigos alinhados na parede, dois com caudas de gatos, se movendo em perfeita sincronia.

Entendo por que a sra. Wermuth escolheu nossa casa. À sua maneira, é uma de nós.

"Vamos lá." Eu a sigo obediente pelo corredor sinuoso que começa na sala de estar. Eu costumava fazer as curvas de patins na mais completa escuridão. Ela acende as luzes na medida em que caminhamos e, de repente, me sinto a caminho de minha câmara mortuária.

"A televisão diz que a execução vai acontecer em um mês, mais ou menos." O susto me faz dar um pulo E é exatamente para onde minha mente vai. A voz masculina e áspera atrás de mim é do sr. Wermuth, anos e anos de cigarro.

Paro, engulo o nó na garganta e espero ele perguntar se pretendo sentar na primeira fileira para ver os momentos finais do meu agressor. Em vez disso, ele dá uns tapinhas desajeitados no meu ombro. "Eu não iria. Não daria ao maldito nem mais um segundo da minha vida."

Eu estava errada sobre Herb. Não era a primeira vez que me enganava e não seria a última.

Bato a cabeça em uma curva repentina da parede, porque ainda estou virada para Herb. "Tudo bem", falo depressa para a sra. Wermuth. Ela levanta a mão, mas hesita em tocar meu rosto dolorido, porque o lugar é bem próximo da cicatriz, a marca permanente de anel de granada pendurado em um dedo esquelético. Presente de uma Margarida que não queria que eu a esquecesse jamais. Afasto com delicadeza a mão da sra. Wermuth. "Esqueci da curva."

"Casa maluca", Herb resmunga. "Qual é o problema de morar em St. Pete?" Ele não parece querer uma resposta. O lugar que bati o rosto começa a reclamar, e a cicatriz ecoa a queixa, um *ping, ping, ping*.

O corredor agora segue reto. No fim, uma porta comum. A sra. Wermuth tira uma chave-mestra do bolso do avental e a introduz na fechadura. Eram 25 chaves como esta, todas exatamente iguais, e com elas se podia abrir qualquer porta da casa. Uma esquisitice prática do meu avô.

Um vento gelado nos atinge. Sinto cheiro de coisas morrendo e crescendo. Tenho meu primeiro momento de dúvida desde que saí de casa, há uma hora. A sra. Wermuth levanta a mão e puxa um cordão sobre a cabeça. A lâmpada empoeirada acende.

"Leva isto aqui." O sr. Wermuth me cutuca com uma lanterninha. "Eu sempre a carrego comigo para poder ler. Sabe onde fica o interruptor?"

"Sim", respondo automaticamente. "No fim da escada."

"Cuidado com o 16º degrau", avisa a sra. Wermuth. "Algum bicho fez um buraco nele. Eu sempre conto quando vou descer. Não tenha pressa. Acho que vou fazer chá e depois você pode contar para nós um pouco da história da casa. Iríamos adorar. Não é, Herb?" Herb grunhe. Está pensando no mar azul-escuro da Flórida.

Hesito no segundo degrau e olho para trás. Se alguém fechar a porta, não serei encontrada nos próximos cem anos. Sempre achei que a morte ainda queria acertar as contas com certa menina de 16 anos.

A sra. Wermuth acena para mim. "Espero que encontre o que você quer. Deve ser importante."

Se isso é uma indireta para saber o que vou fazer, não funcionou.

Desço fazendo barulho e, como uma criança, pulo o 16º degrau. No fim da escada, puxo outro cordão, e o espaço é imediatamente inundado por uma luminosidade intensa, fluorescente.

Uma tumba vazia. Aqui costumava ser o berço de muita coisa, um lugar onde havia cavaletes com telas por terminar e ferramentas estranhas, assustadoras, em ganchos nas paredes, onde um quarto escuro fechado com cortinas laterais era palco do nascimento de fotografias, e em cujos cantos manequins faziam festas silenciosas. Bobby e eu jurávamos ter visto eles se mexerem mais de uma vez.

Uma coleção de velhos baús continha chapéus antigos envoltos em papel de seda, o vestido de noiva da minha avó, bordado com exatas 3002 pequenas pérolas, e o uniforme que meu avô usou na Segunda Guerra Mundial, a manga com a mancha marrom que meu irmão e eu tínhamos certeza de que era sangue. Meu avô era soldado, agricultor, historiador, artista, líder de grupo de escoteiros, fotógrafo de necrotério, atirador, carpinteiro, republicano, democrata. Um poeta. Ele nunca conseguiu decidir e as pessoas falavam exatamente isso de mim também.

Ele nos proibia de descer aqui sozinhos e nunca soube que o desobedecíamos. Afinal, a tentação era grande demais. Éramos especialmente fascinados por um álbum preto, empoeirado e proibido que continha as fotos feitas por ele em cenas de crimes durante sua breve carreira no necrotério do condado. Uma dona de casa de olhos arregalados com o cérebro esparramado pelo piso da cozinha. Um juiz nu afogado puxado para a praia pelo próprio cachorro.

Olho para o mofo que sobe pelas paredes. O fungo preto floresce em uma grande rachadura em zigue-zague no piso imundo de concreto.

Ninguém amou este lugar desde a morte do vovô. Corro para o canto oposto, me espremo entre a parede e a fornalha de carvão que foi abandonada há anos por ter sido uma má ideia. Alguma coisa passa por meu tornozelo. Um escorpião, uma barata. Não me abalo. Coisas piores já rastejaram pelo meu rosto.

Atrás da fornalha, é difícil enxergar. Aponto a luz para a parede e procuro o tijolo sujo com o coração vermelho, pintado ali para enganar meu irmão. Um dia, quando eu fazia minhas investigações, ele me espionou. Passo os dedos pelo contorno do coração três vezes.

Depois conto dez tijolos acima do coração, e mais cinco. Alto demais para o pequeno Bobby alcançar. Tiro a chave de fenda do bolso, encaixo no concreto quebradiço e faço força. O primeiro tijolo se solta e cai. Repito a operação com mais três tijolos e removo-os um por um.

Aponto a lanterna para o buraco.

Teias de aranha criam padrões artísticos. No fundo, vejo um volume cinzento, quadrado.

Espera há dezessete anos na cripta que criei para ele.

Tessie, 1995

"Tessie. Está ouvindo?"

Ele faz perguntas idiotas, como os outros.

Ergo os olhos da revista aberta sobre minhas pernas, convenientemente encontrada ao meu lado no sofá. "Não vejo por quê."

Viro uma página só para irritá-lo. É claro, ele sabe que não estou lendo.

"Então, por que está aqui?"

Deixo o silêncio se estender. Silêncio é minha única ferramenta de controle nesse desfile de sessões de terapia. Depois digo: "Você sabe por quê. Estou aqui porque meu pai quer que eu venha." *Porque odiei todos os outros. Porque papai está muito triste, e não suporto isso.* "Meu irmão diz que eu mudei." *Muita informação. Eu já devia ter aprendido.*

A cadeira faz barulho no chão de madeira quando ele muda de posição. Pronto para atacar. *"Você acha que mudou?"*

Tão óbvio! Irritada, volto à revista. As páginas são frias, lisas e duras. Têm cheiro de perfume forte. É o tipo de revista que deve estar recheada de meninas magrelas, raivosas. Penso: *É isso o que este homem vê quando olha para mim?* Perdi nove quilos no último ano. Perdi quase toda a musculatura de estrela das pistas de corrida. Meu pé direito está imobilizado por um gesso novo depois da terceira cirurgia. A amargura brota dos meus pulmões como vapor quente. Respiro fundo. Meu objetivo é não sentir nada.

"Tudo bem", diz. "Pergunta boba." Sei que me observa com atenção. "Então, por que me escolheu desta vez?"

Jogo a revista de lado. Tento lembrar que ele está abrindo uma exceção, fazendo um favor ao promotor, provavelmente. Ele raramente atende meninas adolescentes.

"Você assinou um documento afirmando que não vai receitar remédios, que nunca vai publicar nada sobre nossas sessões ou me usar para pesquisas sem meu conhecimento, que não vai contar a ninguém que está cuidando da Margarida Amarela sobrevivente. E disse que não vai usar hipnose."

"E você confia em mim, acredita que não vou fazer nada disso?"

"Não. Mas vou ficar milionária se fizer."

"Ainda temos quinze minutos", diz. "Podemos usar o tempo como quiser."

"Ótimo." Pego a revista de meninas magrelas raivosas.

Tessa, no presente

Duas horas depois de eu sair da casa do meu avô, William James Hastings III chega à minha casa, um bangalô da década de 1920 com sombrias venezianas pretas e nenhum enfeite ou curva. Uma floresta de cor e vida cresce atrás da minha porta, mas, do lado de fora, mantenho o anonimato.

Nunca encontrei esse homem com nome de barão sentado em meu sofá. Ele não deve ter mais que 28 anos, e tem pelo menos 1,90m de altura, braços longos e relaxados e mãos grandes. Os joelhos batem na mesinha de café. William James Hastings III parece mais um arremessador profissional no auge da carreira do que um advogado, como se a falta de jeito do corpo pudesse desaparecer caso ele arremessasse uma bola. Juvenil. Bonito. Nariz grande que impede a beleza perfeita. Trouxe uma mulher vestida com jaqueta branca, camisa branca e calça preta. O tipo que só se preocupa vagamente com moda como uma ferramenta profissional. Baixinha, loira natural. Dedos sem anéis. Unhas quadradas, curtas, sem esmalte. O único enfeite é uma corrente de ouro com um pingente de aparência cara, um formato que reconheço, mas em cujo significado não tenho tempo de pensar. Pode ser uma policial, embora isso não faça sentido.

O volume cinza, ainda coberto de poeira e teias de aranha, está em cima da mesinha de café entre nós.

"Pode me chamar de Bill", diz. "Não William. Nem Willie, definitivamente." E sorri. Será que ele já usou esse discurso em um julgamento? Acho que devia pensar em outro melhor. "Tessa, como eu falei pelo telefone, ficamos eufóricos com sua ligação. Surpresos, mas eufóricos. Espero que não se importe por eu ter trazido a dra. Seger, Joanna. Não temos tempo a perder. Joanna é a perita que vai examinar os ossos das... Margaridas amanhã. Ela gostaria de colher uma amostra da sua saliva. Para o exame de DNA. Por conta dos problemas que enfrentamos com provas perdidas e pseudociência, ela quer fazer a coleta pessoalmente. Isto é, se você estiver falando sério. Angie nunca pensou..."

Pigarreio. "É sério." Sinto uma dor súbita por Angela Rothschild. A mulher alinhada de cabelos prateados me perseguiu nos últimos seis anos, sempre insistindo que Terrell Darcy Goodwin era um homem inocente. Atacou cada dúvida até eu não ter mais certeza.

Angie era uma santa, feito um buldogue de tão perseverante, uma espécie de mártir. Investiu a última metade da vida e boa parte da herança deixada pelos pais no trabalho de libertar prisioneiros injustamente condenados pelo estado do Texas. Mais de 1500 estupradores e assassinos condenados imploravam pelo serviço dela todos os anos, por isso Angie tinha que ser seletiva. Ela me disse que brincar de Deus com aqueles telefonemas e cartas era a única coisa que a fazia pensar em desistir. Estive no escritório dela em uma ocasião, quando me procurou pela primeira vez. Ela trabalhava no porão de uma velha igreja localizada em uma área desagradável de Dallas, uma região muito conhecida pelo alto índice de mortalidade entre policiais. Se os clientes dela não podiam ver a luz do dia ou dar uma passadinha na Starbucks da esquina, dizia, ela também não poderia. Sua companhia no porão era uma cafeteira, três advogados que tinham outros empregos remunerados, e tantos estudantes de direito quanto ela conseguisse contratar.

Angie esteve sentada naquele mesmo lugar, no meu sofá, há nove meses, de jeans e botas pretas de caubói, segurando uma das cartas de Terrell. Implorou para eu lê-la. E implorava para eu fazer muitas coisas, como dar a um de seus gurus especialistas a chance de tentar recuperar minha memória. Agora estava morta, teve um infarto e foi encontrada caída sobre uma pilha de documentos do caso Goodwin. O repórter que escreveu o obituário achou isso poético. A culpa que senti na semana seguinte à sua morte foi quase insuportável. Angie, percebi tarde demais, era uma das minhas escoras. Uma entre poucos que nunca desistiram de mim.

"Neste... o que tem para nós?" Bill olha para a sacola plástica imunda que eu trouxe do porão do meu avô como se fosse um tesouro. A sacola deixava sobre o vidro da mesa uma trilha de migalhas de concreto, bem ao lado de um elástico de cabelo cor-de-rosa com um fio ruivo de Charlie, minha filha.

"Você disse pelo telefone que tinha que... procurar alguma coisa. Que conversou com Angie sobre este... projeto... mas não sabia ao certo onde estava."

Não é exatamente uma pergunta, e não respondo.

Os olhos dele vagam ao redor da sala tomada pelos detritos de uma artista e uma adolescente. "Gostaria de marcar uma reunião daqui a alguns dias no escritório. Depois de... examinar esta coisa. Você e eu vamos ter que rever todo o caso para a apelação." Ele é um homem grande, mas gentil. Penso em seu estilo no tribunal, se gentileza é sua arma.

"Pronta para a coleta?" A dra. Seger interrompe de repente, toda profissional, já preparando as luvas de látex. Talvez ela receie que eu mude de ideia.

"Claro." Nós duas ficamos em pé. Ela raspa a parte interna da minha bochecha e guarda partes microscópicas minhas em um tubo. Sei que ela planeja acrescentar meu DNA à coleção fornecida pelas outras três Margaridas, duas delas ainda tratadas pelo nome mais formal de Não Identificada. Sinto o calor que emana dela. Ansiedade.

Olho novamente para a sacola sobre a mesa, depois para Bill. "Na verdade, isso foi um experimento sugerido por um dos meus psicólogos. Pode ser mais valioso pelo que não tem aí do que pelo que tem." Em outras palavras, não desenhei um homem negro parecido com Terrell Darcy Goodwin.

Minha voz é calma, mas meu coração está acelerado. Estou entregando Tessie a este homem. Espero que não seja um engano.

"Angie... ficaria grata. Ela está." Bill aponta para cima, para o céu. Isso me conforta: um homem bombardeado diariamente por pessoas que querem obstruir seu caminho — pessoas parcialmente decentes que se agarram obstinadas às suas mentiras e a erros mortais —, e ele ainda acredita em Deus. Ou, pelo menos, ainda acredita em alguma coisa.

O telefone da dr. Seger vibra em seu bolso. Ela dá uma olhada na tela. "Preciso atender. Um dos meus alunos de pós-graduação. Espero você no carro, Bill. Bom trabalho, menina. Está fazendo a coisa certa." *Minina*. Um sotaque suave. Oklahoma, talvez. Sorrio automaticamente.

"Eu já vou, Jo." Bill se movimenta com deliberação, fecha a pasta, pega a sacola sem demonstrar pressa. As mãos dele param quando a legista sai e fecha a porta. "Você acabou de conhecer a majestade. Joanna é um gênio do DNA mitocondrial. É capaz de fazer milagres com ossos degradados. Passou quatro anos trabalhando diretamente com as vítimas do Onze de Setembro. Fez história, ajudou a identificar milhares de corpos carbonizados. No começo, vivia da caridade da ACM. Usava chuveiros comunitários com os sem-teto. Trabalhava catorze horas por dia. Não precisava, não era sua obrigação, mas, sempre que podia, ela sentava e explicava a ciência às famílias que choravam seus mortos, dava a elas tanta informação quanto tinha. Aprendeu um pouco de espanhol para poder conversar com as famílias de garçons e lavadores de pratos mexicanos que trabalhavam nos restaurantes na Torre Norte. É uma das melhores cientistas forenses do planeta, e também um dos seres humanos mais bondosos que já conheci. E dará uma chance a Terrell. Quero que você entenda que tipo de pessoa está ao nosso lado. E quero saber, Tessa, por quê? Por que, de repente, você passou para o nosso lado?"

Percebo uma nota meio tensa na voz dele. Está me dizendo com toda gentileza para não tentar enganá-los.

"Por vários motivos", respondo. "Posso mostrar um deles."

"Tessa, quero saber tudo."

"É melhor que você veja."

Sem dizer mais nada, eu o levo por nosso corredor estreito, passo pelo quarto roxo e bagunçado de Charlie, normalmente pulsando com a música alta, e abro a porta no fim do corredor. Não era isso que eu planejava; não hoje, pelo menos.

Bill é como um gigante em meu quarto, a cabeça tocando o lustre de vidros do mar que Charlie e eu catamos no verão passado nas praias de areia cinza de Galveston. Ele se abaixa e toca por acidente a curva do meu seio. Desculpas. Constrangimento. Por um segundo, vejo as pernas deste desconhecido enroscadas nos meus lençóis. Não lembro a última vez que um homem esteve aqui.

Vejo atormentada como Bill absorve detalhes íntimos sobre mim: o desenho satírico que retrata a casa de meu avô, joias douradas e prateadas espalhadas sobre a penteadeira, a foto de Charlie com seus olhos lilás, uma pilha de calcinhas brancas de renda recém-lavadas e esquecidas na cadeira, peças que eu devia ter guardado na gaveta.

Ele recua, já se aproxima da porta e, evidentemente, tenta entender em que tipo de encrenca se meteu. Se apostou toda sua esperança pelo pobre Terrell Darcy Goodwin em uma maluca que o levou direto para o seu quarto. A expressão de Bill me faz querer gargalhar, embora eu não esteja imune a uma fantasia com um homem que tem pelo menos cinco anos menos do que deveria.

No entanto, estou prestes a mostrar a ele algo que me mantém acordada à noite lendo o mesmo parágrafo de *Anna Kariênina* várias vezes, ouvindo cada estalo da casa e cada sussurro do vento, cada passo descalço de minha filha na madrugada, cada som doce que brota de sua boca adormecida e flutua pelo corredor.

"Não se preocupe." Dou uma nota leve à voz. "Prefiro homens ricos e menos altruístas. E sabe... com idade suficiente para ter barba. Venha até aqui, por favor."

"Que graça." Mas percebo o alívio em sua voz. Ele me alcança com dois passos, e seus olhos seguem a direção apontada por meu dedo, além da janela.

Não mostro o céu, mas a terra, onde um canteiro de margaridas-amarelas ainda resiste meio vivo embaixo do parapeito, e me provoca com seus miolos redondos e negros.

"Estamos em fevereiro", comento em voz baixa. "Margaridas-amarelas só desabrocham deste jeito no verão." Paro para ele poder refletir. "Foram plantadas há três dias, no meu aniversário. Alguém as cultivou especialmente para mim e as plantou embaixo da janela do meu quarto."

O campo abandonado na propriedade Jenkins foi destruído pelo fogo dois anos antes de as Margaridas Amarelas serem largadas lá. Um fósforo jogado por alguém de um carro que passava por uma estrada de terra custou a um pobre agricultor toda sua safra de trigo e criou o cenário para milhares de flores amarelas que cobriam o campo como uma gigantesca colcha amarrotada.

O fogo também cavou nosso túmulo, uma vala irregular. Margaridas-amarelas brotaram e decoraram a cova descaradamente muito antes de nossa chegada. As margaridas são plantas gananciosas, sempre as primeiras a brotar em terra queimada, devastada. Bonitas, mas competitivas, como líderes de torcida. Vivem para empurrar as outras.

Um fósforo aceso, um arremesso descuidado, e nossos apelidos foram gravados para sempre na mitologia do serial killer.

Bill, ainda em meu quarto, mandou uma mensagem enorme para Joanna, talvez por não querer conversar com ela na minha frente. Nós a encontramos do lado de fora da minha janela a tempo de vê-la mergulhar um frasco na terra escura. O amuleto em seu pescoço brilha ao sol e toca uma pétala quando ela se abaixa. Ainda não consegui lembrar o significado do símbolo. É religioso, talvez. Muito antigo.

"Quem plantou as flores usou alguma coisa além da terra local no solo", Joanna comentou. "Provavelmente uma marca comum de terra para vasos e sementes que pode ser comprada na Lowe's. Mas não dá para ter certeza. Você devia chamar a polícia."

"Para dizer que alguém está plantando flores bonitas?" Não quero soar sarcástica, mas é isso.

"É invasão", Bill explica. "Assédio. Sabe, isso não precisa ser obra do assassino. Pode ser qualquer maluco que lê os jornais." Ele não fala abertamente, mas eu sei. Está duvidando do meu estado mental. Espera que eu tenha mais que este canteiro de flores embaixo da janela para convencer um juiz da inocência de Terrell. Deve estar se perguntando se não fui eu mesma quem plantou as flores.

O que mais devo contar a ele?

Respiro fundo. "Cada vez que chamo a polícia, a história vai parar na internet. Recebemos telefonemas, cartas, e somos abordadas por malucos no Facebook. Presentes na porta de casa. Biscoitos. Sacos de cocô de cachorro. Biscoitos *feitos* de cocô de cachorro. Bom, espero que seja só cocô de cachorro. Qualquer tipo de exposição transforma a vida da minha filha num inferno na escola. Depois de alguns anos de paz, a execução remexe tudo de novo." Exatamente por isso eu disse não tantas vezes a Angie ao longo dos anos. Sempre que a dúvida aparecia, eu tinha que ignorá-la. No fim, entendi Angie, e Angie me entendeu. *Vou encontrar outro jeito*, ela me disse.

Mas agora as coisas são diferentes. Angie morreu. Ele esteve embaixo da minha janela.

Afasto alguma coisa que pousa em meus cabelos. Vagamente, penso que pode ser algum viajante vindo do porão do meu avô. Lembro que enfiei a mão às cegas naquele buraco úmido há algumas horas, e minha irritação cresce. "Sabe esta cara que fazem agora? Esta mistura de piedade, desconforto e compreensão inadequada de que ainda tenho que ser tratada como a menina traumatizada de 16 anos que fui um dia? As pessoas olham para mim deste jeito desde que consigo me lembrar. Desde então eu me protejo, e até aqui tudo correu bem. Agora eu sou *feliz*. Não sou mais aquela garota." Fecho meu longo suéter marrom sobre o corpo, embora o sol de fim de inverno aqueça meu rosto. "Minha filha vai chegar a qualquer minuto, e prefiro que ela não conheça vocês dois até eu poder explicar algumas coisas. Ela ainda não sabe que telefonei para você. Quero manter a vida dela o mais normal possível."

"Tessa." Joanna dá um passo em minha direção e para. "Eu entendo."

Há um peso horrível na voz dela. *Eu entendo*. Uma bomba caindo no fundo do oceano.

Estudo seu rosto. Linhas finas deixadas por outras dores. Olhos azul--esverdeados que já viram mais horrores do que eu jamais poderei imaginar. Ela já sentiu o cheiro do horror. Já tocou, *respirou*, já sentiu esse horror como se ele caísse do céu feito cinzas.

"Entende?" Minha voz é suave. "Espero que sim. Porque estarei lá quando você abrir aquelas duas covas."

Meu pai pagou pelos caixões.

Joanna está segurando o pingente como se fosse um crucifixo sagrado.

De repente percebo que, no mundo dela, ele é.

O pingente é uma espiral dupla feita de ouro.

A escada em caracol da vida.

Uma cadeia de DNA.

Tessie, 1995

Uma semana depois, 10h em ponto. Estou novamente no sofá macio do consultório e tenho companhia. Oscar esfrega o focinho molhado na minha mão e me acalma, depois se deita no chão ao meu lado, alerta. Ele é meu desde a semana anterior, e não vou a lugar nenhum sem levá-lo comigo. Não que alguém tente impedir. Oscar, tão doce e protetor, faz as pessoas terem esperança.

"Tessie, o julgamento vai acontecer daqui a três meses. Noventa dias. Meu trabalho mais importante agora é preparar você emocionalmente. Conheço o advogado de defesa, e ele é excelente. E é melhor ainda quando acredita que tem nas mãos a vida de um inocente, como neste caso. Entende o que isso significa? Ele não vai ser brando com você."

Desta vez, direto ao ponto.

Mantenho as mãos unidas sobre o colo. Uso uma saia xadrez azul curta e pregueada, com meias de renda e coturno preto. Nunca fui muito recatada, apesar do cabelo loiro-avermelhado e das sardas, as quais meu avô, maravilhosamente sensível, dizia que eram pó de fadas. Não eram na época, nem são agora. Minha melhor amiga, Lydia, me vestiu hoje. Vasculhou minhas gavetas e meu armário bagunçado, porque não suportava o fato de eu não me esforçar mais para combinar as roupas. Lydia é uma das poucas amigas que se recusa a desistir de mim. Atualmente, ela tira todas as dicas de moda do filme *As patricinhas de Beverly Hills,* mas ainda não o assisti.

"Tudo bem", respondo. Afinal, essa é uma das duas razões pelas quais estou sentada aqui. Tenho medo. Desde que, há onze meses, eles arrancaram Terrell Darcy Goodwin de seu café da manhã completo no Denny's, em Ohio, e me avisaram que eu teria que testemunhar, tenho contado os dias como doses homeopáticas de algo terrível. Hoje estamos a 87 dias, não noventa, mas não me incomodo em corrigi-lo.

"Não lembro de nada." É o que tenho repetido.

"Tenho certeza de que o promotor já disse que isso não importa. Você é uma prova viva. Menina inocente contra o monstro inimaginável. Então, vamos começar com o que você lembra. Tessie? *Tessie?* Em que pensa agora, neste segundo? Põe pra fora... não desvia os olhos, está bem?"

Viro a cabeça aos poucos, olho para ele com aqueles dois poços de nada que são meus olhos.

"Lembro de um corvo tentando bicar meus olhos", falo sem entonação. "Me diz: de que adianta olhar se você sabe que não consigo vê-lo?"

Tessa, no presente

Tecnicamente, este é o terceiro túmulo. As duas Margaridas exumadas esta noite no Cemitério St. Mary's, em Fort Worth, foram suas vítimas mais antigas. Desenterradas do primeiro esconderijo e jogadas naquele campo comigo como ossos de frango. Quatro no total, todas jogadas no mesmo local. Fui jogada em cima de uma menina chamada Merry Sullivan, que o perito determinou que estava morta havia mais de um dia. Ouvi meu avô cochichar para o meu pai: "O diabo estava limpando os armários".

É meia-noite, e estou a cem metros de distância, pelo menos, embaixo de uma árvore. Passei por baixo da faixa amarela que a polícia colocou para isolar a área. Quem eles acham que vai entrar em um cemitério àquela hora da noite, exceto fantasmas? Bom, aqui estou eu.

Sobre os dois túmulos, foi erguida uma tenda que brilha com uma luz clara, como uma lanterna de papel. Tem mais gente ali do que eu esperava. Bill, é claro. Reconheço o promotor da foto que vi no jornal. Ao lado dele há um homem careca vestido com um terno de caimento ruim. Pelo menos cinco policiais, e mais cinco pessoas vestidas como alienígenas em macacões Tyvek, entrando e saindo da tenda. Sei que a médica legista está entre eles. Carreirista.

O repórter que escreveu o obituário de Angie sabia que suas palavras desemperrariam a alavanca enferrujada da Justiça? Que criaria um pequeno clamor público em um estado que executa condenados mensalmente? Sabia que mudaria a opinião de um juiz sobre exumar os corpos e considerar um novo julgamento? E me convenceria de uma vez por todas a dar aquele telefonema?

O homem de terno vira de repente. Vejo o lampejo de uma gola de padre antes de me esconder atrás da árvore. Meus olhos ardem por um segundo, reflexo desta operação furtiva e do supremo esforço para tratar estas garotas com dignidade e respeito quando as pessoas nem mesmo sabem quem elas são, quando não há um único repórter à vista.

As garotas tiradas da terra esta noite eram só ossos quando foram levadas para aquele velho campo de trigo há dezessete anos. Eu estava quase morta. Dizem que a Merry morreu trinta horas antes, pelo menos. Quando os policiais nos encontraram, Merry havia sido atacada pelos corvos. Tentei protegê-la, mas perdi os sentidos em algum momento da noite. Às vezes, ainda escuto a conversa animada dos ratos do campo. Não posso contar nada disso às pessoas que me amam. Melhor acreditarem que não me lembro.

Os médicos dizem que o coração me salvou. Nasci com um coração geneticamente lento. O fato de estar em excelente forma física como uma das melhores atletas de corrida de obstáculos do torneio colegial do país também colaborou. Em um dia normal, fazendo o dever de casa, comendo um hambúrguer ou pintando as unhas, eu tinha estáveis 37 batidas por minuto que caíam para até 29 à noite, quando eu dormia. A frequência cardíaca média para uma adolescente é de setenta batimentos por minuto. Meu pai desenvolveu o hábito de acordar às duas da manhã e levantar para ver se eu estava respirando, embora um famoso cardiologista de Houston tivesse dito para ele ficar tranquilo. Com certeza, meu coração era uma espécie de fenômeno, como minha velocidade. Pessoas sussurravam sobre as Olimpíadas. E me chamava de Bolinha de Fogo por causa do meu cabelo e temperamento, quando eu fazia um tempo ruim ou era empurrada por outra corredora.

Enquanto lutava pela vida naquela cova, os médicos disseram, meu coração diminuiu o ritmo para cerca de dezoito batimentos. Um paramédico que participou do atendimento chegou a pensar que eu estava morta.

O promotor público disse ao júri que eu surpreendi o assassino das Margaridas Amarelas, e não o contrário. Provoquei nele um ataque de pânico e o induzi a se livrar das evidências. Aquele enorme hematoma no estômago de Terrell Darcy Goodwin, visto em detalhes azuis, verdes e amarelos na fotografia ampliada, era minha obra de arte. As pessoas apreciam esse tipo de fantasia em que há um herói determinado, mesmo sem base factual para isso.

Uma van escura se aproxima lentamente da tenda. O. J. Simpson perdeu a cabeça no mesmo ano em que testemunhei, quando ele massacrou a esposa e deixou o próprio sangue na casa dela. Não havia nenhuma prova sólida de DNA contra Terrell Darcy Goodwin, exceto uma jaqueta rasgada e abandonada na lama a um quilômetro e meio da cena, com seu tipo sanguíneo no punho direito. A mancha de sangue era tão pequena e degradada que não foi possível extrair o DNA para o julgamento, técnica recente nas cortes criminais da época. Para mim, era suficiente acreditar na sentença na época, mas agora não mais. Rezo para que Joanna trabalhe com sua magia de alta sacerdotisa, e finalmente saberemos quem eram aquelas duas garotas. Estou contando com elas para nos guiar à alguma paz.

Eu me viro para ir embora e tropeço em alguma coisa. Caio para a frente com as mãos estendidas, ofegante, sobre um velho túmulo de pedra. Raízes envolveram a lápide, a derrubaram e quebraram ao meio.

Alguém me escutou? Olho em volta depressa. A tenda está meio desmontada. Tem alguém rindo. Sombras se movem, nenhuma em minha direção. Levanto com as mãos ardendo, limpo a morte e sujeira grudados na minha calça. Pego o celular no bolso de trás, e ele projeta sua luz amiga quando aperto um botão. Aponto o celular para a sepultura. Uma impressão vermelha das minhas mãos marca o cordeiro adormecido que guarda Christina Driskill.

Christina veio ao mundo e fugiu dele no mesmo dia, 3 de março de 1872.

Minha mente mergulha na terra rochosa, abre caminho até a pequena caixa de madeira que descansa sob meus pés, inclinada, rachada, estrangulada pelas raízes.

Estou pensando em Lydia.

Tessie, 1995

"Você chora com frequência?" Primeira pergunta. Leve.

"Não", respondo. Lydia usou um truque de beleza, grudou duas colheres congeladas embaixo dos meus olhos depois dos meus pequenos ataques.

"Tessie, quero que me diga qual foi a última coisa que você viu antes de ficar cega." Nada de perder tempo com meu rosto inchado. Continuamos de onde paramos na última vez. *Tática inteligente*, penso de má vontade. E ele usou a palavra *cega*, que ninguém mais ousaria falar na minha frente, exceto Lydia, que há três dias também me disse para levantar e lavar meu cabelo, que parecia algodão-doce estragado.

Este médico já havia percebido que, comigo, aquecimento era pura perda de tempo.

Vi o rosto de minha mãe. Bonito, bom, amoroso. Essa é a última imagem perfeitamente nítida que surgiu diante de mim, mas minha mãe morreu quando eu tinha 8 anos, e meus olhos estavam bem abertos. O rosto de minha mãe, e depois nada além de um trêmulo oceano cinzento. Sempre penso que Deus foi bom me apresentando à cegueira daquele jeito.

Pigarreio, decidida a falar alguma coisa na sessão de hoje, parecer mais cooperativa para que ele diga ao meu pai que estou progredindo. Meu pai, que sai do trabalho toda terça-feira de manhã para me trazer aqui. Por alguma razão, acho que este médico não vai mentir para ele, como a maioria dos outros fez. O jeito como este médico faz suas perguntas é diferente. Minhas respostas também, e não sei por quê.

"Tinha vários cartões no parapeito da janela do meu quarto de hospital", conto casualmente. "Um deles tinha a foto de um porco. Ele usava gravata borboleta e cartola. E dizia: 'Espero que você melhore logo'. O porco... foi a última coisa que vi."

"Que mensagem mais mal escolhida."

"Você acha?"

"Mais alguma coisa incomodou você nesse cartão?"

"Ninguém conseguia ler a assinatura." Um rabisco ilegível, como uma mola de arame.

"Então você não sabia de quem era."

"Muitos desconhecidos mandaram cartões de vários lugares. E flores e bichos de pelúcia. Eram tantos que meu pai pediu para que eles fossem encaminhados ao andar das crianças com câncer." Depois de um tempo, o FBI conseguiu uma pista e levou tudo para um laboratório. Mais tarde, pensei que eles podiam ter arrancado um brinquedo das mãos de uma criança moribunda a troco de nada, nem um fiapo de evidência.

O porco segurava uma margarida com sua pata cor-de-rosa. Eu não contei essa parte. Aos 16 anos, cheia de remédios em uma cama de hospital e morta de medo, eu não sabia a diferença entre uma margarida e uma margarida-amarela.

O gesso provoca uma coceira horrível, então encaixo dois dedos no pequeno vão entre o gesso e minha panturrilha. Não consigo chegar no tornozelo. Oscar lambe minha perna com a língua de lixa, tenta me ajudar.

"Tudo bem, talvez o cartão tenha sido o gatilho", diz o médico. "Talvez não. É um começo. Vou dizer o que acho. Vamos falar sobre seu transtorno de conversão antes de seguirmos em frente com sua preparação para o julgamento. Para economizar tempo, outras pessoas tinham... esperança... de que eu conseguisse contornar esse obstáculo. Mas ele está no caminho."

Você acha?

"De minha parte, dentro desta sala o tempo para." Ele está me dizendo que *não há pressão*. Que velejamos juntos no meu oceano cinzento, e eu controlo o vento. Essa é a primeira mentira que sei que ele me contou.

Transtorno de conversão. O nome bonito e elegante para isso.

Freud chamava de cegueira histérica.

Todos aqueles exames caros e nenhum problema físico.

Tudo na cabeça dela.

Pobrezinha, não quer ver o mundo.

Ela nunca mais será a mesma.

Por que as pessoas acham que não as escuto?

Presto atenção à voz dele. Decido que é parecida com a de Tommy Lee Jones, em O *fugitivo*. Sotaque duro do Texas. Bem esperto, e ele sabe disso.

"... não é tão incomum em mulheres jovens submetidas a um trauma como esse. O que é incomum é que tenha durado tanto tempo. Onze meses."

Trezentos e vinte e seis dias, *doutor*. Mas não o corrijo.

O barulho me diz que ele levantou da cadeira, e Oscar se levanta, protetor.

"Há exceções", ele continua. "Uma vez tratei um menino, um pianista virtuoso, que praticava oito horas por dia desde os 5 anos de idade. Um dia ele acordou e as mãos estavam congeladas. Paralisadas. Não conseguiam segurar nem um copo de leite. Os médicos não encontravam uma causa. Ele começou a mexer os dedos exatamente dois anos depois."

A voz do médico está mais próxima. Ao meu lado. Oscar bate o focinho no meu braço para me avisar. O médico põe alguma coisa fina, fria e lisa na minha mão. "Experimenta com isso", diz.

Um lápis. Eu o seguro. E o enfio entre a perna e o gesso. O alívio é intenso, gratificante. Sinto a brisa leve quando o médico se afasta, talvez o movimento do jaleco. Tenho certeza de que ele não é nada parecido com Tommy Lee Jones. Mas consigo imaginar Oscar. Branco como neve fresca. Olhos azuis que enxergam tudo. Coleira vermelha. Dentinhos afiados, para o caso de alguém me incomodar.

"Esse pianista sabe que fala sobre ele com outros pacientes?", pergunto. Não consigo me conter. O sarcasmo é um chicote que não sou capaz de largar. Mas em nossa terceira manhã de terça-feira juntos, tenho de admitir que este médico está começando a mexer comigo. Estou sentindo o primeiro sinal de culpa. Como se tivesse que me esforçar mais.

"Na verdade, sim. Fui entrevistado sobre o caso dele para um documentário da Cliburn. O que estou dizendo é que acredito que você vai voltar a enxergar."

"Não estou preocupada", disparo.

"Mais um sintoma de transtorno de conversão. Falta de preocupação se voltará ao normal ou não. Mas, no seu caso, acho que não é verdade."

Primeiro confronto direto. Ele espera em silêncio. Sinto o sangue ferver.

"Sei por que abriu uma exceção para me atender." Minha voz fica um pouco mais aguda quando quero parecer desafiadora. "Sei o que você tem em comum com meu pai. Sua filha também desapareceu."

Tessa, no presente

A mesa de metal de Angie continua exatamente como me lembro, embaixo de montanhas de papéis e pastas. Enfiada em um canto de um amplo porão aberto na St. Stephen's, a igreja católica que parece desafiar o corredor do inferno que é seu endereço, na esquina da Second Avenue com a Hatcher Street. Bem no meio de um bairro de Dallas que chegou à lista do FBI dos 25 mais perigosos do país.

Lá fora, o sol do meio-dia brilha alto no céu do Texas, mas não aqui. Aqui tudo é sombrio e atemporal, tingido pelas manchas de uma história violenta, quando esta igreja foi abandonada por oito anos e este espaço foi usado como paredão de execução por traficantes de drogas.

Na primeira e única vez que estive aqui, Angie me falou que o esperançoso jovem sacerdote que alugava o espaço para ela havia caiado as paredes sozinho quatro vezes. As marcas de buracos de balas, ele dissera, seriam permanentes, como os pregos da cruz. Para nunca esquecer.

A luminária de mesa é a única coisa brilhante, projetando uma luz fraca na gravura sem moldura presa acima dela. *O martírio de Santo Estêvão*. Primeiro trabalho conhecido de Rembrandt, pintado por ele aos 19 anos. Aprendi sobre a técnica *chiaroscuro* em outro porão, com meu avô debruçado sobre seu cavalete. Luzes fortes e sombras pesadas. Rembrandt era um mestre nisso. Ele fez questão de mostrar o brilho do paraíso se abrindo para Santo Estêvão, o primeiro mártir cristão, assassinado por uma turba porque pessoas más espalharam mentiras sobre ele. Três sacerdotes observam reunidos do canto superior da cena. Eles o veem morrer. E não fazem nada.

Queria saber o que chegou primeiro a este porão, a gravura ou Angie, que decidiu que o destino de Santo Estêvão era uma marca apropriada para sua mesa. As extremidades da gravura são moles e cheias de pelinhos. Três tachinhas amarelas e uma vermelha prendem a imagem à parede de superfície irregular. Um pequeno rasgo do lado esquerdo foi consertado com fita adesiva.

A cinco centímetros da gravura, há outra visão do paraíso. Um desenho em papel pautado. Cinco bonequinhos de palitos com asas de borboleta tortas e iluminados por um brilhante sol laranja. A letra de uma criança atravessa o céu: ANJOS DA ANGIE.

Descobri no obituário de Angie que esse desenho foi presente de uma menina de seis anos, filha de Dominicus Steele, um aprendiz de encanador acusado de estuprar uma universitária do lado de fora de um bar em Fort Worth na década de 1980. Dominicus foi identificado pela vítima e por duas colegas dela.

Naquela noite, ele havia flertado com a vítima. Era grande e negro, e um bom dançarino. As universitárias brancas o adoraram até decidirem que ele era o cara de moletom cinza e capuz se afastando às pressas da amiga delas que estava em um beco bêbada e muito machucada. Dominicus foi libertado graças ao DNA extraído do sêmen guardado por doze anos em uma unidade de armazenamento de evidências. A mãe de Dominicus foi a primeira a falar aos jornalistas sobre os "Anjos da Angie", e o apelido pegou.

Eu nunca descreveria Angie como um anjo. Ela fazia o que tinha que fazer. Era uma boa mentirosa quando precisava ser. Eu sei porque ela mentiu para mim e para Charlie.

Dou um passo, e o som oco da minha bota reverbera no linóleo amarelo e barato que cobre Deus sabe o quê. As outras quatro mesas espalhadas pelo porão, igualmente cobertas por uma confusão de papéis, também estão vazias. *Cadê todo mundo?*

Há uma porta azul do outro lado do porão na qual é impossível não reparar. Eu me aproximo. Bato levemente. Nada. Talvez deva simplesmente sentar na cadeira de Angie por um tempo. Girá-la sobre as rodinhas barulhentas das quais ela tanto reclamava e ficar olhando para o paraíso de Rembrandt. Pensar no papel do mártir.

Em vez disso, giro a maçaneta e abro a porta. Só uma fresta. Ouço vozes animadas. Abro totalmente a porta. Uma longa mesa de reuniões. Luzes fortes. O rosto assustado de Bill. Outra mulher pula da cadeira de repente e derruba sua xícara de café.

Meus olhos acompanham o rio de líquido escuro sobre a mesa.

Cabeça latejando.

Cópias de desenhos cobrem a superfície riscada de ponta a ponta.

Desenhos de Tessie.

Os verdadeiros. E os falsos.

Olho para o placar, 12-28, anotado com giz branco sobre o quadro negro. Um jogo da Liga Infantil, talvez, ou um dia ruim para o Dallas Cowboys. Fica claro pelas anotações no gráfico que estes são os doze homens libertados ao longo dos anos por Angie e sua equipe legal em constante transformação, e os 28 que não foram soltos.

A mulher que derrubou o café, apresentada a mim como Sheila Dunning, estudante do terceiro ano de direito na Universidade do Texas, nos deixou. William recolheu rapidamente as cópias dos meus desenhos, os salvou do estrago e colocou uma xícara de café fresco na minha frente. Ele se desculpou várias vezes, e eu respondi outras tantas que *tudo bem, tudo bem, eu teria que ver aqueles desenhos de novo em algum momento*, e que *eu devia ter batido mais forte na porta*.

Às vezes sinto falta da velha Tessie em mim, a que teria simplesmente despejado a verdade nua e crua, furiosa. *Você é um canalha. Sabia que eu estava a caminho. Sabia que eu não olhava para isso desde que os tirei da parede.*

"Obrigado por ter vindo até aqui." Ele senta na cadeira ao meu lado e deixa sobre a mesa um bloco de anotações de folhas amarelas. Veste calça jeans, pulôver verde curto demais para sua altura — a maldição do homem de ombros largos — e, nos pés, um tênis Nike. "Ainda está disposta a continuar com isso?"

"Por que não estaria?" É Tessie respondendo. Ela ainda está lá, afinal.

"Não precisamos conversar aqui. Nesta sala." Ele me olha intensamente. "Esta é nossa sala de guerra. Geralmente, é inacessível aos clientes."

Meus olhos vagueiam pelas paredes. Ao lado do quadro negro, fotos ampliadas de cinco homens. Casos atuais, presumo. Quatro negros. Um jovem Terrell Darcy Goodwin é a estrela na foto central. Ele está com o braço nos ombros de um rapaz com o uniforme vermelho e cinza do time de beisebol de um colégio, talvez seu irmão mais novo. Os mesmos olhos afastados e bonitos, os mesmos traços esculpidos e pele marrom.

Na parede oposta, vejo cenas de crimes. Bocas abertas. Olhos vazios. Membros em posições confusas. Não olho muito.

Olho para o outro lado e vejo outra lousa com uma espécie de linha do tempo.

Vejo meu nome. O nome de Merry.

Abro a boca para falar e percebo que ele olha para minhas pernas cruzadas, para a porção de coxa à mostra acima das botas pretas. Ainda quero abaixar a bainha desta saia. Escondo as pernas embaixo da mesa. Ele recupera o ar profissional.

"Não sou cliente." Engulo um pouco do líquido amargo, leio as palavras na lateral da xícara. *Advogados Salvam.*

William segue meu olhar. E revira os olhos. "A maioria das xícaras está suja. É só lavar, desbota." Piadinha. Ele quer deixar para trás o momento anterior, quando foi surpreendido bisbilhotando embaixo da minha saia.

"Estou bem aqui. William."

"Bill", ele me corrige. "Só pessoas com mais de 70 anos me chamam de William."

"Deu tudo certo com a exumação na terça-feira?", pergunto. "Eles não anunciaram nada. Não chegou nem aos jornais."

"Você sabe a resposta."

"Ah, você me viu perto da árvore."

"É difícil não perceber seu cabelo, mesmo no escuro."

Então *ele é* um mentiroso também. Hoje meu cabelo está solto sobre os ombros. Ainda mantenho a mesma cor queimada dos 16 anos. Há duas noites, no cemitério, eu o usava escondido embaixo do boné preto de beisebol da minha filha Charlie.

"Caí no seu truque", declaro. "Tudo bem."

Mudo de posição na cadeira. Falo com um advogado, um que eu não pago para guardar meus segredos. É claro, ele podia ser qualquer um com aqueles olhos manhosos e o cabelo curto, orelhas meio salientes e mãos tão grandes que poderiam esconder uma toranja. O melhor amigo engraçado do cara de quem você está a fim, até você perceber que... ai, *merda*.

Ele sorri. "Esta é a mesma cara que minha irmã mais nova faz imediatamente antes de me bater. Em resposta à sua pergunta, um antropólogo legista examina os ossos primeiro. Depois, Jo assume o trabalho com sua equipe. Ela quer que a gente veja os técnicos trabalhando no caso Margaridas Amarelas na semana que vem. E me pediu pessoalmente para convidar você. É uma espécie de oferta de paz, depois de ela ter exigido que você não estivesse presente na exumação. Ela se sentiu muito mal com isso."

Sinto um arrepio leve. Não tem ventilação, nenhuma fonte visível de calor aqui. Meu pai costumava dizer que fevereiro no Texas é uma moça fria e amarga. Março é quando ela perde a virgindade.

"Os ossos são processados nas manhãs de segunda-feira", ele continua. "Jo teve que usar algumas cartas na manga para passar as Margaridas na frente dos outros casos na fila. Posso ir buscar você, se quiser. O laboratório fica a uns vinte minutos da sua casa."

"Desta vez não existe risco de contaminação?" Essa havia sido a justificativa oficial de Joanna para impedir minha presença na exumação dos corpos. Ela não quis nem ouvir falar na menor possibilidade de quebrar o protocolo.

"Vamos assistir ao procedimento por uma vidraça. O novo laboratório foi construído como uma instalação acadêmica. Obra de arte. Ossos são transportados de todas as partes do mundo para serem examinados. Estudantes e cientistas também chegam de vários países para ver em primeira mão a técnica de Jo." Ele sorri tenso e pega a caneta. "Quer começar? Tenho um compromisso às duas horas. Do trabalho que paga as contas." Ele é mediador corporativo, seja lá o que for isso, de acordo com o site do seu escritório de advocacia. Queria saber onde ele esconde o terno.

"Sim, vamos lá." Meu tom de voz é muito mais casual do que como me sinto.

"Seu depoimento em 1995. Alguma coisa mudou? Não lembrou de mais nada nesses dezessete anos sobre o ataque ou o homem que a atacou?"

"Não", respondo com firmeza. Digo a mim mesma que estou *disposta a ajudar, mas só até certo ponto*. Tenho duas adolescentes para proteger, a que eu fui e a que dorme naquele quarto roxo.

"Só para ter certeza, vou fazer algumas perguntas específicas mesmo assim. Tudo bem?"

Aceno que sim com a cabeça.

"Pode descrever o rosto de seu agressor?"

"Não."

"Lembra onde o encontrou?"

"Não."

"Guarda alguma recordação de ter sido jogada naquele campo?"

"Não."

"Lembra de ter visto nosso cliente, Terrell Goodwin, antes do dia em que testemunhou?"

"Não. Não que eu tenha percebido."

"*Não* é uma resposta simples e boa", ele diz. "Se for verdade."

"É. É a verdade."

"Lembra de alguma coisa que aconteceu naquelas horas que ficou desaparecida?"

"Não."

"Sua última lembrança é ter comprado... absorventes... na Walgreen's?"

"E uma barra de Snickers. Sim." A embalagem foi encontrada na cova.

"Ouviu sua ligação para a polícia naquela noite, mas não se lembra de ter ligado?"

"Isso mesmo. Sim."

"Tessa, preciso perguntar de novo. Há alguma possibilidade de você mudar de ideia e se submeter a uma hipnose leve? Para ver se você se lembra de alguma coisa daquelas horas perdidas? Ou examinar com um especialista os desenhos que você me deu? Se desencadearmos alguma coisa, qualquer coisa, mesmo que seja uma lembrança solta, pode nos ajudar a conseguir uma nova audiência com o juiz."

"Hipnose não. De jeito nenhum", digo calma. "Já li o suficiente sobre o assunto para saber que pode induzir a falsas memórias. Mas examinar meus desenhos em terapia? Sim, acho que sim. Não sei como isso vai ajudar."

"Ótimo. Ótimo. Tenho alguém em mente. Alguém que trabalhou comigo no passado. Acho que vai gostar dela." Quase dou risada. Se ele soubesse quantas vezes já ouvi isso!

Ele deixa a caneta sobre a mesa em um ângulo perfeito de noventa graus. Gira a caneta. Para. Gira. William sabe como tirar proveito de uma grande pausa. Começo a perceber que ele pode ser bom no tribunal.

"Tem um motivo para você estar sentada aqui, Tessa. Alguma coisa que você não conta. Preciso saber o que é. Porque, com base nessas respostas, você ainda pode acreditar que Terrell Darcy Goodwin é culpado."

Não consegui dormir na noite passada pensando em como, exatamente, eu responderia a essa pergunta. "Sinto que prejudiquei... Terrell... no tribunal." *Devagar*, digo a mim mesma. "Que fui manipulada por muita gente. Durante anos. Depois de um tempo, Angie me convenceu de que não há evidências físicas contra ele. E mostrei a você as margaridas-amarelas. Embaixo da minha janela." *Continue cautelosa.*

"Sim." Sua boca agora é uma linha fina. "Mas um juiz vai atribuir as flores à sua imaginação, ou a um lunático aleatório. Pode inferir que você mesma as plantou. Está preparada para isso?"

"É o que você pensa? Que estou inventando?"

O olhar dele é direto, imperturbável. Irritante demais. Talvez *William* não mereça saber, afinal. Ele certamente não está fazendo a pergunta correta.

Começo a pensar que ele planejou tudo para me fazer entrar nesta sala. Para me jogar de volta no passado. Sacudir meu cérebro, que se nega a colaborar.

"Meus desenhos não são sua chave mágica", falo de repente. "Não coloque suas esperanças em uma garota raivosa com um pincel."

Tessie, 1995

Quinta-feira. Só dois dias depois de nossa última reunião.

O médico abreviou a sessão de terça-feira em vinte minutos depois da minha explosão. E remarcou 24 horas depois. Não sei se ele ficou bravo por eu ter falado sobre sua filha, ou se só estava despreparado para o que ouviu. Se aprendi alguma coisa sobre psicólogos no último ano é que eles não gostam de surpresas. Querem eles mesmos espalhar as migalhas que marcam o caminho, mesmo que seja para conduzir a uma floresta densa onde ninguém enxergue nada.

"Bom dia, Tessa." *Formal.* "Você me pegou desprevenido na última vez. Para ser franco, não sabia como lidar com a situação. Por mim ou por você."

"Quase não voltei hoje. Ou nunca mais." Não era verdade. Pela primeira vez em meses sinto que tenho um pequeno poder. Sopro a franja, afastando-a dos olhos. Lydia me levou ao shopping ontem para cortar o cabelo. *Corta, corta, corta*, insisti. Quase ouvi meu cabelo caindo no chão, macio e triste. Eu queria mudar. Parecer um menino. Minha melhor amiga me avaliou criticamente quando o trabalho ficou pronto e me informou que o efeito foi o contrário do que eu queria. O cabelo curto me deixou bonita, disse. Enfatizou o nariz pequeno e reto pelo qual eu devia agradecer ao Senhor todos os dias. Ressaltou meus olhos como se fossem discos voadores em um céu aberto do Texas. Lydia ensaiava suas comparações para a universidade. Na primeira vez que conversamos, no segundo ano, anunciou que iria para Princeton. Pensei que Princeton fosse uma cidadezinha cheia de príncipes solteiros.

Acho que o médico está andando, se movendo pela sala. Oscar não me alerta. Ele está sonolento, provavelmente porque tomou sua vacina há poucas horas. Minha preocupação mais recente é que meu pai considere Oscar um precursor de cão-guia, e que o fiel e destreinado Oscar seja mandado embora.

"Não me surpreende que pense assim." A voz dele está atrás de mim. "Eu devia ter sido claro desde o início. Sobre minha filha. Embora ela não tenha nada a ver com o motivo que me fez aceitar seu caso." *Segunda mentira.* "Foi há muito tempo."

Isso me incomoda, a voz dele partindo de lugares diferentes, uma partida de queimado no escuro.

Conto dois segundos antes de ouvir o rangido da cadeira dele. Não é um homem gordo e também não é magrelo. "Seu pai contou sobre minha filha?"

"Não."

"Você... ouviu alguma coisa, então?" A pergunta é quase tímida. Como alguma coisa que uma pessoa insegura perguntaria. Mas esse é um território novo para ele, acho.

"Ouço coisas o tempo todo", respondo evasiva. "Acho que meus outros sentidos estão mais aguçados agora." Essa última parte não é verdade. Todos os meus sentidos enlouqueceram. A vagem frita com molho de bacon que minha avó faz agora tem gosto de cigarro molhado; a voz do meu irmão mais novo me faz pensar nas unhas postiças vermelhas de tia Hilda arranhando vidro. De repente comecei a chorar com música country, que sempre considerei coisa de gente burra.

Ainda não falo nada disso para este médico. Melhor deixá-lo pensar que fiquei supersensível repentinamente. Não vou delatar Lydia, que leu para mim todas as palavras de cada história sobre a investigação de Terrell Darcy Goodwin e as Margaridas Amarelas. E pesquisou cada psiquiatra que tentou penetrar no meu cérebro.

Tudo que sei é que quando estou deitada sobre o edredom cor-de--rosa de Lydia, ouvindo os gemidos da Alanis Morissette enquanto minha melhor amiga lê com animação sua pilha de impressões feitas na biblioteca... esse é o momento em que me sinto mais segura. Lydia é a única que ainda me trata exatamente como me tratava antes.

Ela se baseia em uma certeza inata de alguém de 17 anos, a ideia de que posso morrer se for deixada em um casulo silencioso, encolhida e frágil. Acha que me tratar com cuidado não vai fazer com que me sinta melhor.

Por alguma razão, acho que este médico pode ser a segunda pessoa a entender. Ele perdeu uma filha. Deve ser amigo íntimo do sofrimento. Eu me apego a essa esperança.

Tessa, no presente

Tiro mais uma foto com o celular. Três imagens. Devia ter feito isso há cinco dias, antes de os caules dobrarem e os olhos se voltarem para o chão de um jeito derrotado.

Só contei a história toda para Angie, penso. *E agora ela está morta.*

Não me deixo enganar pelas margaridas desmaiadas embaixo da minha janela. Sei que cada uma das 34 flores contém sementes suficientes para cobrir meu quintal inteiro na primavera. Calço as luvas de jardinagem e pego a lata de herbicida que tinha na garagem. Será que ele gosta de assistir a essa parte do processo? Aprendi que veneno é o melhor método. Desde os 17 anos nunca mais arranquei as margaridas pela raiz.

Uma brisa leve espalha o jato. Sinto o gosto amargo e metálico.

Se não correr, vou me atrasar para ir buscar Charlie. Aplico uma última camada cancerígena. Tiro as luvas, deixo-as junto à lata, corro para pegar a chave na bancada da cozinha, pulo no jipe e dirijo por dez minutos até o ginásio dos calouros. Lar do Fighting Colts. Meninas falantes invadem a calçada digitando em seus celulares, exibindo rabos de cavalo e os indispensáveis shorts vermelhos obscenamente justos dos quais as mães deveriam reclamar, mas não reclamam.

A porta de trás se abre, e me assusto como sempre. "Oi, mãe."

Charlie joga a mochila azul da Nike, onde sempre há surpresas fedidas, e a mochila de livros, que aterrissa como um tijolo sobre concreto. Ela entra e bate a porta.

Rosto liso, angelical. Pernas sensuais. Músculos firmes, mas imaturos, ainda, para reagir, resistir. Inocente, mas ao mesmo tempo não. Não quero tomar consciência dessas coisas, mas me treinei para vê-la como ele poderia ver.

"Meu laptop está horrível", diz.

"Como foi a aula? O treino?"

"Estou morrendo de fome. É sério, mãe. Não consegui imprimir a lição de casa ontem à noite. Tive que usar o seu computador."

Essa linda menina, o amor da minha vida, de quem senti saudade o dia inteiro, já está me dando nos nervos.

"McDonald's?", sugiro.

"Coooom certeza."

Parei de me sentir culpada pelas visitas à lanchonete depois do treino, que não impedem minha filha de devorar um saudável jantar completo duas horas mais tarde. Charlie come quatro vezes por dia, no mínimo, e continua alta e magra. Ela tem meu antigo apetite de corredora, meus cabelos ruivos e os olhos que mudam de cor de acordo com o humor, como os do pai dela. Se pendem para o violeta, está feliz; cinzentos, está cansada. Se negros, está absolutamente furiosa.

Não é a primeira vez que penso o quão bom seria se o pai não estivesse a milhares de quilômetros, em uma base do exército no Afeganistão. Queria que ele não tivesse sido apenas um casinho quinze anos atrás, um lance que acabou um mês antes de eu perceber que estava grávida. Não que Charlie demonstre se importar por nunca termos nos casado. O tenente-coronel Lucas Cox manda dinheiro pontualmente e mantém contato constante. Acho que uma sessão de Skype com Charlie é a pedida para hoje à noite.

"A gente conversa sobre o computador mais tarde, tudo bem?"

Silêncio. Ela está trocando mensagens pelo celular, tenho certeza. Saio com o carro e decido deixá-la relaxar depois de oito horas embaixo de lâmpadas fluorescentes construindo prismas triangulares e desconstruindo Charlotte Brontë. Depois que Charlie abandonou *Jane Eyre* no sofá ontem à noite para ficar no Facebook, notei que a heroína na capa ganhou um bigode e chifres. *Ela é muito chorona*, Charlie resmungou hoje de manhã com a boca cheia de bacon.

Alguns minutos mais tarde, chegamos ao drive-thru.

"O que você quer?"

"Hum..."

"Charlie, larga o celular, você precisa fazer o pedido."

"Tudo bem." Animação. "Quero um Big Mac e um MacBook Pro."

"Engraçadinha."

A verdade é que adoro isso nela, o senso de humor atrevido e a confiança, a capacidade de me fazer rir alto quando não quero. Espero até Charlie chegar na metade do Big Mac para começar A Conversa. No jipe, só nós duas, as chances de minhas palavras chegarem ao cérebro dela são maiores.

"Mudei de ideia, decidi me envolver no caso Terrell Goodwin", anuncio. "Falei com o novo promotor do caso. Uma famosa legista vai rever as provas. Ela colheu meu DNA esta semana."

Um silêncio breve.

"Acho legal, mãe. Você precisa ter certeza absoluta. Tem se preocupado muito com isso ultimamente. As pessoas são inocentadas por provas de DNA o tempo todo. A professora de ciências contou que Dallas é o terceiro estado em libertações de inocentes no corredor da morte. As pessoas pensam que vamos matar todos eles." Ela amassa o papel do hambúrguer.

"Não joga no chão", aviso automaticamente. E penso: *Será que é porque temos mais gente inocente no corredor da morte?*

"E Angie", Charlie acrescenta. "Ela era legal. E estava, tipo, totalmente convencida. E disse que nada disso era sua culpa."

"A história vai voltar aos jornais." Ou seja, Charlie não vai ficar imune.

"Já passei por isso antes. Meus amigos vão cuidar de mim. Eu aguento, mãe."

A ingenuidade quase me faz chorar. Ao mesmo tempo, é difícil acreditar que Charlie é três anos mais nova do que eu era quando testemunhei. Ela parece muito mais *preparada*.

Paro na entrada da nossa garagem e desligo o motor. Charlie se apressa em pegar suas coisas, mas continuo olhando para frente.

"Nunca, *jamais* entre em um carro com alguém que não conhece. Nunca ande sozinha. Não fale com repórteres." No espaço fechado, minha voz soa mais incisiva do que gostaria. "Se eu não estiver em casa, ligue o sistema de segurança assim que fechar a porta."

É ridículo repetir as instruções desgastadas pela milésima vez, mas não repetir me faria complacente demais. Desde o velório de Angie jurei que saberia do paradeiro de Charlie a cada momento. Há alguns dias recusei um projeto de design, em Los Angeles, a construção de uma escada com carros velhos e vidro reciclável. Teria sido suficiente para garantir nossa estabilidade financeira pelos próximos dois anos.

"*Mãe!*" Ela injeta toda a condescendência adolescente que pode caber nessa palavra tão curta. "Eu já entendi!"

Antes que eu possa responder, ela sai do carro, carregada como um soldado que se dirige ao campo de batalha, e corre para a porta da frente com a chave na mão. Charlie entra em segundos. Preparada, como ensinei. *Inocente, mas ao mesmo tempo não.*

A pergunta que nenhuma de nós faz em voz alta: *Se não foi ele, quem foi então?*

Eu a sigo lentamente, mexendo no celular. Quase tropeço na mochila que ela largou no hall; penso em chamá-la, fico quieta. Chego perto da mesinha na sala de estar, onde fica meu laptop, abro o e-mail que acabei de mandar para o meu próprio endereço, baixo o arquivo, clico em imprimir. Ouço o ruído da impressora alguns metros distante, penso que Charlie está certa — nossa casa precisa se modernizar no quesito tecnologia.

A impressora cospe três fotos nítidas de flores murchas. A porta do quarto de Charlie já está fechada quando passo por lá.

Alguns segundos mais tarde, estou na ponta dos pés, puxando a caixa de sapatos da prateleira mais alta do closet no meu quarto, identificada com as palavras "DOCUMENTOS FISCAIS".

O assassino plantou margaridas-amarelas para mim seis vezes. Não fez diferença onde eu morava. Ele gosta de me manter na expectativa, na dúvida. Agora tenho certeza disso.

Às vezes, ele esperava tanto entre um plantio e outro que, antes de Angie, na maior parte do tempo, consegui me convencer de que o verdadeiro culpado estava na cadeia. Que as primeiras margaridas-amarelas eram obra de um maluco aleatório e as outras, trabalho do vento.

Esta caixa, criada para acomodar tênis de corrida Asics tamanho 37, agora assinalada como depósito de documentos para o imposto de renda, contém as fotos que tirei todas as vezes. Só por precaução.

Coloco a caixa em cima da cama e levanto a tampa. Bem em cima, a foto que tirei com a velha Polaroid do meu avô.

Naquela primeira vez, logo depois do julgamento, pensei que estava maluca, ou que aquelas margaridas-amarelas haviam brotado repentinamente em outubro, embaixo do carvalho no nosso quintal, por causa de uma mudança climática bizarra. Mas a terra parecia ter sido revolvida. Eu mesma arranquei as flores, cavando o solo com uma colher.

Não quis contar a ninguém porque a vida na minha casa começava a voltar ao normal. Eu havia concluído a terapia. Terrell Darcy Goodwin estava na cadeia. Meu pai namorava pela primeira vez.

Naquele dia, a colher desenterrou outra surpresa, um objeto duro, de plástico laranja. Um velho frasco de remédio. O rótulo arrancado, a tampa com trava de segurança para crianças.

Charlie aumentou o volume da música. O som atravessa a parede, mas não consegue sufocar o eco das palavras rabiscadas em um pedaço de papel enrolado dentro de um frasquinho laranja.

Oh, Margarida, Margarida, minha querida
Minhas promessas eu sempre vou manter e cumprir
Quero beijar essa lágrima caída
E nunca mais te ferir
Mas se contar, eu vou fazer
Lydia
Uma Margarida também ser

Tessie, 1995

Depois que ele sai do escritório, meus dedos tocam os três grossos gizes de cera; a espiral fria de metal que une as folhas de um bloco de desenho; um copo descartável com água; alguns pincéis, uma caixa de pintura com uma dobradiça que range. O médico repetiu a ordem das cores de tinta quatro vezes, da esquerda para a direita. Preto, azul, vermelho, verde, amarelo, branco.

Como se minha escolha de cores fizesse grande diferença. Já penso em misturar as cores para fazer roxo e cinza, laranja e azul-claro. As cores dos hematomas e do pôr do sol.

Não é a primeira vez que desenho cega. Logo depois da morte de minha mãe, meu avô estava sempre tentando me distrair da dor.

Sentávamos junto daquela velha mesa de piquenique. Ele enfiava um lápis número dois no centro de um prato de papel, criando um guarda-chuva que me impedia de enxergar o que eu desenhava. "Criar imagens na sua cabeça é primal", dizia. "Não precisa dos olhos para isso. Comece pelas beiradas."

Lembro da borda de flores azuis que enfeitava o prato, dos dedos grudentos de suor e chocolate, mas não do que desenhei naquele dia.

"As lembranças não são como matéria orgânica", o médico disse ao me conduzir à mesa dele. "Não apodrecem."

Eu sabia exatamente o que ele pretendia com o exercício. A prioridade não era curar minha cegueira. Ele queria saber por que meu tornozelo se quebrou em pedaços, o que havia desenhado a meia lua rosada embaixo do meu olho. Queria que eu desenhasse *um rosto*.

Ele não disse nada disso, mas eu sabia.

"O espaço de armazenamento aqui em cima é infinito." Ele cutucou minha cabeça. "Você só precisa procurar em todas as caixas."

Mais uma dica de autoajuda antes de ele fechar a porta e eu teria gritado.

Ouço a voz do meu pai lá fora, entoando palavras imprecisas, como um lápis sem ponta. Oscar estava deitado embaixo da mesa, a cabeça apoiada no meu gesso. Pressão, mas uma pressão agradável, como a mão da minha mãe em minhas costas. A voz do médico atravessa a porta. Eles falam sobre lutas de boxe, como se o mundo funcionasse perfeitamente.

Minha cabeça está vazia quando o grafite risca insistente o papel.

O ruído da porta abrindo me assusta, dou um pulo, Oscar dá um pulo, e o bloco escorrega e cai no chão. Não sei quanto tempo passou, o que é novidade, porque, desde que fiquei cega, consigo adivinhar que horas são em cinco minutos. Lydia atribui essa habilidade a um relógio interno primitivo, como aquele que lembra os animais em hibernação de acordar no isolamento escuro de suas cavernas e voltarem ao mundo.

Sinto seu cheiro, a mesma colônia Tommy que Bobby sempre passa generosamente em si na Dillard's. Meu médico usa Tommy Hilfiger, que parece Tommy Lee Jones. Tudo Tommy.

"Só vim ver como está se saindo", ele diz.

Está do meu lado, se abaixa para pegar o bloco do chão, o coloca delicadamente sobre a mesa, diante de mim. Meus desenhos, exceto o que está naquele bloco, foram extraídos e espalhados sobre sua mesa. Minha cabeça lateja, e aperto a têmpora direita com o dedo, como se ali houvesse um botão de pausa.

"Posso?", ele pergunta, o que é ridículo, porque tenho certeza de que seus olhos já examinam tudo. Pega uma folha, devolve à mesa, pega outra.

O ar pesa com a intensidade de sua decepção; um professor com uma aluna de segunda categoria por quem ele esperava ser surpreendido.

"É só a primeira vez", ele fala. Silêncio desconfortável. "Não usou nenhuma cor." Uma nota de reprovação?

Ele fica tenso. Chega mais perto, esbarra em meu ombro, vira o bloco que, aparentemente, estava de cabeça para baixo.

"Quem é essa pessoa?"

"Não terminei."

"Tessie, quem *é*?"

Eu havia esfregado o lápis no papel até ficar preto. Depois, abri a gaveta dele e tateei até encontrar uma borracha, que usei para criar um emaranhado confuso de cabelos em volta da cabeça dela. Minha unha riscou cuidadosamente os olhos grandes, as maçãs do rosto e o nariz delicado, os lábios cheios formando um O amedrontado.

Pensei nas *extremidades*. Não havia pescoço ancorando a cabeça na escuridão. Ela flutuava no espaço, uma constelação gritando em silêncio. Eu desenhei um rosto, mas não o que ele queria.

"É sua filha." Não sei por que sentia vontade de torturá-lo. Podia ter dito que era Lydia. Ou minha mãe. Ou eu. Mas não.

Sinto um leve sopro de ar quando ele recua de repente. Talvez queira me bater. Oscar está ganindo baixinho.

"Não se parece nada com ela." A voz dele falha um pouco. Em minha cabeça, formo a imagem de um perfeito ovo preto com uma rachadura branca bem fina.

Sei que a resposta dele é imprópria, boba, até. Sou uma artista habilidosa aos 16 anos, mas o desenho que fiz é distorcido, infantil. *É claro* que não parece com ela. Nunca a vi. *Estou cega.*

Ele é médico. Não devia me deixar transformar nada disso em algo pessoal para ele.

Quando me tornei capaz de tanta crueldade?

Tessa, no presente

Penso em Lydia quando cavo mais fundo a terra solta embaixo do meu parapeito, tiro uma margarina envenenada e a jogo na pilha ao meu lado. O metal da pá tem sinais de ferrugem, mas a parte brilhante reflete a luz que passa pela tela da janela do meu quarto.

As cortinas amarelas ficam brancas à luz do luar, ondulando e se encolhendo. Enquanto aguardava o descanso de Charlie, me joguei no sofá, liguei a televisão em uma reprise de Jimmy Kimmel e rabisquei uma lista no verso de uma nota de supermercado, como se isso, de alguma forma, tornasse o conteúdo mais inofensivo.

Queria ver tudo escrito e organizado. Cada lugar em que encontrei um canteiro de margaridas-amarelas nos últimos dezesseis anos. A grande questão, para a qual já sei a resposta: *Devo voltar a cada um deles sozinha? Com Bill? Com Joanna? Não seria só perda de tempo para eles, não os faria pensar que sou ainda mais louca do que já pensam que sou?*

Parecia muito improvável que eu conseguisse encontrar enterradas coisas que ele deixou para mim há muitos anos, ou que acertasse o local exato ao cavar, mesmo com as fotos. A chuva arrasta, a terra se move.

Agora, de quatro na noite escura, movendo a mão pela terra, me pergunto se estou errada. Encontro um parafuso que caiu da mão de um operário quando as janelas foram trocadas, há dois anos. Um pedaço de papel. As raízes teimosas de uma trepadeira que emergia como um osso branco.

Lydia sempre soube o que fazer nessas situações. Era a dona de uma mente lógica e científica, capaz de deixar de lado a emoção e examinar tudo com um distanciamento clínico que eu não tinha. No verão em que tínhamos oito anos, ela pintava os livros de colorir, enquanto eu tentava inventar uma cor, derretendo giz de cera na calçada sob o sol brutal do Texas.

Na época do fundamental, eu gostava de correr contra o vento pelo gosto da disputa; Lydia esperava por mim sentada de pernas cruzadas sobre um cobertor, lendo alguma coisa velha demais para ela. *O grande Gatsby. Hamlet. 1984.* Depois, enquanto eu ofegava deitada no chão, ela tocava meu pulso com dedos gelados e contava os batimentos.

Sabia que não morreria sob a vigilância de Lydia. Ela é quem cochichou no meu ouvido, enquanto eu olhava para a versão amarela e cerosa da minha mãe no caixão. *Ela não está aí.* Desde o início, ela sempre foi estranhamente atraída pela morte..

Quando tivemos que fazer um trabalho de história sobre "um momento fascinante na história britânica", dois terços da classe de calouros da sra. Baker escreveu sobre os Beatles. Criei uma réplica cuidadosa da ponte de Londres e refleti sobre o milagre divino que impedia as lojas e casas amontoadas sobre ela de cair no imponente Tâmisa.

Lydia escolheu um rio de maldade, tão escuro e profundo que não dava para ver o fundo. A sra. Baker pediu para ela ler seu trabalho em voz alta, provavelmente por saber que ele nos impediria de dormir na carteira.

Nunca esquecerei o tom frio de Lydia ao ler as primeiras frases, roubadas do relatório do legista.

O cadáver jazia nu no meio da cama, os ombros alinhados, mas o eixo do corpo estava inclinado para o lado esquerdo da cama. A cabeça estava apoiada sobre a bochecha esquerda.

Enquanto a maioria dos colegas debatia se "I Am the Walrus" era só uma grande viagem lisérgica de John Lennon, Lydia mergulhou na história da última vítima de Jack, o Estripador.

Mary Kelly encontrou seu macabro fim na hospedaria da Dorset Street, n. 13. Com 1,70 m de altura e 25 anos de idade, ela era uma prostituta de seios fartos e devia 27 xelins de aluguel.

Alguém a ouviu cantar na cama horas antes de morrer.

Não é preciso consultar um especialista em memória para entender por que lembro desses detalhes tantos anos mais tarde, enquanto recordo tão pouco da ponte de Londres. Lydia adotou um sotaque britânico durante sua apresentação. Em um dado momento, bateu com o punho fechado no peito três vezes, dramatizando as primeiras facadas. Bobo. *Sinistro.*

Para escrever aquele relatório, Lydia passou dois fins de semana na biblioteca da Universidade Cristã do Texas, lendo dissertações e relatórios médicos do século XIX e trabalhos de pessoas que se intitulavam "estripadologistas". Lydia guardou as folhas em uma pasta de plástico e me disse para olhar a última página antes que ela tivesse de entregar o trabalho.

Fui surpreendida pela pornografia do horror: uma fotografia em preto e branco de Mary Kelly deitada na cama da hospedaria, as entranhas arrancadas. Nunca soube onde Lydia encontrou aquilo em tempos pré-Google. Só sei que Lydia sempre foi uma escavadora incansável.

Por que penso nisso agora? Passo a mão na testa, limpo o suor e deixo rastros de terra. Estou de volta à cozinha, com um pé no pedal da lixeira, jogando minha coleção no lixo. E então eu compreendo.

Desprezei o pedaço de papel porque nele não havia um poema sádico. Agora o tiro do lixo, examino com mais atenção. Pode ser um pedaço de uma embalagem de doce. *O mesmo tipo de doce que comprei na Walgreen's na noite em que desapareci? O tipo que comprava toda terça-feira para Roosevelt?*

Roosevelt era parte da minha rotina de corrida das quartas-feiras, e ele tinha esse apelido porque todos os dias, ao meio-dia em ponto, ele subia em um velho balde vermelho e recitava o discurso de posse completo de Franklin Delano Roosevelt.

Quando eu passava correndo nas quartas, depois da aula, ele já havia encerrado a apresentação. Criamos uma rotina. Eu jogava uma barra de Snickers, seu favorito, sem diminuir o ritmo. Ele sempre a pegava e sorria um sorriso largo, cheio de dentes. Isso se tornou um ritual de boa sorte durante a temporada de provas. Eu nunca perdi uma corrida depois de encontrar Roosevelt.

E assim ficou decidido. Na noite de terça-feira, eu comprava uma barra de Snickers. Não comprava duas, três ou quatro de cada vez. Não ia comprar o doce na segunda-feira ou no sábado. Comprava uma barra toda terça-feira, e ele a pegava na tarde de quarta, então eu vencia, vencia e vencia.

Mas naquelas horas que passei desaparecida, aparentemente fiz uma coisa que nunca, jamais pensei em fazer. Comi a barra que era dele. Havia traços dela no meu vômito quando passei mal no hospital.

Eu nunca quis perder uma corrida. Comi a barra naquela noite por pensar que nunca mais voltaria a correr?

Peguei um saco plástico daqueles de conservar alimentos na prateleira da despensa e guardei o papel lá dentro. *Ele havia tocado o papel? Ficou embaixo da minha janela comendo?* Meu celular tocou no sofá da sala, perturbando o silêncio que estava em todas as partes, menos no meu peito.

Hastings, William.

"É tarde, Bill." Nada de alô.

"Não vi o dia passar", ele respondeu. "Só queria lembrar que você tem que estar no laboratório amanhã às 9h45, quinze minutos antes de os técnicos começarem a trabalhar nos ossos."

Como eu poderia esquecer? Queria gritar com ele, mas disse apenas: "Vou com meu carro".

Devia ser esse o motivo da ligação. Ele insistia em me levar.

Bill deixou passar uns dois segundos. "Joanna não me disse o que era pelo telefone, mas contou que o antropólogo legista já encontrou alguma coisa."

Tessie, 1995

"Como vai indo com os desenhos em casa?", ele pergunta antes da minha bunda encontrar a almofada.

"Esqueci de trazer todos eles." Mentira. Os desenhos, nove novos, estão exatamente onde quero que estejam, em uma caixa vermelha de camisas da Macy's no meu armário, onde pus uma etiqueta com a palavra "Absorventes" para despistar meu irmão curioso.

O telefone na mesa dele vibra. A vibração de emergência, um dos sons que mais aprecio no mundo, porque me livra dele por alguns minutos.

"Desculpa, Tessie, com licença. Só um momento. Acabei de visitar um paciente no hospital e estou esperando algumas perguntas da enfermeira."

A voz do médico se afasta para o outro lado da sala. Consigo ouvir algumas palavras. *Elavil. Klonopin.* Ele não devia tratar disso com privacidade? Faço um grande esforço para não ouvir, porque não quero imaginar uma pessoa como eu do outro lado e me envolver emocionalmente. Então, me concentro em outras coisas, como tentar comparar o sotaque arrastado do médico com a descrição que Lydia fez dele.

Foi ideia dela. Ontem, com minha permissão, ela pegou o ônibus para o campus da Universidade Cristã do Texas e entrou como ouvinte na aula de neuropsicologia do fim da tarde: *Anastásia encontra Agatha Christie: explorando a massa cinzenta relacionada à amnésia.*

Quando ela disse o título da aula, eu me encolhi um pouco. Muito espalhafatoso. Mas reconheço que procurava motivos para ser crítica.

Se Lydia insistisse nos óculos redondos e grandes que usava quando as lentes de contato incomodavam, poderia sumir com facilidade no meio de um grupo de universitários. O pai dela falou uma vez que Lydia era uma dessas pessoas que nasce com 30 anos e vivia repetindo o comentário, que Lydia carregava com ela como uma ferida mortal. Eu, bom... não posso contar a Lydia, mas ultimamente me sinto meio desconfortável perto do pai dela.

Durante a nossa adolescência, o sr. Bell criou uma receita de chili fantástica e nos levava ao campo de tiro, passeava com a gente pelo lago Texoma em seu barco impossível de afundar, o Molly, sempre nos feriados do Dia do Trabalho e no Quatro de Julho. Mas ele era instável e sujeito a ataques. E, desde que fiz 14 anos, os olhos dele às vezes demoravam mais nos lugares errados. Talvez fosse apenas mais honesto que a maioria dos homens diante da puberdade. Por precaução, eu pensava, era melhor usar shorts mais compridos na casa dela.

Na noite passada, depois de seu bem-sucedido dia de espionagem e um pouco da torta de *nachos* do meu pai, Lydia estava de bom humor. "Sabia que Agatha Christie desapareceu durante onze dias, em 1926, e ninguém fazia ideia de onde ela estava?", Lydia me perguntou ofegante, sentada no canto da minha cama.

A imaginei na posição habitual: pernas cruzadas num lótus confortável, os Doc Martens cor-de-rosa com estampa floral perdidos em algum lugar no chão, uma presilha cor-de-rosa segurando uma montanha de cabelos negros. Rosa era a cor de Lydia.

Uma recapitulação dos eventos do dia no julgamento de O. J. era nossa trilha sonora. Era impossível escapar disso. Meu pai não gostava da televisão em cima da cômoda, com certeza não ia gostar da trilha sonora sangrenta, mas cedeu imediatamente quando disse a ele que o barulho constante me fazia sentir menos sozinha. Que eu não prestava atenção de fato.

Era só meia mentira. Tinha alguma coisa relaxante na voz metódica de Marcia Clark. Como alguém conseguia *não* acreditar nela?

"Agatha deu um beijo de boa noite na filha e desapareceu", Lydia continuava. "As pessoas achavam que ela podia ter se afogado num lago chamado Piscina Silenciosa, porque foi lá que encontraram o carro dela batido."

"A Piscina Silenciosa?", repeti cética. Qualquer pessoa equilibrada tinha que duvidar do que Lydia dizia, pelo menos em alguns momentos.

"*É sério!* Pode ler você mesma." Ela empurrou um pedaço de papel em minha direção. Se fosse outra pessoa, eu teria considerado aquilo uma brincadeira cruel. Mas era Lydia. Minha visão era menos cinzenta quando ela estava por perto. Mais clara, como se eu estivesse deitada de costas na grama, olhando para o entardecer do fim de verão. Peguei a prova tangível de que Agatha Christie viveu uma página de seus romances, como se isso fosse importante.

"Enfim, foi lá que encontraram o carro dela", Lydia repetiu. "A outra hipótese era de que o marido, um mentiroso traidor, a tivesse matado e abandonado o carro lá. Enquanto tudo isso acontecia, Sir Arthur Conan Doyle até levou uma luva dela para um médium tentar descobrir onde ela estava. Saiu na primeira página do New York Times." Mais barulho de papel. "Mas ela apareceu. E descobriram que ela teve *amnésia. Durante onze dias.*"

"Era esse o tema dessa aula?" O relato me confortava e, ao mesmo tempo, não.

"Aham. Fiquei curiosa com o título da aula, daí parei antes na biblioteca. Quando entrei na sala, seu *médico* falava sobre a etiologia do estado de fuga e como isso tem relação com a amnésia dissociativa."

Devia ser muito difícil viver na cabeça de Lydia. Eu a imaginava radiante e caótica, como uma estrela explodindo. Os dois lados do cérebro em constante guerra. Porque a brilhante e estável Lydia era viciada em histórias de assassinato e celebridades. O julgamento de O. J. era seu lsd. Qualquer detalhe bobo a deixava doida. Tipo na outra noite, quando ela riu de como O. J. Simpson havia pedido um copo de suco de laranja aos policiais depois da perseguição ao Bronco, e então passou dez minutos falando de como o júri não entendia o conceito de Polimorfismo de Comprimentos de Fragmentos de Restrição.

"E o que aconteceu com ela?" Queria apressar as coisas porque estava curiosa, mas também queria saber se meu médico parecia ser um babaca manipulador.

"Ela foi encontrada em um hotel usando nome falso. Alegou não reconhecer fotos dela mesma no jornal. Alguns médicos disseram que possuía comportamento suicida, que estava em transe psicogênico. Isso é como um estado de fuga, *daí* o título da aula do seu médico."

"Prefiro pensar nela como uma senhora legal escrevendo contos de mistério ao lado da lareira."

"Eu sei. É como descobrir que Edna St. Vincent Millay dormia com todo mundo e era viciada em morfina. Ednas e Agathas deviam ser fiéis aos nomes que têm."

Eu ri, ficando um pouco parecida com o que costumava ser, e imaginei o som passando pela porta do quarto, alisando uma ruga no rosto de meu pai.

"Uma escritora de mistérios com um marido infiel, e ela desaparece. Acho que era um golpe publicitário."

"Algumas pessoas podem dizer o mesmo sobre você", respondeu minha melhor amiga.

Uma escorregada rara. O tiro acertou o alvo, provocou uma dor aguda do lado direito do meu estômago.

"Desculpe, Tessie, escapou. É claro, isso *também* não é verdade. Ele é o tipo de professor por quem você pode se apaixonar, sabe, porque tem aquele *cérebro*. Ele não é uma farsa." Lydia ficou em silêncio por um segundo. "Gosto dele. Acho que pode confiar nele. Não pode?"

Outra pancada. Quinze horas mais tarde, de volta ao divã do médico, absorvo completamente as repercussões desses novos fatos. Agora Lydia, minha amiga leal e objetiva, confere ao meu médico o benefício da dúvida. Imagino se ela teria sido maluca o bastante para levantar a mão. Fazer uma pergunta. *Ser notada.* Devia ter pensado em tudo isso.

O médico acabou de pedir licença e saiu da sala. Quanto mais tempo ele permanece lá fora, mais escuro fica. Era de se esperar que isso não fizesse diferença para uma pessoa cega, mas faz. O ar-condicionado sopra barulhento pelas ventoinhas, mas é cada vez mais difícil respirar. Coloco os joelhos junto ao peito e passo meus braços ao redor deles. Minha língua tem gosto de truta morta. Tenho um medo cada vez maior de que ninguém me encontre e me tire de lá a tempo. Tenho medo de sufocar aqui.

Esse é um dos seus testes, doutor?

No segundo em que decido que não aguento mais, ele volta à sala. A cadeira range sob seu peso quando ele senta. Luto contra a onda de gratidão. *Você voltou!*

"Demorei mais do que esperava. Podemos compensar o tempo perdido na próxima sessão. Ainda temos cerca de meia hora. Se concordar, esta semana eu queria falar sobre sua mãe."

"Não é para isso que estou aqui." Minha resposta é rápida. "Já falei sobre isso muitas e muitas vezes anos atrás. Muita gente perde a mãe." A neblina invade o canto da minha visão. Pontos frenéticos de luz em todos os lugares, como um bando de vaga-lumes assustados. Novos hóspedes em minha cabeça. Isso significa que vou desmaiar? *Como vou saber a diferença?* Meus lábios entortam, e eu quase dou risada.

"Então, não devia se incomodar em falar sobre isso", ele argumenta. "E me atualizar. Onde você estava no dia em que ela morreu?" *Como se ele não soubesse. Como se não houvesse uma pasta grande e grossa sobre a mesa, uma pasta que ele nem precisou esconder de uma menina cega.*

Meu tornozelo lateja, manda um recado à cicatriz em forma de lua crescente no meu rosto e à linha cor-de-rosa de sete centímetros embaixo da minha clavícula esquerda. *Ele não percebe quanto isso me perturba? Não vê que devia recuar?*

Partes do rosto dele giram teimosas, se negam a encaixar no lugar. Olhos azuis-acinzentados, cabelo castanho, óculos de armação de metal. Nada parecido com Tommy Lee Jones, Lydia havia me contado. Mesmo assim, não consigo formar uma imagem. Não posso desenhá-lo.

Esta é a pior sessão até agora, e estamos só começando.

"Eu brincava na casinha na árvore", conto a ele, enquanto os vaga-lumes continuam com a dança do pânico.

Tessa, no presente

A primeira Margarida chegou embrulhada em tecido branco, como se estivesse vestida para um batizado sagrado. A mulher que a segura está vestida de branco da cabeça aos pés, a boca e o nariz cobertos por uma máscara, e eu só consigo ver os olhos castanhos. Parecem bondosos.

Ela abre o pano e ergue cuidadosamente a Margarida na direção da vidraça. A maior parte das pessoas reunidas do outro lado levanta o celular. A Margarida é banhada por breves flashes, como uma artista de cinema.

Seu crânio é um filme de terror. Os olhos são buracos que levam ao fundo do oceano. A maior parte da metade inferior da mandíbula desapareceu. Alguns dentes podres são como estalactites em uma caverna abandonada. É o vazio, aqueles dois horríveis buracos que me lembram que ela já foi humana. Que, um dia, foi capaz de olhar para quem olhava para ela.

Lembra? A boca vazia e sem dentes borbulha no meu ouvido. Uma granada explode no meu peito. É um choque, mas não devia ser. Dessa vez as Margaridas ficaram em silêncio por mais de um ano. Foi bobagem pensar que elas haviam desaparecido.

Agora não. Imagino minha mão cobrindo sua boca. Grito dentro da minha cabeça o hino nacional.

Bombas explodem no ar. Jo aperta meu braço.

"Desculpa, eu me atrasei." Inspiro sua peculiar normalidade. Jaleco branco de laboratório, calça cáqui, Nike roxo, crachá de plástico pendurado no pescoço por uma faixa com estampa de crânio e dois ossos cruzados. Um sopro de alguma substância química, mas não desagradável.

Respira fundo, estou do lado de cá do vidro, deste lado do inferno.

Ela assente casualmente para o grupo. Além de mim e Bill, mais quatro pessoas acompanham o evento: três estudantes de pós-graduação, um de Oxford, dois da Universidade do Norte do Texas e uma linda e loira cientista sueca chamada Britta.

Passamos os últimos quinze minutos juntos, estranhos fingindo que não estavam prestes a observar a morte em seu apogeu de sadismo. Os estudantes olham para mim com curiosidade, mas ninguém faz perguntas.

Antes de Jo chegar, falávamos sobre os três lugares em Dallas e Fort Worth que Britta não podia deixar de conhecer nas duas semanas seguintes antes de voltar para casa, para o laboratório em Estocolmo: o Amon Carter, por seus musculosos Russells e Remingtons de bronze e pelo lindo menino negro com o chapéu de jornal; o Kimbell, pela luz prateada que se derrama sobre suas obras-primas e pelo rapaz malfadado na companhia do mal-intencionado jogador de cartas trapaceiro do século XVI; o Sixth Floor Museum, onde Oswald apontava seu rifle e um teórico da conspiração de olhos arregalados vagava desafiante pela calçada dizendo *não, não é assim.*

Britta olha para Bill, e penso que é mais provável que ela acabe na cama dele. Só recebi um sorriso seco hoje de manhã.

"Stephen King pesquisou parte de sua obra envolvendo Kennedy e viagem no tempo na biblioteca do Sixth Floor", Bill diz aos outros.

"Ótimo livro", Jo responde. "King é um gênio. Mas ele nunca entendeu realmente o Texas. E eu falo como cidadã de Oklahoma. Oi, Bill. Tessa. Paky. John e Lucy. Britta, que bom que conseguiu vir hoje. Olhem, parece que eles estão começando."

O crânio agora está de frente para nós, rindo de seu lugar sobre a bancada. A mulher de branco continua desembrulhando peças do quebra-cabeça. Um osso longo e perolado da perna, depois outro em estado muito pior, como um galho de árvore quebrado no inverno.

"Hoje Tammy está no comando", diz Jo. "Chefiando a sala." As duas trocam um aceno rápido. Outras quatro mulheres em trajes estéreis ocupam seus lugares no laboratório na frente de redomas de vidro transparente. A luz fluorescente é brutal e fria.

"Você está olhando para a geladeira de um serial killer", Bill murmura em meu ouvido.

Jo olha para nós, mas não sei se ela ouviu.

"Cada legista tem um trabalho específico", ela explica. "Margaret vai cortar um pequeno pedaço do osso. Toneesha vai limpar esse pedaço com alvejante, etanol e água. Dawn vai pulverizá-lo com um pó fino, de onde extraímos o DNA. A única função de Bessie é pulverizar as superfícies enquanto trabalhamos, manter as coisas esterilizadas. É o protocolo. Sempre."

Os olhos dela estão fixos na atividade do outro lado da vidraça. Jo está em seu mundo. Brilhante, sem ego. Empática, sem cinismo.

Penso aqui que Jo lembra o nome de cada pessoa dos dois lados do vidro. E penso que ela poderia estar explicando o processo de refinamento do açúcar.

"Nunca esquecemos o protocolo." Repentinamente austera. "Nunca relaxamos. Alguém fez essa acusação contra mim uma vez. Foi o pior momento da minha vida."

Ela não extrapola. Até agora, nenhuma informação sobre o caso propriamente dito, quem esses ossos representam, por que são especiais.

"Gostamos do crânio e dos ossos mais densos, em especial o fêmur", ela prossegue. "Eles fornecem a cadeia mais longa de DNA mitocondrial e a melhor chance de extrair informação em nosso esforço de descobrir quem são essas pessoas. Temos sorte de termos em mãos essas três amostras, considerando que os ossos foram desenterrados e transferidos pelo menos uma vez."

O crânio é colocado embaixo de uma das redomas. O ruído da serra atravessa o vidro, como se flutuasse pela rua em uma tarde preguiçosa de sábado.

Quando a primeira Margarida volta à bancada, há um novo buraco de quase 6 centímetros quadrados no topo de sua cabeça.

Mais uma degradação em uma cadeia interminável delas.

Desculpa, digo em silêncio. Mas não escuto a resposta vazia e desdentada em minha cabeça.

A serra Dremel corta um osso da perna enquanto o do crânio é esfregado e limpo na segunda estação. Os técnicos esqueceram de nós, adotaram um ritmo confortável de trabalho. Não sei o que esperava, mas não era essa rotina prática, surreal.

"Deve ser especialmente excitante trabalhar no caso Margaridas Amarelas", Paky comenta animada. A aluna de Oxford. Seu sotaque é britânico, picado. Os sapatos pretos são altos demais. "Deve ser uma honra para esses técnicos. Imagino que sejam os melhores."

Sinto a tensão no corpo de Jo como se fosse no meu.

"Para eles, sim", ela responde. "Para mim, esse caso, os ossos... não são diferentes de nenhum outro que tenha sido confiado a nós. Cada um deles representa a mesma coisa. Uma família à espera."

Advertidos. Todos nós.

"Por que tem três ossos?", Bill muda de assunto de repente. "São dois esqueletos não identificados. Pensei que você examinasse um osso de cada vítima por vez."

"Era essa pergunta que eu esperava." Ainda há uma nota tensa na voz de Jo. "Os esqueletos das meninas foram devorados por bichos durante todo esse tempo. E foram transferidos pelo assassino ao menos uma vez. O antigo arquivo do caso registra solo estranho, diferente da mistura de argila vermelha daquele campo. Então, é claro, nem todos os ossos estavam lá. Nosso antropólogo legista organizou o que foi exumado dos dois caixões e contou os ossos. Havia três fêmures direitos."

Ouço alguém engolir o ar como se sufocasse. Levo um segundo para perceber que fui eu.

"Três esqueletos, não dois", cochicha Bill, como se eu não soubesse fazer conta.

Cinco Margaridas, não quatro. Uma menina morta, três indigentes aos pedaços e eu. Mais um membro da tribo. Outra família à espera.

Sou eu, a nova Margarida diz conspiradora. *Eu tenho as respostas.*

Jo olha para mim de um jeito estranho, embora eu saiba que sou a única que consegue ouvir.

Tessie, 1995

Queria saber para o que ele olha primeiro.

A menina sem boca. A garota com a venda vermelha. A teia de aranha onde a andorinha ficou presa. O corredor sem rosto na praia. O urso rosnando, meu favorito. Trabalhei duro nos dentes.

"Hoje você lembrou de trazer seus desenhos?", ele perguntou assim que cheguei. Qualquer coisa era melhor que falar do dia em que minha mãe morreu. Na semana passada ele podia ter enfiado um ferro quente no meu umbigo, o efeito teria sido o mesmo.

E o que descobriu? Que eu não ouvi nada. Não vi nada. Que tudo que lembro é de uma vaga imagem de sangue ao lado da cama onde minha mãe dormia, mas nem era uma lembrança de verdade, porque a polícia me falou que não havia sangue. Tudo isso parecia inútil. Mais um jeito de bagunçar minha cabeça.

Então, sim, levei os desenhos. Assim que ele perguntou, entreguei ao médico um tubo de papelão branco para guardar pôsteres. Lydia havia enrolado meus desenhos com cuidado depois de nossa sessão de três horas deitadas no tapete áspero do quarto dela, cercadas por uma confusão digna de jardim de infância de papéis, lápis de cor e hidrocores.

Ela não gostou da minha ideia quando lhe contei dois dias atrás, mas eu implorei. Mais que qualquer pessoa, ela entendia o medo que eu sentia de alguém descobrir meus segredos antes de mim.

Então, ela pegou novamente o ônibus para a biblioteca da Universidade Cristã do Texas. E folheou o *Aplicações clínicas dos desenhos projetivos. A mão da infância que perturba*. E, por ser Lydia, *L'imagination dans la folie*, ou *A imaginação na loucura*, um volume aleatório que estudou os desenhos de pessoas insanas, em 1846. Ela me explicou o princípio do Teste Casa-Árvore-Pessoa. Casa, como eu vejo minha família. Árvore, como vejo meu mundo. Pessoa, como eu me vejo.

Quando tudo isso acabou, deixando para trás só um toco do que havia sido um lápis preto, decidi que havíamos falsificado bem. Lydia até fez um desenho que, segundo ela, era um exército de enormes flores amarelas e pretas com rostos furiosos.

O médico está sentado na minha frente, sem dizer nada. Ouço o barulho das folhas de papel quando ele examina cada uma delas.

O silêncio deve ser uma coisa que ensinam a esses filhos da mãe manipuladores.

Por fim, ele pigarreia. "Tecnicamente, excelente, em especial se levarmos em conta que você não enxerga. Mas, no geral, clichê." Nenhuma emoção em suas palavras, só a constatação de um fato.

Minhas cicatrizes começam a pulsar. Felizmente, não dei a ele meus desenhos de verdade.

"É por isso que não gosto de você", falo com voz tensa.

"Não sabia que não gostava de mim."

"Não *sabia*? Você é como todos os outros. Não dá a mínima."

"Não é verdade, Tessie. Me importo muito com o que acontece com você. Tanto que não vou mentir. É evidente que dedicou um bom tempo a esses desenhos. Você é uma garota esperta, muito talentosa. Mas não acredito neles. O animal furioso. A menina sem voz. A ideia de correr pelo penhasco sobre o mar. Essas espirais vermelhas e pretas estilo Jackson Pollock. Tudo bonito demais. Muito oportuno. Não tem nenhuma emoção interligando os desenhos. Eles são isolados. Não é assim que o trauma funciona. Sejam quais forem as emoções que você experimenta agora... elas conectam tudo."

A cadeira range quando ele se inclina sobre a mesa e põe uma folha na minha frente. "Exceto este aqui. Este é diferente."

"Quer que eu adivinhe qual é?" Tento ser sarcástica. Tento entender como ele me decifrou tão depressa. E que desenho achou significativo.

"Você consegue?", ele pergunta. "Adivinhar?"

"Vai mesmo me fazer entrar nesse jogo?" Seguro a coleira de Oscar como se ela fosse minha tábua de salvação, deixo o couro machucar minha pele. Oscar levanta obediente. "Vou embora."

"Pode ir quando quiser. Mas acho que você quer saber."

Minha tensão diz tudo.

"Fala." Quase sufoco com a raiva.

"O campo de margaridas estranguladas. Rindo. A menininha encolhida de medo. É aterrorizante. Confuso. *Real*."

O desenho de Lydia. Ela havia passado duas horas desenhando e cantando com Alanis. *Got a plastic smile on a plastic face.*

Lydia costumava rir por não ser capaz de desenhar nem o Snoopy.

Ela não me contou sobre a menininha. Queria ver.

Solto a coleira e sento na beirada da almofada, então as palavras transbordam da minha boca antes que eu consiga contê-las.

"O que diria se eu contasse que meu principal desenho..." Respiro fundo. "É uma cortina. Muitas e muitas cortinas, até eu querer sair de dentro de mim?"

"Diria que é um ponto de partida."

Ouço uma nota mais aguda na voz dele. Esperança?

Tessa, no presente

Introduzo a chave na primeira de duas fechaduras na porta da frente. Ainda penso em jalecos brancos de laboratório, árvores feitas de ossos secos e na fração de esperança estatística de que um dos três pedaços de osso de uma menina morta leve a algum lugar. Na volta para casa, as Margaridas ficaram em silêncio, felizmente. A fechadura se recusa a cooperar, e de repente uma sombra me encobre, eu sufoco um grito.

"Por que está tão assustada, Sue?"

Euphemia Outler, minha vizinha do lado direito. Conhecida por mim como Effie, por Charlie como srta. Effie (apesar de um ou dois casamentos), e por alguns meninos maldosos do quarteirão como srta. Effing Louca. Ela foi professora de ciências, é espiã autônoma do bairro e paciente de demência precoce, que me chama regularmente de Sue, não por não saber meu nome, mas por ser o nome de sua única filha, a que mora em Nova Jersey e que, quando a mãe completou 80 anos, decidiu seguir o ditado: *o que os olhos não veem, o coração não sente*.

"Não ouvi você chegar", respondo. "Como vai?"

Effie estende a mão direita, e nela tem um objeto oval embrulhado em papel alumínio tão amassado que deve ser reutilizado desde a Grande Depressão. Na mão esquerda, um vaso de flores arranjadas por um profissional. Nenhuma delas é amarela ou preta. Na cabeça, o chapéu xadrez azul que Charlie e eu compramos para ela de um ambulante na praia, em Galveston, quatro verões atrás. Os olhos de Effie, ainda os de uma adolescente provocativa, iluminam um rosto castigado pelo sol.

"Fiz pão de banana para vocês. Tem um pouco de triguilho. E guardei as flores para você hoje de manhã. Vi quando o moço as deixou na sua varanda. Pensei que o vento ia acabar com elas. Além do mais, quero falar com você sobre um assunto."

"É muita gentileza. Obrigada." Giro a chave na segunda fechadura. A trava está um pouco emperrada. *Preciso cuidar disso, talvez acrescentar uma terceira fechadura.* Abro a porta, e Effie entra atrás de mim com seus velhos Crocs verdes, sem esperar por um convite.

"Vou guardar as compras." Evito olhar para as flores. "Pode deixar tudo ali em cima da bancada, e depois vamos falar sobre o seu... problema. Tem chá na geladeira. Charlie fez ontem à noite. Chá preto, açúcar, hortelã, limão... completo. Charlie pegou a hortelã no seu quintal quando já estava escuro."

"Pus triguilho no pão porque sei que Charlie gosta. E vou aceitar o chá."

Tenho certeza absoluta de que minha filha nem imagina o que é triguilho, mas deve ser melhor que a oferta da semana passada, biscoitos de aveia e alfarroba que Charlie comparou alegremente a esterco de vaca.

Effie acha que é chef de cozinha. O problema é que ela pensa como cientista. Por exemplo, prefere cozinhar a abóbora para a torta, em vez de usar a testada e aprovada lata de purê de uma marca conhecida. Pedaços e fiapos de abóbora e *muito* chantili em spray, essa é minha lembrança do jantar de Ação de Graças do ano passado. Mas tudo bem: muitos jantares de Ação de Graças foram tranquilos, agradáveis e sem graça, e Charlie e eu vamos rir desse último para sempre.

"O New York Times chama o triguilho de 'um trigo a ser lembrado'", Effie me conta. "Eles tentam fazer tudo parecer muito profundo. Eu teria parado de ler o jornal, se não fosse pela seção de ciência e as palavras cruzadas, que acho que revivem as células do meu cérebro. O que eles sabem? Morto não é necessariamente morto. Acha que *eles* conhecem uma palavra de quatro letras para xícara de café levantina?" *Eles* geralmente é uma referência ao neurologista que cuida dela.

"Zarf", respondo automaticamente.

"Bom, você é a exceção para muitas coisas." Ela se afasta do balcão de granito preto que separa a cozinha da sala de estar e observa a máquina industrial de costura, uma Bernina que fica sobre a mesa de jantar coberta com tule branco como uma noiva. "Qual é o projeto da semana? Mais alguma coisa para aquelas mulheres ricas?"

Fecho a porta da geladeira com o pé. "Para a filha pequena de uma delas. É um tutu. Para uma competição. Forro de tule, aplicações lilás e cristais Swarovski."

"Chique e rico. Aposto que ela vai pagar uma fortuna."

Na verdade, ela não vai me pagar uma fortuna, porque, infelizmente, a maioria das mulheres ricas não reconhece mais o custo das coisas feitas por mãos precisas, artísticas. Não quando tudo pode ser importado da China com um clique do mouse.

"É só um bico", digo. "A figurinista de uma companhia de balé de Boston me pediu para vestir as solistas para essa produção de primavera. Quero ter certeza de que sei o que estou fazendo antes de aceitar."

"Seria muita sorte conseguir contratar você. Está ficando internacional. Pensei que ia viajar esta semana para projetar a escada para aquele ator maluco na Califórnia, o que peida nos filmes. Ele não quer que a escada seja feita com um Camaro velho, ou alguma coisa assim? E o pai da Charlie não vinha ficar com ela enquanto você fica por lá? Ele prometeu consertar meu telhado. Como é o nome do soldado? Lúcifer?"

"Lucas. O projeto na Califórnia está suspenso por enquanto." Sem explicação, porque meu passado nunca é discutido. Effie sabe sobre essa parte de mim. Ou talvez não saiba. Não sei, e prefiro manter tudo como está. De qualquer maneira, não é *importante* para ela.

Sempre consigo saber pelo jeito como alguém olha para mim pela primeira vez, como se eu fosse uma perturbadora obra de arte moderna. Para minha sorte, Effie eliminou o jornal da vida dela há dez anos, porque a fazia pensar que o mundo "estava a caminho do inferno dentro de um maldito foguete".

Isso não significava que ela havia cancelado a assinatura. Todos os dias dos quatro anos em que vivemos nesta casa, ela havia deixado o New York Times na nossa porta às 5h, sem ler, faltando apenas as palavras cruzadas. Nada de jogos no iPad para Effie, apesar de todo esforço de Charlie. Effie tinha certeza de que o aparelho a controlava, não o contrário.

Eu a levo para perto do sofá. "Senta. Qual é o problema?"

"Não vai abrir o cartão com aquelas flores? Qual é a data especial? Aniversário atrasado?" Os olhos dela brilham de curiosidade.

"Nenhuma data especial, que eu saiba. Você disse que viu quem as deixou?" Faço a pergunta da maneira mais casual possível. Flores sempre me deixam meio em pânico, porque qualquer pessoa que goste de mim o suficiente para mandá-las não faria isso.

"Um garoto bonitinho com o uniforme da floricultura Lilybud's. A bermuda estava caindo. Consegui dar uma espiada."

Effie pode ter visto esse traseiro hoje. Ou ontem. Ou há um mês. O tempo é um rio agradável e sem graça para a srta. Effie.

Bato no ombro dela; vou ter que ir buscar Charlie no treino de basquete daqui a pouco, e ela vai querer comer alguma coisa além de pão de banana com triguilho. "Então, qual é o problema?", repito. "Pode falar."

"Tem um ladrão de pás por aqui." Ela mostra uma pazinha de jardim que eu não tinha notado. "Vou conversar com os vigilantes do bairro."

"Ladrão... de pás?"

"Acabei de passar no Walmart para comprar isto aqui. Paguei 2,99 dólares mais impostos. Já faz seis meses. Compro uma pá, e ela desaparece. Não posso ficar comprando pás. Sabe onde está a sua? Penso em montar uma patrulha de pás no quarteirão."

"Hum." Tenho que pensar no que eu quero responder. "Do lado da casa. Acho que deixei lá quando estava... tirando o mato." Enterrada no chão como uma lápide.

"Estou avisando, pode ter deixado lá fora uma nota de cem."

"Vou ficar de olho. Tem um lugar... onde você costuma guardar sua pá?" Faço a pergunta de um jeito cauteloso, porque sei que organização é um assunto delicado para Effie.

As coisas na casa dela mudam de lugar: uma *Scientific American* sobre engenharia genética enfiada no freezer, a cópia da chave da casa presa ao fundo da manteigueira, uma garrafa de vodca Stoli embaixo da pia do banheiro, junto da lata enferrujada de Comet, vencida em 1972.

"Bom, vou voltar ao trabalho, tenho que cuidar das vagens." Effie levanta. "As larvas acabaram com elas no ano passado. Este ano vou tentar deixar uma vasilha com cerveja para elas. Tenho certeza de que é bobagem, mas também acho que é uma solução mais feliz do que sair pisando nelas. Não me importo de morrer afogada em uma vasilha de cerveja quando chegar minha vez."

Dou risada. Levanto e a abraço. "Obrigada por tornar minha vida... normal", digo.

"Querida, estou muito suada." Ela retribui sem entusiasmo. "Muita gente acha que sou bem estranha." *Muita gente* significa, geralmente, a filha dela.

"Bom, sei como é. Que tipo de pessoa constrói escadas para atores que peidam?" *Que tipo de pessoa sente o coração parar de bater cada vez que o sol se esconde atrás de uma nuvem, temendo estar ficando cega? Ou quando abre um pote de manteiga de amendoim? Ou quando alguém grita "Margarida!" em um playground?*

Effie para a caminho da porta. "Pode mandar Charlie à minha casa em meia hora para ajudar a minha amiga da sociedade histérica e eu a trocar uns móveis de lugar? Quero dizer, histórica. Bom, ela *é* um pouco histérica. Essas mulheres precisam parar de pensar nos próprios problemas, eu acho."

"É claro." Sorrio. "Eu falo com a Charlie."

Do alto da escada, eu a vejo atravessar o espesso tapete de flores e desaparecer em seu jardim descuidado na frente da casa, até conseguir ver apenas seu chapéu saltitando como um passarinho sobre um arbusto de capim-do-texas.

Effie mora há 61 anos naquela casa amarela, um bangalô Queen Anne que, como o nosso, da década de 1920, fica no meio do famoso e histórico Fairmount District, em Fort Worth. Effie não consegue lembrar o número exato das cores com as quais já pintou as venezianas, mas localiza eventos no tempo dizendo *quando a casa era lilás*, ou *quando a casa estava naquele horrível período marrom.* Effie ainda tira o Cadillac da garagem para ir à reunião mensal de preservação histórica do bairro. Ela adora arrancar Charlie, um olho de cada vez, do celular e atacá-la com a história da vizinhança. O bonde passava por nossa rua, por isso ela é mais larga que as outras. Em Hemphill, havia uma mansão fantástica com um moinho em tamanho real em cima dela, até que um dia o lugar foi destruído por um incêndio.

Quando o telefone inevitavelmente recupera seu poder de atração sobre Charlie, Effie pega pesado: histórias de Butch Cassidy e Sundance Kid, que moravam em Hell's Half Acre, a cinco quilômetros daqui, ou sobre os sinistros túneis para porcos, agora lacrados, que correm embaixo da cidade. "Foi assim que os bodes Judas ganharam esse nome", ela afirma. "Conduzindo os porcos para o abate para escaparem dele. No passado, bodes conduziam até dez mil porcos por dia pelos túneis subterrâneos de Fort Worth até o matadouro nos Currais. Como nova-iorquinos no metrô."

Geralmente, quando a batalha era Effie versus Twitter, Effie ganhava. "Crianças precisam ter uma noção de lugar", ela me alertava. "Elas têm que sentir que não vivem e falam no espaço sideral."

De volta à cozinha, na banqueta que gira obediente formando meios círculos, me concentro no presente incômodo. Bebo chá e olho para o cartão das flores, que implora para ser aberto. Tiro o envelope do plástico, levanto a aba e puxo um cartão decorado com desenhos de balões.

Sinto sua falta.
Com amor, Lydia

O cartão cai da minha mão sobre a bancada. O canto começa a derreter no círculo de água deixado pelo copo de chá gelado. O nome de Lydia se torna uma mancha roxa. Não é a caligrafia da qual lembro, mas talvez não seja a dela. Pode ser da florista.

Por que Lydia mandaria flores? Ela não sabia que travo um combate diário e mortal com elas? Que me agarro aos amargos fragmentos de nossa briga depois do julgamento? Não nos falamos há quase dezessete anos, desde que a família dela se mudou. As flores parecem uma provocação.

Arranco o arranjo do vaso, espalho a terra na calça jeans com o movimento, e abro a porta de vidro para o quintal. Segundos depois, gérberas cor-de-rosa e orquídeas roxas estão espalhadas sobre a pira funeral do meu composto. Levo o vaso para a lata de lixo reciclável do lado de fora da garagem para dois carros, perto da cerca. Resmungo que Charlie devia ter levado o lixo para a reciclagem há dois dias.

Nenhum motivo para entrar em pânico e pensar que meu monstro mandou as flores e assinou como Lydia. Abro o portão para a estreita faixa de grama na lateral do nosso quintal. A voz esganiçada do Bob Esponja é transportada de uma janela aberta na casa ao lado. Sinal de que a babá está lá dentro, não os pais, advogados superprotetores com sedãs igualmente cautelosos.

Há muito tempo aprendi a prestar atenção ao que é habitual e ao que não é.

A extrair uma enciclopédia do menor ruído.

Contorno a casa. Ninguém plantou mais margaridas-amarelas embaixo do parapeito da janela do meu quarto. O solo está plano e revirado, como uma assadeira com massa de bolo de chocolate. Mas não aplainei nem revirei a terra desenhando aquelas espirais.

E minha pá desapareceu.

Tessie, 1995

"Se você pudesse fazer três pedidos, quais seriam?", ele repetiu.

Seu último jogo.

A cortina não levou a gente a lugar nenhum na terça-feira. Eu nem imaginava por que a desenhava. Disse a ele que era uma cortina comum. Parada, como se não houvesse brisa. Hoje não trouxe meus desenhos, e ele não tocou no assunto. Reconhecia meus limites, diferente dos outros, mas agora me irritava de um jeito completamente novo.

"Sério?", pergunto. "Deixa eu ver. Quer que eu diga que um pedido seria minha mãe descer de uma nuvem fofa e me dar um abraço? Que não queria viver em um poema de Edgar Allan Poe? Que meu primo de 3 anos parasse de estalar os dedos na frente do meu rosto para ver se consegue me fazer enxergar num toque de mágica? Que queria que meu pai gritasse com a televisão outra vez? Preciso de muitos mais desejos, não só três. Olha só, podia fazer outro pedido: queria não *responder a essa pergunta idiota.*"

"Por que quer que seu pai grite com a televisão?" Tem uma nota de humor na voz dele. Está mais relaxado, menos bravo.

"Era o que mais gostava de fazer. Gritar com Bobby Witt depois de um arremesso incrível. Ou depois de tropeçar em alguém. Agora, quando o Rangers joga, meu pai fica lá sentado como um zumbi."

"E acha que a culpa é sua?"

A resposta para isso é ridiculamente óbvia.

Queria nunca ter conhecido Roosevelt, porque não teria precisado ir comprar uma barra de Snickers e não estaria saindo do mercado às 20h03 do dia 21 de junho de 1994. Queria nunca ter me importado em ganhar, ganhar, ganhar.

"Interessante que tenha citado Poe." Mudança de assunto.

Mordo a isca. "Por quê?"

"Porque muita gente que senta nesse divã depois de um trauma psicológico compara as próprias experiências a alguma coisa da cultura pop da época. Filmes de terror. Programas sobre crimes. Ouço muito Stephen King. E John Paul. Quando começou a ler Poe?"

Dou de ombros. "Depois que meu avô morreu, herdei muitos livros dele. Minha melhor amiga e eu lemos alguns por um tempo. E também lemos *Moby Dick* naquele verão. Então, nem vai por aí, certo? Não significa nada. Eu era uma pessoa feliz antes de tudo isso acontecer. Não se concentre em coisas que não têm nenhuma importância."

"Poe mergulhou em seu medo eterno de um sepultamento prematuro", insiste. "A reanimação da morte. Perdeu a mãe quando era jovem. Não acha que pode ser mais que coincidência?"

Marteladas insistentes em meu cérebro. *Como ele sabia?* Quando me convencia de que o homem era um idiota, ele me surpreendia. Estava sempre indo a algum lugar.

"Quer falar sobre isso?", o médico pergunta.

Oscar escolhe esse momento para se ajeitar. Lambe meu joelho nu de cima para baixo. Minha tia Hilda grita com ele o tempo todo. *Não lambe! Não LAMBE!*, mas eu adoro as lambidas. E nesse momento, é como se ele dissesse: *Vai em frente, se arrisca nessa. Um dia quero que jogue um frisbee para mim.*

"A universitária do leste do Texas... Merry, Meredith, tanto faz." Falo com altivez. "Ela estava viva quando jogaram a gente naquela cova. E *falou* comigo. Lembro dela dos dois jeitos. Viva e morta." Com os olhos como diamantes azuis e com os olhos como um vidro do mar embaçado. Vermes pendurados nos cantos, grãos de arroz se contorcendo.

Ele não responde imediatamente. Percebo que não era isso que esperava.

"E a polícia disse que isso é impossível", ele fala devagar. "Que já estava morta no tempo em que você esteve naquela cova. Que devia ter morrido horas antes de ser jogada lá."

Como ele fora cuidadoso ao ler tudo sobre o caso.

"Sim. Mas ela estava *viva* no campo. Era legal. Senti sua respiração no meu rosto. Ela cantava. E fazia parte do coro da igreja, lembra?" Imploro para que ele acredite em mim, e essa é só a parte menos maluca. "Me falou o nome da mãe dela. Me falou os nomes das mães de todas elas."

Queria lembrar deles.

Tessa, no presente

Espero a bomba matinal explodir. Ou não. Fiz café e passei manteiga em um pedaço de pão de banana e triguilho, ouvi a música alta que Charlie escutava enquanto tomava banho, fiz um esboço rápido de aplicação para o tutu, pensei em como tenho sorte.

Porque, não se engane, eu tenho muita sorte. Quando esqueço disso, as Margaridas me lembram em coro. E o pão não é tão ruim.

"Mãe!", Charlie grita do quarto. "Cadê minha camiseta azul?"

Encontro Charlie de calcinha e sutiã, o cabelo se move como barbante vermelho molhado. Ela revira o quarto, uma toca de coelho cheia de roupas sujas.

"Que camiseta?", pergunto paciente. Charlie tem dois uniformes de treino e quatro uniformes para jogos. Os uniformes são "indispensáveis", custaram 435 dólares, e três deles são exatamente iguais para mim.

"Azul, azul, azul, não ouviu? Se eu não for com a camiseta, o técnico vai me fazer correr. Talvez faça o time inteiro correr por minha causa." Técnico. Não precisa de nome. Como Deus.

"Ontem ele expulsou Katlyn do treino por ter esquecido as meias vermelhas. Ela passou muita *vergonha*. E só porque a mãe lavou as meias e as jogou, por acidente, nas coisas de basquete do irmão dela. O menino joga em um time chamado *Red* Sox. Meia vermelha. Dã."

Puxo alguma coisa azul da confusão de roupas no chão. "É esta aqui?"

Charlie agora está deitada de bruços, com os braços abertos e o rosto voltado para cima na cama desfeita, decidindo se o mundo vai acabar. Ela vira a cabeça um pouco em minha direção. Noto sua mochila aberta em cima da mesa, as folhas do trabalho de biologia ainda espalhadas. O relógio digital sobre a mesa de cabeceira avisa que faltam dezenove minutos para minha amiga Sasha e a filha dela passarem para dar uma carona a Charlie até a escola.

"Mãe! Não! É a que tem o número *branco* e aquela barra maneira. A camiseta *de treino*."

"Sim, eu devia ter lido seus pensamentos. Já olhou na máquina de lavar? Na secadora? Dentro do carro?"

"Por que isso tem que acontecer comigo?" Ainda olha para o teto. Sem se mexer. Eu poderia dizer: *Chega, boa sorte*. E sair. Quando gritei essa mesma pergunta aos 16 anos, o "técnico" tinha a importância de uma vespa que poderia ser espantada com um tapa. Difícil acreditar que eu era só dois anos mais velha do que Charlie é agora.

A melhor coisa de ter sido jogada naquela cova? Perspectiva.

Portanto, vejo a situação de seu ponto de vista matinal: uma prova de ciências na segunda aula, um técnico babaca que devia ter feito mais terapia infantil do que fiz, provavelmente, e um absorvente revelador perto do meu pé.

Olho para o tigre furioso na cama, agora vestido com um top esportivo com estampa de zebra, o mesmo tigre que todo domingo à noite se transforma na menina que vai à casa ao lado ajudar Effie a organizar a caixa de remédios separando os comprimidos por dias da semana. A que fingiu sentir dor no tornozelo na semana passada para deixar sua reserva no time de vôlei jogar no dia do aniversário.

"Foi um gesto muito generoso", eu disse naquela noite, quando ela me contou por que não precisava da bolsa de gelo. "Mas não sei se foi uma boa ideia."

Charlie havia revirado os olhos, como sempre.

"Mãe, não dá para deixar a coisa errada acontecer o tempo todo. O técnico não ia deixar a menina jogar. E ela marcou três pontos depois que entrou. É tão boa quanto eu. Eu sou cinco centímetros mais alta, só isso."

Não sei quantas vezes Charlie me ofereceu fragmentos de sua sabedoria equilibrada, junto a um pouco de sua assustadora gramática texana.

"Seca o cabelo, se veste, arruma suas coisas", ordeno. "Você tem pouco mais de quinze minutos. Vou procurar a camiseta."

"E se você não achar?" Mas ela já se mexia, levantando da cama.

Oito minutos mais tarde, encontro a camiseta atrás do cesto de roupa suja. O 10 branco nas costas, acabamento quase invisível na barra. Forte odor de suor e desodorante. Aparentemente, ela tentou sem muito empenho deixá-la no lugar certo. Não é à toa que não a encontrávamos.

Enfio a camiseta na bolsa de lona ao lado da porta e vejo se ela pegou as meias vermelhas. Um carro buzina lá fora.

Charlie aparece. "Achou a camiseta?"

"Sim." Para mim ela é tão perfeita que até dói. Cachos úmidos que não foram destruídos por uma chapinha balançam como pequenas labaredas. Apenas brilho labial, sardas à mostra. Jeans, camiseta branca, a medalhinha de São Miguel que ela nunca tira do pescoço. O pai mandou do exterior pelo correio no último Natal, design de James Avery, o rei dos acessórios cristãos de bom gosto. Ele começou a vender suas peças na garagem da casa no Texas Hill Country em 1954. Hoje, seis décadas mais tarde, suas joias são tão sagradas quanto caras.

Mas, para Charlie, esse pedacinho de metal que saiu de uma fábrica de Kerrville não é símbolo de status. É um talismã, sinal de que seu pai, disfarçado de santo armado com uma espada e pendurado em seu pescoço, vai mantê-la segura. Lucas já usava a medalha quando o conheci, presente da mãe na primeira vez que ele foi para a guerra.

"Pronto", declaro. "Está especialmente bonita. Boa sorte na prova."

Ela pendura a bolsa de lona no ombro e olha para o café da manhã sobre a mesa ao lado da porta.

"Boa jogada, mas não vou comer o pão de banana e triguilho." Charlie enfia uma barrinha de granola e uma banana no bolso lateral da mochila. A buzina de novo. Effie já deve estar olhando pela janela da sala.

"Esse dia está uma droga." Charlie sai deixando para trás o ar carregado e uma trilha de caos do chão do banheiro até o quarto dela.

Seguro a porta de tela a tempo de acenar para Sasha, cujo rosto está escondido pelo brilho do sol no para-brisa da van azul. O vidro é preto, impenetrável. Não sei se ela acena de volta.

Isso não significa que tenho que correr e ir ver se não está sangrando no chão, escondida atrás do carvalho, tendo sido arrancada do veículo enquanto esperava Charlie. Nem se um estranho, com todas as pás roubadas do jardim da Effie enfiadas no porta-malas, agora está ao volante, pronto para levar meu anjo cuspidor de fogo para o inferno.

Fecho a porta e encosto na madeira lisa e fria. Respiro fundo. Espero que outras mães, mais normais, tenham pensamentos descontrolados parecidos em relação à segurança dos filhos.

Embrulho a fatia de pão rejeitada, generosamente coberta com cream cheese de morango, e guardo na geladeira. Para o almoço, talvez. Lavo minha xícara de café e a deixo no escorredor.

Nos dez minutos seguintes, o ruído da máquina de costura quebra o silêncio. Meu pé pressiona o pedal. Dedos manipulam o cetim. Para. Começa. Para. Começa. A trilha sonora da minha infância, antes da morte de minha mãe.

Não o barulho de uma serra em um osso.

Minha mente não caminha por uma trilha de pontos perfeitamente enfileirados. Ela divaga desordenada para os lugares onde ele plantou margaridas-amarelas. Meus olhos fecham por um segundo, e os pontos desalinham e formam um zigue-zague que lembra um trem descarrilado.

A lista que fiz há dois dias está presa no fundo da gaveta de vegetais. Sombras da srta. Effie.

Quarenta e cinco minutos depois, piso no pedal do meu jipe.

Muito tempo depois de Lydia e eu termos nos afastado, voltei a este lugar. De novo e de novo. Talvez na esperança de que ela voltasse lá também.

Até que parei.

Ele está diferente e, ao mesmo tempo, igual. Os patos deslizam sobre a água trêmula. Sem rumo. Esperam a primeira migalha de pão do dia cair no lago.

Meu carro está parado sozinho no acostamento da estrada. Lydia e eu costumávamos vir de ônibus, de Hemphill para West Seventh.

Meus pés não fazem ruído na terra. É mais ou menos aqui onde costumavam ganhar velocidade, se preparando para a largada.

Lydia sempre falava, ria, falava enquanto percorríamos esse caminho. Contava com qual livro da biblioteca havia deslizado para baixo do velho e macio cobertor verde do pai dela, carregando uma lata já morna de Dr. Pepper Diet.

A insustentável leveza do ser.

Diana: sua verdadeira história.

Uma brisa leve movimenta as coisas. Metade das folhas das árvores ainda tentam tomar uma decisão: já é inverno ou ainda não? Quando Lydia e eu andávamos por aqui, as árvores eram frondosas e cheias. Bloqueavam o sol quente como um moletom com capuz, projetando um conforto íntimo e escuro que talvez só alguém do Sul consiga entender.

Se alguém me observasse, pensaria que vou fazer alguma coisa errada. Se fosse depois, duas horas mais tarde, quando migalhas de pão eram jogadas de todas as direções, pais puxariam seus filhos para longe da mulher estranha andando por ali com uma pá enferrujada. Talvez até ligassem para a polícia usando a discagem rápida do celular, coisa que nunca haviam feito antes.

Em dias como este, me pergunto se estariam certos. Se apenas dois ou três neurônios estavam decidindo se eu era indicada para me juntar à mulher que vivia perto das trilhas, em uma tenda feita com sacos pretos de lixo e velhos cabos de vassoura.

Por isso não trouxe ninguém comigo. Nem Jo, que não cometeria erros ao colher as provas. Nem Bill, que ficaria preocupado porque devíamos ter trazido Jo. Sou equilibrada, mas ao mesmo tempo não sou, e não quero que ninguém saiba disso.

Qual era a citação de Poe de que Lydia tanto gostava? *Tornei-me insano, com longos intervalos de uma horrível sanidade.*

Os patos e o lago agora ficaram para trás. Ouço o barulho do mar. É claro, não é o oceano. Lydia e eu fechávamos os olhos e fingíamos que era. A única rota próxima para o oceano é o rio Trinity, que atravessa o parque do outro lado e corre por centenas de quilômetros até Galveston. *La Santisima Trinidad*, a Santíssima Trindade. Batizada por de Leon em 1690.

Noção de espaço, diz Effie.

Começo a contar os pilares. Um, dois, três, quatro. Cinco. O mar agora está acima de mim. Continuo andando, me dirijo a uma vaca vermelha com um chapéu roxo de burro. É novo.

Levo um segundo para perceber que aquilo é um unicórnio, não uma vaca burra. A sereia que o acompanha tem cabelos ruivos como os meus e os de Charlie. Sua longa cauda verde flutua em um mar de peixes risonhos, que nem pensam em morder. Paz, amor, compreensão.

Essa arte esperançosa não estava aqui há dezessete anos, quando Lydia estendeu seu cobertor sob o pilar número cinco da ponte Lancaster. Agora, grafites de aparência infantil cobrem todos os píeres de concreto da ponte até onde consigo enxergar. Os pilares antes eram pintados de um verde feio e estrangulados por aquele tipo de trepadeira que parece não precisar de nada para viver.

O barulho do trânsito lá em cima.

O conhecimento de um mundo subterrâneo secreto.

O medo excitante de que todo aquele caos pulsante pode desabar sobre sua cabeça a qualquer momento, mas, provavelmente, não vai.

A preocupação com o que pode sair do grande bosque perto dali.

O mesmo, o mesmo, o mesmo. O mesmo.

Examino o chão de terra batida embaixo da imensa estrutura de aço e concreto. Ainda imperdoável. Duro e vazio. Mas ele não plantou as margaridas-amarelas embaixo da ponte no pilar número cinco, onde eu costumava encontrar Lydia depois de correr nas trilhas sinuosas. Ele as plantou *lá*, alguns metros adiante, embaixo de um grande cedro no limite do bosque. Elas apareceram em uma época do ano em que as margaridas-amarelas floresciam, portanto eu não podia ter certeza. Depois que as encontrei, simplesmente não voltei mais ao local. Eu tinha 24 anos, e Lydia e eu estávamos afastadas havia sete.

Um ruído atrás de mim. Viro assustada. Um homem surgiu de trás do pilar. Agarro a pá, que vira uma arma.

Porém não é um homem. Ele é alto e magro, mas não tem mais que 14 anos. Pele clara, jeans largo, camiseta do Jack Johnson. Uma pequena mochila preta pendurada em um ombro. Tem um telefone com capa camuflada pendurado em sua cintura, e na mão direita ele carrega o que deve ser um detector de metal.

"Não devia estar na escola?", pergunto.

"Estudo em casa. O que está fazendo? Não pode tirar plantas daqui. Ainda é área do parque. Só pode arrancar as folhas."

"Não devia estar em casa, então? Estudando? Não sei se sua mãe ia gostar de ver você deste lado do parque." Meus nervos saem do estado máximo de alerta.

"Estou garimpando. Hoje é Dia Nacional da Celebração da Botânica. Ou alguma coisa assim. Minha mãe está perto do lago com minha irmã. Ensina a ela sobre as maravilhas da visão dos patos. Eles enxergam, tipo, quatro vezes mais longe que a gente, ou alguma coisa assim."

A mãe dele está por perto. Uma mãe que ensina os filhos *em casa* e, provavelmente, usou muitas vezes o número da polícia para denúncias que não são emergências. Não quero atrair a atenção dela.

Não vejo nenhuma evidência de botânica neste sujeito. "Não sabia que os botânicos usavam detector de metal hoje em dia", comento.

"Engraçadinha." Ele olha para mim e rói uma unha. "Essa pá é muito velha."

O menino não ia embora.

"O que está fazendo?", ele insiste.

"Procuro uma coisa que... alguém pode ter deixado para mim quando eu era mais jovem. Eu nunca roubaria plantas no Dia Nacional da Botânica."

Um erro. Muito simpática. Muito verdadeira. O primeiro brilho de curiosidade nos olhos dele. O garoto colocou uma mecha de cabelos castanhos para trás, por isso consigo vê-los. Ele tem uma boa aparência. Até ficaria bonito se ajeitasse o ângulo da boca.

"Quer ajuda? Tem metal nessa coisa? É um anel, ou alguma coisa assim? Posso usar minha ferramenta. Não vai acreditar nas coisas que encontrei neste parque." Ele já está do meu lado, praticamente pisando no meu pé, ansioso, a luz vermelha do equipamento piscando. Antes que eu perceba, ele passou casualmente o detector na minha perna. Depois na outra. Agora está subindo, se aproximando da cintura.

"Para com isso." Dou um pulo para trás.

"Desculpa. Só queria ter certeza de que não está armada. Faca, revólver. Ia ficar surpresa se soubesse quem encontrei por aqui."

"Qual é o seu nome?", pergunto. Meu coração está acelerado, mas tenho certeza de que o aparelhinho não subiu o suficiente para interferir no dispositivo de metal em meu peito.

Começo a duvidar da história da mãe. E sobre estudar em casa.

"Meu nome é Carl", se apresenta tranquilo. "E o seu?"

"Sue", minto.

O garoto interpreta a rápida troca de nomes como um sinal de conluio. Com ar profissional, passa o detector sobre a área onde meus pés deixaram marcas sobre a vegetação.

"Aqui?", pergunta.

"Por aí. Eu ia cavar uma área de meio metro." *Como me livro dessa? Se eu for embora, ele vai continuar procurando sozinho.*

"Isso que procura... foi um antigo namorado que deixou?"

Eu me arrepio. "Não. Não foi um namorado."

"O alarme não dispara. Não tem nada aqui." Parece desapontado. "Quer que eu cave assim mesmo?"

Maravilha. Agora sou o destaque do Dia Nacional da Celebração da Botânica.

"Não. Preciso me exercitar. Mas obrigada."

Ele se apoia em uma árvore e pega o celular para mandar uma mensagem. Espero que não seja sobre mim. Poucos minutos depois, se afasta dando tchau.

Meia hora mais tarde, cavei entre as raízes de uma velha árvore e abri um buraco equivalente à metade de um berço de bebê, com uns trinta centímetros de profundidade.

Carl está certo.

Não tem nada aqui.

Será que ele me espia?

De joelhos, empurro rapidamente a terra de volta para o buraco. Parece o túmulo de um animal.

Meu telefone assobia, um som bobo, mas meu coração dispara mesmo assim.

Uma mensagem de texto. Charlie.

Desculpa o mau humor, mãe. ☺

Charlie foi bem na prova de biologia.

Guardo o telefone no bolso e sigo para a área mais escura embaixo da ponte. Penso nas duas meninas que ouviam o ruído do trânsito e imaginavam o oceano. Meninas que não tinham nada mais importante para fazer do que discutir se *Jurassic Park* poderia acontecer de verdade e enaltecer as virtudes dos drive-ins Sonic porque eles tinham, de longe, o melhor gelo para mastigar. Tudo isso, é claro, antes de uma delas acabar em um buraco, e a outra tentar tirá-la de lá.

Hora de seguir em frente.

Quando chego ao lago, vejo uma mulher ajoelhada ao lado de uma criança pequena com uma boina cor-de-rosa. A menina aponta para dois patos que, com os bicos encostados, parecem disputar um campeonato de quem encara por mais tempo.

A risada deliciosa da criança atravessa o lago, faz a água ondular com o movimento dos outros patos que atrai. Vejo uma colcha de retalhos velha embaixo dela. Um cooler azul.

Só não vejo Carl.

Tessie, 1995

Ele tagarelava sem parar.

Blá, blá. Tagarela, tagarela.

Aparentemente, não é incomum ter uma experiência paranormal depois de um *evento*.

Outras pessoas também falam com os mortos. Nada muito importante. Ele não fala em voz alta, mas eu sou um *clichê*.

"A experiência paranormal pode ocorrer durante o evento", diz. "Ou depois dele." *O evento. Como um casamento da realeza ou um jogo de futebol entre as universidades do Texas e de Oklahoma.* "As vítimas sobreviventes às vezes acreditam que uma pessoa morta no evento ainda fala com elas." Se ele disser *evento* mais uma vez, vou começar a gritar. A única coisa que me contém é Oscar. Ele está dormindo, não quero que se assuste.

"Tenho uma paciente que viu a melhor amiga morrer afogada. Foi especialmente traumático porque ela não viu a amiga voltar à superfície. Não encontraram o corpo. Ela estava certa de que a amiga controlava os assuntos da vida dela do céu. Coisas comuns. Como se ia chover em cima dela. Pessoas em circunstâncias semelhantes às suas podem, de repente, ver fantasmas à luz do dia. Prever o futuro. Acreditam em presságios e algumas nem conseguem sair de casa."

Circunstâncias semelhantes às minhas? E ele falava com essa cara? Com esse sorrisinho afetado? E, claro, não é uma boa ideia segurar minha cabeça embaixo da água, com linhas de pesca emaranhadas, tocos de árvore que comem humanos e mechas de cabelo de outra garota. O pai de Lydia sempre avisou a gente sobre as coisas que havia sob a superfície turva do lago. Ele nos fazia usar coletes salva-vidas de náilon no calor de quarenta graus, por mais que ela suasse e choramingasse.

"Isso é loucura", eu falo. "Essa história da chuva. Não estou maluca. Aconteceu. Eu sei que *aconteceu*. Ela falou comigo."

Esperei ele responder. *Acredito que você acha que aconteceu, Tessie.* Ênfase no *acredito*. Ênfase no *acha*.

Ele não disse.

"Acha que ela estava viva ou morta quando falou com você?"

"Viva. Morta. Não sei." Hesito, não sei até onde devo ir. "Lembro dos olhos dela bem azuis, só que o jornal dizia que eram castanhos. Mas, nos meus sonhos, eles às vezes mudam de cor."

"Você sonha muito?"

"Um pouco." *Não quero* ir por esse caminho.

"O que Meredith falou exatamente?"

"Merry. A mãe dela a chama de Merry."

"Tudo bem, Merry. Qual foi a primeira coisa que Merry disse para você na cova?"

"Disse que estava com fome." De repente sinto na boca o gosto de amendoins estragados. Passo a língua pelos dentes tentando controlar a ânsia de vômito.

"Deu a ela alguma coisa para comer?"

"Isso não é importante. Não lembro."

Ai, meu Deus, parece que escovei os dentes com manteiga de amendoim. Quero vomitar. Calculo o espaço à minha volta. Se vomitar para o lado, sujo o sofá de couro. Se abaixar a cabeça, acerto Oscar. Para frente, sem nenhum obstáculo, o médico leva a pior.

"Merry estava aborrecida porque a mãe ia ficar preocupada com ela. Ela me falou o nome da mãe: Dawna. Com A e W. Lembro que fiquei aflita para encontrar a mãe de Merry. Queria mais que tudo sair de lá para ir avisar a mãe dela que Merry estava segura. Mas não conseguia me mexer. Minha cabeça, pernas, braços. Era como se um caminhão esmagasse meu peito."

Não sabia se Merry estava viva, e eu, morta.

"O que importa é que sei soletrar o nome da mãe dela", insisto. "D-a-w-n-a, não D-o-n-n-a. Então, deve ter acontecido. Senão, como eu saberia?"

"Tenho que perguntar uma coisa, Tessie. Você mencionou o jornal. Alguém tem lido para você as matérias publicadas sobre o caso?"

Não respondo. Lydia teria problemas sérios com meu pai. Com os advogados também, provavelmente, porque eles queriam que eu testemunhasse sem influência da mídia. Ouvi um dos assistentes dizer: "Se for preciso, podemos fazer a cegueira funcionar a nosso favor". Não quero que ninguém afaste Lydia de mim.

"É possível que tenha transposto a linha do tempo", diz o médico. "Sabe soletrar o nome da mãe dela, mas só tomou conhecimento disso depois."

"Também é comum?" Sarcasmo.

"Não é *incomum*."

Ele está marcando todos os quesitos da loucura, e eu estou conseguindo a pontuação máxima.

A ponta da minha bota bate furiosamente contra o pé da mesa. Meu pé escorrega e, sem querer, chuto Oscar, que gane. Acho que nada no último mês me fez sentir tão horrível quanto esse som baixo de dor. Abaixo e encosto o rosto em seu pelo. *Desculpa, desculpa.* Oscar lambe meu braço, a primeira coisa que ele alcança com a língua.

"Minha Vó Trouxe Maçãs Já Sei Uma Não Presta", cochicho várias vezes contra seu corpo quente, acalmando Oscar. E me acalmando.

"Tessie." Preocupação. Não tem mais sorrisinho. Ele acha que exagerou na pressão. Rio baixinho, parecendo uma lunática. É estranho porque me sinto muito bem hoje, de verdade. Só fiquei mal por ter chutado Oscar.

Levanto a cabeça, e Oscar se ajeita aos meus pés. A cauda bate como um cabo de vassoura na minha perna. Ele está bem. Nós estamos bem.

"É um joguinho mnemônico", explico. "Para lembrar a ordem dos planetas."

"Não entendo."

"Mercúrio, Vênus, Terra, Marte... Minha Vó Trouxe Maçãs..."

"Sim, eu sei. Mas o que isso tem a ver com Merry?" Ele parece realmente preocupado.

"Merry achava que tínhamos que criar um código para me ajudar a lembrar o nome das mães das outras Margaridas. Para eu poder encontrá-las depois. Contar que as filhas delas também estavam bem."

"E isso tinha alguma coisa a ver... com os planetas?"

"Não", respondo impaciente. "Eu repetia essa coisa dos planetas na cova, tentava não pirar, sabe? Não apagar. Tudo girava. Conseguia ver as estrelas e as coisas." A lua era um sorriso fino, pequeno. *Não desiste!* "Enfim, isso fez Merry pensar na ideia de um jogo mnemônico para eu não esquecer o nome das outras mães. N-U-S. Uma letra para cada mãe. Nariz Úmido Sujo. Ou alguma coisa assim. Lembro do nariz. Mas mudeis as letras de lugar e formei uma palavra de verdade. UNS."

Silêncio. Consegui chocar o médico outra vez.

"E os nomes das outras mães? Como eram?"

"Não lembro. Ainda." É horrível dizer isso em voz alta. "Só as três letras. Só UNS. Mas estou me esforçando." Determinada. Estudo nomes todas as noites quando vou deitar. Os com U são os mais difíceis. Úrsula? Uni? Não vou desapontar Merry. Vou encontrar a mãe de cada Margarida.

O médico pensa no que falei.

Não sou mais um clichê.

"Havia ossos de outras duas garotas na cova, não três", ele fala finalmente, como se a lógica tivesse alguma coisa a ver com a história.

Tessa, no presente

Nós três quase não cabemos no escritório da famosa dra. Joanna Seger. Não é nada do que eu esperava para uma cientista com status de celebridade. A janela grande exibe uma vista linda do horizonte de Fort Worth, mas Jo fica de frente para a porta, dando as boas-vindas a quem entra. Sua mesa, uma peça moderna e preta que quase ocupa o espaço inteiro, é coberta de registros e papéis de medicina legal. Lembro da mesa de Angie no porão de uma igreja. O tipo de espaço onde a paixão é maior que a organização e ninguém arruma a cama.

A obra-prima se eleva do caos: um computador Goliath com cem mil dólares em software. A tela HD exibe uma montanha-russa de códigos de barras verdes e pretos. É a única coisa colorida, exceto pelas risonhas máscaras mortuárias mexicanas e a noiva-esqueleto que sorri sobre uma prateleira como uma Barbie macabra. Os mexicanos, abençoados sejam, sempre tiveram uma visão menos melindrosa e mais realista da morte. Imagino que Jo se identifique com eles.

Tenho medo de olhar com mais atenção para o que parece ser um coração boiando em uma caixa de vidro, porque tenho certeza absoluta de que é um coração boiando em uma caixa de vidro. Conservado, de alguma maneira, em uma substância de cor neutra. O brilho apagado me lembra de uma viagem que fiz a Dallas com Charlie para assistir à exposição *Body Worlds*, na qual corpos humanos mortos são plastificados com polímero para que possamos admirar nossa complexa beleza interior. Charlie teve pesadelos durante uma semana depois de saber que a exposição itinerante de muitos milhões de dólares podia utilizar cadáveres de prisioneiros executados na China.

Tenho certeza, certeza, certeza de que também não quero saber de onde saiu aquele coração.

Muitas placas de condecoração nas paredes. Aquela assinatura é do presidente Bush?

Bill está lendo e-mails no celular, me ignora. Empurrou a cadeira para abrir espaço para as pernas, e a afastou tanto da mesa que está quase na porta. Meus joelhos estão espremidos contra a mesa, provavelmente vermelhos embaixo da saia de algodão.

Jo comanda o espetáculo, e nós estamos esperando.

Ela ocupa seu pequeno recanto do outro lado da mesa, falando ao telefone. Teve a chance de dizer: "Sentem, por favor", antes de ele vibrar. "Aham", diz agora, depois de vários minutos ouvindo. "Ótimo. Avisa quando terminar."

"Ótimas notícias", ela anuncia quando desliga o aparelho. "Conseguimos extrair DNA mitocondrial dos ossos de duas meninas. Os fêmures. Não tivemos a mesma sorte com o crânio. Vamos ter que tentar outra vez, provavelmente com um fêmur, embora esteja seriamente degradado. Vamos trabalhar nele. Não desistiremos. Encontraremos o osso certo." Ela hesita. "Também decidimos extrair DNA de alguns outros ossos. Só para ter certeza de que não há mais erros."

Não consigo pensar nisso. Mais garotas. A cacofonia de Margaridas na minha cabeça já é demais.

No entanto, reconheço a tenacidade de Jo. Meu iPad não teve sossego desde que testemunhei o corte dos ossos. Esse laboratório de medicina legal altamente tecnológico pode ser um segredo bem guardado em Fort Worth, mas é conhecido pelos combatentes do crime no mundo todo. O prédio se ergue em Camp Bowie como um navio de prata cheio de tesouros sinistros: dentes de leite, crânios, ossos da bacia e mandíbulas que atravessaram fronteiras estaduais e oceanos atrás de uma última tentativa de identificação. Esse laboratório consegue resultados quando ninguém mais sabe o que fazer.

"Isso é ótimo, Jo." Percebo um alívio cansado na voz de Bill.

O tom me lembra que ele empurra uma tonelada de tijolos ladeira acima todos os dias com uma mão enquanto me puxa com a outra. Hoje de manhã aceitei acompanhá-lo, com alguma relutância, para conhecer a "especialista" que analisa meus desenhos de adolescente. A visita ao escritório de Jo foi uma surpresa de última hora, e uma boa surpresa. Eu respiraria livremente por mais alguns minutos antes de começar a inspecionar as dobras de uma cortina em busca de um rosto. Ou melhor, eu poderia respirar se meus olhos parassem de voltar ao coração na caixa.

"Era meu chefe no telefone", Jo continua. "O DNA daquelas duas meninas foi enviado para o banco de dados nacional de pessoas desaparecidas. Não quero elevar muito suas expectativas. Tudo isso será inútil, claro, se as famílias das vítimas não alimentaram o sistema com o DNA delas para que a comparação seja feita. O banco de dados nem existia quando as meninas desapareceram. Essas famílias têm que ser daquelas que não perdem a esperança, têm que estar coladas na polícia até hoje e de joelhos rezando todas as noites. Por favor, não esqueçam, vocês não estão no cenário de um filme com a Angelina Jolie."

Quantas vezes ela repetiu esse discurso? Centenas. Milhares.

Com a mão esquerda, rabisca um desenho no canto de uma revista. Uma cadeia de DNA. Ela tem sapatinhos. Acho que está correndo. Ou dançando.

"Cinco semanas e dois dias para o Dia D", diz Bill. "Mas já cheguei nesse ponto com menos material em outros casos e acabei conseguindo. Agradeça a todos pela perseverança. Qualquer detalhe sobre a identidade dessas meninas pode favorecer mais dúvidas razoáveis. Quero acrescentá-las à lista na audiência."

A mão de Jo para. "Tessa, sabe alguma coisa sobre o uso forense do DNA mitocondrial? Quero que entenda bem o que temos aqui."

"Sei pouco", respondo. "É o material que vem do lado materno. Mãe. Avó. Eu... li... que você usou esse DNA para identificar os ossos de uma das vítimas de John Wayne Gacy trinta anos depois do crime."

"Não fui eu especificamente, mas, sim, foi este laboratório. William Bundy. Também conhecido como número dezenove, porque foi a décima nona vítima tirada do vão embaixo da casa de Gacy, em Chicago. Aquele foi um ótimo dia para a família dele. E para a ciência."

John Wayne Gacy. Executado por injeção letal em 1994. O ano em que tudo que eu queria era vingança. A execução desse homem ainda paira em minha memória como uma sombra em um relógio de sol.

Jo está rabiscando outra vez. O DNA dançante agora tem par. Essa cadeia usa salto alto. Jo prende a caneta atrás da orelha. "Vou dar a vocês a aula rápida de ciências que dou aos grupos de sexto ano que visitam o laboratório. Nossas células têm dois tipos de DNA: nuclear e mitocondrial. O DNA nuclear é o que foi usado no julgamento de O. J. e, a propósito, se vocês têm alguma dúvida sobre o assunto, ele é culpado. Mas essa cena do crime era recente. Para ossos mais antigos, passamos a contar com o DNA mitocondrial, que permanece no material por mais tempo. É mais difícil de extrair, mas estamos melhorando nisso. Você acertou: ele permanece idêntico ao dos ancestrais por décadas. O que o torna perfeito para casos arquivados como esse. E casos ainda mais antigos, como o dos Romanov, no qual o trabalho da perícia finalmente desmentiu o mito de que a princesa Anastásia escapou do local onde a família dela foi executada. A ciência conseguiu provar que todas as pessoas que afirmavam ser ela, ou descendentes dela, eram mentirosas. Mais um grande caso, que reescreveu a história."

Balanço a cabeça, assentindo. Eu sabia muito sobre Anastásia. Lydia era fascinada por todas as românticas teorias de conspiração, as dez mulheres que afirmaram ser a única filha sobrevivente de Nicolau II e da imperatriz Alexandra, que foram executados com seus filhos pelos bolcheviques como cachorros. Também assisti à versão distorcida, pasteurizada, inteiramente imaginada e com final feliz, a *Anastásia*, da Disney, quando tomava conta da minha prima, Ella, de 6 anos. "Você é uma princesa também?", Ella me perguntou ao término do filme. "Você não foi a menina que esqueceu?"

Bill se move inquieto. Impaciente. "E o cabelo, Jo?"

"Ainda em processo. Vamos enfrentar mais burocracia antes de tirarmos o material da polícia. Está em uma caixa de provas diferente."

"Cabelo?", pergunto. "Que cabelo?"

"É sério que ainda não conhece os detalhes do caso?", Bill pergunta impaciente. "O cabelo é uma das duas provas físicas usadas para condenar Terrell. Foi encontrado na jaqueta suja de lama na estrada da fazenda." Jaqueta suja de lama. Luva ensanguentada. De repente estou de volta à Terra de O. J.

"Fiz questão de não ler muito sobre o caso", respondo com tom seco. A frustração em relação a mim magoa. "Faz muito tempo. Só entrei naquele tribunal para testemunhar. Não me lembro de nenhum fio de cabelo."

Jo me estuda com atenção, a caneta parada. "Cabelo ruivo."

Meu cabelo.

"Foi apresentado no último minuto durante o julgamento. O legista da promotoria o examinou com um microscópio e afirmou que o cabelo era seu. Disse ter certeza *absoluta* de que o cabelo saiu da sua cabeça. Era esse tipo de pseudociência em que a justiça acreditava naquela época. É impossível afirmar que um fio de cabelo pertence a uma pessoa específica usando só um microscópio. A única maneira de ter essa certeza é pela análise do DNA. E é o que fazemos agora."

Mas... só dois por cento da população tem cabelo ruivo. Minha avó me disse isso. Primeiro, depois de me pegar cortando as mechas alaranjadas aos 4 anos de idade, e de novo, seis anos mais tarde, quando tentei tingir o cabelo de loiro espremendo treze limões na cabeça e me expondo ao sol do Texas.

Cabelo ruivo era outra coisa que fazia de mim uma pessoa de sorte. *Especial.*

"Sei sobre a jaqueta, é claro", afirmo sem hesitação. "Conheço a identidade da pessoa que viu... Terrell... pedindo carona perto do campo. Só não sabia sobre o cabelo." *Ou esqueci.*

Bill se levanta de repente. "Talvez você também *não saiba* que setenta por cento das condenações injustas revertidas por exames de DNA envolvem identificação errada por parte de testemunhas oculares. E que a jaqueta encontrada na estrada era um número menor que o de Terrell.

E o cabelo ruivo na jaqueta? Liso. Pelo que vimos nas suas fotos de escola, você tinha cabelo enrolado. O fio encontrado pode ter sido de um poodle, pelo amor de Deus!"

Não acredito que existam poodles ruivos. Embora minha tia Hilda tenha tingido o dela de azul certa vez.

Mas entendo a raiva de Bill. A necessidade de expor esses detalhes.

Sei o que ele pensa, embora não diga em voz alta. O verdadeiro motivo pelo qual Terrell Darcy Goodwin perdeu os últimos dezessete anos de sua vida não foi um fio de cabelo ruivo ou uma jaqueta abandonada no acostamento de uma estrada, nem uma mulher que se julgava capaz de enxergar no escuro enquanto passava por ali dentro de sua Mercedes.

A verdadeira razão para Terrell Darcy Goodwin estar no corredor da morte foi a Margarida Amarela que testemunhou apavorada, enlouquecida pelo medo.

Tessie, 1995

Mal posso esperar para contar.

"Sei que a última semana foi difícil", ele começa. "Mas só temos dois meses antes do início do julgamento. É pouco tempo para descobrir o que você sabe e o que não sabe para ajudá-la a se sentir preparada."

Cinquenta e nove dias, não dois meses.

"Devíamos reconsiderar a hipnose leve", ele diz. "Sei como se sente sobre isso, mas tem coisas escondidas nas sombras. Bem perto de nós, Tessie. Muito perto."

Tínhamos um acordo. Nada de drogas. Nada de hipnose.

Meu coração bate forte, a respiração é rápida. Como naquela vez em que corri cinco quilômetros no parque, agosto passado, e Lydia teve que fazer uso do saco de papel que ela levava na mochila para casos de emergência.

Lydia. Sempre por perto, sempre calma. *Respira. Inspira, expira. Inspira, expira.* O saco de papel fazendo barulho, inchando e murchando.

"O que acha?", ele persiste. "Falei com seu pai sobre isso."

O silêncio entre essa ameaça e sua próxima frase vai me matar. Tento lembrar onde costumo fixar os olhos. Olho para baixo? Para cima? Na direção da voz dele? Isso é importante.

"Seu pai disse que não vai apoiar hipnose, a menos que você concorde em fazer", ele fala finalmente. "Então, vamos decidir entre nós."

Nunca amei meu pai tanto como neste momento. Estou aliviada por isso, por causa desse gesto simples e profundo de respeito do homem que viu sua filha ruiva, antes confiante em sua capacidade de ser mais veloz que o vento, murchar até se tornar só pele, ossos e amargura. Meu pai trata meu futuro como um troféu amassado que ainda significa alguma coisa, não importa o quão pesado seja.

Ele está sentado do outro lado da porta, lutando por mim. Todos os dias, sempre lutando por mim. Quero correr lá fora e me jogar em seus braços. Quero pedir desculpas por cada noite silenciosa, cada refeição preparada com cuidado e não comida, cada convite que recusei: sentar na rede da varanda, ir dar uma volta a pé ou tomar sorvete na Dairy Queen.

"Nossos objetivos são os mesmos, Tessie", diz o médico. "Que você se recupere. A justiça faz parte do pacote."

Não disse uma palavra desde que passei pela porta. E havia planejado falar muitas coisas. Lágrimas ameaçam transbordar dos meus olhos. Não sei o que significam. E me recuso a derramá-las.

"Tessie." Preparando o golpe final. Transformando meu nome em uma ordem. Lembrando que ele sabe mais do que eu. "Isso pode ajudar você a voltar a enxergar", diz.

Ah.

Quero dar risada.

O que ele não sabe, o que ninguém sabe, é que já estou vendo.

Tessa, no presente

Eu teria convivido muito bem com a ideia do nunca mais. Nunca mais deitar no divã de um terapeuta. Nunca mais pensar nos meus desenhos manipuladores da menina correndo na areia, da menina sem boca. Nunca mais lutar contra essa sensação horrível de que a outra pessoa na sala quer usar uma faca para desenterrar meus segredos.

A dra. Nancy Giles acompanhou Bill até a porta imediatamente, explicando com educação que a presença dele atrapalharia. Na verdade, nem foi de uma maneira tão educada. O fato de ela ser uma criatura linda com porte de gazela deve ter servido para amenizar o golpe. Bill resmungou sobre ser posto para fora, e sua atitude era tão infantil que me fazia pensar que os dois se conheciam há muito tempo e de um jeito bem íntimo, embora ele não tenha mencionado esse detalhe no caminho até aqui.

Uma vez meu avô falou que Deus põe as peças nos lugares errados para nos manter ocupados resolvendo quebra-cabeças, e também nos lugares perfeitos para nunca esquecermos que existe um Deus. Na época, estávamos em uma praia isolada de Big Bend, um lugar que lembrava uma lua estranha e maravilhosa.

O rosto da dra. Giles é, talvez, o equivalente humano dessa lua, uma paisagem gloriosa em si mesma. Pele marrom e aveludada, com olhos que lembram lagos cintilantes. Nariz, lábios, maças do rosto, tudo esculpido por um anjo muito talentoso. Ela entende a própria beleza e prefere a simplicidade. Cabelo curto. Terninho azul e bem cortado, a saia no meio do joelho. Os fios dourados que enfeitam as orelhas, com uma pérola grande na ponta de cada um, dançam cada vez que mexe a cabeça. Ela deve ter quase 70 anos.

Mas o escritório é como aquele tio gordo e querido que usa camisa estampada e tem sempre um chocolate amassado no bolso para oferecer. Paredes amarelas como gema de ovo. Sofá de veludo vermelho, com uma almofada em forma de elefante em um canto. Duas confortáveis poltronas de tecido xadrez. Prateleiras baixas projetando uma confusão de cores, repletas de livros ilustrados, Harry Potter e Lemony Snicket, bonecas American Girl de todas as etnias, caminhões e ferramentas de plástico, sr. e sra. Cabeça de Batata. Uma mesa com uma bandeja de hidrocores e gizes de cera. Um iMac infantil. Uma porta de geladeira coberta de assinaturas infantis desajeitadas, felizes. Ao lado, uma cesta cheia de petiscos proibidos e gordura saturada, sem mãe nenhuma para bater na sua mão.

Meus olhos se demoram nas gravuras emolduradas, que não são as habituais pinturas abstratas de consultórios médicos. Em vez delas, os mágicos e musicais animais de Chagall e o azul mais lindo que se pode imaginar. A locomotiva de Magritte saindo de uma lareira, e sua gigantesca maçã verde, e homens de chapéu coco flutuando como Mary Poppins.

Perfeito, penso comigo. Se tem alguma coisa surreal, essa coisa é a infância.

"Costumo atender pessoas mais jovens", a dra. Giles comenta com bom humor. Ela interpretou mal meu olhar curioso, que ainda procurava minha sombria obra de arte. Mando meus nervos calarem a boca, mas eles me desobedecem. Minhas mãos suadas devem estar mais pegajosas que as do menino de 5 anos que saiu da sala segurando um picolé verde e derretido antes de eu entrar.

"Não sei se vamos conseguir o que William quer. O que acha?" Ela se sentou do outro lado do sofá e cruzou as pernas, fazendo a saia subir um pouquinho.

Relaxada. Informal.

Ou deliberada. Ensaiada.

"William sempre estabeleceu objetivos quase impossíveis, mesmo quando era menino", ela continua. "Quanto mais envelheço, e quanto mais horrores vejo, mais meus objetivos se tornam... menos específicos. Mais flexíveis. Mais pacientes. Gosto de pensar que é por que estou mais sábia, e não mais cansada."

"E mesmo assim... ele me trouxe aqui", comento. "Com um prazo. Por razões muito específicas."

"É, e mesmo assim ele trouxe você para mim." Mais um sorriso. Percebo que esse sorriso pode derreter uma criança com facilidade, mas não sou mais criança.

"Então, seu plano *não é* revermos meus desenhos juntas."

"Precisamos deles? Isso vai desapontar William, mas não acredito que você tenha escrito o nome do assassino nas ondas do mar. E você?"

"Não." Pigarreio. "Também não acredito." Não tinha certeza disso. Uma das primeiras coisas que fiz na noite depois de ter recuperado a visão foi examinar cada pincelada. Só por precaução. *Quem sabe o que a mente inconsciente pode pintar?* Lydia havia feito essa pergunta num tom dramático.

"Acho que os desenhos feitos depois de um trauma como o que você sofreu são, com frequência, mal interpretados." A dra. Giles tira a almofada de elefante de trás dela e encosta no sofá. "Tem muita coisa relacionada ao uso de cor e ao vigor do traço. Mas uma criança pode usar vermelho-sangue em seus desenhos só por ser sua cor favorita. O desenho representa apenas o sentimento daquele dia, daquele momento específico. E todo mundo odeia os pais de vez em quando, não é? Uma versão rabiscada e raivosa de um pai não significa que ele é um abusador, e eu nunca vou afirmar esse tipo de coisa. Uso a técnica do desenho, mas, basicamente, como uma maneira de fornecer aos jovens pacientes um escape para suas emoções, para que elas não os devorem. É muito, muito mais difícil falar. Tenho certeza de que não preciso explicar a você essa dificuldade."

"Dra. Giles..."

"Por favor. Nancy."

"Nancy. Não quero ser indelicada, mas... por que aceitou esse pedido de Bill, se não acredita que o material tenha algo de valioso para ser discutido?" *Ela sabe que mais da metade dos meus desenhos são forjados? Preciso contar a ela?*

A aula fria e distante de Jo sobre ossos, aquele horrível coração em uma caixa, o elefante cor-de-rosa ao meu lado, que sabe demais sobre as coisas terríveis que as pessoas fazem... Tudo isso é o máximo de realidade que posso suportar hoje.

Em uma hora e meia, estarei plantada na arquibancada do jogo de vôlei da Charlie, cercada por mães exaustas que vão gritar até arrebentar a garganta, onde o mais importante não é se preocupar com os sinais urgentes do Apocalipse vindos do Oriente Médio, ou os 150 milhões de órfãos no mundo, ou o derretimento das geleiras, ou o destino de todos os homens inocentes no corredor da morte.

O mais importante é saber se a bola tocou no chão.

Mais tarde, vou tirar uma embalagem de palitos de cenoura do freezer, enfiar quatro Hot Pockets de presunto e queijo no micro-ondas, um para mim, três para Charlie, jogar a roupa na máquina e costurar gaze branca em seda lilás. Esses são os pontos de luz que me mantêm lúcida e feliz, dia após dia.

"Não me entenda mal", Nancy diz. "Não tenho certeza absoluta de que seus desenhos são desprovidos de significado. Seu caso é... complicado. Agradeço muito por ter permitido que eu visse as anotações dos médicos sobre suas sessões. Ajudou muito, embora as do último fossem esparsas. Você estava cega quando criou a maioria daquelas imagens, certo? Seu médico na época acreditava claramente que a maioria dos desenhos era forjada." Então, ela sabe. Que bom. "Ele também acreditava que vocês dois haviam explorado todos os caminhos na tentativa de interpretar os desenhos da cortina. Os desenhos que você declarou serem espontâneos e genuínos."

Ela olha para o objeto que vibra em sua cintura, vê o número, silencia o aparelho. "Então, há muitos motivos para ter reservas com os desenhos. Foi essa a avaliação de seu médico, pelo menos. Concorda com ele?"

"Sim." Minha garganta está seca. *Onde ela quer chegar?* E um pensamento aleatório: *Eu não devia ter pedido para ver as anotações do meu antigo médico antes?*

Uma Margarida opina: *Você não vai querer saber o que ele disse.*

"Claro, é sempre um pouco difícil saber exatamente o que estamos forjando", continua a dra. Giles. "O inconsciente sempre trabalha. A verdade tende para o sinistro, porém. É claro que me sinto atraída pela cortina. Ela me lembra um famoso caso que achei que valia a pena compartilhar. É irônico, ou um sinal de que você acredita nisso, mas o nome da garota do outro caso também é Tessa. O nome dela foi mudado, provavelmente, e a história é um pouco diferente. Trata-se de uma menina que sofreu abuso sexual dentro de casa, mas cujo trauma a impediu de nomear o abusador. A menina desenhou sua casa de dois andares de um jeito que o terapeuta pudesse enxergar lá dentro. Desenhou várias camas no segundo andar. Disse que eram para as várias pessoas que moravam na casa. Desenhou uma sala de estar no andar inferior, e uma cozinha com uma chaleira enorme. Mas, em vez de perguntar sobre as camas, o terapeuta perguntou à menina sobre a chaleira e por que ela era importante. A criança respondeu que todas as manhãs cada morador da casa se servia de água fervente daquela chaleira para fazer café instantâneo antes de sair para a escola ou para o trabalho. Então, usando a chaleira, o terapeuta conduziu a criança por aquele horrível dia do abuso. Tessa lembrou, uma a uma, as pessoas que haviam usado a chaleira naquela manhã antes de sair de casa. A única pessoa que sobrou, a que não usou a chaleira, foi quem ficou sozinho com ela em casa. O abusador. A menina conseguiu contar o que havia acontecido com ela."

Contra a minha vontade, essa mulher me fascinava.

"Não posso ter certeza", ela fala com voz suave, "mas acredito que seu objeto comum pode ser uma ferramenta igualmente poderosa. Está em algum lugar. Temos que procurar nesse lugar. Se quiser, podemos fazer alguns exercícios."

Meu coração dispara. Quero dizer que sim, mas não sei se consigo. Nada, *nada* nunca é o que espero.

Ela interpreta meu silêncio com precisão. "Não hoje. Mas em breve, talvez?"

"Sim, sim. Em breve."

"Posso passar uma tarefa para casa? Queria que você desenhasse novamente a cortina como se lembra dela. Depois, telefona para mim, e eu marco um horário." Dá um tapinha no meu joelho. "Com licença, é só um minuto."

Ela se dirige à porta fechada no fundo da sala. Percebo em seu andar um leve sinal de artrite. Quando abre a porta, vejo seu refúgio pessoal, luz agradável e uma grande mesa antiga.

A terapeuta volta em seguida e me dá um cartão. Não tem mais nada nas mãos. Não vai devolver meus desenhos. Não hoje, pelo menos. Não vou poder trapacear.

"Anotei o número do meu celular embaixo", diz. "Tenho mais uma pergunta antes de você ir embora, se não se importar."

"Tudo bem."

"O desenho do campo. As flores gigantes se debruçando risonhas como monstros sobre as meninas."

Meninas. Plural.

"Não significa nada", falo. "Não fiz aquele desenho. Foi uma amiga. Desenhamos juntas. Ela me ajudou na... mentira. Foi minha cúmplice." Dou uma risada constrangida.

Nancy olha para mim de um jeito estranho. "Sua amiga está bem?"

É uma pergunta incomum. Muitos, muitos anos se passaram. Que importância isso tem?

"Não a vejo desde o último ano do colégio. Ela foi embora da cidade antes da formatura, logo depois do julgamento." *Simplesmente desapareceu.*

"Deve ter sido difícil." Cada palavra é cuidadosa. "Perder uma boa amiga logo depois do trauma."

"Sim." Por mais razões do que gostaria de explicar. Estou me dirigindo à porta. Não vou falar sobre Lydia. Não hoje.

Mas a dra. Giles não me deixa sair, ainda não.

"Tessa, acredito que a menina que desenhou aquela cena, sua amiga Lydia, estava realmente apavorada."

"Você disse que havia... duas meninas na cena. Sempre pensei que fosse só uma. Sangrando." Um pequenino tornado vermelho.

"Eu também pensei, no início. As formas não são muito claras. Mas, se olhar com atenção, dá para ver quatro mãos. Duas cabeças. Creio que uma das garotas é uma protetora, está abaixada sobre a outra. Não acho que aquilo é sangue do ataque das flores monstruosas. Acho que a protetora tem cabelo ruivo."

Tessie, 1995

É difícil fingir que não enxergo. Faz dois dias. Sei que não vou poder continuar por muito mais, especialmente com meu pai. Preciso de um tempo para observar, analisar a linguagem corporal. Saber como todos se sentem em relação a mim quando acham que não estou vendo.

O médico escreve no papel sobre a mesa, e o ruído irritante me faz querer gritar.

Ele levanta o olhar com a testa franzida, verifica se mudei de ideia sobre falar. Ou minha postura. Braços cruzados, olhando diretamente para a frente. Entrei na sala na hora marcada e anunciei que estava farta. Farta, farta, *farta*.

Tínhamos um *acordo*, lembrei.

Nada de hipnose, de jeito nenhum, não vou ficar flutuando como um passarinho tonto, contando meus segredos a ele. Estabeleci minhas regras *desde o princípio*, e se ele as esquecia com tanta facilidade, o que mais poderia fazer? Oferecer um coquetel da felicidade? Li *Geração Prozac* no verão passado. Aquela menina era triste. Muito abalada. Não era eu.

Não queria ser como ela, ou como Randy, o garoto cujo armário ficava ao lado do meu, que usava uma camiseta do Alice in Chains todos os dias, tomava Xanax nos intervalos e dormia em todas as aulas. Ouvi dizer que a mãe dele tem câncer de mama. Não quero perguntar, mas faço questão de sorrir para ele sempre que nos encontramos no corredor dos armários. E entendo. Randy me mandou um cartão bonitinho quando eu estava no hospital. Era um gato com um termômetro na boca, e ele escreveu: *Sometimes life is so unkind.* Queria saber quanto tempo ele demorou para encontrar a letra. Tem um pôster da Alanis na parte de dentro do meu armário, por isso ele deve saber. Provavelmente, não achou nenhuma música do Alice in Chains que não sugerisse suicídio ou coisa parecida.

Lydia pescou logo de cara. Pequenas pistas. Minha Bíblia sobre a cômoda, aberta em Isaías, e não em Mateus. A televisão um pouco virada para a cama. A camiseta rosa e verde que combinava com a legging, e a sombra marrom e pêssego da Maybelline que eu não usava há onze meses, ou 328 dias, para ser mais exata. Não foi uma coisa só, ela disse. Foram todas elas.

Havia surpresas em todos os lugares. Meu rosto no espelho do banheiro, para começar. Tudo em mim era mais anguloso. O nariz, cuja saliência agora lembrava a do velho relógio de sol do meu avô. A cicatriz em meia lua embaixo do olho estava desaparecendo, mais rosa que vermelha, menos notável. Há algumas semanas, meu pai sugeriu que poderíamos procurar um cirurgião plástico, se eu quisesse, mas a ideia de ficar deitada como a Bela Adormecida com um homem em pé ao meu lado empunhando uma faca... não vai rolar. Prefiro lidar com os olhares das pessoas.

Oscar é ainda mais branco do que eu imaginava, mas isso pode ser porque tudo é meio ofuscante no momento. Ele foi a primeira coisa que vi ao lado da cama na manhã em que abri os olhos de verdade, um monte de penas de pomba com uma cabeça. Chamei seu nome baixinho. Quando senti a lambida no nariz, tive certeza de que não sonhava.

Não houve drama na minha repentina transformação. Fui dormir, acordei e enxergava outra vez. O mundo havia recuperado a nitidez.

O médico continua escrevendo. Movo os olhos para enxergar o relógio na parede. Ainda faltam nove minutos. Oscar está dormindo aos meus pés, mas as orelhas dele se mexem. Talvez esteja sonhando com um esquilo maligno. Tiro o tênis com a ajuda do outro pé e deslizo o pé descalço por suas costas quentes.

O médico percebe o movimento, hesita, depois solta a caneta. Ele se dirige lentamente à cadeira na minha frente. Mais uma vez, penso na excelente descrição que Lydia fez dele.

"Tessie, quero que saiba que sinto muito", o médico começa. "Não cumpri nosso acordo. Eu pressionei você. É tudo que um bom terapeuta *não* deve fazer, sejam quais forem as circunstâncias."

Continuo em silêncio, os olhos fixos em um ponto sobre seu ombro. Lágrimas ameaçando vir à tona.

Porque há coisas que ainda prefiro não ver. O rosto do meu irmão ontem à noite, depois que meu pai falou com ele sobre suas notas, antes impecáveis. Os formulários do convênio médico espalhados sobre a mesa, como se alguém tivesse perdido no pôquer e jogado o baralho. O estado triste do refrigerador vazio, o mato brotando nas frestas do chão na entrada da garagem, as linhas que se formaram em torno da boca de meu pai.

Tudo isso por minha causa.

Tenho que continuar tentando. Quero melhorar. Estou enxergando. Isso não é uma melhora?

O homem que acabou de me pedir desculpas não tem alguma coisa a ver com isso, provavelmente? Não devia dar a ele o direito de comemorar essa vitória? Todo mundo erra, não?

"O que mais posso dizer, Tessie, para recuperar sua confiança em mim?"

Acho que ele sabe que estou enxergando.

"Pode me contar sobre sua filha", respondo. "A que você perdeu."

Tessa, no presente

O tutu ficou pronto.

Passo o vaporizador de leve para ajeitá-lo, embora não seja realmente necessário. Charlie debocha de mim e do meu Rowenta IS6300. Mas o Rowenta tem sido, provavelmente, meu melhor e mais fiel terapeuta. Vem pra lida uma vez por mês e nunca faz perguntas. Não pensa. É mágico. Pego sua varinha, e todas as rugas desaparecem. Resultados instantâneos e garantidos.

Exceto hoje.

Hoje, um móbile suspenso por dedos invisíveis gira na minha cabeça. Estou atordoada com as imagens que passam rapidamente. O rosto de Lydia. O de Terrell. Eles dançam entre flores amarelas e miolos negros, pás enferrujadas e corações de plástico. Todos unidos por um osso ressecado.

Faz dois dias que a dra. Nancy Giles, de Vanderbilt/Oxford/Harvard, interpretou o desenho de Lydia, logo depois de ter anunciado em termos claros que não apostava muito em bobagens freudianas.

A dra. Giles acha que tem alguma coisa errada com *Lydia*. Que Lydia *me* percebeu como a protetora. O que não pode ser. Nunca falei para ninguém sobre o poema que ele deixou para mim no chão, ao lado da casa na árvore. Lydia fez o desenho *antes* do poema. Eu teria morrido sem Lydia naquela época, não o contrário.

Preciso ver esse desenho de novo, droga. Por que a dra. Giles não me mostra? Ela acha que sou mentirosa? Que sei alguma coisa e estou escondendo? Como sempre, logo que saio do consultório de um terapeuta, as dúvidas começam a se agitar como vermes escorregadios.

Sinto sua falta. Foi o que Lydia escreveu quando mandou flores para minha casa depois de tantos anos de silêncio. A menos que não tenha sido ela. E se as flores foram mandadas pelo monstro? E se meu silêncio a matou? E se, por eu *não* ter avisado Lydia, ele cumpriu a ameaça timidamente enterrada ao lado da minha casa na árvore? *Mas se contar, eu vou fazer Lydia uma Margarida também ser.* E se minha negação e minha estupidez sacrificaram Terrell e ela?

Terrell. Agora penso nele o tempo todo. Imagino se me odeia, se tem os braços fortes de fazer flexões no chão de concreto, se já pensou na última refeição, só por precaução. Então lembro que ele não pode pedir uma última refeição. Um dos caras que acorrentaram James Byrd Jr. a uma caminhonete e o arrastaram até a morte eliminou essa possibilidade para todos. Ele pediu dois filés de frango fritos, meio quilo de carne grelhada, um cheese bacon triplo, uma pizza com bastante carne, uma omelete, uma vasilha de quiabo, um pote de Blue Bell, fudge de manteiga de amendoim com amendoins picados, e três cervejas de raiz. A refeição foi entregue antes da execução. E ele não comeu. O Texas decidiu que era hora de parar.

Consigo lembrar cada detalhe do cardápio montado por um maluco racista, mas não lembro o dia em que meu mundo desabou. Não lembro nada que possa salvar Terrell.

Olho para a janela do meu estúdio, que brilha no alto da garagem de dois andares no canto do quintal. Eu devia estar lá. Devia fechar a persiana. Devia pegar meus lápis e tintas, desenhar a cortina. Começar minha lição de casa.

Há dois anos a garagem foi reformada, estava desmoronando. Effie deu à planta seu carimbo histórico de aprovação. Janelas azuis e gerânios vermelhos para ela, internet e sistema de segurança conectados à casa para mim.

Alegre. Seguro.

O andar térreo, que um dia abrigou o Dodge 1954 do proprietário anterior, é ocupado por minha serra de mesa e as ferramentas de marcenaria, furadeira e lixas, pistola de pregos e lixa orbital, prensa a vácuo e aparelho de solda. As ferramentas que encurvam portas de armário como se fossem dunas de areia e soldam escadas em espirais vertiginosas. Máquinas que fazem meus músculos doerem e me tranquilizam porque garantem que posso enfrentar um homem, ou um monstro.

O andar de cima foi projetado para mim. Meu espaço. Para as artes mais tranquilas. Era muito importante ter um lar de verdade para minha mesa de desenho, os cavaletes, as tintas, os pincéis e as máquinas de costura. Eu ostentava um sofá da Pottery Barn, uma chaleira Breville e uma janela Pella, de onde eu podia ver o topo do nosso carvalho.

Na semana seguinte ao fim das marteladas, quando estava sentada bebendo chá e admirava a glória branca, limpa e com cheiro de nova no estúdio, percebi que não queria o *meu* espaço. Não queria isolamento, nem queria perder a experiência de Charlie entrando em casa depois do colégio. Então, fiquei na sala de estar. O estúdio se tornou o lugar que meu irmão mais novo, Bobby, usa para escrever quando vem de Los Angeles, onde mora, para nos visitar duas vezes por ano, e onde Charlie vai às vezes, quando cada palavra que eu digo incendeia seus nervos. *Não sei por que, mãe. Não é o que você fala. É só o fato de falar.*

Por isso a sala de estar está lotada de tecido brocado, moldes e aplicações que se misturam aos chinelos de Charlie, seus livros, brincos perdidos e elásticos do aparelho ortodôntico. Minha filha e eu temos um acordo tácito sobre não comentar o estado da sala, a menos que ele envolva migalhas de comida e formigas. Limpamos o lugar juntas de vez em quando, nas noites de domingo. É um lugar feliz, onde criamos, discutimos e refinamos nosso amor.

O estúdio é muito cheio. Meus fantasmas foram para lá imediatamente, assim que eu me mudei, depois da última pincelada branca nas paredes. As Margaridas se sentem à vontade para falar alto quando querem, e às vezes discutem como meninas ingênuas em uma festa do pijama.

Eu devia subir a escada. Cumprimentá-las com civilidade.

Desenhar a cortina. Descobrir se ela balança em uma janela na mansão dentro da minha cabeça, onde as Margaridas dormem. *Deixar que me ajudem.*

Mas não posso. Ainda não. Tenho que cavar.

Olho para um buraco aberto outra vez. Agora é uma piscina vazia, ocupada apenas por folhas mortas e água de chuva.

E me sinto ridícula. Desapontada. Com frio. Puxo o capuz do moletom de Charlie. São 5h27. Não venho para cá desde que minha filha tinha dois anos, quando morávamos aqui. Ela já havia me mandado uma mensagem com a palavra *fome* quando eu ia na direção errada pela 635 com uma caminhonete colada em mim, e vinte minutos depois *em casa*, e cinco minutos mais tarde, *tutu maneiro*, e um minuto depois *hã???*.

Tentei ligar, mas ela não atendeu. Agora o telefone no meu bolso está vibrando. O sol baixa depressa, uma grande bola laranja indo brincar em outro lugar. As janelas do apartamento cintilam como labaredas refletindo a luz que se despede, e eu não consigo enxergar lá dentro. Espero que não tenha ninguém espiando a figura encapuzada armada com uma pá.

"Por que não está na casa da Anna?" Nada de alô. "Você deveria estar lá." Como se isso significasse alguma coisa.

"A mãe dela ficou doente", Charlie responde. "O pai foi buscar a gente. Eu disse que ele podia me deixar em casa. Onde você está? Por que não respondeu às minhas mensagens?"

"Acabei de tentar ligar para você. Estava dirigindo, me perdi. Agora estou em um... projeto. Em Dallas. Trancou as portas?"

"Mãe. Comida."

"Pede pizza na Sweet Mama's. Tem dinheiro no envelope embaixo do telefone. Pergunta se o Paul pode ir entregar. E olha pelo visor antes de abrir a porta para ter certeza de que é ele. Tranca a porta quando ele for embora e digita o código do alarme."

"Qual é o número?"

"Charlie, você sabe qual é o código de segurança."

"Não *esse* número, o da pizzaria."

Pergunta feita pela mesma garota que na noite passada descobriu no Google que Simon Cowell era o jovem assistente que poliu o machado de Jack Nicholson em *O iluminado*.

"Charlie, é sério? Eu vou para casa logo. Não fui ainda porque... pensei que ia me lembrar do caminho."

"Por que cochicha?"

"Pizza, Charlie. Olho mágico. Não esquece." Mas ela já havia desligado.

Ela vai ficar bem. Quem pensou isso? Eu ou uma Margarida? Quem de nós sabe mais?

"Ei." Um homem com um cortador de grama se aproxima apressado vindo do outro lado da casa. *Fui descoberta.* Apoio a pá no tronco de uma árvore, tarde demais. Mesmo de longe, alguma coisa na maneira como ele se movimenta desperta uma lembrança.

"Isto é uma propriedade particular!", o homem grita. "O que acha que vai fazer aqui com essa pá na hora do jantar?" Um sotaque, um tom de ameaça e uma bronca por eu não respeitar a etiqueta da hora das refeições. Uma perfeita mistura texana.

Porque tenho medo do escuro. Porque acho que tem muita gente nesta vizinhança com um dedo nervoso e uma arma guardada em uma gaveta. Sei que eu tinha.

"Eu morava aqui", explico.

"E a pá? Para quê?"

De repente entendo quem ele é, e fico meio perplexa. O zelador. O mesmo que trabalhou aqui há dez anos e todos os dias jurava que ia se demitir. Se não me engano, é um primo distante da mulher mal-humorada que era dona do lugar, um imóvel vitoriano no leste do Dallas e anunciado como *um quadriplex com personalidade*. Traduzindo: sanca de gesso que esfarelava e despejava pó branco no meu cabelo, janelas que só Hércules conseguia abrir e banho quente de dois minutos e meio, se eu tivesse a sorte de chegar ao banheiro antes da viciada em malhação que morava no primeiro andar e acordava às 5h.

Fiquei com o apartamento por causa das janelas. Ninguém seria capaz de abri-las e entrar. Além disso, havia também a promessa de que era um imóvel *só para mulheres*.

"Quando a proprietária eliminou as vagas de estacionamento e construiu a piscina?", pergunto. "Marvin? Você é o Marvin?"

"Então se lembra do velho Marvin? A maioria das mulheres lembra. A piscina apareceu faz uns três anos. Antes era uma área de cascalho com vagas numeradas, todo mundo tinha uma. Mas agora todo mundo reclama que tem que brigar para estacionar na rua. E Gertie parou de encher a piscina. Diz que não vale a pena gastar tanto dinheiro e que Marvin não limpa as folhas que caem na água. O velho Marvin faz o melhor que pode. Quando foi que morou aqui?"

"Há oito anos. Mais ou menos." Vago. Esqueci que ele costumava falar de si mesmo na terceira pessoa. Isso explica, em parte, por que nunca arrumou outro emprego.

"Ah, nos bons e velhos tempos, quando essas universitárias choronas não chamavam o Marvin às 2h para dizer que seus Apples não conectam com o Universo."

Engulo a gargalhada e decido não corrigi-lo. Abaixo o capuz para enxergar melhor e percebo imediatamente meu erro. Jogo o cabelo, tentando esconder o lado do rosto onde está a cicatriz. O movimento é suficiente para Marvin se interessar por mim novamente, apesar de eu usar moletom preto e largo, tênis de corrida e nada de maquiagem. Deve ter sido um dia tranquilo para ele na Casa Só Para Mulheres, e imagino que esse seja o verdadeiro motivo para ele continuar aqui.

"Estou curiosa", falo hesitante. "Encontraram alguma coisa quando abriram o buraco para a piscina?"

"Um cadáver, por exemplo? Nossa, devia ver sua cara. Nenhum corpo, benzinho. Procura um?"

"Não. Não. É claro que não."

Marvin balança a cabeça. "Você é como aquelas meninas. Ou é apresentadora de um daqueles programas sobre fantasmas?"

"Que meninas?"

"As que todo outono alugam o apartamento lá em cima, no canto esquerdo. Acham que é assombrado. Elas usam o lugar para assustar os colegas. Deixam esqueletos vestidos com camisolas transparentes na janela. Convidam os amiguinhos ricos da universidade e servem molho de feijão-fradinho e ponche de frutas, que eles vomitam na varanda e eu tenha que limpar. Gertie começou a cobrar um valor mais alto por aquele apartamento. Mas Marvin teve aumento por isso? Não. Marvin tem que aguentar firme e limpar tudo."

"Por que elas acham... que tem fantasmas lá?" Assim que faço a pergunta, eu me arrependo. *Você sabe a resposta.*

"Por causa da garota que morou lá há um tempo. A que escapou do assassino das Margaridas Amarelas. Não sabíamos nem que era ela, só ficamos sabendo um ano e meio depois de ela ter se mudado. A menina era legal... trabalhava em um escritório de design no centro da cidade. Fez algumas reclamações porque não autorizamos a instalação de um portão na escada para proteger a filhinha dela. Gertie disse que o portão ia tirar o charme da casa velha."

De repente o rosto dele congela.

"Meu Deus, é você. Você é aquela garota, não é? A Margarida que morava aqui."

"Meu nome não é Margarida."

"Devia ter percebido assim que vi seu cabelo ruivo. Nossa, ninguém vai acreditar nisso. Marvin pode tirar uma foto? Você é de verdade? Não é um fantasma?" Por um segundo, ele me dá a impressão de realmente acreditar nessa possibilidade.

Antes que eu consiga pensar, ele pega o celular e tira uma foto. Estou registrada, com flash, por todo o tempo, até a eternidade, prestes a ser passada do telefone para o Facebook, Twitter, Instagram... O universo de Marvin e além.

"Legal", ele conclui olhando para a tela. "Peguei a pá no fundo."

Se o monstro ainda não sabe, vai saber em breve.

Estou em uma caçada.

Uma luz berra de cada janela quando chego em casa por volta das 19h. Não é um sinal de que Charlie está com medo, digo a mim mesma, só o hábito que ela tem de acender as luzes por onde passa e deixar tudo aceso.

Falei com Charlie há meia hora, mais ou menos. Uma pizza de lombo canadense e azeitonas pretas tinha sido pedida, entregue, comida e considerada "massa". Tudo parecia normal do outro lado da linha. Muito, muito diferente do meu encontro perturbador com Marvin. Tão normal que parei no Tom Thumb para comprar as coisas que Charlie me pediu por mensagem para o almoço de amanhã: cheddar, presunto, pão branco Mrs. B, uvas, homus, *pretzel*, rosquinhas.

"Cheguei", grito ao entrar, fechando a porta com o pé. O sistema de segurança está ligado. Charlie até tirou a caixa de pizza da mesinha na frente da televisão, onde esperava encontrá-la assistindo a algum programa na Netflix, qualquer item da minha lista de *não gosto que você assista a essas coisas*.

Mas Charlie não estava lá. Nem a mochila dela. A TV ainda estava quente. Passo pela sala de estar e deixo a sacola de compras sobre a bancada da cozinha, com as minhas chaves.

"Charlie?" Deve estar no quarto dela, morando dentro dos fones de ouvido enquanto vagueia relutante pela Inglaterra do século XIX na companhia de Jane Austen.

Bato na porta porque minha tia Hilda nunca batia. Nenhuma resposta. Abro a porta. Primeiro uma fresta. Depois completamente. Cama desarrumada. *Orgulho e preconceito* servindo de apoio para uma garrafa de água. Roupas espalhadas por todos os lados. A gaveta de calcinhas virada em cima da cama. Uma mancha de barro no chão.

Bem parecido com o cenário que ela deixou hoje de manhã. Mas nada da Charlie.

Olhar o resto da casa leva um minuto, tempo suficiente para eu ser invadida por ondas de pânico. Abro a porta de correr que dá para o quintal, grito o nome dela. Charlie não está na rede que fica perto da cerca dos fundos, presa no improviso a uma antiga estaca de prender cavalos e ao tronco do carvalho que Effie salvou do machado de um carpinteiro. As janelas do estúdio brilham lá em cima; as portas da garagem estão fechadas.

O telefone. Preciso do meu telefone.

Volto correndo para casa e procuro o celular na bolsa. Digito desajeitada o código solicitado repentinamente por conta da atualização de software feita ontem. Travado. *Merda, merda, merda.* Tento os quatro dígitos de novo, mais devagar. Prometo a mim mesma que nunca mais vou atualizar meu celular. Teclo sobre o ícone.

E lá está, minha salvação na forma de duas palavras enviadas por Deus. Na Effie.

Segundos depois, bato como uma louca na porta da casa de Effie. Tenho a impressão de que ela demora uma eternidade para vir me atender. Está vestida com um longo penhoar branco com uma renda que aperta seu pescoço. O cabelo grisalho, solto do habitual coque trançado, cobre suas costas até a cintura. Eu a confundiria com uma fugitiva de Pemberley, se em sua mão houvesse uma vela, e não a maior tabela periódica que já vi.

"O que diabos você está fazendo?", Effie pergunta.

Seja paciente, seja paciente, seja paciente.

"Charlie está aqui?" Ofegante.

"É claro que sim." Effie se afasta para o lado, e lá está minha menina, a visão mais linda do mundo, sentada no chão de pernas cruzadas ao lado da mesinha de café, escreve em um caderno, o livro de química aberto. Noto vários detalhes: cabelos emolduram o rosto como penas vermelhas de pavão, uma parte presa por uma fivela; o short de vôlei que ela ainda usa, apesar de fazer dez graus lá fora; o chinelo cor-de-rosa de porquinho; o esmalte de purpurina dourada descascado. Os lábios dela se movem com exagero, como os de uma estrela do cinema mudo. *Socorro.*

"Eu estava sentada na varanda e vi um homem rondando nossos quintais", diz Effie.

O entregador de pizza, Charlie move os lábios de novo. Ela revira os olhos e Effie continua falando, enquanto meu cérebro só consegue repetir: *Ele não a pegou.*

"... pensei no fato de que seu carro não estava lá, mas as luzes da casa estavam acesas. Fiquei preocupada. Telefonei para lá, Charlie atendeu, então fui até lá e a trouxe para cá. E ajudava um pouco com a lição de química."

Charlie aponta um prato sobre a mesinha. Nele, biscoitos de chocolate queimados ou com chocolate demais foram arranjados para formar uma careta risonha. O rosto sorridente é obra de Charlie, tenho certeza. Ela pega dois biscoitos e os segura perto do rosto, sobre os olhos. Queimados, definitivamente.

As brincadeiras de Charlie, a sinceridade de Effie, os biscoitos intragáveis. Charlie e eu conversaremos mais tarde sobre ela ter quebrado uma das minhas regras mais rígidas. Uma mensagem ainda não substitui o bom e velho bilhete escrito à mão e preso com fita adesiva em algum lugar visível. O que significa que eu mesma poderia ser uma fugitiva de Pemberley.

"Foi muita gentileza sua, Effie", digo.

"Charlie acha que era o entregador de pizza, mas notei que ele tinha um ar meio furtivo. Nós duas sabemos que todo cuidado é pouco."

Minha cabeça flutua em um casulo de alívio quando registro o que acabou de dizer. Effie insinua alguma coisa sobre o assunto que nunca discutimos. Ela também está em alerta máximo para o monstro?

"Sabe quem eu acho que era?", Effie pergunta.

Balanço a cabeça, pondero atordoada sobre todas as coisas que pode dizer e que não quero que Charlie escute.

"Acho", continua, "que era o ladrão de pás."

Tessie, 1995

Agora sei algumas coisas sobre a filha do médico. Seu nome é Rebecca, e ela tem 16 anos. Não fiquei sabendo porque ele me contou. Mas porque Lydia é uma escavadora.

Ela desapareceu no mesmo ano em que um maluco privou o mundo de John Lennon, e Alfred Hitchcock morreu menos violentamente do que merecia. Lydia e eu descobrimos quando estudávamos cuidadosamente a microficha de um jornal local e encontramos um perfil do meu médico feito dois anos atrás, logo depois de ele ter recebido um respeitado prêmio internacional por uma pesquisa sobre pessoas normais e paranoia.

Quem é normal?, Lydia havia resmungado. Depois disso, ela virou algumas páginas e leu o obituário de Hitchcock em voz alta para mim. Estava especialmente impressionada com a revelação de que ele havia torturado a própria filha durante as filmagens de um dos filmes favoritos de Lydia, *Pacto sinistro*. Ele a colocou numa roda gigante, parou o assento no alto da roda, apagou todas as luzes do cenário e a abandonou sozinha no escuro. Quando alguém da equipe levou a menina de volta ao chão, ela estava histérica. Lydia apertou um botão da máquina e copiou a entrevista do médico e o obituário de Hitchcock, que ela considerava digno de ser acrescentado aos arquivos pessoais de esquisitice que ela mantinha em uma caixa embaixo da cama.

De fato, no ônibus de volta da biblioteca para casa, Lydia estava mais abalada com o destino da filha de Hitchcock do que com o pouco que conseguiu descobrir sobre Rebecca. *Ele era um sádico bizarro*, Lydia anunciou enquanto todas as pessoas sentadas perto de nós olhavam para minha cicatriz em forma de meia lua.

Rebecca foi um parágrafo único na matéria sobre a vida do meu médico, o que me deixa incrivelmente triste. Meu palpite? Ele disse ao repórter que o assunto do desaparecimento da filha não seria discutido.

Ele certamente deixou claro que não falaríamos sobre isso em nossa última sessão. Um longo silêncio seguiu minha pergunta sobre Rebecca. Então, falei que gostava da reprodução de *O ceifeiro* pendurada sobre a mesa. "Meu avô teve uma fase Winslow Homer", falei. E, ah, verdade, não estou mais cega.

Não consegui decidir se ele fingiu a surpresa. O médico se mostrou sinceramente feliz com o que declarou ser um "avanço muito, muito importante". Ele fez um teste rápido e antiquado que envolvia um lápis e meu nariz. Pediu para eu fechar os olhos e descrever seu rosto da maneira mais detalhada possível.

Ele garantiu mais uma vez que, embora não discutisse o assunto comigo, a filha não tinha nada a ver com o caso das Margaridas Amarelas. Nunca perguntei isso, mas, mesmo que ela tenha alguma coisa a ver com o caso, não sei se quero saber a essa altura.

É difícil não ficar um pouco feliz. Engordei um quilo e meio em cinco dias. Meu pai e meu irmão me abraçaram tanto quando descobriram que tinha voltado a enxergar que pensei que meu coração ia explodir do peito. Tia Hilda mandou um bolo de chocolate com três camadas recheado com creme de coco e noz-pecã, e tenho certeza de que nunca comi nada tão gostoso na vida.

Na noite passada, uma cópia nova e de capa dura de *O encantador de cavalos* apareceu em cima da minha mesa de cabeceira, numa casa onde um livro nunca havia sido comprado até que fosse lançada uma edição mais barata.

Faltam 52 dias para o julgamento. Isso significa mais doze sessões, se eu contar as duas depois do julgamento para amarrar todas as informações. O fim está próximo. Não quero trazer mais distrações, como Rebecca, para essa história. Foi crueldade mencionar o assunto.

Infelizmente, Rebecca agora é a última obsessão de Lydia, e ela decidiu procurar mais detalhes sobre essa história em outros jornais. Disse a ela que o que descobrir, seja o que for, não vai ter nenhuma importância. *Rebecca era bonita, tinha muitos amigos, era uma menina legal* e *era uma família tão bonita* e blá-blá-blá. Não quero parecer fria, mas já chega.

Eu sei, porque já li todo exagero possível sobre minha vida desde que me tornei uma Margarida Amarela. Minha mãe morreu em circunstâncias "suspeitas", meu avô construiu uma casa sinistra, e eu sou praticamente perfeita. A verdade? Minha mãe teve um derrame, meu avô era maluco, e eu não sou e nunca serei a heroína de um conto de fadas. Embora todas também tenham sido vítimas no início. Branca de Neve foi envenenada. Cinderela, escravizada. Rapunzel foi trancafiada. Tessie foi jogada em um buraco com ossos.

A fantasia distorcida de um monstro.

Aposto que o médico quer que eu fale sobre isso, penso, enquanto ele se senta em sua cadeira.

Ele sorri. "Pode começar, Tessie."

Semana passada ele aceitou me deixar comandar esta sessão. Também prometeu que não contaria ao meu pai que passei um tempo fingindo a cegueira. Até agora, cumpriu a promessa. Queria saber se ele barganha com todos os pacientes. Se isso era *apropriado*.

Não interessa. Hoje estou disposta a lhe dar algo real.

"Toda vez que a luz baixa... tenho medo de ficar cega de novo", conto. "Como quando minha família foi ao Olive Garden e um garçom reduziu o número de lâmpadas acesas para dar um clima ao ambiente, ou sei lá. Ou quando meu irmão fecha as cortinas da sala atrás de mim para enxergar melhor a televisão."

"Quando isso acontece, em vez de pensar que vai ficar cega de novo, por que não diz para você mesma de um jeito enfático que não está cega?"

"Sério?" Ah, não. Meu pai está pagando por isso?

"Porque você *quer* ver, Tessie. Não tem nenhum duende dentro da sua cabeça com um interruptor na mão. Você está no controle. Estatisticamente, as chances de acontecer de novo são quase nulas."

Tudo bem, é bem útil. Pelo menos é animador. Mesmo que as chances de isso acontecer comigo fossem quase nulas antes.

"O que mais acontece aí?" Ele bate na própria cabeça com o indicador.

"Estou preocupada... com O. J. Simpson."

"O que preocupa você exatamente?"

"A possibilidade de ele enganar o júri e escapar." Não digo a ele que Lydia encharcou uma de suas luvas de couro vermelho com suco V8, a deixou secar ao sol e demonstrou como ela podia abrir bem a mão e conseguir o mesmo efeito que O. J.

O médico cruza as pernas. Ele se veste de um jeito muito mais conservador do que eu imaginava. Camisa branca engomada, calça social preta com vinco saliente, gravata azul com pequenos losangos vermelhos, sapatos pretos e brilhantes. Não usa aliança.

"Acho que as chances de isso acontecer também são praticamente inexistentes" diz. "O que a preocupa é que o homem que atacou você seja libertado. Sugiro que não assista à cobertura do julgamento de O. J., isso pode confundir as coisas na sua cabeça."

Tia Hilda me deu o mesmo conselho de graça, acompanhado por um prato de quiabo frito que tirou da frigideira um instante antes de desligar minha televisão.

"Tessie, hoje você comanda o espetáculo, mas temos que fazer um intervalo rápido. O promotor telefonou pouco antes de você chegar. Quer conversar com você antes do julgamento. Posso pedir para acompanhar as entrevistas, caso se sinta mais confortável. Ele pensa em fazer a primeira na terça-feira. Pode ser na sua sessão, se quiser."

O médico descruza as pernas e se inclina para mim. Meu estômago dá um nó, parece um tatu-bola ameaçado.

"Recuperar a visão é importante. Encontrar o promotor e superar o medo do julgamento é o passo seguinte, de acordo com a lógica. Pode ajudar... a despertar sua memória. Pense em seu cérebro como uma peneira, e no começo só os pedaços pequenos e inofensivos passam pelos furos."

Quase nem escuto essa conversa maluca sobre utensílios de cozinha. Faltam sete dias.

"Espero que não se importe por eu ter dado a ele a boa notícia", o médico continua.

"É claro que não", minto.

Penso na pequena mala pronta há meses, escondida no fundo do meu armário.

Penso se é tarde demais para fugir.

Tessa, no presente

Charlie e eu fazemos uma velha brincadeira no balanço da varanda. A chuva cai forte no telhado.

Fingimos ser bonequinhas balançando. Uma menina pequena empurra nosso balanço com um dedo. Ela prendeu seu grande gato amarelo, e ele não pode dar patadas em nós. A garotinha assa um bolo de plástico no forno, arrumou todas as camas e guardou os pratinhos no armário. Usou uma escova de dente para varrer o tapete. Não tem monstros no guarda-roupa porque não há guarda-roupas.

Neste momento, tudo é perfeito. Nada pode nos atingir. Estamos na casa de bonecas.

A cabeça de minha filha é morna em meu colo. Ela está deitada comigo no balanço com os joelhos dobrados, pois não tem mais 3 anos de idade, o espaço agora é insuficiente. Cobri suas pernas nuas com a minha jaqueta para quando o vento mudar de direção e soprar a chuva entre as colunas de tijolos.

Ela se ajeita em uma posição mais confortável e vira de frente para mim. Seus olhos cor de violeta são realçados pelo delineador preto, o que os torna maiores e mais lindos, mas muito mais frios. Duas bolinhas prateadas enfeitam cada orelha, uma ligeiramente menor que a outra.

A maquiagem dos olhos sai com água; os furos a mais vão fechar. Tento não me inquietar demais com essas coisas. Ela simplesmente apontaria a tatuagem no meu quadril direito, uma borboleta entre as cicatrizes.

Quando Charlie tirar o aparelho dos dentes, daqui a três meses, aí sim, vou me preocupar.

"Mãe, você parecia meio maluca ontem à noite na casa da tia Effie. Tipo, eu sei que ficou preocupada, mas mesmo assim... Nunca vi você daquele jeito. É por que está com medo de não conseguir salvar aquele cara da execução?"

"Em parte, sim." Mexo no cabelo dela e não encontro resistência. "Charlie, nunca falamos muito sobre o que aconteceu comigo."

"Você nunca quis falar." Uma constatação, não uma reprovação.

"Porque nunca quis que você fizesse parte disso." Não queria que sua inocência fosse prejudicada por algo mais que os fatos concretos e, ainda assim, uma versão pasteurizada deles.

"Você ainda pensa... naquelas meninas?" Hesitante. "Uma vez sonhei com uma delas. Merry. O nome dela era legal. Há um tempo alguém colou na minha bicicleta um artigo da revista *People*. Era sobre a mãe dela. Ela diz que quer sentar na primeira fileira na execução de Terrell Goodwin. Tem certeza de que não foi ele?"

Faço um esforço para continuar onde estou, em vez de pular do balanço, e continuo empurrando os pés contra o piso de concreto num ritmo constante. Um estranho deixou alguma coisa para Charlie. Uma Margarida passou da minha cabeça para a dela. Pior, ela só está me contando isso *agora*. Não quero pensar que Charlie guarda esses segredos por ter medo de contá-los, mas sei que é exatamente por isso.

"Sim", respondo. "É claro que penso naquelas meninas. Em como morreram, e em quem sofre por elas. Principalmente agora. A cientista forense sobre quem falei conseguiu extrair DNA dos ossos delas. A possibilidade é pequena e depende de muita sorte, mas se as famílias ainda procurarem, talvez possamos descobrir quem são elas."

"Você ainda me procuraria. Não desistiria nunca."

Pisco para segurar as lágrimas.

"Nunca, *nunca*. Meu amor, você se importa de me contar esse sonho? O que teve com a Mar... Merry?"

"Andávamos por uma ilha. Ela não disse nada. Foi legal. Não tinha nada de assustador."

Obrigada, Merry.

"Então, tem certeza de que Terrell é inocente?", pergunta de novo.

"Sim, certeza. A evidência física não existe." Não falo sobre o rastro de dezessete anos de Margaridas Amarelas. As vozes em minha cabeça amplificando minhas dúvidas.

"Seja quem for o verdadeiro assassino, mãe, não vai voltar." Charlie fala com franqueza. "Foi esperto o bastante para não ser preso na primeira vez. Não vai correr esse risco. E se *fosse fazer* alguma coisa, já teria feito anos atrás. Talvez esteja na prisão por outro crime. Ouvi dizer que isso acontece muito."

É evidente que minha filha pensou muito nesse assunto. Como pude ser idiota a ponto de pensar que seu cérebro adolescente não era tão antenado quanto o meu e o de Lydia? Não conto a ela sobre uma das estatísticas chocantes de Jo, a de que há trezentos assassinos em série vagando pelos Estados Unidos, e a maioria nunca será presa.

"Escuta, Charlie. Mais que tudo, quero dar a você uma vida normal. Não quero que viva com medo, mas vai ter que ser muito cuidadosa agora, até sabermos o que vai acontecer com... Terrell. Minha missão é protegê-la, e você vai ter que aceitar essa proteção por um tempo."

Charlie levanta o corpo. "Somos mais normais que metade das pessoas que conheço. A mãe de Melissa·Childers deu carona para as líderes de torcida no sábado à noite, e elas colocaram frango cru na caixa de correspondência das meninas de quem não gostam. Tipo, a mãe dela postou no Facebook a foto de quando foi fichada na polícia. E a mãe de Anna não estava doente naquela noite em que devia ter ido buscar a gente. Estava bêbada. Anna disse que ela põe vodca naquele copo de meio litro de chá gelado que fica no porta-copos do carro. Os filhos sabem das coisas, mãe. Não dá para esconder." Uma rara e equilibrada enxurrada de informações.

"Não vou mais pegar carona com a mãe da Anna", declarou Charlie.

O balanço. Hipnótico. *Continua falando.*

O telefone dela começa a tocar uma música que não reconheço. Charlie estende a mão para o aparelho imediatamente.

"Posso ir dormir na Marley?"

Ela já levanta do balanço, se afasta de mim.

"Adoro este lugar. Nada como uma noite de sexta no Flying Fish." Jo leva aos lábios uma enorme caneca de cerveja gelada e espumante. Ela veste uma Levi's velha, uma camiseta vermelha do Oklahoma Sooners, e tem no pescoço a corrente com o pingente de DNA que combina com tudo.

Bill acabou de voltar do bar com um cesto de ostras fritas e salgadinhos. Está relaxado no jeans velho, mais do que já o vi. A camiseta está para fora da calça. O cabelo precisa de um corte. Ele me entrega a enorme caneca de cerveja. Os dedos demoram sobre os meus mais do que o necessário, mas atribuo a ousadia à bebida. Essa caneca vai tornar o trajeto de volta para casa meio arriscado.

"Tamanho único." Ele ri e senta ao lado de Jo, do outro lado da mesa, bem embaixo de um quadro de avisos lotado onde tem uma foto de um cara exibindo um peixe anabolizado.

"Isso é de verdade?" Aponto o monstro do mar, que deve ter o tamanho da Charlie.

"É o Mural do Mentiroso." Bill põe um petisco na boca sem olhar para o quadro. "Tento colocar um destes na promotoria há anos."

"Isso não é justo", Jo comenta com a testa franzida. "Por exemplo, há pelo menos dez anos, o condado de Dallas tem sido uma máquina de inocentar pessoas por meio do DNA, mais que qualquer outro lugar."

"Ah, Jo, sempre otimista", diz Bill. "Se eu conseguir uma nova audiência para Terrell, então conversamos."

As mesas do restaurante estão cheias, barulhentas. Uma fila passa por nós a caminho do balcão, uma multidão de chapéus de caubói e bonés de beisebol com um fetiche por casquinha crocante em tudo que come. O orgasmo coletivo do estado acontece na feira estadual, onde até Nutella, Twinkies e manteiga são mergulhados nas fritadeiras.

Charlie havia acabado de sair para dormir na casa da amiga, quando Bill mandou uma mensagem me convidando para ir ao bar tomar uma cerveja com eles. Ele não disse por quê.

Hesitei, mas não por muito tempo. Era isso ou a festa do pijama com as Margaridas e uma garrafa de vinho, enquanto trovões retumbavam e relâmpagos transformavam todas as árvores e arbustos em silhuetas humanas. Prendi meu cabelo frisado de chuva em um rabo de cavalo, vesti uma velha jaqueta jeans e vim dirigindo meu jipe, o tempo todo com os limpadores de para-brisa ligados na velocidade máxima.

Bill e Jo estavam pelo menos uma cerveja na minha frente, falando animados sobre o zagueiro do Sooners, quando apareci como se tivesse acabado de passar embaixo de uma cachoeira. Jo jogou um rolo de papel-toalha em cima da mesa para eu secar a cabeça e limpar a mancha de rímel borrado que ela apontou embaixo do meu olho esquerdo. Começamos a conversar, não sobre Terrell, mas sobre um dos novos casos de Jo, os ossos de uma menina de 3 ou 4 anos de idade que foram encontrados num campo em Ohio, e só depois eu virei o assunto.

"Em que você trabalha, exatamente?", Bill me pergunta.

"Não sei se tem um nome muito preciso. Sou... solucionadora de problemas, acho. Pessoas imaginam alguma coisa que nunca viram antes, e eu faço essa coisa. Pode ser algo pequeno, como desenhar uma coroa de casamento com as pedras de um anel da avó de um dos noivos; ou grande, como uma escada flutuante que construí para um hotel em Santa Fé. O *Sunday Morning* fez uma matéria sobre a escada em uma série sobre mulheres artesãs, e foi muito útil. O apresentador foi sutil o bastante para não mencionar a... coisa, das Margaridas Amarelas. Agora posso escolher o que quero fazer. E cobrar mais."

"Qual é sua obra favorita até hoje? A escada?"

"Não. De longe, meu objeto favorito é a catapulta de abóbora para a competição do Dia do Campo da Charlie no ano passado. Batemos o recorde da escola em dezoito metros." Bebo mais um gole de cerveja. "Meu pai fez faculdade de física e me ensinou algumas coisas." Devia ter comido mais que duas bolachas com queijo picante no almoço. Bill parece mais jovial que de costume na camiseta cinza que revela músculos firmes. Queria saber se ele e a Garota Sueca já são oficialmente um casal.

Decido desviar o holofote de mim, porque a luz direta é sempre muito quente e muito forte. Penso em perguntar se me embebedam para dar más notícias. Olho para Jo. Ela poderia ser qualquer pessoa esta noite, uma dona de casa, funcionária de banco, professora do ensino fundamental. Seu relacionamento diário com o horror está bem escondido embaixo da camiseta do Sooners e dos olhos azuis que, claros, indicam que ela dorme bem. Ninguém adivinharia que essa mulher é a cientista que ficou no meio do inferno, resolvendo equações de cabeça, enquanto as Torres Gêmeas queimavam.

"Jo, como consegue continuar fazendo o que faz... dia após dia?" pergunto. "Sem se abalar com isso?"

Ela coloca a caneca de cerveja sobre a mesa. "Deus me deu o dom de olhar para o grotesco sem ser endurecida por ele. O dedo. As entranhas. Mas não vou dizer que não volto para casa pensando no sêmen em uma camisola da Pequena Sereia. Ou na bala no queixo do prisioneiro de guerra que não matou o cara. Como ele deve ter sido torturado. Fico pensando se a jovem mãe assistiu ao acidente aéreo ou se morreu imediatamente. Penso em quem eram aquelas pessoas. No dia em que parar de pensar, eu paro de fazer o que faço."

Essa última parte pareceu meio discurso de bêbado, mas também foi a coisa mais sincera que já ouvi.

"Essa é a única coisa em que sou competente", diz. "Sou cientista forense, uma legista. Isso é tudo que sei."

"Você é muito legal." Bill bate com a caneca na dela. "Passo a maior parte dos dias querendo socar a cara de alguém."

Ela sorri e levanta a caneca. "Sou de Oklahoma. Somos as pessoas mais legais do mundo. E também amamos socar a cara das pessoas. E, de vez em quando, tenho um dia como o de hoje."

"Se ainda não notou, Jo e eu estamos comemorando", Bill me diz. "Só queríamos dar a você uma chance de alcançar a gente primeiro."

"E?", Jo assente para ele, o sinal de que pode falar.

"Temos um positivo para uma das amostras de DNA."

Não registro o sentido das palavras. Ele não pode falar sobre uma das Margaridas. Não tão depressa.

"Identificamos uma das Margaridas Amarelas pelo material disponível no banco de dados nacional de pessoas desaparecidas", Jo resume com objetividade. "Uma das amostras extraídas dos fêmures."

"Tudo bem, Tessie?" Bill está preocupado. Não sei se ele entende o que fez. Ele me chamou de Tessie. Dessa vez, a mão dele cobre a minha e não se afasta. Isso provoca outro sentimento para o qual não estou preparada no momento. Puxo a mão e ajeito uma mecha de cabelo molhado atrás da orelha.

"Eu... sim, tudo bem. Desculpa. É só a surpresa. Depois de tanto tempo. Depois de tudo que você disse sobre estatísticas, eu não esperava. Quem... é ela?" *Preciso ouvir o nome.*

"Hannah", diz Jo. "Hannah Stein. Vinte anos. Desapareceu do trabalho onde era garçonete, em Georgetown, há 25 anos. O irmão mais novo é agora policial em Houston. Tivemos sorte. Ele insistiu para a família incluir o DNA da vítima no banco de dados há alguns meses, depois de ter concluído o módulo de pessoas desaparecidas no curso de investigações. O DNA mitocondrial de Hannah deu positivo para Rachel e Sharon Stein, mãe e irmã dela. Não esqueça que o DNA mitocondrial é cem por cento correspondente no lado materno."

"Se eu conseguir provar que Terrell não esteve nem perto de Georgetown no dia em que ela desapareceu... bom, vai ajudar." A voz de Bill tem uma nota triunfante.

"Tem uma coisa." Jo olha para mim. "A mãe quer que você esteja presente."

"Onde?" Essa Margarida não é mais uma pilha de dentes e ossos e uma voz sem corpo em minha cabeça. Seu nome é Hannah. Ela é uma sombra se projetando para a luz, prestes a me deixar ver seu rosto.

"A mãe está vindo de carro de Austin com o filho para que eu possa informá-los oficialmente da identificação. Ela me pediu para encontrar você. Sempre desconfiou de que um primo tivesse alguma coisa a ver com o desaparecimento de Hannah. Ela... nós... a polícia... queremos saber se você o reconhece."

"Acontece", Bill acrescenta, "que ele está morto."

Tessie, 1995

Dois deles aparecem na porta da sala do médico. Um homem e uma mulher.

O homem é o promotor. Sr. Vega. Baixinho, compacto, cerca de 40 anos. Aperto de mão firme, olhar direto. Muito machismo italiano. Ele me lembra o técnico de futebol que levou metade do nosso colégio para o porão durante um tornado imprevisto no ano passado. Dá para identificar seus passos quando anda pelo corredor.

A mulher poderia passar por uma jovem no último ano do colégio. Dá a impressão de se sentir mais à vontade em alguma coisa menos austera do que o Ann Taylor que usa. Estou no sofá, ela se senta no lugar que o médico costuma ocupar e bate o pé esquerdo no chão com nervosismo, como se talvez eu fosse seu primeiro caso importante. Diz que está ali na qualidade de terapeuta e defensora dos direitos da criança, mas tenho certeza de que, na verdade, ela é a acompanhante que vai assegurar que eu não acuse o promotor de nada esquisito.

Não me importo muito com nada disso, porque tomei dois Benadryl há uma hora. Não é muito meu jeito de agir, mas Lydia sugeriu que eu tomasse o remédio quando soube que eu ia encontrar o promotor pela primeira vez. Ela sempre toma dois comprimidos quando os pais começam uma daquelas brigas que se transformam em três dias de gritaria. Mais uma vez, Lydia me deu o conselho certo. O ar é tenso, pesado, mas flutuo sobre o cenário dentro de uma bolha.

O médico não está nada feliz. Para começar, não implorei para ele ficar. Não parece ser importante neste momento, e exigiria muita energia de minha parte. O sr. Vega o quer fora da sala, isso é evidente. Fico impressionada com a rapidez com que conduz o médico até a porta da própria sala, já que ele é o mestre da manipulação ali.

Eles conversam num tom baixo, urgente, mas consigo ouvir o que dizem. A mulher, Benita, e eu escutamos tudo. É desconfortável. Dá para perceber que ela não sabe o que fazer, porque já me disse que eu não sou obrigada a falar. Sinto pena dela.

"Gosto do seu cabelo", comento. É preto, com algumas mechas vermelhas e brilhantes. Será que ela mesma faz os reflexos?

"Gosto da sua bota", ela retribui.

Não é como se ainda não escutássemos cada palavra que eles falam.

"Não faça a ela nenhuma pergunta que comece com 'por que'", o médico orienta o advogado.

"Só precisamos de meia hora, senhor. Não há com o que se preocupar." É o tipo de *senhor* que Vega deve usar com juízes e testemunhas hostis. A essa altura, já vi o suficiente de Christopher Darden e Johnnie Cochran.

Agora também sinto pena do médico, que foi colocado para fora do próprio espaço.

O Benadryl está me deixando muito *boazinha*.

Enquanto a conversa na porta continua, decido submeter Benita ao primeiro teste. Ela já anunciou que só está ali por minha causa, e que posso perguntar qualquer coisa. Ou nada. Eu decido. É claro, já ouvi a mesma coisa tantas vezes a esta altura que poderia vomitar. Deve ser o primeiro capítulo do livro didático sobre a vítima/testemunha disfuncional.

"Por que ele não pode me fazer perguntas que comecem com 'por que'?"

Ela olha para o promotor, que não presta atenção em nós. Tenho certeza de que está preocupada com a possibilidade de fornecer informações privilegiadas a uma adolescente. Provavelmente, esse aspecto não é tratado no livro didático.

"Porque isso implica que você pode ter alguma culpa", ela responde. "É mais ou menos como 'Por que fez isso e aquilo?' ou 'Por que acha que isso aconteceu com você?'. O sr. Vega nunca faria perguntas do tipo. Ele sabe que você não é culpada de nada."

Isso me interessa. Tento lembrar se o médico já fez alguma pergunta com "por que" e decido que não. Nunca me ocorreu que o tratamento pode acontecer pela omissão, o que é incômodo, e um novo motivo para preocupação.

A porta é fechada com um estalo seco, e o médico fica do outro lado. O promotor se senta na cadeira do médico e a vira de frente para mim.

"Muito bem, Tessie. Lamento por isso. Não estou nem um pouco interessado em discutir o caso hoje, então pode relaxar, se é isso que a preocupa. Provavelmente, também não vamos falar dele na próxima vez." Ele inclina a cabeça para Benita. "Nenhum de nós acha uma boa ideia fazer perguntas sobre algo tão traumático e pessoal quando ainda não temos nenhum relacionamento com você. Então, vamos nos conhecer primeiro. Também quero que saiba que estou disposto a ir para o tribunal com sua memória exatamente como está agora."

Não foi essa a impressão que tive do médico. Ele sempre pressiona, mesmo que sutilmente. Às vezes, acho que tenta me confundir deliberadamente.

Agora me pergunto quem está falando a verdade. Isso faz minha cabeça doer. Decido virar o jogo e fazer uma pergunta ao sr. Vega. Ele também é obcecado por controle, é evidente.

O Benadryl me libertou. Eu simplesmente *não ligo*.

"*Por que*", pergunto, "você tem tanta certeza de que aquele homem é culpado?"

Tessa, no presente

Olho de novo para a droga do coração de plástico, meio esperando que ele comece a bater.

Estamos só Jo e eu. Sou a primeira a chegar, embora tenha levado duas horas bem agitadas para decidir que roupa era adequada para conhecer a mãe enlutada de Hannah, que deve esperar que parte da filha morta agora viva em mim. É claro, ela vive em mim, mas não quero dizer isso a ela. A roupa adequada para o encontro é um suéter de tricô com saia longa de couro marrom, botas e as pérolas da minha mãe, que nunca tinha usado no pescoço até hoje.

"O coração é legal, não é?" Jo pega a caixa da prateleira, abre e passa o coração para mim como se jogasse um brinquedo de cachorro feito de borracha. E *parece* um brinquedo de cachorro feito borracha. O impulso de pegá-lo é automático, assim como o de jogá-lo para o outro lado da sala. Hesitante, eu devolvo o coração.

"É de verdade?"

"É. Preservado por plastinação. Eu mesma fiz."

Então eu não estava errada sobre essa parte. Mesmo assim, não consigo acreditar que Jo, minha heroína, minha salvadora, seja tão fria.

"Quer ouvir a história?" Olha para o relógio. Aparentemente ela acha que essa deve ser uma boa maneira de me distrair pelos próximos dez minutos.

Balanço a cabeça em negativa, mas ela está de cabeça baixa guardando o coração na prateleira dele. "Minha avó e eu estávamos indo de carro à casa da minha tia na noite anterior ao feriado de Ação de Graças, e pegamos uma estrada escura da área rural de Oklahoma. O veado apareceu antes que eu tivesse tempo de frear."

Um veado. Tudo bem. Já me sinto melhor.

"Foi uma batida horrível", continua. "Minha avó e eu não ficamos machucadas. Mas eu queria ter certeza de que o veado estava morto antes de seguirmos viagem. Não ia deixar o animal agonizando na beira da estrada. Quando me aproximei dele, logo percebi que de fato estava morto. Antes que conseguisse decidir o que fazer com o corpo, três caminhonetes pararam no acostamento. Três homens, um em cada uma, todos interessados em resolver o problema por mim. Percebi que um deles tinha uma faca afiada na cintura."

Um fato perturbador. O coração voltava a ser um ponto de interrogação.

"Falei para esse homem que ele poderia levar o corpo se me deixasse usar a faca. Ele me emprestou a faca, e eu tirei o coração do cervo."

Um conto de fadas dos irmãos Grimm no estilo Oklahoma. Sinto enjoo e alívio ao mesmo tempo.

"Os motoristas das caminhonetes... eles sabiam que você era legista? Sabiam por que queria o coração?" *Você sabia por que queria o coração?*

"Não lembro se falamos sobre isso. Estavam mais interessados na carne."

"E você levou o coração... para o carro onde estava sua avó e o pôs... onde?"

"Em um cooler."

"E levou... para a comemoração de Ação de Graças?" Não perguntei se teve que ajeitar a torta de abóbora e o chantili para abrir espaço.

"Minha tia ficou muito abalada quando saiu para nos receber e viu o capô amassado e as manchas de sangue em mim. Depois rimos muito de tudo isso."

Tem mais uma coisa me incomodando. "Se o veado ainda estivesse vivo, como ia matá-lo?"

"Eu não sabia. Estrangular com o cadarço do sapato, talvez. De um jeito ou de outro, estaria morto quando eu fosse embora."

Essa é a Jo que conheço. E outra que não conhecia.

Alguém bate na porta, e um estudante de avental branco enfia a cabeça pela fresta depois de abri-la.

"Dra. Jo, os policiais chegaram. Eu os levei para a sala de reuniões. A recepção acabou de mandar a família subir. Bill telefonou para dizer que a família Stein recusou oficialmente a presença dele, mas pediu para avisar você e Tessa que a mãe trouxe uma médium."

Nada disso parece perturbar Jo. Afinal, quando foi abordada por três estranhos, um deles com uma faca, em uma estrada escura de Oklahoma e com apenas a companhia da avó, só pensou em tirar o coração de um veado.

"Pronta?", Jo me pergunta.

Dois detetives, um irmão policial, a mãe, a médium... Todo mundo espera em silêncio em volta da mesa de reuniões em uma sala claustrofóbica, onde os únicos enfeites eram uma cafeteira manchada, uma pilha de copos térmicos descartáveis e uma caixa de lenços de papel no centro da mesa. O cheiro de tinta fresca é tão forte que minha garganta arde. Com exceção do irmão dela, ainda muito jovem e vestindo uniforme completo, eu não conseguiria distinguir quem é quem. Não vejo olhos vermelhos, nem lágrimas. Nem bolas de cristal ou saias floridas. Nem outros uniformes ou distintivos.

Um homem de calça jeans e gravata se levanta e estende a mão para Jo, depois uma mulher de uns 50 anos também fica em pé, e esse é o rosto mais gentil e maternal na sala. Detetive n. 1 e Detetive n. 2.

Sento na cadeira soltando todo o peso de uma vez só, querendo estar em qualquer outro lugar do mundo.

Olho para a mulher na minha frente, que se inclina imediatamente para cobrir minhas mãos com as dela. Seu cabelo é duro de laquê, cheio de mechas loiras. Os olhos são os mais azuis que eu já vi. Rachel Stein, deduzo. Mas a ruga na testa da Detetive n. 2 me diz que não, não é ela.

"Senhora, avisamos que não deve participar da reunião, a menos que seja convidada. Sua presença aqui é só um gesto de cortesia para a família."

Ela remove as mãos relutante e pisca, como se fôssemos do mesmo time. Sinto repulsa. Quero de volta o que ela pensa ter tirado de mim com sua mão sensitiva e suada.

O detetive recita as instruções enquanto eu olho fixamente para a mãe de Hannah, que identifiquei por eliminação. Ela deve ter uns 60 anos. Jo me contou que a mulher era professora de inglês em um colégio. Ela tem um ar prático. Mas trouxe uma médium.

Por uma fração de segundo, quando nossos olhos se encontram, vejo o horror, como se eu tivesse acabado de sair da sepultura da filha dela, como um monstro da lama.

Os Stein já haviam encontrado o médico legista naquela manhã para receber a identificação oficial. O trabalho de Jo é simplesmente convencê-los disso sem nenhuma sombra de dúvida. Ela explica o básico sobre DNA mitocondrial, o trabalho cuidadoso do laboratório, as incríveis probabilidades genéticas de esses ossos serem da filha dela. Isso tudo leva uns dez minutos.

"Sra. Stein, as amostras foram colhidas com o maior cuidado", diz Jo. "Lamento muito o que aconteceu com sua família."

"Obrigada. Agradeço pelo tempo que dedicou a nós. Acredito que é Hannah mesmo." Ela olha para os policiais. Fica evidente a dificuldade que tem de olhar para mim.

"Tessa." A Detetive n. 2 me chama. Ouvi o nome dela, mas não consigo lembrar. "Posso chamar você de Tessa?"

"É claro." Minha voz sai áspera, e eu pigarreio.

"Como houve certa... especulação... na mídia sobre o fato de o homem condenado pela morte da filha deles ser realmente o assassino, os Stein gostariam de saber se pode dar uma olhada em uma foto de um parente deles que tinha um interesse incomum pela jovem. Um suspeito naquela época. Ele já morreu, então não precisa ter medo de retaliação. Os pais de Hannah só querem ter paz de espírito. Ninguém quer que um inocente seja executado." Fala sem rancor, mas tento imaginar em que pensa de verdade.

De repente quero a presença de Bill. Quero que segure minha mão de novo. "Tudo bem."

"Você me lembra minha filha", diz a sra. Stein. "Não o cabelo ruivo, é claro. Mas parece ter o mesmo... espírito livre."

A detetive coloca duas fotos na minha frente. Fotos tiradas pela polícia. O irmão, que até então havia ficado em silêncio, um soldado com cara de jogador de pôquer, se inclina para frente. Penso que ele ainda nem havia nascido quando a irmã morreu. Foi o bebê da recuperação.

"Ele era uma pessoa horrível", a sra. Stein diz abalada. Os doze homens à mesa dançam na minha frente. Careca, branco, meia-idade.

"Acho que Deus pôs aquele veado na frente do carro dele." As primeiras palavras do irmão são como uma bofetada fria e forte. "Ele o colocou em coma para podermos desligar a tomada. Para eu não ter que atirar no filho da mãe."

Estou perplexa. Sério? Um veado? Quero olhar para Jo, mas não posso. Muita metáfora de veado para um dia só. Muita coincidência. Muita raiva e, certamente, ira de Deus, quando, às vezes, tudo é simplesmente inútil, sem sentido.

"Lamento", falo finalmente. "Não sei. Tem muita coisa que não lembro." Ao mesmo tempo, percebo que lembro de *alguma coisa*. Um tecido. Uma estampa. Sei onde a vi antes, mas não sei o que significa.

Num impulso, estendo as mãos para a médium.

"Posso?", pergunto à detetive.

"Por mim, tudo bem, se você não se importar." Ela acha isto divertido.

A sra. Stein assente animada, uma boneca que ganha vida. O filho dela olha para mim com uma mistura de reprovação e desapontamento.

Sei que tenho que fazer isso, mesmo que não acredite. Por Hannah. Pela mãe dela, devorada pela dor. Pelo irmão, que provavelmente é policial pelas razões erradas. Pelo pai, que não está presente.

"Lembro de alguma coisa." É verdade. "Tem uma cortina. Pode me ajudar a enxergar atrás dela?"

As mãos suadas da médium seguram as minhas com força. Suas unhas me machucam. Tenho a sensação de ser devorada por um tubarão salivante.

"É claro." Os olhos dela brilham como cacos de vidro, a primeira coisa que dá às pessoas a certeza de que ela é especial, uma janela para o submundo.

"Um homem negro", ela diz.

Removo as mãos cuidadosamente e olho para a mãe de Hannah. Os olhos de Rachel Stein não brilham. São buracos, ralos abertos, e não quero cair neles.

"Sra. Stein, estive na cova com sua filha. Hannah será eternamente uma parte de mim, como se dividíssemos o mesmo DNA. O monstro dela é meu monstro. Então, por favor, acredite se digo que sei exatamente o que ela diria a vocês agora. Ela diria que ama vocês. E diria que essa mulher só vai fazer você sofrer. Ela é uma mentirosa."

Tessie, 1995

"Pronta para pegar um assassino, Tessie?"

O sr. Vega anda de um lado para o outro, da mesa até a janela, da janela para o sofá. "Porque precisa ser mentalmente firme. O advogado de defesa vai tentar confundir você. Quero ter certeza de que estará preparada para os truques de circo que ele vai apresentar."

O médico olha para mim e assente, encorajador. Hoje ele conseguiu ficar na sala. O sr. Vega e Benita estiveram comigo mais duas vezes na semana passada, uma vez em uma pista de boliche, outra em uma Starbucks. O sr. Vega me apresentou aos Mocha Frappuccinos e aos jalapeños grelhados no cachorro-quente. Perguntou *por que* gosto de correr, *por que* gosto de desenhar e *por que* odiava tanto os Yankees. Aceitei as sessões para "me conhecer melhor", era menos doloroso que ficar deitada no divã do médico. Como disse meu pai, todos apenas trabalhavam.

As coisas mudaram para mim em algum momento na pista dezesseis do boliche, enquanto as luzes piscavam psicodélicas, pinos caíam barulhentos e Sister Sledge embalava as partidas. O sr. Vega e eu travávamos um duelo na pista. Benita marcava os pontos e gritava em espanhol, torcendo como nos dias de colégio. O sr. Vega não facilitava para mim, apesar de eu ter tido que pedir permissão do meu cirurgião para tirar temporariamente o aparelho ortopédico para jogar. O homem prestes a processar meu monstro jogava para ganhar e continuou jogando sério mesmo quando fingi mancar.

Então, talvez ele fosse manipulador, talvez fosse sincero, e talvez fosse um pouco dos dois. De qualquer maneira, quando sentei hoje no sofá para me preparar oficialmente para o julgamento, eu estava no jogo, não mais no time do sr. Vega por falta de opção, por não ter como sair dali. Estava ali porque queria vencer.

"Conheço todas as jogadas que esse cara vai fazer." O sr. Vega ainda anda pela sala como se estivesse no tribunal.

"Ele gosta de induzir as testemunhas a falar só sim e não. Não esquece, quanto menos narrativas forem suas respostas, menos o júri vai sentir sua dor. Ele vai fazer uma série de perguntas a você para as quais a resposta é 'sim'. Então, você vai responder sim, sim, sim, sim e sim. Depois, ele vai introduzir uma pergunta para a qual a resposta é um 'não', mas você vai estar embalada no trem do 'sim'. Você vai dizer 'sim', e quando perceber e mudar imediatamente para 'não', ele vai perguntar se está confusa. E é assim que começa."

Mexo a cabeça numa resposta afirmativa. Parece fácil.

"Ele vai recitar datas e números até sua cabeça girar. Sempre que ficar confusa, peça a ele para se explicar. Todas. As. Vezes. Isso o faz parecer mais opressor." Ele dá um passo em minha direção, e seu rosto perde o tônus.

"Se quatro vezes seis é igual a 24 e isso multiplicado por dois é 48, quanto é cinquenta vezes isso mais seis?"

Olho para ele incrédula. Começo a multiplicar.

Ele levanta um dedo no ar. "Depressa, Tessie. Responde."

"Não sei."

"Muito bem. Isso que está sentindo agora? Atordoada e meio apavorada? É isso. É assim que vai se sentir. Multiplicado por quatro." Volta a andar. Fico feliz por Oscar não ter vindo. Ele ficaria maluco. "Essa vai ser a parte mais difícil. Ele vai insinuar que esconde coisas. *Por que se lembra de comprar absorventes no dia do ataque, mas não lembra do rosto deste homem? Por que tinha amizade com um sem-teto maluco? Por que corria sozinha todos os dias?*"

"Corro mais que a maioria dos meus amigos, eles não conseguem me acompanhar", explico. "E Roosevelt não é maluco."

"Aham, Tessie. Não *reaja* apenas. *Pense* na pergunta. *Sempre corro durante o dia, nas duas pistas aprovadas por meu pai. Roosevelt fica sentado na mesma esquina há dez anos, e é amigo de todo mundo, inclusive dos policiais da área.* Direta, objetiva. Não deixe que ele a desestabilize. Você não fez nada errado."

"Ele vai mesmo falar dos... absorventes?"

"Aposto que sim. É mais um jeito de deixar você desconfortável. Um movimento sutil que o júri não vai notar. Absorventes são um fato da vida para aquelas pessoas. Para você, uma adolescente, são íntimos e constrangedores. Pode acreditar, Dick não tem limites nem com crianças vítimas de abuso sexual."

Os olhos dele estão cravados em mim novamente.

"Por que foi suspensa de duas provas de corrida no ano passado?"

O médico muda de posição. Quer interferir. O sr. Vega percebe e levanta a mão na direção dele, um sinal para detê-lo. E mantém os olhos fixos em mim.

Esse é o Vega que finge ou o verdadeiro? Seja como for, a pergunta me descompensa. A raiva sempre começa como um formigamento na raiz do cabelo, depois se espalha como água quente derramada.

"Uma garota de outra equipe empurrou minha amiga Denise em cima de um obstáculo em uma competição regional porque queria correr nas preliminares. Se estivesse assistindo à prova e não fosse uma corredora de obstáculos, nem teria notado. Mas há certos movimentos, e eu conheço todos eles. Por isso, depois da corrida, me aproximei dessa menina e disse que sabia que ela havia trapaceado. Ela me empurrou e me jogou no chão. Quando os oficiais de prova chegaram, ela disse que eu havia empurrado primeiro. Nós duas fomos suspensas por duas provas."

Endireito as costas. Olho para ele, só para ele. Demonstro que estou furiosa, mas controlada. "Valeu a pena", continuo. "Porque agora todo mundo fica de olho nela. Ela não vai tentar de novo."

Ninguém fala. Queria saber se acreditam em mim. Todo mundo que me conhece acreditou na minha versão dos fatos. Lydia até escreveu uma carta indignada para o conselho da liga esportiva. E assinou: *Sinceramente, srta. Lydia Frances Bell.*

"Perfeito", aprova o sr. Vega. "Narrativa. Calma. Perfeita." Ele dá alguns passos e toca meu ombro.

A mão sobre meu ombro... a sensação é boa. Mesmo assim, é difícil saber se gosto deste homem, ou se gosto apenas do que ele me devolve. Poder. Exatamente o que meu monstro tirou de mim e jogou na sarjeta da Walgreen's.

O sr. Vega retira a mão. Depois, pega a pasta de trabalho do chão, ao lado de Benita. "Uma sessão rápida, mas acho que terminamos por hoje. Benita vai mostrar a você a sala do tribunal uma hora dessas. Recomendo que experimente todos os assentos. Os do júri. O do juiz, meu favorito. Quero esperar até estarmos mais próximos do julgamento para falar sobre seu depoimento. Vamos ver se, até lá, você e o doutor aqui progrediram um pouco."

Todo mundo fica em pé, menos eu. Continuo no sofá. "Dois mil quatrocentos e seis."

O sr. Vega para na porta.

"Essa é minha garota", diz. "Sempre vai chegar à resposta certa, se tiver calma e pensar bem."

Tessa, no presente

É claro, minha cabeça não para desde que soube o nome dela.

Rachel Stein, mãe de Hannah, não tem um primeiro nome que comece com N, U ou S. Ela não se enquadra no jogo mnemônico que deixei de lado como um enigma de palavras cruzadas que planejava terminar mais tarde. UNS. As letras que Merry falou quando conversávamos na cova, um truque para me ajudar a lembrar dos nomes de todas as mães e procurá-las.

Desde a descoberta de uma terceira ossada, tenho pensado que minha conversa com Merry pode não ter sido uma alucinação. *Havia* mais três garotas naquela cova, não duas, exatamente como Merry me disse. Não pode ser coincidência, certo?

Mas... A certeza oficial e documentada do nome de Rachel Stein me faz pensar se eu não estava maluca no passado, e igualmente maluca agora. Tive que me conter para não encher a sra. Stein de perguntas. *Rachel é seu apelido? Seu nome do meio? Você mudou de nome?*

Não podia mexer ainda mais com a cabeça dela, trocar a loucura da médium pela minha. A mãe de Hannah saiu daquela sala de reuniões mais devastada do que entrou. *Encerramento é um mito*, Jo me disse mais tarde. *Mas é importante saber.* O filho da sra. Stein teve que apoiar a mãe quando eles saíram da sala. Ela se movia como se tivesse 100 anos de idade.

O irmão de Hannah e eu fizemos um pacto silencioso de que ele chutaria a médium de volta para seu universo deturpado. Ela fumegava e tropeçava nos saltos a caminho da saída. Assim que me ouviu falar a palavra *mentirosa*, o irmão de Hannah levantou a cabeça e me olhou com gratidão. Quanto à médium... bom, se eu já não havia sido amaldiçoada, ela completou o serviço. Minhas cicatrizes formigaram por uma hora depois do confronto.

Minha Vó Trouxe Maçãs Já Sei Uma Não Presta.

Desde que saí daquela sala, não consigo tirar essa sequência de palavras da cabeça. Imagino Merry apertando o botão de uma jukebox muitas e muitas vezes. Cada vez aperta com mais força, mais frustrada. *Lembre.*

Minhas botas criam um ritmo quando subo a escada. Um passo. *Minha.* Dois passos. *Vó.* Três passos. *Trouxe.* Quatro passos. *Maçãs.* No alto da escada, abro a porta do meu estúdio. O ar quente e parado sai. Abro a janela e sorvo o ar que é como uma dose de tequila bem gelada. Um corajoso passarinho azul me encara de seu poleiro em um galho sem folhas, e eu pisco antes dele.

Pego algumas folhas de papel do piso empoeirado de madeira, restos de um dos projetos de Bobby da última vez que veio para passar o fim de semana. Meu irmão doce, meio comprometido. Agora escreve para filmes que terminam em números e tenta se curar com respiração holotrópica e uma assistente de produção sexy com um piercing no nariz. Ele saiu de casa para cursar a faculdade na Califórnia e nunca mais voltou, exceto para visitas e funerais, algo que provavelmente eu devia ter feito. Até abreviou o sobrenome, agora usa apenas Wright.

Esboço corações na poeira da minha mesa de desenho até ficar com o dedo preto. Pego um chá branco da seleção no armário e ligo a chaleira. Ouço seu chiado simpático. Decido que o mel vencido no armário tem cheiro de cerveja e vejo os dois cubos de açúcar se dissolveram em minha xícara. Merry aperta o botão da jukebox pela última vez e desaparece.

Sempre adorei esta sala. Só não queria dividi-la com as Margaridas. Hoje, parece que não tenho que dividir nada. Limpo a mesa de desenho com um pedaço de papel-toalha e posiciono uma folha de papel na prancheta. O estalo do prendedor assusta o passarinho, que voa para longe. Começo a desenhar as dobras do tecido, e o ruído baixo lembra o de um rato embaixo do assoalho. Estou com pressa, quero me dedicar ao trabalho mais complicado, mais importante. Uma estampa apareceu na minha cabeça enquanto eu olhava para a blusa simples de algodão da sra. Stein. Para os seios caídos sob o peso da meia-idade.

Surpresa. Desenho flores, e isso não me incomoda. Uma hora passa depressa. E outra. São muitas, muitas pétalas, e um ramo cheio de folhas que serpenteia conectando todas elas, como uma árvore genealógica maluca. Encho um copo descartável com água e abro a caixa de aquarelas. Azul, rosa e verde.

Essas flores não são margaridas-amarelas.

E o tecido não é de uma cortina. Nunca foi uma cortina.

Desenho o avental da minha mãe. Não dá para me ver, mas estou ali embaixo dele, escondendo o rosto. Sinto o tecido no rosto e no nariz. Está escuro aqui, mas a luz que passa pelo algodão fino é suficiente para eu não sentir medo. A almofada morna do corpo de minha mãe está atrás de mim, em minhas costas.

Não consigo ver o que tem do outro lado.

A sensação me lembra a da cegueira.

A dra. Giles segura minha pintura pelos cantos com todo cuidado, porque ela ainda não secou completamente.

É hora de fechar o consultório. Todos os brinquedos e livros da sala foram guardados. Algumas luminárias de mesa continuam acesas, mas a luz principal foi apagada. O elefante foi posto na cama de bonecas para dormir, coberto até as orelhas.

"O que acha?", pergunto. "O avental é a cortina? A cortina não tem nada a ver com o fato de eu ter sido jogada dentro daquela cova? Não tem significado nenhum nisso?" Estou me sentindo culpada pela urgência.

"Nada é desprovido de significado", diz. "O avental provavelmente representa conforto para você. Não seria surpresa se você conectasse algum elemento do seu primeiro trauma, a morte de sua mãe, ao outro. Tessa, o mais importante é eliminar o desconhecido, que é assustador. Se chegasse aqui e me dissesse que podia ver o assassino atrás da cortina, como o Mágico de Oz, bom... não era isso que esperava, era?"

Sim. Era exatamente isso que esperava. Cresci em Oz.

Mas não digo isso a ela. Nem conto que desenhar o avental da minha mãe me deixa tão perturbada quanto a cortina que desenhei uma centena de vezes.

Tessie, 1995

"O que acha do sr. Vega e de Benita?"

É minha imaginação, ou o médico está com ciúmes?

"Ele é legal", respondo cuidadosa. "Os dois são muito legais." Os adultos complicam as coisas. Devo gostar mais do médico do que deles? Isso é algum tipo de campeonato?

"Se tem alguma dúvida ou preocupação, pode falar comigo. Às vezes, Vega exagera um pouco na intensidade."

E você não? "Estou bem agora. Mas, se alguma coisa me incomodar, aviso." Ultimamente, essa necessidade de tranquilizá-lo tem ocupado o lugar do desejo de irritá-lo. "Mas tenho uma pergunta sobre... sobre outra coisa."

Lydia diz que é ridículo guardar esse medo, deixar esse sentimento me devorar, embora ela também ache *até que legal* o que acontece. "Não é só a Merry que falou comigo."

"Como assim? Quem mais fala com você?"

"As outras Margaridas... falam comigo de vez em quando. As da cova. Não o tempo todo. Acho que não é muito importante. Lydia só achou que eu devia comentar."

"Lydia deve ser uma amiga muito sensata."

"Ela é."

"Bom, vamos começar por aqui. Qual foi a primeira coisa que uma das outras... Margaridas... falou?"

"Foi no hospital. Logo que acordei. Uma delas me disse que a gelatina de morango era horrível. E era. Sem açúcar."

"E o que mais?"

"Basicamente, são avisos. Tome cuidado. Esse tipo de coisa." *A gente avisou para você não tocar no cartão do porco com a margarida.*

"Quando elas falam, acha que tentam controlar você? Ou induzir você a fazer coisas que não quer?"

"Não. É claro que não. Acho que querem ajudar. E prometi ajudá-las. É meio que um pacto." Parece absolutamente insano quando falo em voz alta. Fico apavorada quando penso que ele pode convencer meu pai a me internar. Tenho certeza absoluta de que, dessa vez, Lydia errou quando me deu esse conselho.

"E você também fala com elas?"

"Não. Normalmente não. Só escuto." *Cuidado.*

"E nunca sugeriram que você fizesse algum mal a si mesma?"

"Isso é uma piada? Que besteira é essa? Acha que sou suicida? Que estou possuída?" Balanço os dedos dos dois lados da cabeça.

"Desculpa, Tessie. Eu tenho que perguntar."

"Nunca pensei em me matar." Na defensiva. É mentira. "Pensei em matar *ele*."

"Normal", diz. "Eu mesmo queria acabar com ele." Não é o tipo de coisa que um psiquiatra deveria dizer. Não quero sentir afeto e simpatia por ele agora. Quero uma droga de resposta.

"Então, as vozes... Acha que eu sou... esquizofrênica? Borderline, talvez?" Percebo que prefiro a esquizofrenia a estar possuída por demônios. Todo conhecimento que eu tinha sobre o assunto neste momento havia sido extraído de Stephen King.

Então, Oscar e eu fomos sozinhos à biblioteca. A voluntária de 85 anos quase cega estava de plantão, e achei que era seguro pedir sua ajuda. Ela não reconheceu a menina Cartwright, que era como as pessoas mais velhas me chamavam, em vez de Margarida Amarela.

Depois de quinze minutos, quando já havia oito pessoas na fila para devolver livros e sair, ela apareceu com *O eu dividido: estudo existencial da sanidade e da loucura*, *Um estranho no ninho* e um romance da Harlequin cujo título era *Kate of Outpatients*. A essência daquele sobre psicologia existencial era deixar pessoas insanas serem insanas e parar de perturbá-las. Devolvi esse e *Um estranho no ninho* à estante, e dei uma olhada em *Kate of Outpatients*. Lydia e eu nos revezamos na leitura dramática desse livro.

O olhar do médico é surpreendentemente bondoso e firme, mas deixa o silêncio se estender. Provavelmente, tentando entender como dar a má notícia de que a pobre menininha em breve vai estar se balançando e babando em uma sala cheia de jogadores de xadrez.

"Você não é esquizofrênica, Tessie. Sei que existem psicólogos que sempre associam imediatamente vozes à doença mental. Mas existem os que não fazem essa associação imediata. Muita gente ouve vozes. Quando um marido, esposa ou filho morre, a pessoa que perde o ente querido pode passar o dia inteiro falando com ele e ouvindo as respostas. Pelo resto da vida. Isso não os torna disfuncionais. Na verdade, muitos afirmam que essas conversas tornam a vida melhor e *mais* produtiva."

Adoro este homem. *Adoro este homem!* Ele não vai me internar.

"As Margaridas não melhoram minha vida", respondo. "Acho que elas são fantasmas."

"Como já conversamos antes, a paranormalidade é uma resposta *temporária* normal."

Ele não entende. "Como me livro delas?" *Não quero que elas fiquem bravas.*

"Como acha que poderia se livrar delas?"

Minha resposta é imediata. "Mandando o assassino para a prisão."

"Você está se esforçando para isso."

"E descobrindo quem são as Margaridas. Dando a elas nomes reais."

"E se isso não for possível?"

"Nesse caso, não sei se elas vão me deixar em paz algum dia."

"Tessie, alguma vez sua mãe falou com você depois de morrer? Como as Margaridas?"

"Não. Nunca."

"Pergunto porque você sofreu dois traumas terríveis para alguém tão jovem. A morte de sua mãe e o horror daquela cova. Em parte, acho que ainda está de luto por sua mãe. Lembra o que fez no velório?"

Minha mãe *de novo*. Dou de ombros. "Comemos a comida que as pessoas levaram, depois joguei basquete com meu irmão mais novo na entrada da garagem." *Deixei meu irmão ganhar. Dez a dois.*

"Crianças costumam brincar no dia do funeral como se fosse um dia qualquer. É ilusório. Elas sofrem mais intensamente e mais profundamente que os adultos."

"Acho que não." Lembro os sons horríveis do meu pai e da minha tia chorando, como se alguém arrancasse minha pele.

"Adultos sofrem mais no começo, mas superam. As crianças podem se fixar em um estágio... raiva ou negação... durante anos. Isso pode estar na raiz dos seus sintomas. A perda de memória, a cegueira, as Margaridas, o código que você criou naquela cova..."

"Não me fixei", interrompo. "Merry e eu não *inventamos* um código na cova. E não quero falar sobre minha mãe. Ela se foi. Meu problema é com os fantasmas, só isso."

Tessa, no presente

São só treze quarteirões de distância de onde eu moro agora.

A antiga casa de Lydia.

Podia ser mais de cem quilômetros. Pela primeira vez em anos, estou na frente da casa onde ela morava quando era criança. O segundo lugar onde ele deixou margaridas-amarelas e o último em que eu quero procurar.

Lydia sempre descreveu esta casa como um bolo de casamento, uma caixa bege de dois andares com um acabamento branco cortado em curvas, uma espécie de cobertura de última hora. Muita coisa mudou desde a nossa infância. A cobertura está desmoronando. O que antes era um jardim quadrado com um gramado verde perfeito, agora é terra escura onde cresce mato. Não tem mais a placa de madeira fincada no chão com a mensagem "Bem-vindos!" e um girassol amarelo pintado ao lado. Lydia me falou que o pai dela arrancou a placa do chão antes de eu deixar o hospital e voltar para casa.

"Ei." Não ouvi o carro dele se aproximando, mas, de repente, Bill anda em minha direção, mais ágil e mais alto do que eu lembrava. Talvez seja porque as pernas longas estão à mostra no short preto de corrida que usa com tênis caros. Tudo nele é umidade. Cabelo, rosto, pescoço, braços. Um triângulo de suor marca a frente de uma camiseta vermelha de Harvard, tão amada que alguns rasgos não têm importância. Finalmente cortou o cabelo, mas agora ficou curto demais para as orelhas grandes. Quero que se afaste daqui. E fique longe.

"Eu disse que não era para vir", reclamo. "Pensei que estivesse jogando basquete." Lamentei o telefonema impulsivo no instante em que Bill atendeu. Ele estava ofegante. Cheguei a pensar que podia ter interrompido um encontro sexual acrobático com uma colega advogada. Ele disse que estava jogando basquete.

"Já acabou. Meus colegas advogados e eu levávamos uma surra de um bando de garotos do ensino médio. Seu carro chamou minha atenção, eu estava a caminho da casa dos meus pais em Fort Worth, onde infelizmente prometi ir jantar. A menos que queira me convidar para sair. Ou me acompanhar. Disse que tinha alguma coisa para me falar. O que é?"

Começo a chorar.

Não estava preparada para isso e, pela cara de Bill, ele também não. Mas o rio agora corre como não havia corrido desde a morte repentina de meu pai, há quatro anos, de um câncer no pâncreas. Ele me abraça desajeitado, porque não há mais nada que possa fazer, e isso me faz chorar ainda mais.

"Ah, não", diz. "Estou suado demais para isso. Vem, vamos sentar um pouco."

Bill me faz sentar na calçada e passa um braço sobre meus ombros. O apoio dos músculos firmes e o *tratamento gentil* despertam todos os hormônios em meu corpo. Tenho que me afastar desse abraço imediatamente. *Nada de complicações.* Em vez disso, minha cabeça cai para o lado como uma pedra, contra o peito dele, e meus ombros se erguem.

"Ah, eu... não recomendo que aproxime o nariz dessa... axila", diz. Mas, ao perceber quanto estou abalada, me abraça com mais força.

Depois de alguns segundos, levanto um pouco a cabeça e falo com a voz embargada: "Espera aí. Estou melhor".

"Sim, definitivamente, tudo sob controle." Ele me faz apoiar a cabeça em seu peito de novo, mas não antes de eu notar alguma coisa faminta em seu rosto, algo que não tem nada de gentil.

Levanto o queixo de novo. Nossos lábios estão bem próximos.

Ele recua. "Você está vermelha como uma ameixa."

Rio e soluço ao mesmo tempo. Uma ameixa que ri e soluça. Puxo a saia para baixo. Ele desvia os olhos e aponta a casa atrás de nós, aquela cujo endereço ele havia posto no GPS há vinte minutos, quando liguei. "Qual é o problema dessa casa? Quem mora aí?" É uma mudança repentina, deliberada.

Droga, sou patética. Fico em pé.

"Você, ah... precisa limpar o nariz."

Total e *absoluta* humilhação. Uso a camisa porque, a essa altura, não importa. Respiro fundo para fazer um teste. A inspiração não provoca nenhum tsunami. "Escuta o que tenho para dizer", peço com voz tensa. "Acho que o assassino das Margaridas Amarelas deixa flores para mim há anos. Não foi só aquela noite na minha casa."

"Quê? Onde mais? *Quantos* lugares?"

"Seis, se a gente contar embaixo da janela do meu quarto."

"Tem certeza..."

"... de que elas não brotaram nesses lugares como se Deus quisesse me deixar maluca? É claro que não. Por isso eu disse que *acho*. Na primeira vez, eu tinha só 17 anos. Foi logo depois da condenação de Terrell. O assassino deixou um poema dentro de um frasco de remédio, que enterrou. Encontrei o poema quando cavei um canteirinho de margaridas-amarelas no quintal daquela casa, bem ali." Aponto quatro casas para baixo, para um sobrado amarelo do outro lado da rua. "A casa onde eu morava quando era criança. Ele plantou as flores ao lado da minha casa na árvore três dias depois do fim do julgamento." Espero ele entender o que digo. "Exatamente *depois* de Terrell ter sido preso."

"Continua."

"A... pessoa que fez isso transformou numa ameaça um poema chamado 'Black-Eyed Susan', 'margarida-amarela' ou algo como 'Susan dos olhos negros' em inglês, escrito no século XVIII por um poeta chamado John Gay. O poema alterado sugeria que Lydia morreria se eu não ficasse de boca fechada." O rosto de Bill é uma máscara inexpressiva, não sei se porque ele não conhece John Gay ou se por causa do esforço de conter a raiva.

"Eu não sabia quem era John Gay até uns dez anos atrás. Ele ficou mais famoso pela *Ópera do mendigo*. Já ouviu falar? Capitão Macheath? Polly Peachum? Não? Bom, o que importa é que ele escreveu uma balada sobre uma menina de olhos negros chamada Susan que se despede de um amante que vai para o mar. Existe uma teoria romântica de que a flor deve seu nome a essa balada..."

Bill assente.

Começo a recitar em voz baixa, enquanto um cortador de grama ronca em algum quintal perto dali.

Oh, Margarida, Margarida, minha querida
Minhas promessas eu sempre vou manter e cumprir
Quero beijar essa lágrima caída
E nunca mais te ferir
Mas se contar, eu vou fazer
Lydia
Uma Margarida também ser

"Meu Deus, Tessa. O que seu pai falou?"

"Não contei isso a ele. Você é a primeira pessoa para quem conto, além da Angie. Eu não... podia deixar meu pai ainda mais preocupado."

"E Lydia?"

"Não estávamos nos falando."

Bill me encara curioso.

"Contei a Angie pouco antes de ela morrer", continuo. "Ela estava preocupada comigo e com Charlie. No fim, considerava me deixar completamente fora da história."

"Por quê...?"

"Por que ela nunca contou nada a você? Porque estava me protegendo. Mas acho que ela estava errada. Não vou conseguir suportar a ideia de que participei da execução de um inocente. Aos 17 anos, a decisão não foi difícil. O julgamento tinha acabado. Só queria que tudo voltasse ao normal. Imaginei que poderia ser só mais um maluco obcecado pelo caso. Havia muitos. O que significava que Terrell ainda podia ser o culpado. O promotor, Al Vega, tinha *certeza*. E Lydia... Bom, estava furiosa com ela, mas não queria que sua vida corresse perigo."

"Espera aí."

Bill levanta e corre para o carro, uma BMW preta, três letras que, na minha opinião, transformam seres humanos normais e legais em demônios da estrada. Ele desaparece dentro do carrinho elegante por tanto tempo que me pergunto se ouve Bach e pensa em ligar o motor e fugir. Quando finalmente sai do automóvel, ele segura uma caneta e um bloco de papel na mão esquerda. Bill senta novamente na calçada. Já fez algumas anotações, e consigo ver algumas palavras.

John Gay. 1995.

"Continua", diz.

"Ultimamente, voltei a alguns lugares onde *acho* que ele deixou flores. Fui sozinha e não segui nenhuma ordem específica."

"Ei! Espera aí. Você voltou a esses lugares. Mas por que diabos fez isso?"

"Eu sei, eu sei. É loucura. Sabe, depois da primeira vez, nunca mais cavei um daqueles canteiros para ver se ele havia deixado alguma coisa para mim. Era como se não quisesse dar a ele essa satisfação. Não podia acreditar tanto nisso. Considerei a ideia de tudo ser só uma brincadeira de mau gosto. Ou um maluco aleatório. Estávamos todos nos jornais, inclusive Lydia." Ela sempre me mostrava seu nome. Ficou eufórica quando foi mencionada pelo New York Times como *vizinha e confidente da srta. Cartwright.*

"Sobrevivi graças à negação", continuo. "E, sim, sei que é loucura pensar que ainda pode ter alguma coisa por aí. Mas... e se tiver? Só pensei que, se encontrasse alguma coisa, poderia ajudar... Terrell."

E eu prometi para as Margaridas.

"Você esteve cavando? Sozinha? E encontrou alguma coisa?"

"Nada. É um alívio, e não é."

"Por que estamos aqui, se sua antiga casa é aquela lá?"

"Esta era a casa de Lydia. Também encontrei margaridas-amarelas aqui algumas semanas depois do julgamento."

Que explicações devo dar? Apareci na porta da casa em uma tarde de sexta-feira com uma caixa de papelão cheia de coisas dela. Cumpria um ritual de despedida, depois que nossa amizade implodiu no fim do julgamento. Ela não ia à escola havia uma semana e meia. A caixa tinha duas fitas de vídeo, *O Último dos moicanos* e *Cabo do medo*, a bolsa reserva de maquiagem que ela sempre deixava no meu banheiro, o pijama do Mickey.

Mas a casa estava quieta e fechada às três da tarde, o que era incomum. Nenhum carro. As cortinas da sala fechadas pela primeira vez. Podia ter deixado a caixa lá e ido embora. Em vez disso, abri o portão dos fundos. Estava curiosa. Quando vi o mar de florezinhas amarelas, fiquei com mais raiva ainda de Lydia, e não achava que isso fosse possível. *Como ela pode deixar as flores crescerem?* Saí dali o mais rápido que pude. Duas semanas mais tarde, a placa de vende-se apareceu no jardim e a família Bell desapareceu, como se ninguém fosse digno de um adeus.

Meu pai me disse para esquecer Lydia.

"Estava no quintal dos fundos, devolvendo algumas coisas da Lydia, e vi as flores", conto a Bill. Levo os dedos às têmporas e as massageio com movimentos circulares. "Não faz mal se acha que isso é besteira. Deixa para lá. Desculpe se incomodei você."

Ele fica em pé e me puxa. Depois me surpreende. "Já estamos aqui. Vamos dar uma olhada."

Batemos três vezes antes de uma mulher pálida com cabelos pretos e curtos atender a porta, abrindo uma fresta de uns quinze centímetros. Ela olha para nós como se fôssemos liberais do Texas e aponta a plaquinha embaixo da caixa de correspondência presa a uma coluna da varanda, uma variação de uma placa comum para espantar pedintes: **Somos pobres. Não votamos. Já encontramos Jesus. Temos uma arma carregada.**

Bill ignora o aviso e estende a mão. "Olá, senhora. Meu nome é William Hastings. Minha amiga Tessa, aqui, tinha uma amiga que morava nesta casa. Tessa tem boas lembranças de infância no seu quintal dos fundos, onde vinha brincar. Será que podemos dar uma olhada lá, só para ela relembrar os bons tempos?"

A mulher abre um pouco mais a porta, mas não é um convite. Ela vira para empurrar com o pé um gato amarelo e gordo que não decide se quer sair ou ficar lá dentro. Deve ter uns 45 anos, usa short jeans curto, dois números menor do que deve vestir agora. O traseiro redondo se equilibra sobre pernas finas, e deduzo que as pernas são o parâmetro pelo qual ela calcula seu peso habitual quando senta e bebe outra cerveja.

Descalça. Dedões protegidos por Band-Aids. Os seios são panquecas generosas dentro da regata. Uma tatuagem de rosas vermelhas começa no ombro e desce até o cotovelo esquerdo. Deve ter tomado muito tempo e provocado muito ranger de dentes.

"Sim, eu me importo." A mulher ignora a mão estendida de Bill. Olha para a cicatriz embaixo do meu olho. Percebo um lampejo de respeito em sua expressão. Provavelmente, deve pensar que a marca é resultado de uma *briga de bar*.

"Estou curioso, senhora...?"

"Gibson. Não que seja da sua conta."

Bill mostra a credencial do tribunal.

"Estou curioso para saber, sra. Gibson, do 5216 Della Court, sobre o cumprimento de seus deveres como convocada para o júri popular nos últimos cinco anos. Tenho alguns amigos no tribunal que podem dar uma olhada nisso para nós."

"Filho da puta", resmunga furiosa. "Cinco minutos. É isso. Usem o portão lateral e tratem de deixar fechado quando saírem. Tenho um cachorro." Diz as últimas três palavras como uma ameaça e bate a porta.

"Boa tacada", elogio.

"Não é a primeira sra. Gibson que encontro."

A mesma corrente faz as vezes de cerca nos fundos da casa, mas agora o metal tem mais ferrugem. A tranca em forma de ferradura no portão lateral exige muita força de Bill para se mover. Lembro de como o pai de Lydia sempre a lubrificava com óleo.

O jardim é pequeno, cheio de estruturas de plástico. Um galpão de venezianas falsas ocupa o canto direito, a versão "chique" com uma floreira que foi esquecida há muito tempo. Uma casa de cachorro imunda, branca com telhado vermelho, foi posta na área de concreto que faz as vezes de varanda dos fundos.

Havia uma mesa de piquenique embaixo do carvalho vermelho que agora é só um toco que serve de base para uma estátua, uma águia com as asas abertas. A grama é alta e faz cócegas nas minhas pernas. Quase tropeço em um caminhão de bombeiro de plástico transformado em canteiro de ervas daninhas.

Bill pisa em uma montanha de cocô mole de cachorro e grita: "Merda!".

Paramos e olhamos com mais atenção para a casa de cachorro. Deve caber uma criança de 2 anos lá dentro. Bill assobia. Um cachorro começa a latir dentro da casa, e imagino se a sra. Gibson está carregando sua arma.

"E aí, onde?" O tom de Bill sugere que pode estar perdendo um pouco da fé na minha caçada ao tesouro. Mais uma vez, me arrependo de tê-lo envolvido.

Aponto para o lado esquerdo do quintal, bem no fundo. O mato forma um carpete denso e emaranhado, mas ainda é possível ver a pequena elevação que o sr. Bell chamava de Colina Gramada. Lydia herdou essa necessidade de dar apelido às coisas.

Bill me segue arrastando o pé esquerdo, tentando limpar o sapato. De repente paro, abaixo e começo a arrancar o mato.

"O que está fazendo?" Ele olha para a casa. O mato arrancado escondia uma portinha de metal na lateral da pequena elevação.

O cadeado enferrujado que mantém a porta fechada provavelmente se soltaria com um bom chute. A tentação é grande.

"É um velho abrigo de tempestade da década de 1930, quando a casa foi construída. A família de Lydia nunca usou esse lugar, não que eu lembre. A sra. Bell achava que a banheira era mais segura durante um tornado, melhor do que dividir o abrigo com aranhas venenosas e besouros."

"Onde estavam as flores?"

"Plantadas na parte de cima. Sempre teve uma camada de terra sobre o concreto. E tinha grama."

"Não trouxe uma pá", Bill comenta, e é como se falasse sozinho. Ele tenta juntar as peças, e eu seguro a mais importante de todas. "Acha que ele enterrou alguma coisa para você... no abrigo de tempestade?"

Penso em Charlie no ônibus cheio de jogadoras de vôlei barulhentas, a caminho de Waco.

Vou perder o jogo dela por causa disso.

"Sim." Toco meu pulso com dois dedos e sinto minha pulsação, porque era o que Lydia sempre fazia. "Na noite passada, sonhei que Lydia estava lá embaixo. Que as flores marcavam sua sepultura."

Tessie, 1995

"Você costuma ter pesadelos?"

A atitude do médico hoje, toda rígida e formal, sugere que ele renovou seu propósito. Eu o imagino lendo uma página aleatória do seu Livro de Truques imediatamente antes de eu chegar. Deve ser grosso como um tijolo, com páginas amareladas, capa gasta de veludo vermelho e milhares de feitiços inúteis.

"Deixa eu pensar", digo. Acrescentei essa frase mais animada ao meu arsenal de é claro e *parece bom*, parte da minha campanha para sair deste divã o mais depressa possível.

Eu *poderia* dizer a ele que o sonho da noite passada não foi exatamente um pesadelo, e que a filha dele, Rebecca, era a protagonista. Eu estava acampada no túmulo com as Margaridas, como sempre. Rebecca olhava para nós do alto, pálida e linda, em um dos vestidos floridos que minha mãe usava para ir à igreja. Ela caiu de joelhos e estendeu a mão. O cabelo, enrolado em cachos antiquados e bobos, roçou meu rosto. Os dedos, quando me tocaram, eram quentes. Acordei com o braço queimando, ofegante.

Podia dizer a ele, mas não vou. Acho que seria indelicado tocar nesse assunto, e me esforço para ser gentil.

"Sonho muito com a cova." É a primeira vez que admito. E é verdade. "O sonho é sempre exatamente o mesmo até o fim."

"Você está na sepultura? Ou paira sobre ela?"

"Na maior parte do sonho estou deitada dentro dela, esperando."

"Até alguém salvar você?"

"Ninguém nunca nos tira de lá."

"O que você escuta?"

Um motor de caminhão. Trovão. Ossos estalando como fogo crepitando. Alguém xingando.

"Depende do desfecho", respondo.

"Fale sobre os diferentes desfechos, se não se importa."

"Chove forte, e nós nos afogamos em água lamacenta. Ou a neve cai até cobrir nosso rosto como um cobertor de bebê, daí não conseguimos enxergar nada." *Nem respirar.* Bebo a água do copo que a secretária dele sempre deixa para mim. O gosto lembra um pouco o cheiro do lago.

"E para ficar claro... quando fala em *nós*, está se referindo a Merry e... aos ossos."

"Às Margaridas."

"E tem outros desfechos... além desses?"

"Um fazendeiro não vê a gente e joga terra no buraco com seu trator. Alguém acende um fósforo e joga lá dentro. Um enorme urso negro decide que o buraco é o lugar perfeito para hibernar e deita em cima da gente. Esse é um dos finais mais legais. Todo mundo dorme. Ele ronca. Enfim, já dá para ter uma ideia."

"Mais alguma coisa?"

"Bom, às vezes ele volta e termina o serviço. E enterra a gente de verdade." *Com sacos e mais sacos de esterco.*

"Ele... o assassino?"

Não respondo porque, de novo, acho que é óbvio.

"Você nunca vê um rosto?", pergunta.

Fala sério, eu não teria falado se visse o rosto do homem? Mas penso na pergunta. O rosto de Rebecca é o único que vi nesse evento recorrente. Ela estava linda em sua primeira aparição na noite passada. Olhos grandes e inocentes, cachos perfeitos, pele sedosa e branca.

Muito parecida com Lillian Gish, provavelmente porque Lydia e eu havíamos acabado de alugar *O nascimento de uma nação* e o assistimos para a aula de história.

Lydia diz que Lillian Gish adorava fazer personagens torturadas, *como uma oposição rebelde à sua beleza devastadora*. Lydia sabe disso porque o pai dela gosta muito dessa atriz, embora Lillian Gish já tenha morrido. Ela me contou que o pai gosta, em especial, do final de *Horizonte sombrio*, quando Lillian flutua inconsciente sobre uma massa de gelo em direção a uma cachoeira imensa, com os cabelos longos dançando na água como uma serpente. Logo depois de me contar essa história, Lydia disse que não devia ter contado. Que isso poderia provocar mais pesadelos enquanto eu estivesse *nesse estado*.

Aquilo me intrigou. Ela nunca falava esse tipo de coisa. Fiquei preocupada. Pareço estar pior que de costume? Ela não percebeu que estou mais animada? Não estou melhorando?

Seja como for, acho que não é *importante* contar ao médico que a filha dele apareceu no meu sonho como uma rainha do cinema mudo, vestida com as roupas da minha mãe. Era esquisito e aleatório, com certeza, como quase todo o resto.

"Não", digo. "Não vejo o rosto dele."

Tessa, no presente

Mais uma vez, estou nas sombras. Observo.

Meu corpo está escondido embaixo das folhas, pressionado contra o tapume frio e sujo, e espero que fora do alcance da câmera na van de televisão estacionada junto à calçada.

Tento controlar o nervosismo imaginando o quintal de Lydia como era antes: verde, organizado e fresco, com dois enormes vasos de barro com balsaminas vermelhas e brancas, um em cada canto da varanda de concreto. Sempre vermelho e branco, como as luzes de Natal que o sr. Bell pendurava todo ano na frente da casa, acompanhando a linha do telhado, e todo ano faltavam dez lâmpadas para alcançar um dos lados. Era uma tradição meu pai comentar esse detalhe sempre que passávamos por lá.

Lucy e Ethel ficavam naquele quintal. Os cães de caça do sr. Bell. Quando ele não estava por perto para chamá-los, as unhas deixavam marcas brancas nas minhas panturrilhas. O velho barco ficava sobre blocos no canto do fundo, esperando eternamente pelo Quatro de Julho. Lydia e eu tirávamos a lona que o cobria quando o sr. Bell não estava, e assim podíamos fazer a lição de casa e bronzear as pernas ao mesmo tempo.

Mas hoje há um circo montado neste lugar. E sou responsável por ele. Estou apavorada. Bill e Jo apostam suas reputações em mim.

Bill levou três dias para conseguir autorização judicial para cavar o quintal da casa de Lydia, e mais 24 horas para marcar o horário, 14h. Faltam catorze minutos. O promotor público cooperou de maneira surpreendente, provavelmente porque a polícia tem sido crucificada pela mídia. O editorial de um jornal local criticou as autoridades locais por "uma constrangedora falta de justiça do Texas ao não identificar e devolver às famílias os ossos das Margaridas Amarelas".

Não foi uma opinião muito bem pesquisada ou escrita, só inflamada, uma coisa que os jornalistas do Sul costumam tirar do nada nos dias mais calmos. Mas havia funcionado como um toque de mágica com o Juiz Harold Waters, que ainda lê os jornais e preside o caso Margaridas Amarelas desde o início. Ele assinou o documento e o entregou de cima da sela em seu cavalo preferido no rancho.

Quase não lembro de Waters durante o julgamento, só recordo de que Al Vega estava sempre muito preocupado por ele ser muito brando com a pena de morte. Alguns anos atrás, vi o juiz na CNN dizer ter visto um óvni pairando sobre Stephenville "como um Super Wal-Mart 24 horas no céu".

"Poderia ter sido mais difícil", Bill me contou.

E lá estávamos nós, por causa do meu sonho com Lydia e de um juiz que acreditava em discos voadores.

Dois policiais uniformizados isolam o quintal com fita amarela. Jo está em cima da Colina Gramada, com a mesma detetive que participou da reunião com a família de Hannah. Um professor de geologia da Universidade Metodista Meridional chega com um equipamento de alta tecnologia, um radar que se move sobre rodas e penetra o solo, mas nunca vai conseguir passar pela porta do abrigo. Ele quase não passa pelo portão. O rosto sério do professor sugere que já pensou em tudo.

Jo me contou que o GPR, o radar de penetração de solo, ainda é mais teórico que prático quando é usado para procurar ossos enterrados, mas ela e Bill decidiram que não faria mal nenhum acrescentar o equipamento ao melodrama. O promotor concordou. Ele vai fazer disso um espetáculo de um jeito ou de outro.

O professor é o especialista local na complicada tarefa de ler as imagens do GPR. Porém, o solo não é um útero, e Jo me explica que ele não vai conseguir discernir um rosto esquelético. Vai procurar evidências ou modificações no solo, sinais de que alguém cavou uma cova ali em algum momento. Pode perceber uma forma humana, mas é pouco provável. O equipamento é, basicamente, parte do espetáculo.

O quintal é palco de muitas conversas, uma festinha ao ar livre improvisada que começa a se animar. Bill fala em voz baixa com a bela assistente da promotoria designada para acompanhar essa última virada no caso. Seu verdadeiro rosto está escondido embaixo de uma camada sulista de maquiagem. Calculo a distância entre eles. Sessenta centímetros, agora trinta.

O sr. e a sra. Gibson estão sentados em espreguiçadeiras do jardim, vestidos com suas melhores camisetas do Dallas Cowboys, fumando como doidos, as únicas duas pessoas que parecem estar se divertindo. Um deles cortou o mato para a ocasião.

O professor se aproxima do casal. Eles trocam apertos de mãos. Pelos gestos largos, deduzo que o professor quer usar o equipamento no quintal atrás da casa e no jardim da frente. Os Gibson permitem com vigorosos movimentos de cabeça.

Será que imaginam direitos autorais sobre o filme? Foi isso que convenceu a sra. Gibson a lavar o cabelo e calçar chinelos nos pés com Band-Aids novos? Ela espera acrescentar outra placa à que já existe, declarando agora essa casa como um marco histórico, como a de Lizzie Borden?

O portão faz barulho atrás de mim, e todos no quintal olham para lá. Mais quatro pessoas chegam. Dois policiais vestindo jeans, carregando pás e um detector de metal. Duas mulheres com um traje protetor, tipo CSI, uma lanterna apagada e uma câmera grande. A chegada do grupo anuncia que a espera torturante está chegando ao fim.

Do outro lado do quintal, um dos policiais uniformizados já corta o cadeado da porta do abrigo. Ele puxa a porta, que cede sem nenhuma resistência. O homem dá um pulo para trás e cobre a boca e o nariz com uma das mãos. Todas as pessoas num raio de três metros da porta fazem a mesma coisa. Até Jo, que já me contou que no local da tragédia do Onze de Setembro sentiu cheiros que nunca mais esqueceria.

Agora tudo acontece muito depressa. Um dos investigadores distribui máscaras. Um dos policiais de jeans desaparece no buraco como uma cobra ágil. A pá e a lanterna são entregues a ele lá embaixo. Em seguida, uma investigadora da perícia desaparece. O espaço deve ser pequeno, porque todos os outros ficam fora do buraco. Ansiosos, falam com os que estão lá embaixo.

O sr. Bell nunca deixou a gente abrir aquela porta. É nojento lá embaixo, meninas.

Sacos plásticos para coleta de provas são jogados no buraco. Em quinze minutos, dois deles voltam à superfície. Cheios. São deixados perto da cerca dos fundos.

A cabeça da investigadora da perícia aparece fora do buraco, e ela chama o policial com o detector de metais. *Para o caso de haver joias?* Sei que Lydia sempre usava a aliança de casamento da avó, de ouro com um pequeno rubi. Pela centésima vez em quatro dias, me pergunto por que os policiais não conseguiram encontrar ninguém da família Bell quando pesquisaram os registros públicos. É como se eles tivessem desaparecido da face da terra.

Jo estende a mão para a investigadora da perícia que, coberta de sujeira e lama, está saindo do buraco. O policial com o detector de metais desce no lugar dela. Os Gibson comem batatas chips e dividem um pote de molho pronto. O geólogo estuda o solo de maneira metódica, parando de vez em quando para ler as informações na tela do aparelho.

Um circo.

Outro saco com evidências é retirado do buraco. E outro, e mais um. Todos são deixados perto da cerca dos fundos com os outros. No fim, oito embalagens pretas que lembram corpos de aranhas com as pernas arrancadas. Finalmente, os dois policiais saem do buraco e, sujos dos joelhos para baixo, retiram as luvas de látex. O grupo se reúne para uma conversa rápida.

Jo olha em volta até me encontrar. Ela vem em minha direção, o rosto demonstra preocupação, e aqueles são os vinte metros mais longos da minha vida.

Como pude abandonar Lydia por tanto tempo? Por que não imaginei isso antes?

A mão de Jo pesa sobre meu ombro. "Não encontramos nada, Tessa. Íamos descer um pouco mais, mas eles já cavaram um metro e acharam argila e calcário. O assassino teria demorado uma eternidade para cavar tudo isso. É improvável que tenha cavado mais."

"O que tem... nos sacos?"

"Alguém usou o espaço como câmara de fermentação. Estava cheio de potes quebrados, frutas e vegetais podres. E duas toupeiras que entraram lá para comer e acabaram morrendo. Havia umidade suficiente para permitir fermentação. Fendas no concreto."

"Eu... lamento ter feito todo mundo perder tempo."

Lamento coisa nenhuma. *Lydia pode estar viva.* As flores podem ter sido mandadas por ela. Sinto uma onda de alegria inesperada.

"Ainda vamos examinar o conteúdo daquelas embalagens no laboratório. Sempre soubemos que isso seria um tiro no escuro. De fato. E gosto de explorar todas as possibilidades. E todos os clichês." Uma tentativa de sorriso.

Atrás dela, o professor havia empurrado seu equipamento para o buraco, para dentro da abertura. Uma pequena plateia se reúne, inclusive os Gibson, que passaram por baixo da fita amarela que isola o local. Alguém no centro do círculo dá um grito. Os policiais uniformizados afastam todo mundo a fim de abrir espaço para os outros policiais e suas pás.

Os investigadores da perícia conversam com o professor como se ele fosse um árbitro prestes a tomar uma decisão crucial. Eles se viram para os policiais e orientam como e o quanto devem cavar.

Os homens assentem e, com cuidado, começam o trabalho.

Tessie, 1995

O médico me conta uma história de quando ele tinha 12 anos.
    Tenho certeza de que quer chegar em algum lugar, mas seria melhor se chegasse logo. Ultimamente, ele tem sido meio inconsistente.
    Estou incomodada com a mancha na lente dos óculos dele, e com Lydia, porque ela jogou todo meu Benadryl na privada e deu descarga na noite passada. *Desculpa*, ela disse, mas acho que tinha a ver com muito mais do que engolir aqueles comprimidos cor-de-rosa. Alguma coisa está acontecendo com Lydia. Nas últimas duas semanas, ela tem se atrasado em vez de chegar pontualmente, e às vezes cancela coisas que marca comigo. Dá desculpas vagas, fica vermelha e morde o lábio. Lydia mente muito mal. Sei que, em algum momento, ela vai me contar qual é o problema, por isso não a pressiono.
    É claro, duas frases depois do começo da história do médico, me pergunto se está mentindo. Diz que era um menino gorducho, mas tem aqueles músculos embaixo da camisa de colarinho aberto. Uma vez bati sem querer em seu braço. Era concreto puro, uma perna de corredor brotando do ombro.
    "Meus pais trabalhavam em dois empregos para conseguir pagar a faculdade do meu irmão e meu colégio particular", ele diz. "Eu voltava da escola e ficava sozinho todos os dias."
    De repente sinto medo pelo menino em uma casa vazia, embora ele esteja sentado na minha frente, vivo, bem, sem cicatrizes visíveis.

"Tessie, quer que eu continue? A história está chata?"

"Ah, não. Continua."

"No inverno, a casa era sempre escura e fria. Por isso, a primeira coisa que eu fazia depois de abrir a porta, antes de largar a mochila ou tirar o casaco, era regular o termostato para aumentar a temperatura. Até hoje, o tranco da fornalha, o cheiro do aquecedor... é o cheiro da solidão. Tessie, está ouvindo?"

"Sim. Só tento entender qual é a lição. Pensei que ia me contar alguma coisa horrível que aconteceu com você." Estou decepcionada. Aliviada. Vagamente curiosa.

Amo todos os cheiros associados ao calor. Fumaça de lareira durante a corrida em uma noite fria, brasas de churrasqueira declarando que é tarde de domingo. Gordura de costelinha de porco tostando, bronzeador Banana Boat, toalhas quentes saindo da nossa velha secadora Kenmore. Especialmente depois que minha mãe morreu, nunca me sentia suficientemente quente. Ligava meu cobertor elétrico na temperatura máxima, até que um dia, ao ver a marca de queimado no tecido azul, meu pai o tirou de mim. Ainda me alongo ao lado da saída do aquecedor no chão do closet da minha mãe. Não sei se teria sobrevivido ao ano passado se não pudesse bater a porta de tela, deitar na espreguiçadeira da varanda do fundo e deixar o sol brutal queimar cada pensamento sombrio até transformá-lo em cinzas.

"O olfato é o sentido que se conecta mais instantaneamente com a memória. Sabe alguma coisa sobre Marcel Proust?"

"Vou ser reprovada no teste se eu disser que não?" Mal posso esperar para contar a Lydia que o médico tira da cartola um filósofo francês deprimido com bigode de guidão de bicicleta. É um grande passo. Lydia apelidou minha última terapeuta de Chicken Little depois que sugeriu que eu lesse *Canja de galinha para a alma*.

"Isto não é um teste. Não existe possibilidade de reprovação nesta sala, Tessie." Seu tom é brando, previsível e, percebo, um pouco cansado. "Um dos personagens de Proust lembra um evento inteiro da infância depois de sentir cheiro de *madeleines* molhadas no chá. Desde então, a ciência percebe essa teoria, a de que o olfato recupera memórias profundas. O bulbo olfatório fica perto da área do cérebro que guarda o passado e se comunica instantaneamente com ela."

"Então, isto *é* um teste. Diz que posso recuperar a memória pelo olfato."

"Talvez. Tem algum cheiro que... incomoda você desde o evento?"

Manteiga de amendoim, manteiga de amendoim, *manteiga de amendoim*. Meu pai conversou comigo e com Bobby na semana passada, queria saber por que havia um pote cheio de manteiga de amendoim no lixo. Bobby não me entregou.

De repente, os músculos das minhas pernas se enrijecem.

"Tessie, o que está acontecendo?"

Não consigo respirar. Puxo os joelhos contra o peito. Levo os dedos às orelhas.

"Por que não consigo lembrar? *Por que não consigo lembrar?*"

O braço dele me envolve. O médico fala alguma coisa. Minha cabeça cai sobre seu ombro. Sinto que ele fica tenso por um instante, depois relaxa. Seu corpo é uma garrafa de água quente, como o do meu pai. Não sei se esse comportamento é apropriado para um terapeuta, e nem me importo com isso.

Ele é calor.

Tessa, no presente

Passei 45 minutos no chuveiro, mas não adiantou. Ando pela casa. Abro a geladeira, pego a garrafa de suco de laranja, bato a porta. Pego meu celular em cima da bancada. Penso em ligar para Charlie. Bill. Jo. E me contenho.

Dou uma olhada no Facebook. Plugo o velho iPod da minha filha nos alto-falantes e aumento o volume, aumento muito, até o vibrato cheio de Kelly Clarkson massagear meu cérebro. Ajeito as latas na despensa da cozinha, as revistas, a correspondência, os papéis e cadernos de Charlie, espalhados como sempre. Dobro e redobro um retalho de cetim que encontro no chão. Cuido da organização, obcecada pela ordem e pela exatidão de pontas e dobras em uma casa onde as coisas normalmente se ajeitam de acordo com os caprichos de uma maré rude.

Quero, *preciso* saber o que tem na caixa desenterrada há sete horas do compartimento subterrâneo na casa de Lydia. Do meu ponto de vista, embaixo do toldo, só consegui ver que era de metal, cerca de oitenta centímetros quadrados, fácil para o pessoal da perícia erguê-la cuidadosamente com as mãos cobertas por luvas de látex azul. Naquele ponto, os policiais começaram a tirar do quintal pessoas que não eram da equipe, como eu. No meio das vozes alteradas, Jo nem olhou para mim. Bill e a assistente da promotoria reaparecem e ficaram parados ao lado do buraco, braços cruzados, olhar atento.

As batidas na porta me assustam. Olho para baixo, checo se estou decente. A resposta é não. Pernas e pés nus. A única coisa a me cobrir é uma velha camiseta camuflada e azul que Lucas trouxe do Exército, cujo tecido acaba cerca de dez centímetros abaixo de um pedaço de renda que a Victoria's Secret chama de calcinha. Sem sutiã. Pego um short da pilha de roupas limpas no sofá e visto depressa, uma perna de cada vez.

Mais duas batidas urgentes.

O short é da Charlie, muito curto, e parece que continuo sem nada embaixo da camiseta. Mas é o suficiente.

Dou uma olhada pelo olho mágico. Bill.

Ele é perfeitamente emoldurado pela abertura oval, de forma que parece uma pequena fotografia de outra época. O cabelo molhado está penteado para trás. Quase consigo sentir o cheiro de sabonete.

Sei que não veio falar sobre Lydia. Quase nos beijamos naquela calçada. Esse debate silencioso acontece entre nós desde que esbarrou a cabeça no lustre pendurado no teto do meu quarto.

Abro a porta. Ele usa uma Levi's desbotada e exibe um sorriso hesitante que vai me meter em confusão hoje à noite. Não consigo desviar os olhos daquela boca. Bill segura uma garrafa de vinho em cada mão. Um tinto, um branco. Consideração, porque não sabe qual deles prefiro. E a verdade é que não prefiro nenhum. Gosto de cerveja. O calor no pequeno espaço que nos separa agora é inconfundível, aquece minha pele. Fingimento, negações, senso comum, a diferença de idade, tudo inegavelmente ignorado depois que eu caí nos braços dele, embora Bill mal tenha dito uma palavra desnecessária desde então.

Neste momento, somos as mesmas pessoas que éramos antes de sentarmos naquela calçada, e duas pessoas muito diferentes.

"Isso não é uma boa ideia", falo.

"Não", ele concorda, e abro um pouco mais a porta.

Tenho três regras importantes em relação a sexo.

Preciso estar em um relacionamento com comprometimento.

Não pode ser na minha casa, na minha cama.

Tem que estar escuro.

Bill deixa as garrafas de vinho em cima da mesa do hall e fecha a porta com o pé sem dizer nada. Ele me empurra contra a parede. Seu corpo ainda está gelado do ar da noite, mas os dedos e os lábios são como chamas lambendo minha pele. Meus braços estão em torno de seu pescoço, e colo meu corpo ao dele quando inclino o pescoço. Não tenho essa sensação de estar viva há muito tempo. E ela me deixa meio tonta.

Ele segura meu queixo com uma das mãos. O olhar é longo e deliberado o suficiente para me garantir que sabe o que está fazendo. Penso: *Se eu desviar o olhar agora, se eu parar com isso, ainda vai estar tudo bem, quase como se nunca tivesse acontecido.* Mas ele se inclina para me beijar de novo, e me perco. Quero que esta dança íntima no hall da minha casa continue para sempre. Suas mãos escorregaram para baixo da minha camiseta e sobem por minhas costas.

Não reclamo quando ele me ergue e me carrega pelo corredor. Envolvo sua cintura com as pernas e mantenho a boca colada à dele.

No quarto, ele me põe no chão com delicadeza. A cabeça dele bate no lustre outra vez, provocando um ruído musical. Ele tira minha camiseta. A camiseta dele. E me deita sobre os lençóis bagunçados e macios da cama. Imediatamente, nos enroscamos como pessoas que já fizeram amor centenas de vezes. Fecho os olhos e me deixo arrastar para o fundo do rio.

"Tessa, sua menina linda", ele geme, e sinto o hálito em meu pescoço. "Você me deixa louco."

Louco.

Talvez seja mais uma fala ensaiada. Talvez um último apelo para um de nós recuperar a razão.

Eu me afasto um pouco, mas não o suficiente para Bill conseguir ver a cicatriz na minha clavícula. Até agora, esteve ocupado demais para notar. Sou sempre muito cuidadosa com isso. Nunca fico bêbada demais, apaixonada demais ou excitada demais a ponto de esquecer. Minha mão procura o abajur sobre a mesa de cabeceira, mas para. A luz projetada no rosto dele cria um efeito, metade luminosidade, metade sombra. Todos os clichês surgem na minha cabeça. Luz e escuridão, vida e morte, verdadeiro e falso, comédia e tragédia, bom e mau, yin e yang.

O menino de ouro da advocacia e a menina marcada pelo mal.

Uso uma das mãos para tirar os grampos que prendem meu cabelo. Também sei exatamente o que faço. Há no rosto dele uma expressão que nunca vou esquecer, que vou guardar para sempre, o que quer que aconteça esta noite.

Mesmo que não possamos salvar Terrell.

Mesmo que meus monstros nos devorem vivos.

Estico um pouco mais o braço e apago a luz.

Essa é a única regra que não vou quebrar esta noite.

O sexo é a única coisa que me faz adorar a escuridão.

"Esta?", pergunta. Seus dedos acompanham a linha clara em meu tornozelo, e me arrepio.

"Cirurgia. Você sabe que quebrei o tornozelo... naquela noite. Por favor, volta aqui." Puxo seu cabelo, mas ele me ignora.

"E esta?" Agora ele alisa com a ponta do dedo a borboleta sobre o lado esquerdo da minha bacia.

"Um impulso logo depois do julgamento", explico. "Foi meio que uma comemoração ilícita." De repente sou invadida pela lembrança da dor singular provocada pela agulha. Quando vejo alguém coberto de tatuagens e falando ansiosamente sobre a próxima, entendo o vício.

Só peço para ser livre. As borboletas são livres.

A voz de Lydia ecoa em minha cabeça. Ela citou essa fala de *A casa soturna* para uma tatuadora em uma feira. Lydia estava deitada de bruços em cima da maca de metal forrada com uma toalha limpa. A entrada da tenda estava fechada, e o interior lembrava um forno. O jeans desabotoado e meio baixo deixava à mostra a curva do quadril branco. Fui a primeira. As asas da minha tatuagem ardiam, e o ardor aumentava quando eu observava aquela desconhecida desenhando a borboleta idêntica em Lydia.

Os dedos de Bill me trazem de volta ao presente. Eles sobem pelo meu corpo bem devagar, explorando friamente, como se reunissem provas para levar ao tribunal. Esse é o primeiro sinal de que meu cérebro funcionou na última hora e meia.

Meu cabelo cobre a linha de oito centímetros na minha clavícula. Ele o afasta. Ele *sabe*.

"Fala sobre esta aqui", diz.

É a cicatriz da qual quase me envergonho. *Sinto* a marca como uma obra do meu monstro, como se ele mesmo a houvesse desenhado. Na verdade, ele não criou nenhuma cicatriz com a própria mão. "O médico do pronto-socorro se apavorou na noite em que fui encontrada. Todo mundo tinha morrido. O paramédico me carregou nos braços para a sala de emergência, aos gritos. Mais tarde, o cardiologista ficou furioso. Disse que eu precisaria de um marca-passo em algum momento, mas não naquela noite. Nem tão cedo. Eles usaram fios que seriam difíceis de extrair, por isso foram deixados." Meu corpo fica tenso quando ele aproxima o nariz do meu pescoço. Não pode ser surpresa para ele. "*Pobre menininha do marca-passo. Al Vega falou disso no julgamento. Não lembra da transcrição?*"

"Sim, mas queria ouvir de você."

Então, Bill *está* cumprindo o cronograma. O feitiço do amor se esvai glitter borrado.

"Não devíamos ligar para Jo e perguntar o que havia na caixa de Lydia?", pergunto de repente.

"Ela vai ligar, pode acreditar. Tenta não pensar nisso."

"E o pai da Charlie?", pergunta abruptamente. "Ainda faz parte do cenário? Prefiro saber se tenho que enfrentar a concorrência."

A pergunta parece sem contexto para mim. "Lucas diria não ter concorrentes. Ele é muito autoconfiante. É militar. O ego o mantém vivo." Toco o rosto de Bill. "Não temos nada há anos. Nada como o que acontece aqui."

Bill e eu estamos em uma desconfortável marcha à ré. Está errado. É por isso que procuro seguir minhas regras sensatas em relação ao sexo. Eu me viro para pegar a camiseta no chão, quando penso que deveria adotar outra regra: nunca usar a camiseta militar de um homem quando faço amor com outro.

"Não vai embora", Bill fala baixinho. "Eu fico quieto. Fica comigo." Ele me puxa de volta, encaixando seu corpo quente em minhas costas e puxando o edredom sobre nós dois. Não consigo resistir ao calor.

O sono não vem.

Eu me aninho contra as costas de Bill. Fecho os olhos e divago.

Estou novamente na tenda, vendo a borboleta de Lydia ganhar asas. A tatuadora não é muito velha. Vinte e cinco anos, talvez. Usa uma regata vermelha, azul e branca que mostra muita pele. As costas são marcadas por cicatrizes brancas e antigas, provavelmente deixadas por um cinto.

Quatro palavras tatuadas na tela danificada gritam desafiadoramente. *Eu ainda estou aqui.*

Tessie, 1995

"Tessie, está ouvindo?"

Sempre com essa de *ouvindo*.

Meus lábios estão colados no canudinho listrado dentro da lata de refrigerante. As folhas que espanam a janela do consultório se tingiram de um vermelho brilhante na última semana. Nunca vi uma árvore tão iluminada no verão, como se Monet a tivesse escolhido para incendiar. Acho que Deus usa essa árvore para me lembrar que eu devia ser grata por não estar mais cega. Mas esse Deus é inconstante, ou eu nunca teria ficado cega.

Esfrego o rímel borrado pelo suor que faz meu olho arder. Ultimamente, Lydia tem estado obcecada por novos cosméticos, enquanto tenho tentado ser o borrão que ninguém percebe. Ela experimentou técnicas de maquiagem em mim até aperfeiçoar o tom que esconde perfeitamente minha cicatriz de meia lua, um corretivo Maybelline Fair 10 misturado com alguma coisa verde-vômito e um neutralizador Cover Girl 730. Anotou tudo isso para mim, inclusive a ordem em que os produtos devem ser aplicados, e depois se maquiou no espelho do banheiro. Quando terminou, o resultado ficou incrível. Meu pai uma vez comentou, e não num tom cruel, que todos os garotos do colégio estariam correndo atrás da Lydia se ela ficasse de boca fechada. Enquanto aplicava mais uma camada de rímel transparente e o brilho labial cor-de-rosa, me contou sobre Erica Jong e a foda rapidinha. Foi a primeira vez que falou a palavra com F, e foi como se Lydia desse um tiro fatal no que restava da nossa infância.

"Sexo com um desconhecido", explicou. "Sem remorso. Sem culpa." Mais e mais, tenho a sensação de ser uma roda girando na lama, enquanto Lydia pisa no acelerador.

"Tessie, o que você tem hoje? Em que pensa?"

Fodas rapidinhas. Receitas para cobrir cicatrizes.

"Estou com calor. E meio entediada."

"Entendi. Vamos ver... Que emoção tem sentido com mais frequência desde que esteve aqui há dois dias?" *Desde que você me abraçou no sofá e agiu como se fosse gente?*

"Não sei." Não estou à vontade. Odeio esse velho hábito dele, começar a conversa com uma pergunta íntima quando está a dois metros de distância.

"Acho que você sente culpa. Quase o tempo todo. Desde o evento. E evitamos falar sobre isso."

Bebo um pouco do refrigerante e olho para ele. *O evento.* É, ainda fico furiosa quando fala desse jeito.

"Por que me sentiria culpada?"

"Porque acredita que poderia ter impedido o que aconteceu com você. Talvez até o que aconteceu com Merry."

"Eu tinha 16 anos. Era uma atleta. Não sei exatamente o que aconteceu, mas tenho certeza de que poderia ter evitado se prestasse atenção. Não sou uma criança de 2 anos que pode ser jogada dentro de um carro como um travesseiro".

"Exatamente, você chegou no X da questão. Não tem 2, 4 ou 10 anos, Tessie. Você é uma adolescente, por isso se acha muito esperta. Mais que os adultos, até. Seu pai. Seus professores. Eu. Na verdade, odeio dizer isso, mas não vai se sentir tão esperta como agora em nenhum outro momento da sua vida." Lydia odeia o estilo mocassim sem meias do cara e, neste momento, eu também. Olho para o tornozelo branco com o osso saliente e penso em como somos só um amontoado de partes feias.

Tenho muitas emoções conflitantes em relação a esse homem. Sobre os homens em geral, neste momento. Se ele realmente quisesse chegar a algum lugar, perguntaria *diretamente*.

"Rebecca também se achava esperta", diz.

O nome da filha do médico explode no ar úmido como uma granada. Se a intenção era acabar com meu tédio, conseguiu.

"Tem um motivo para você sentir essa necessidade de se culpar", o terapeuta continua. "A julgar por todos os depoimentos, você era uma garota muito cuidadosa. Se aceitar a culpa, admitir que deu um raro passo em falso, pode se convencer de que tudo foi só um evento aleatório. Se você se culpar, pode acreditar que ainda está no controle do universo. E não está. Nunca estará."

"E você?", pergunto. "Aposto que pensa que sua filha está viva, quando está se decompondo no lodo de um rio ou sendo devorada por coiotes. Para *sua* informação, Rebecca está morta."

Tessa, no presente

O sol nascente pinta a janela do quarto de cor-de-rosa. A melhor hora do dia para falar com os anjos e tirar fotos, segundo meu avô. Para admirar as nuvens que flutuam como penas de flamingo, de acordo com Sir Arthur Conan Doyle.

Para empurrar os monstros noturnos para o fundo do guarda-roupa.

Bill está vestindo a calça jeans. As costas nuas são largas, cheias de músculos definidos. Faz muito tempo que não acordo em uma manhã de sábado com alguém na minha cama, alguém que não seja peludo e nem esteja doente. Tento identificar a emoção dentro de mim. Medo, talvez. Esperança?

Charlie não deve chegar nas próximas duas horas, mais ou menos, mas mandou várias mensagens de texto que fizeram meu celular apitar durante a terceira e preguiçosa rodada de sexo. Estou recostada na cabeceira da cama lendo as mensagens, com o lençol cobrindo o peito.

Terceiro lugar. ☹ Técnico demitido. ☺

Esqueci que preciso de gel de cabelo azul para o lab de bio amanhã. Descuuulpa.

O que vai ter para o jantar?

O celular de Bill toca em cima da mesa de cabeceira quando penso em onde ir para comprar gel de cabelo azul sem ter que voltar ao ano de 1965. Pego o telefone e jogo para ele, mas não antes de ver quem está ligando.

Dr. Bone.

Errei a mira quando joguei o celular, mas Bill se estica e pega o aparelho no ar. Depois pisca para mim.

Lembro a primeira vez que um homem piscou para mim. Lydia soprava onze velhinhas, e eu vi o olho do pai dela fechar e abrir embaixo da sobrancelha desalinhada que nunca mais cresceu normalmente depois de um acidente na oficina mecânica.

Dr. Bone. Jo está ligando para revelar os segredos da caixa? Durante horas, mesmo com a língua de Bill me distraindo, minha mente tem espiado embaixo daquela tampa e fechado a caixa de novo.

A caixa está cheia de areia, areia macia que escorre por meus dedos como água de uma cachoeira.

Está cheia de mandíbulas de meninas, sorrisos em ângulos variados.

Tem um pacote preto e prateado contendo o cabelo de Lydia.

"Ei." Bill fala baixo ao telefone e olha para mim. Ele escuta sem interromper por um minuto, pelo menos. Depois responde: "Aham. Eu falo com Tessa".

Equilibrando o celular entre o ombro e a orelha, ele sobe o zíper da calça jeans.

Durante nossas sessões, o terapeuta me ensinou que eu poderia ter esperado cinco anos para dormir com este homem e, ainda assim, nunca o teria conhecido de verdade. Ele falava de maneira geral, é claro. Esse terapeuta acreditava que os defeitos e qualidades mais profundos de uma pessoa surgem em momentos de crise, ou ficam escondidos para sempre. Lembro de ter saído do consultório naquele dia pensando que era triste que pessoas simples, comuns, morressem todos os dias sem saber que eram heróis. Tudo porque uma menina não se afogava no lago na frente delas, ou a casa de um vizinho não pegava fogo.

"Chego aí em uma hora", Bill dizia.

Somos cinco pessoas dentro de uma sala pequena, todos com cara de quem passou a noite sem dormir.

Jo veste short de corrida e uma camiseta bem velha com a inscrição *Reze por Moore, ok*. Bill está com a mesma roupa da noite passada. Alice Finkel, a sedutora assistente da promotoria, se esconde atrás de uma máscara criada com a precisão Mary Kay, tão desesperadamente a fim de Bill que dói olhar. A tenente Ellen Myron leva sua arma presa à cintura.

Eu me concentro nas três embalagens plásticas enfileiradas.

Quero rasgá-las e começar logo esta festa mórbida.

A tenente Myron pigarreia.

"Tessa", diz, "recuperamos três objetos da caixa desenterrada no quintal da casa onde Lydia Bell cresceu. Esperamos que você possa identificar estes objetos."

"Não tinha... ossos lá dentro?" *Fala de uma vez, droga. Fala que encontraram um pedaço de Lydia.*

"Não. Nada disso." A tenente vira um dos sacos. Reconheço o livrinho imediatamente. Capa dourada, desfiada. Um desenho de flores amarelas com ramos verdes querendo alcançar o título. *Histórias e poemas de Poe.*

"Posso pegar?", pergunto.

"Não. Não toque nele. Eu seguro."

"É da Lydia", confirmo. "Eu estava junto quando ela comprou. O pai dela nos levou de carro até Archer City, fomos às livrarias de Larry McMurtry."

Por que Lydia enterrou esse livro? Depois que fui raptada, ela deve ter tirado do quarto tudo que tinha uma flor amarela. Mas Lydia nunca teria se separado completamente de um livro querido. Ela romantizou a situação desse jeito, o transformou em uma cápsula do tempo para desenterrar mais tarde.

Mas ela nunca voltou para buscar.

A tenente Myron deixa o livro de lado e segura outra embalagem entre o polegar e o indicador. "E isto aqui?"

Engulo em seco e olho o saco de perto. "Uma chave? Não reconheço nem as chaves soltas na gaveta da bagunça lá em casa."

"Então é um 'não'?"

"É um 'não'."

"Não custa perguntar."

A tenente pega a terceira embalagem de plástico e a segura a quinze centímetros dos meus olhos.

Todos esperando minha resposta.

Tic, tic, tic.

Todo mundo está ouvindo isto? Não sei se é meu marca-passo, que nunca faz barulho, ou o coração de veado dentro daquela caixa.

Aos 10 anos eu recitava de cor cada palavra de "O coração revelador". Lydia era melhor que eu nisso, é claro. Uma vez, ela escondeu um relógio barulhento embaixo do meu travesseiro.

"Tessa?" Bill segura meus ombros. Estou balançando. O ruído é mais alto. O relógio dele, *droga*, perto do meu ouvido. *Tic, tic*. Afasto seu braço.

"Pensei que isto tinha sumido." É a voz de uma adolescente fervendo por dentro. "Ela deve ter pegado."

"Quem pegou?" A voz da tenente é firme, incisiva.

"Lydia. Lydia pegou."

Tessa, 1995

O médico já está sentado em sua cadeira ao lado do sofá. Não se incomoda em levantar para me cumprimentar. Vejo em sua expressão que ainda está bravo depois da semana anterior, quando vomitei o ácido comentário sobre sua filha ter sido comida por coiotes. Não protestou quando levantei e saí da sala.

Lanço minha bolsa ao chão, me jogo no sofá e cruzo as pernas, levanto a saia para ele poder ver até a China. O terapeuta não está interessado. Eu poderia ser sua tia de 80 anos. Meu rosto queima de raiva, mas não sei por quê. Giro o anel no meu dedo mindinho desejando que fosse o pescoço dele.

"Sua mãe", fala num tom suave. "Você a encontrou no dia em que ela morreu."

É o troco por eu ter falado na filha dele. Hoje o médico empunha sua faca mais afiada. E usa a lâmina para abrir um compartimento onde guardo a dor singular da falta que ela me faz. Quero gritar, destruir aquela máscara de profissional agradável que ele prende ao rosto com um elástico invisível. Às vezes penso se não morri naquele buraco. Se esta sala é o purgatório, a porta de entrada para o inferno, e todo o resto, meu pai, Bobby, Lydia, O. J., o monstro, é parte de um sonho quando o diabo me deixa dormir. Se este juiz de camisa listrada está decidindo se me joga em um porão fechado com um bando de Margaridas tagarelas ou me liberta para atormentar nosso assassino por toda a eternidade.

"Vou embora." Mas continuo deitada no sofá. "Cansei dos seus joguinhos idiotas."

"A decisão é sua, Tessie."

Eu estava na casa na árvore.

Ela me chamou pela janela da cozinha. Pensei que quisesse ajuda com a louça. Ela sempre fazia muita bagunça. Gordura e farinha por todos os lados. Panelas cheias de crostas de comida. Tigelas sujas na pia. Meu pai dizia que esse era o preço dos biscoitos que derretiam na boca, da cobertura de fudge, da receita de quiabo frito com batatas e tomates que comíamos como pipoca, frio, quando sobrava.

Eu estava na casa na árvore. Mas ignorei o chamado.

"Você a encontrou no chão da cozinha."

Meu coração bate forte no peito.

"Você tinha 8 anos de idade."

O rosto dela é azul.

"Ela morreu em consequência de um derrame", o médico afirma.

Levanto a barra do avental. Cubro seu rosto.

"Está zangada por ela não estar aqui? Por ter deixado você?"

Eu estava na casa na árvore.

Não atendi quando ela me chamou.

A culpa se move com liberdade. Quase insuportável.

"Sim", sussurro.

Tessa, no presente

O objeto na terceira embalagem de coleta de provas é bem pequeno, provavelmente nunca teve importância para ninguém além de mim e sua primeira dona, a menininha de saiote com babados que está morta e enterrada há muito tempo.

Quando eu tinha 15 anos, encontrei o anel no fundo de uma cesta de bugigangas em uma loja de antiguidades na Stockyards. Estava tão sujo que não vi a pérola incrustada como um ovo microscópico de aranha, só notei quando cheguei em casa. O anel cabia perfeitamente no meu dedo mínimo. A dona da loja me contou que era o anel de uma criança vitoriana dos anos de 1800, provavelmente preenchido com ouro, motivo pelo qual ela poderia me vender a peça por 35 dólares, mas não pelos dez que eu oferecia. Lydia protestou, disse à mulher que ela nem saberia da existência do anel se não houvéssemos entrado na loja. "Tessie podia ter enfiado o anel no bolso", cuspiu indignada. Nesse momento, coloquei mais 25 dólares do meu dinheiro de Natal em cima do balcão e saí da loja arrastando minha amiga.

Na metade do quarteirão, Lydia decidiu que eu havia comprado o anel contrariando a vontade do universo, e insistiu para que o devolvesse. *Dá azar usar a joia de um morto desconhecido. Quem sabe que tipo de coisas horríveis aconteceu com a menina que usou esse anel? Nos tempos vitorianos, as crianças eram educadas por babás cruéis e viam os pais uma vez por dia, só com hora marcada. Winston Churchill disse que era capaz de contar quantas vezes foi abraçado pela mãe.*

Quando chegamos ao ponto de ônibus, Lydia era ainda mais insistente, com um grau de loucura ainda mais alto que o habitual. Ela pulou do objeto sujo no meu dedo para o diamante Hope. *Ele cresceu no solo por 1,1 bilhão de anos, até explodir da terra e amaldiçoar quase todos que o tocaram. Maria Antonieta teve a cabeça guilhotinada, e sua amiga princesa foi morta por machados e lanças. Até o coitado do portador inocente que o levou ao Smithsonian foi amaldiçoado. A família dele morreu, sua perna foi esmagada e sua casa pegou fogo.*

Você pode falar o que quiser sobre Lydia Frances Bell e sua conversa ridícula, mas ela falava coisas que eu nunca vou esquecer. Se estivesse aqui, ela alternaria entre desânimo e euforia por protagonizar o tipo de história mórbida que devorava e repetia muitas e muitas vezes.

A tenente segura o anel com a pérola voltada para mim como um olho cego. Todo mundo está em silêncio. O peso das expectativas chega a ser sufocante.

"Sim, era meu", afirmo. "Desapareceu pouco antes de eu testemunhar no julgamento. Lydia acreditava que esse anel dava azar e queria que eu parasse de usá-lo."

"Por que ela achava que o anel dava azar?"

Pérolas trazem lágrimas. Suicídios e insanidade, assassinatos e desastres de carruagem.

"Ela achava que ninguém devia usar joias de gente morta, a menos que o morto fosse conhecido. Lydia dava grande importância à história." *E ela estava certa*, uma Margarida cochicha no meu ouvido.

É verdade, o anel estava no meu dedo quando ele me jogou naquele buraco. Todas as outras coisas que eu usava naquela noite, a legging preta que era minha favorita, a camiseta do Michigan que peguei do meu pai, o colar de crucifixo que tia Hilda me deu quando fui crismada, tudo desapareceu. Os médicos do pronto-socorro cortaram cada pedaço das minhas coisas e entregaram tudo à polícia.

A enfermeira do turno da noite foi a primeira a perceber o anel quando verificou o tubo de soro no meu braço, duas horas depois da cirurgia para a colocação do marca-passo. Eu senti quando ela o tirou de mim, os dedos flutuando como penas sobre os meus. *Shhh.* Quando acordei, havia um círculo branco e fundo no lugar onde o anel havia estado. Um mês depois, em casa, descobri que alguém tinha enfiado uma Bíblia do hospital em um compartimento da minha mala. Quando a abri, encontrei um envelope marcando a página do Salmo 23, e o anel estava dentro dele.

A primeira coisa que penso quando escuto o baque é que Charlie caiu do berço. Preciso de um instante para recobrar a noção de tempo e lembrar que Charlie não dorme em um berço há treze anos. Está enrolada nas cobertas ao meu lado, o cabelo ruivo espalhado sobre a fronha azul como se flutuasse no mar. Agora eu lembro: nossa maratona de *The Walking Dead* até tarde da noite, acompanhada de pipoca e batatinhas com queijo cheddar. O antídoto para a experiência de identificar objetos desenterrados inexplicavelmente do quintal da casa da minha melhor amiga.

Desliguei a televisão do meu quarto por volta da 1h. Pode ter sido há trinta minutos ou quatro horas. Está escuro lá fora, do outro lado da janela. Toco o ombro nu de Charlie para ter certeza de que não estou sonhando. Sinto a pele aveludada e fria, mas não faço o gesto habitual de cobri-la.

Um ruído baixo de conversa, as Margaridas se reúnem na minha cabeça para uma conferência. Tateio a mesa de cabeceira procurando o celular que fica sempre ao meu lado. São 3h33. A respiração de Charlie é estável, e decido não acordá-la. Ainda não.

Ouço novamente. O ruído surdo de alguma coisa caindo, como a tampa de um baú. Lá fora, na direção do quarto de Charlie, mas, definitivamente, do lado de fora. Caminho até o closet sem fazer barulho. Ajoelho no chão para tatear em volta da sapateira presa à porta. Segunda fileira de baixo para cima, quarto compartimento. Meus dedos encontram a .22. Durante três anos depois do julgamento, a pistola esteve presa à minha cintura. Pensei em comprar uma arma maior, mas não queria que ninguém percebesse o volume na altura do meu quadril. Especialmente meu pai. Lucas me ensinou a atirar quando não estávamos na cama, fazendo a Charlie sem querer. Ele insistiu em uma coisa quando pôs a pistola na minha mão pela primeira vez: pratique como se fosse à igreja, pelo menos 22 vezes por ano.

Sempre esperei que estivesse tudo bem com o fato de atirar mais do que rezar, pois foi o que aconteceu. Lucas tentou me convencer a trocar de arma ao longo dos últimos dez anos, mas nunca imaginei outro revólver em minha mão.

Sacudo o ombro de Charlie, e ela geme. "Ainda *não é* de manhã."

"Ouvi um barulho lá fora", cochicho. "Calça os chinelos. E veste isso." Jogo para ela um moletom que pego na arara.

"Sério?"

"Sério. *Levanta.*"

"Por que não chama a polícia?" A voz soa abafada dentro do moletom que Charlie veste pela cabeça.

"Porque não quero ver nossa cara nos jornais da noite."

"Essa arma é sua? Mãe."

"Charlie, por favor, faz o que eu disse. Vamos sair pela porta dos fundos."

"Não faz sentido. A coisa está... *lá fora*. Não é por isso que temos um sistema de alarme tão sensível que dispara cada vez que escuto Vampire Weekend um pouco mais alto? Não devíamos olhar pela janela, pelo menos para ter certeza de que não é o caminhão de lixo?"

Nestes momentos eu penso que seria melhor ter uma filha menos confiante na própria armadura de beleza, inteligência e agilidade atlética. Mas ela é como a Tessie de Antes. As duas acham que barulhos do lado de fora são adolescentes com sabão e ovos, não monstros com armas e pás enferrujadas. Na maior parte do tempo, as duas tinham razão.

"Charlie, você tem que fazer o que eu digo. Vem comigo."

Outro barulho. Agora, batidas.

"Tudo bem, eu ouvi. É estranho." Charlie anda mais depressa atrás de mim pelo corredor escuro, em direção à sala. As cortinas estão fechadas, como sempre, mas não quero acender nenhuma luz.

"Segue o nosso plano de incêndio", digo. "Vai para a casa da srta. Effie. Bate na porta dos fundos. Telefona para o fixo, se ela não abrir. Leva meu celular. Se eu não chegar lá em cinco minutos, chama a polícia."

"Fica com o telefone, eu trouxe o meu. O que vai fazer?"

"Não se preocupa, Charlie. Vai." *Corre.*

Eu a empurro pela porta dos fundos, para a escuridão. A última coisa que vejo é um lampejo branco e rosa da calça do pijama de bolinhas entre os pinheiros que limitam nossa casa e a da vizinha.

Vou para o jardim da frente, uso os arbustos de fotínia como escudo. O barulho continua, mas agora está dentro de mim, no meu peito. Seguro a arma engatilhada. Quero acabar com ele. Hoje. *Para sempre.* Espio por entre os galhos.

Que diabo é aquilo? Quatro quadrados cinzentos no meio do meu jardim. Parecem lápides. Uma sombra pequenina paira ao lado de um deles, banhada em luz pálida. *Uma menina vitoriana viajando no tempo em busca de seu anel?* Pisco com força para fazê-la desaparecer. Em vez disso, a sombra se ergue. A criança fantasma se transforma em um homem com uma lanterna e uma camiseta cinza e brilhante de náilon.

"Ei!" Meu grito inconsequente rasga o ar.

Um logotipo da Nike, cabelo preto, barba rala. Isso é tudo que vejo antes de o homem desligar a lanterna e sair correndo.

Se ele corre, eu também corro. Atravesso o jardim, vou para a rua. Pés batendo no chão. É rápido demais para ser meu monstro. Pernas jovens. Pernas de maratonista. Ainda sou veloz, mas não tanto. Os chinelos batem nos meus calcanhares.

De repente, reduz a velocidade. Talvez tenha pisado em um dos nossos buracos históricos. Ele aponta. Levanto a arma num aviso silencioso quando ele aperta o controle remoto no chaveiro, fazendo piscar as lanternas de um sedã estacionado. Em segundos, ouço a batida da porta e os pneus cantando. Não consigo ver a placa do carro.

Volto para casa. Não é um cemitério o que ele deixou no meu jardim. Olho para placas simples de compensado. O ódio estampa cada uma delas.

VADIA AMARELA

NÃO MATARÁS

ARREPENDA-SE!!

SANGUE DE TERRELL NA TUA MÃO

Só mais um dos malucos.

Não me sinto aliviada.

Tenho a sensação repentina e certa de que sou observada.

Charlie.

A casa vizinha continua escura.

Corro para a casa de Effie. Bato com tanta força na porta que alguma coisa lá dentro cai. Nenhuma resposta.

Tiro os chinelos na varanda e corro para o fundo. Penso no meu monstro em pé embaixo do parapeito da minha janela. Em minha filha de pijama de bolinhas.

Esmurro a porta de Effie. Mais silêncio. Olho para o quintal dos fundos, abro a boca de novo para gritar o nome de Charlie, mas minha voz não sai.

Meu olhar apavorado se depara com o galpão no fundo do quintal de Effie. Em segundos, abro a porta com tanta violência que quase a arranco das dobradiças enferrujadas. Charlie está encolhida no canto, ao lado de dois sacos de adubo. O telefone apertado contra o peito ilumina seu rosto.

"Mãe!" Ela se joga em meus braços. Um carro breca na rua cantando os pneus. Sirenes e luzes invadem o quintal.

Uma silhueta grande se aproxima, cega nós duas com a luz de sua lanterna.

"Polícia. Alguma de vocês ligou para o número da emergência?"

"Sim, fui eu. Meu nome é Charlie, essa é minha mãe. Estamos bem."

Assinto, incapaz de falar. Vozes abafadas chegam até nós do jardim na frente da casa.

A luz da lanterna do policial continua apontada para nós. Quando constata que não estamos feridas nem somos perigosas, ele aponta a lanterna para o galpão.

A luz se derrama como água pelos cantos, sobe e desce pelas paredes.

O policial não vê nada fora do comum, porque acha que o que vê é absolutamente normal.

Estou vendo, mas não entendo. Só sei que não é normal.

Fileiras e mais fileiras de pás de jardinagem.

Penduradas em cada centímetro quadrado do espaço.

Tessie, 1995

"Você acredita no diabo, Tessie?"

Ótimo. Como se tia Hilda já não me atormentasse o suficiente com isso.

"Digo, metaforicamente. Hoje quero falar sobre o assassino das Margaridas Amarelas. Acho que seria útil entendê-lo um pouco melhor, para quando for testemunhar. Compreender que ele é de carne e osso. Não é mítico. Não é o Barba Azul. Não é um *troll* embaixo da ponte."

Meu coração bate um pouco mais depressa. Minha mão se move num reflexo, cobre a saliência sobre meu seio direito, o pedaço de metal sob minha pele que mantém meu coração batendo em uma frequência mínima de sessenta batidas por minuto. Passo um dedo sobre a cicatriz reta de oito centímetros. Lydia já procura um biquíni com uma alça que cubra a cicatriz.

"Não sabemos nada sobre o maluco", respondo tensa. "Nunca saberemos. Ele não fala. A família diz que ele é normal." Não falo o nome dele em voz alta. *Terrell Darcy Goodwin.*

"Uma vez atendi um assassino em série", ele conta. "Era a pessoa mais esperta e calculista que já conheci. Conseguia arrancar um milhão de dólares de uma velhinha usando só o charme, e arrancou. Ele se misturava ao grupo e se destacava. Gostava de conhecer as vítimas e usava esse conhecimento para deixá-las malucas de medo."

"O cartão de porquinho e margarida no hospital." Do nada.

"Acha que foi ele que mandou?"

"Sim. E acho que aquilo me deixou cega."

"Que bom, Tessie. Excelente progresso. Mesmo que não tenha sido ele, o cartão foi um gatilho. Você controla sua mente, Tessie. Nunca esqueça disso."

Balanço a cabeça em afirmativa. Estou um pouco vermelha, constrangida com o elogio.

"Meu paciente entendia o que era certo e errado, só não se importava com isso. Estudava cuidadosamente como ia se comportar. Era capaz de simular empatia, porque visitava regularmente salas de espera de hospitais e ficava lá sentado, observando essa atitude. Passou um ano vendendo ternos na Brooks Brothers para aprender como se vestir e falar. Usava o jornal para fabricar biografias de si quando mudava de lugar. Mas assassinos em série cometem erros. Esse cara errou. Carregava os restos das vítimas no porta-malas do próprio carro porque não conseguia se conter. Resumindo, eles acham que não são humanos, mas são."

"Ainda não entendo... por quê."

"Ninguém sabe. Talvez nunca saibamos. Por um tempo, os médicos acreditaram que tinha algo a ver com frenologia. Quantas saliências a pessoa tem no cérebro. Meu paciente, no fim, era um clichê. Ele culpava a mãe."

"Porque..."

"Estamos nos desviando do assunto."

"Você tentava curar esse cara?", insisto. *Ou queria saber se foi ele que pegou sua filha?*

"Sim, contrariando todas as possibilidades, contra todas as regras da psiquiatria, eu queria saber se a cura era possível. Mas não deu certo. Ele é um psicopata, Tessie. E é perfeitamente feliz assim."

Tessa, no presente

Jo me pediu para ir encontrá-la no Trinity Park, perto de uma das pistas de corrida, mais ou menos a um quilômetro do lago dos patos. É meio estranho. Muito perto da ponte. Coincidência demais. Alguém me viu ali, além do delinquente juvenil que estudava em casa? Bill conta a Jo tudo que eu falo?

As Margaridas estão quietas hoje. Às vezes é assim, minha paranoia desembesta de tal forma que elas não conseguem acompanhar.

Meu corpo não voltou ao normal desde a noite de sábado, quando peguei a arma e a apontei para a forma fantasmagórica no jardim de casa. No domingo, tentei reagir e devolver a vida de minha filha à normalidade. Liguei para Bill e pedi para ele nunca mais aparecer na minha porta com bebida alcoólica. Aquilo foi um erro, deixamos a emoção exacerbada nos arrastar para a cama, e a Cientista Sueca ou a Assistente da Promotoria seriam parceiras mais adequadas para ele.

Houve um silêncio consistente antes de ele responder: "Nós nem abrimos o vinho. E você foi bem adequada".

Mais tarde, Charlie e eu reviramos os corredores do Walmart procurando gel de cabelo azul, pimenta em grão, alcaçuz e feijão para a recriação de uma célula animal em 3D. Ela tagarelava sobre transformar os rolinhos de alcaçuz em um complexo de Golgi. Eu ouvia fragmentos de uma conversa próxima que flutuava na luz fluorescente como uma música country. *Meu irmão acabou de perder a casa* no corredor de congelados, e *Deus vai dar a resposta* na ala dos salgadinhos, e *Meu pai vai acabar com ele* na frente das caixas de vinho. É relaxante, porque parece que poucas pessoas no Walmart fingiam que estava tudo bem, ou que o mundo ia acabar porque as coisas *não estavam* bem. Eu empurrava o carrinho por esse caldeirão de infortúnios, chutes diários na bunda e a boa e velha tenacidade. Ninguém no Walmart se importava com quem eu era. Voltei para casa com dez batatas por US$ 1,99 e preparei a receita de ensopado de milho da minha mãe. Todo esse esforço para preservar a normalidade deu certo: Charlie se enfiou embaixo de seu edredom fofo no fim da noite, cheia de milho e bacon, convencida de que nosso homem mau era só um covarde que gostava de fazer placas, mas não sabia nada de gramática.

Agora é manhã de segunda-feira, e quero escapar do encontro com Jo, mas não posso. Assim que Charlie sai para o colégio, calço os tênis e prendo o cabelo num rabo de cavalo, tudo com movimentos furiosos. Acordei com uma profunda e persistente necessidade de correr, suar até a última gota de veneno. Correr é a única coisa que sempre funciona. Ainda consigo percorrer seis quilômetros antes de o tornozelo começar a doer, e mais quatro só para contrariá-lo. Mas, antes de tudo, Jo.

O lado sul do parque está quase deserto quando paro o jipe ao lado da reluzente BMW prateada. São os únicos dois carros no estacionamento de uma pequena área para piqueniques. Olho dentro do BMW quando bato a porta depois de descer do jipe. No assoalho, vejo uma embalagem de comida mexicana e uma lata de refrigerante. No console, um punhado de moedas e um ingresso de cinema. Bem inocente. Passo por trás do automóvel a caminho da trilha e olho a placa. DNA 4n6.

Ah, com certeza é o carro da Jo. Falo em voz alta. DNA 4n6.

Alguma mensagem cifrada? Um trocadilho? Provavelmente não. Mas serve para me distrair da arma que levo na cintura e das coisas que uma legista pode carregar no porta-malas de seu carro.

Vejo no horizonte uma linha reta e escura. A frente fria anunciada pela meteorologia, com temperatura de um grau negativo ao cair da noite. Uma mulher de cerca de 60 anos e roupa cor-de-rosa passa por mim numa caminhada acelerada, os braços em movimento. Paro ao lado de um sem-teto que dorme encolhido sobre uma mesa de piquenique, ao lado de um carrinho de supermercado cheio do lixo habitual. Deixo uma nota de dez dólares na caneca vazia que ele segura. O homem nem se mexe.

Faço isso sempre que posso. Por Roosevelt. Fiz Lydia ir visitar Roosevelt na esquina onde ele vivia depois que me encontraram, porque sabia que ele ia ficar preocupado. Não pude me despedir dele. Roosevelt foi encontrado morto encostado a uma árvore, como se tivesse dormido ali, uma semana antes do julgamento.

DNA 4n6. *Four n six. Forensics!* Forense, em inglês! Eu sou uma idiota.

Ando mais depressa assim que vejo Jo, que está exatamente onde disse que estaria, embaixo de um carvalho que, dizem os boatos, foi uma árvore de enforcamentos no passado. Ela está sentada no banco de pernas cruzadas, bebendo água de uma garrafa num suporte de neoprene verde com um adesivo vermelho de risco biológico. A jaqueta impermeável preta tem um logotipo do *csi Texas.* Imagino que a garrafa e a jaqueta tenham sido brindes em uma conferência de ciência forense.

"Obrigada por ter vindo me encontrar." Ela descruza as pernas esguias e bate no banco, me convidando a sentar a seu lado. "Trabalhei o fim de semana todo no laboratório, preciso de ar. Já soube o que aconteceu na sua casa. A polícia pegou o cara?"

"Não. Não consegui ver direito. Tem um jornal contra a pena de morte que me menciona regularmente, e os policiais verificam a lista de e-mails. A editora postou o endereço da minha casa em seu blog, no último post sobre o caso Terrell. Mas não tenho muita esperança de que peguem o cara. Já passei por isso antes."

"É estranho e assustador... que essas pessoas estejam atrás de você." Ela não fala, mas sei em que pensa. Eu, *a vítima.*

Dou de ombros, estou acostumada com tudo isso. "O julgamento desencadeou muita revolta. E o porta-voz do júri foi claro quando disse que o caso teve meu testemunho como base." *Embora eu só tenha pintado o cenário.*

Ela assente solidária. Não quero falar sobre o que aconteceu no sábado à noite. Já é horrível tudo isso girar na minha cabeça numa reprise infinita. Charlie encolhida no galpão embaixo de uma coleção compulsiva de pás de jardinagem. A polícia, atendendo ao meu pedido insistente, arromba a porta dos fundos da casa de Effie. Ela dormia com os fones de ouvido antirruído que havia comprado pela internet. "É para silenciar as vozes", me explicou num tom conspirador enquanto um policial vasculhava a casa. Por um breve segundo, pensei que ela também se referia às que ecoam dentro da minha cabeça, mas seus olhos vagavam de um lado para o outro como os de um animal feroz. É bem provável que o ladrão de pás que atormenta Effie more na casa dela. Por isso não contei à polícia, e ainda não pensei em um jeito de abordar o assunto com ela.

"Achei que precisava de boas notícias", diz Jo. "Sabe o cabelo ruivo encontrado na jaqueta perto do campo? A análise mitocondrial prova que há 99,75% de chance de não ter saído da sua cabeça. E também não tem nenhuma evidência do DNA de Terrell na jaqueta."

"Isso basta para conseguir um novo julgamento?" Queria saber se já havia contado ao Bill.

"Talvez. Talvez não. O Texas tem uma lei relativamente nova que permite aos prisioneiros apelar quando a tecnologia científica pode lançar alguma luz sobre velhas evidências. Mas falei com Bill hoje cedo. Ele já tentou aplicar a lei antes com clientes que estavam no corredor da morte, e tem certeza de que um fio de cabelo ruivo e um perito relaxado que usou técnicas questionáveis não são suficientes para convencer um tribunal a reverter a decisão anterior. Quer levar mais que isso para o juiz. Infelizmente, Terrell só tem a mãe e a irmã como álibis para o horário em que Hannah Stein desapareceu. E a polícia não conseguiu estabelecer uma ligação entre Merry Sullivan e Hannah. É claro, a polícia não está do lado de Terrell, a equipe está mais concentrada em identificar as meninas para às famílias e tirar a mídia das próprias costas cada vez que o caso faz aniversário. Trabalham sob o comando do promotor que quer um pouco de exposição na televisão. Por acaso viu o que ele disse na coletiva de imprensa sobre Hannah?" Sei que ela não espera uma resposta. "Pegar o verdadeiro assassino...", Jo continua. "Bom, isso seria vantagem para *nós*."

A amargura na voz dela me surpreende. "Desculpa", ela sorri. "Normalmente, sou aquela pessoa que acredita que todo mundo está fazendo o melhor possível. Pena Bill e Angie não terem me envolvido antes no caso." Sua expressão agora é mais pensativa. "Estou tentando uma coisa diferente para identificar as outras duas garotas. Só não sei se tenho tempo para isso."

Apesar de ter resolvido me afastar do caso, sinto aquela pressão incontrolável dentro de mim. *Eu tenho as respostas*, a terceira Margarida, a que ficou perdida na pilha de ossos, havia afirmado naquele dia no laboratório.

"Um geólogo forense que conheço em Galveston está examinando os ossos", Jo continua. "Ele pode, e há nisso um grande talvez, reduzir bem a área, ou as áreas, onde elas moraram. Depois, podemos dar uma olhada nos casos das meninas desaparecidas nessas regiões."

"Já vi sites para os quais a gente pode mandar uma amostra de DNA, e eles decifram nossa ancestralidade. É mais ou menos isso?"

"Não tem *nada a ver* com isso. O geólogo usa análise de isótopos para examinar os elementos no osso e tentar associá-los a uma região. É uma ferramenta ainda em seu estágio inicial para o uso na identificação forense. Foi utilizada pela primeira vez com um menino cujo tronco foi encontrado boiando no Tâmisa há vários anos. Cientistas conseguiram traçar sua origem na Nigéria."

"E isso ajudou a identificar o menino? A pegar o assassino?"

"Não. Ainda não. É um processo. Quando se experimenta novas tecnologias, cada caso é um passo em uma estrada de um milhão de quilômetros." A voz dela vai se tornando mais suave. "Somos parte da terra, Tessa. De um passado muito distante. Estocamos nos ossos isótopos de estrôncio na mesma proporção em que são encontrados nas rochas, no solo, na água, nas plantas e nos animais de onde vivemos. Os animais comem as plantas e bebem a água. Os humanos comem os animais e as plantas. O estrôncio é passado de organismo para organismo e estocado em nossos ossos na proporção que é singular àquela região." A simplicidade de suas explicações sempre me espanta, e me pego pensando em quanto ela deve ser competente como professora. "O problema é que o mundo é grande. E, nesse momento, temos um banco de dados relativamente pequeno para a identificação de regiões geológicas. É mais uma tentativa com pouquíssimas chances de sucesso."

Jo fica em silêncio. Ainda não entendi por que ela me pediu para vir ao parque.

"Como você lida com todas as pontas soltas?", pergunto. "Tem muita coisa inútil. Nunca pensou que não vai mais aguentar tudo isso?"

"Eu poderia dizer a mesma coisa sobre você."

"Mas você *escolheu* se envolver nisso."

"Acho que foi isso que me escolheu. Desde os 14 anos, sempre soube que era o que eu tinha que fazer. E é por isso que, quando uma criança me fala que vai ser o homem da terceira base dos Yankees, não duvido. Já ouviu falar sobre os Assassinos de Escoteiras de Oklahoma?

"Não", respondo, apesar do nome provocar uma vaga lembrança. Lydia saberia.

"Todo cientista tem um caso sem solução que retorna de vez em quando. O meu é o caso das escoteiras. Eu estava no ensino médio quando três escoteiras foram pegas no meio da noite em um acampamento perto de Tulsa. Elas foram estupradas e assassinadas, e os corpos, abandonados. Um homem da região, que havia sido um jogador de futebol popular no colégio, foi acusado, julgado e inocentado. Na época foram colhidas amostras de DNA, mas não havia tecnologia para o exame. E antes que pergunte, a evidência está agora degradada demais para ser útil. Usei minhas conexões para ver todas as fotos da cena do crime e ler todos os relatórios da polícia e dos exames da perícia. A questão é que, se eu pudesse voltar a 1977, teria respostas para dar àqueles pais. E sabe por quê? Porque cientistas em laboratórios continuam tentando coisas inúteis. Meu trabalho está tanto no futuro quanto no presente."

"Entendo. É possível que não haja respostas no meu caso. Por anos. Por que, exatamente, você me chamou para vir ao parque? Só para me dar as atualizações?" Sei que pareço rude, e não era essa minha intenção. Estou cansada, só isso.

"Não. Eu queria dizer... queria ter certeza de que você sabe que pode me procurar sempre. Não quero que se sinta sozinha. Nunca."

Eu sei o que ela quer dizer com isso. *Não cave sem mim. Nem na casa do seu avô, nem neste parque.*

"Tessa, já pensou que também posso precisar de você? Que não sou tão durona quanto pensa?"

O primeiro sopro da frente fria balança as árvores.

"Lori, Doris, Michele", continua. "Os nomes das escoteiras mortas. *Minhas* Margaridas."

Tessie, 1995

"Penso em não testemunhar."

Era muito mais desafiador quando ensaiei na frente do espelho hoje de manhã, com a escova de dentes na mão e bolhas azuis escorrendo do canto da boca.

Eu NÃO vou depor, sr. Vega.

Pronto. Assim é melhor.

Abro a boca novamente para falar com mais ênfase, mas o promotor anda pela sala como um tigre, nem um pouco interessado no que eu *penso*. O médico está debruçado sobre sua mesa com uma pilha de pastas, ouvindo atento cada palavra. Ele é o mestre do silêncio e da imobilidade.

"Ouviu o que eu disse? Acho que não tenho nada importante a acrescentar. *Não tenho* nada a acrescentar." Gaguejo.

Benita sorri para mim, um sorriso solidário que avisa que estou condenada. Ela e o sr. Vega vieram para revisar meu testemunho. Essa é a primeira vez que eles querem ensaiar os detalhes mórbidos. Esperaram todo esse tempo porque o sr. Vega quer que eu fale da maneira mais espontânea possível. Faltam duas semanas para o julgamento, então, espontaneidade é que não falta.

"Tessie, sei que é difícil", diz o sr. Vega. "Mas temos que colocar o júri naquela cova com você. Mesmo que não lembre detalhes sobre o assassino, você vai dar contexto ao caso. Vai torná-lo real. Por exemplo, que cheiro sentia quando estava lá deitada?"

O reflexo de ânsia de vômito é tão forte que até ele, o promotor calejado e frio, reage. Tenho certeza de que ele fez de propósito, só para medir o impacto que o melodrama terá sobre o júri. Ainda acho que ele é o mocinho. Só mudei de ideia. Não posso testemunhar por ele. Não posso, *não vou* sentar diante do meu monstro.

"Tudo bem, vamos voltar a isso. Feche os olhos. Você está dentro da cova. Vire a cabeça para a esquerda. O que você vê?"

Viro a cabeça relutante, e lá está ela. "Merry."

"Ela está morta?"

Abro os olhos e procuro os do médico num pedido de ajuda, mas ele está ocupado digitando no computador em sua mesa. *Eu minto? Ou conto ao promotor que Merry morta falava comigo? Isso prejudicaria o caso, tenho certeza.*

Se eu fosse testemunhar. Mas não vou.

"Não sei se está morta." *A verdade.* "Seus lábios estão azuis, meio acinzentados... mas algumas meninas usam batom azul. É gótico." Não sei por que disse isso. Nada na religiosa Merry, frequentadora de igreja e clarinetista, era gótico, exceto quando ela estava deitada ao meu lado naquela cova como um boneco de filme de terror.

"Que mais?"

"Os olhos dela estão abertos." *Coisas a devoravam, exceto quando não estavam abertos.*

"Que cheiro você sente?"

Engulo com dificuldade. "Alguma coisa estragada."

"É difícil respirar?"

"É como... respirar em um banheiro químico imundo."

"Está com frio? Calor? Respostas narrativas, faça o melhor que puder."

"Suando. Meu tornozelo dói. Penso que ele pode ter amputado meu pé. Quero olhar, mas cada vez que levanto a cabeça, as coisas parecem explodir dentro dela, sabe? Tenho medo de desmaiar."

"Você grita?"

"Não consigo. Tem terra na minha garganta."

"Mantenha os olhos fechados. Vire para a direita. O que você vê?"

Virar a cabeça provoca dor. Mas é mais fácil respirar. "Vejo... ossos. Meu batom rosa. Está sem tampa. Não sei onde ela foi parar. Uma barra de Snickers. Uma moeda de 25 centavos. De 1978. Três moedas menores."

A fotografia na minha cabeça ganha vida de repente. Formigas rastejam num frenesi delirante atrás do meu batom. A mão esticada tenta alcançar a barra de Snickers. Sei que é minha mão porque tem sardas cor-de-rosa e unhas curtas e lixadas, pintadas de azul com esmalte Hard Candy Sky. A cor é quase igual aos lábios de Merry. Sinto gosto de sangue e terra. Manteiga de amendoim e bile, quando abro a embalagem com os dentes. Os ossos das outras Margaridas me encorajam. *Alimenta sua força. Seja forte.*

"Lembro de ter comido a barra de Snickers", conto. "Eu não queria." *Mas as Margaridas insistiram.*

"Não me lembro de ter mencionado isso antes. Está recordando outros detalhes? Alguma coisa sobre ele? O rosto? A cor do cabelo? Alguma coisa?" A voz do sr. Vega não me ajuda a decidir se ele acha que isso é bom ou ruim.

Por que essas coisas voltam agora? Ninguém fala, mas fecho os olhos de novo. Viro o rosto para o céu da noite, mas não há estrelas. O sol brilha. Estou fora da cova. Estou em outro lugar, em um espaço cheio de luz com Merry e as Margaridas. Merry dorme, e as outras cochicham, falam animadas traçando um plano. Uma delas se debruça sobre mim. Tem um anel pendurado no dedo esquelético, mas sem a pedra. Ela usa as garras de ouro para entalhar uma meia lua no meu rosto, e não dói. Não tem sangue.

Pega ele, ela diz. *Nunca esqueça de nós.*

Sei que isso não é real, embora o laboratório tenha encontrado o meu tipo sanguíneo, não o de Merry, nas garras do anel que estava no dedo de uma Margarida. Eles deduziram, com absoluta lógica, que eu caí em cima dele quando fui jogada na cova.

Tenho que parar com isso, antes que caia de novo naquele buraco e nunca mais consiga sair de lá.

"Não vou testemunhar. Não por vocês. Nem por elas."

O sr. Vega inclina a cabeça, pronto para fazer a próxima pergunta.

"Você ouviu o que Tessie disse." O médico levanta a cabeça. "A sessão acabou."

Tessa, no presente

Olhei até Jo desaparecer na trilha e eu ter certeza de que ela não voltaria. Passei correndo pelo sem-teto que dormia encolhido, de costas para o vento gelado. Entrei no jipe. Travei as portas. Debrucei no volante e comecei a chorar. É isso que bondade, solidariedade e uma oferta de parceria fazem comigo.

Dirigi até aqui no piloto automático, vim ao último lugar em que teria me imaginado esta manhã. A sala é pequena, tem paredes brancas e é meio gelada. Uma mulher nervosa de trinta e poucos anos está sentada na minha frente, ansiosa para começar a conversar assim que paro de fingir que leio uma revista e, finalmente, faço contato visual.

"É difícil, não é? Quando um filho sofre? A minha está lá dentro agora." Ela precisa de alguma coisa. Relutante, levanto o olhar e permito que me veja. Olhos vermelhos e inchados. A cicatriz. Assinto demonstrando empatia, espero que ela esteja satisfeita e volto à manchete: É errado pagar crianças *para que comam vegetais?*

"A dra. Giles é ótima... caso esteja aqui para uma primeira consulta." Ela não desiste. "Lily é paciente dela há seis meses. Recomendo essa médica."

Fecho a revista cuidadosamente e a coloco de volta no arco do revisteiro sobre a mesinha. "Eu sou a criança", digo.

A mulher faz uma cara confusa.

A menina, que deve ser Lily, sai da sala exibindo uma coleção impressionante de cores que parecem ser de giz de cera. O lado direito da cabeça tem um laço enorme e brilhante. Mesmo com toda aquela distração, o que chama minha atenção são os olhos castanhos e inocentes.

E o sorriso. Conheço aquele sorriso, porque já o exibi, o que exige o trabalho de treze músculos e provoca todos os outros sorrisos no ambiente, faz a pessoa parecer perfeitamente normal e feliz. Mas sei que Lily está apavorada.

A dra. Giles aparece logo atrás dela e, tenho que admitir, não demonstra nenhuma surpresa ao me ver.

"Tessa, me dá só um segundo, por favor? Tenho uns vinte minutos antes da próxima consulta."

"Sim, é claro." Sinto o calor no rosto. Não costumo aparecer de surpresa na vida de pessoas ocupadas. Lembro que ainda não paguei nada a ela.

A dra. Giles estende a mão para a mãe de Lily. "Sra. Tanger, nossa manhã foi especialmente boa. E, Lily, vai fazer um desenho para a próxima vez?" A menina assente com ar solene, e os olhos da médica encontram o da mãe numa comunicação silenciosa. É como ver novamente o rosto do meu pai. *Esperança, preocupação, esperança, preocupação, esperança, preocupação.*

A dra. Giles me leva à selva acolhedora de seu consultório. Eu me largo em uma de suas poltronas fofas. Não ensaiei o que vou falar. Achei que ver Lily havia eliminado de mim a raiva quente e egoísta, mas estava enganada. De repente, minhas mãos tremem.

"Quero fechar esse ciclo." Cada palavra destacada. Uma exigência, como se, de alguma forma, a dra. Giles tivesse culpa.

"Isso não existe", responde tranquila. "O que existe é só... consciência. Entender que você não pode voltar atrás. Que conhece uma verdade sobre a aleatoriedade da vida, algo que muita gente não sabe." Ela se recosta na cadeira. "Talvez ainda precise perdoá-lo. Já deve ter ouvido isso antes. O perdão não é para ele. É para você." Se ela passasse as unhas no quadro negro atrás dela, o efeito seria o mesmo. Fico irritada com o fantasma pálido de um desenho, um boneco de palitos que continua ali, meio apagado. O sol feliz. A flor com um olho no centro.

"Não consigo nem me imaginar perdoando ele." Meus olhos estão colados à flor no quadro negro. Quero pegar o apagador e esfregar até deixar tudo limpo.

"Então, vamos dizer que existe um jeito de você conseguir esse fechamento de ciclo. Como acha que pode ser? E se ele... como você o chama?"

"Meu monstro." Minha voz é tão baixa, envergonhada, que me pergunto se consegue me ouvir. *Que mulher adulta e equilibrada ainda fala sobre monstros?*

"Então. E se o seu monstro abrisse a porta agora e entrasse. Sentasse. Confessasse tudo. Você poderia ver seu rosto. Saberia seu nome, onde ele cresceu, se foi amado pela mãe, espancado pelo pai, se era popular no colégio, se amava o cachorro que tinha ou se o matou. Imagine-o sentado naquela cadeira ali, bem perto, e respondendo *a cada pergunta que você fizesse*. Faria alguma diferença? Existe alguma resposta satisfatória? Capaz de fazer você se sentir melhor?"

Olho para a cadeira.

A arma que carreguei o dia todo parece um cortador de biscoito feito de aço em contato com a minha pele. Quero atirar bem no meio da cadeira. Ver o estofamento branco explodir.

Não preciso conversar com meu monstro. Só quero que ele morra.

Tessie, 1995

"Estou nervosa." A voz de Benita vibra.

Essa é uma sessão de *emergência*. Mandaram Benita sozinha para fazer o trabalho sujo. Faz menos de 24 horas que anunciei que não vou testemunhar.

Ela não usa maquiagem nos olhos, sinal claro de que alguma coisa ali está muito errada. Benita continua bonita, mas agora parece mais a musa do ensino fundamental do que a musa do ensino médio. Só sei que não quero ser o motivo do medo de Benita. Ela sempre foi um amor comigo. Até o nome dela significa *abençoada*.

De repente, Benita para perto da janela.

"Estou aqui para convencer você a testemunhar. O sr. Vega e seu médico acreditam que temos uma espécie de ligação por sermos mulheres e jovens. Para ser bem sincera, não sei o que você deve fazer. Penso em ir trabalhar com meu tio na fábrica de armários."

Uau. Que tiro no pé.

"Eles querem que eu pergunte qual é seu maior medo." Benita senta na cadeira e me encara pela primeira vez. "Disseram pra me sentar *aqui*. E fazer você entender que nunca vai se arrepender de testemunhar, por mais difícil que seja. Então, se puder me dizer do que tem mais medo no tribunal, seria ótimo. Assim, pelo menos vão pensar que eu tentei."

Vejo as lágrimas dela. Tenho a impressão de que não é a primeira vez que chorou esta manhã. Quero levantar e abraçá-la, mas isso quebraria outro código de ética, e ela já destruiu alguns desde que entrou na sala.

"Ouvi dizer que o advogado de defesa destrói as pessoas até não sobrar nada além de migalhas." Falo devagar. "Minha amiga Lydia leu esse comentário sobre Richard Lincoln em um jornal. E ouviu o pai falar para a mãe dela que todo mundo o chama de Dick, o Canalha. Ele pode fazer o júri pensar que mereci o que aconteceu. Ou que invento coisas."

"O advogado de defesa é um babaca." Benita concorda. Ela mantém um dedo na horizontal embaixo de cada olho para impedir as lágrimas de caírem.

Sem olhar para a caixa, pego um lenço de papel e ofereço a ela. A caixa sempre espera por mim sobre a mesinha ao lado do sofá, sempre no mesmo lugar. "E não quero estar na mesma sala com... o culpado", continuo. "Com ele olhando para mim o tempo todo. Não consigo imaginar nada pior. Não quero que sinta nenhum poder sobre mim outra vez."

Benita seca os olhos. "Eu também não ia querer. Deve ser aterrorizante."

"Meu pai vai estar lá. Não quero ter que expor os detalhes, sabe? Pensar nisso, *falar* sobre isso, me dá ânsia de vômito. Consigo me imaginar vomitando na cadeira da testemunha."

Ela respira fundo.

"Trabalhei em um caso horrível durante um estágio no ano passado. Uma menina de 12 anos foi molestada pela tia de 65 que não conseguia sair da cadeira de rodas. Foi um horror. A própria família duvidava da garota." Olha para mim novamente, um olhar relutante. "Viu? Você já duvida. O sr. Vega era o promotor. Ele foi brilhante. Fez a menina falar sobre os detalhes de manobrar a cadeira durante... os ataques. Ninguém mais duvidava quando ela saiu daquela cadeira de testemunhas."

"O júri condenou a tia?"

"Sim. O Texas é cruel com molestadores de crianças. Ela vai morrer na prisão."

"E a menina ficou feliz por ter testemunhado?"

"Não sei. Ela ficou dilacerada depois disso." Benita olha para mim com um sorriso fraco. "Acho que vender armários vai ser bem mais simples, sabe? Eles abrem. E fecham."

"É", concordo. "Mas você é boa nisso."

Tessa, no presente.

"Por que o Obama precisa saber o tamanho da minha cintura?"

Effie, vestindo calça de pijama e uma blusa de seda cor-de-rosa com babados, anda pelo jardim, grita e brande um pedaço de papel. Charlie e eu acabamos de chegar em casa depois de pararmos na Ol' South Pancake House para comer na volta do colégio. De vez em quando me pergunto quanto tempo Effie passa na frente da janela antes de chegarmos em casa, e se esse tempo tem algum significado para ela. Espero que não.

Tenho certeza de que foi um dia difícil para nós duas, um dia de esforço para recuperar lembranças. Não sei se estou preparada para Effie. Minha cabeça dói, apesar da dose de açúcar. Ela encontra a gente na varanda e, ofegante, bate com o indicador na carta datilografada.

"Está bem aqui, ele quer saber meu peso, a medida da minha cintura e se eu bebo e fumo. E nem é uma paquera. Apesar de eu gostar de um uísque com gelo e de um cigarro com um homem negro e bonito de vez em quando." Sombra verde, dois círculos rosados de blush e os grandes brincos de pérola nas orelhas são sinais claros de que Effie saiu de casa hoje. Os brincos de pressão saem da gaveta todos os domingos para a missa, mas os olhos pintados sugerem que ela esteve com as senhoras da sociedade histórica. Effie costuma dizer que elas são "um bom remédio".

Abro a porta para ela. Charlie entra equilibrando com cuidado uma caixa de plástico transparente cheia de gel azul para cabelo e produtos alimentícios dispostos cuidadosamente.

Effie fareja o ar.

"É meu projeto de célula animal 3D", Charlie explica. "Está começando a apodrecer."

"Bom, põe essa coisa aqui, em cima da bancada, e vamos dar uma olhada." *Célula animal* e *3D* são suficientes para Effie esquecer o mau cheiro, e ela levanta a beirada da cobertura de filme plástico com entusiasmo. Charlie pega a carta da mão dela.

"Srta. Effie, esta carta é da sua seguradora." Charlie lê rapidamente. "Eles oferecem cem dólares de dedução e um cartão da Amazon no valor de 25 dólares se responder a esse formulário e suas medidas forem aprovadas. Também querem saber sua taxa de colesterol."

"Malditos espiões, todos." Ela toca a piscina azul com o dedo. "Ponha *1984* na sua lista, Charlie querida. O homem era um visionário. Minha cintura tinha 48 centímetros. Talvez eu anote esse número no gráfico. Depois ligo para a polícia e abro um processo por assédio sexual quando mandarem alguém com a fita métrica." Continua cutucando o conteúdo da caixa. "Gel para cabelo como citoplasma. Menina esperta. Que nota tirou?"

"Nove. O que é muito bom para essa professora. A média da turma dela para esse projeto em seus 26 anos de carreira é seis."

"Bom, isso mostra que é uma professora ruim. Por que não tirou dez?"

"Por causa do núcleo. Usei um enfeite de Natal de plástico transparente."

"E a membrana nuclear não é rígida. Hum. É, ela tem razão nessa."

"Devo jogar o projeto no lixo orgânico, mãe? O rótulo da embalagem diz que o gel é um produto natural."

"A essa altura, parece mais uma arma biológica. Vou deixar você decidir com a ajuda da nossa vizinha cientista. Enquanto isso, vou trocar de roupa." E tomar um analgésico.

Atravesso o corredor no escuro e acendo a luz do meu quarto. Tem um homem dormindo na minha cama. O rosto está virado para o outro lado. Mesmo assim, ele reage mais depressa que eu. Estou olhando para baixo, tentando pegar a arma na minha cintura, e ele já pulou da cama e cobriu minha boca com a mão, sufocando meu grito.

Eu me debato. Com o outro braço, ele aperta minhas costas contra o peito brutal. *Charlie está em casa.*

"Shh. Tudo bem?"

Paro de me debater. Assinto. Ele me solta e eu viro, cambaleio. E olho furiosa para o pai de Charlie.

"Meu Deus, Lucas! Você me assustou. De onde veio? Por que não pode bater na porta como uma pessoa normal?"

Ele fecha a porta. "Desculpa. Minha intenção era mandar uma mensagem de texto assim que eu chegasse aqui. Foi uma viagem de 26 horas com direito a turbulência e um piloto do Exército que parecia estar se divertindo muito. O táxi me deixou aqui há duas horas. Sua cama é confortável, acabei dormindo. Talvez tenha deixado um pouco de areia no lençol." O rosto dele está mais perto do meu que o necessário. "Está com cheiro de crepe de morango." Por um segundo, lembro como é ser envolvida por músculos sólidos. Em seguida, lembro de Bill. Ele me mandou duas mensagens hoje. *Como foi o dia?* E duas horas depois: *Vai, garota da borboleta, fala comigo.*

"Por que está aqui?" Tento preservar meu espaço de todas as maneiras.

"Falei com a Charlie pelo Skype e fiquei muito preocupado. Ela falou sobre a noite com o terrorista doméstico."

"Ah." Sento na beirada da cama. Ela não me contou que havia falado com o pai sobre isso, mas por que não contaria?

Lucas senta ao meu lado e passa um braço sobre meus ombros. "Achei que podiam precisar de mim, mas você ficou com receio de pedir ajuda. E também tento respeitar seu espaço parental. Se acha que eu não devia estar aqui, vou embora. Charlie nem precisa saber. Posso sair por onde entrei."

"Imagino que tenha sido pela porta da frente."

"Bom, sim. Devia trocar a fechadura e o código da segurança mais de uma vez a cada cinco anos."

"Não."

"Não o quê?"

"Não quero que vá embora. Charlie precisa saber que você está aqui." *Que veio por causa dela.*

Eu conhecia Lucas. Apesar do que havia acabado de dizer, não iria embora depois de ter atravessado o oceano por causa da filha.

Lucas agora enlaçava minha cintura. Distração. Levanta minha camiseta e, com dois dedos, puxa a .22. "Precisa treinar o saque rápido. Para que carregar uma arma se não consegue tirá-la da calça?"

Tento pensar em uma resposta, mas não consigo.

"O que acha de um treino amanhã?", Lucas sugere.

Minha cabeça parou de latejar. Se ainda acreditasse em bênçãos, diria que esse homem é uma delas.

Lucas nunca julgou minha sanidade, nunca me disse não.

Ele põe o revólver na minha mão.

"Guarda", diz.

"Vou precisar de um favor amanhã de manhã", conto.

"Que tipo de favor?"

"Uma escavação."

Meu quarto está escuro, exceto pelo brilho do iPad. Estou reclinada sobre uma pilha de travesseiros. Tem um copo de vinho ao alcance da minha mão sobre a mesa de cabeceira. Lucas ronca no sofá, e o conteúdo de sua valise de viagem está espalhado no chão da sala. Charlie troca mensagens pelo celular embaixo das cobertas. O competitivo jogo noturno entre pai e filha, *Assassin's Creed*, foi instrutivo demais para eu me sentir confortável. Fiquei aliviada quando Lucas desligou o videogame há cerca de meia hora e foi cobrir a filha adolescente na cama pela primeira vez em meses. Ela fingiu que estava velha demais para ser coberta, mas todos nós sabemos que não é bem assim.

Pela primeira vez, a escuridão não é hostil. O homem deitado no nosso sofá recolheu todas as coisas ruins da noite e as escondeu embaixo do travesseiro dele.

Mesmo assim, não descanso. Decidi fazer uma pequena viagem ao passado.

Seguro a foto um pouco mais perto da luz, o que faz meus olhos dançarem. Uma trilha de renda espanhola desce pelos cabelos dela e continua pelos ombros. Um pingente se aninha em sua garganta. Uma menina moderna transformada em uma bela noiva antiga.

Recortei do jornal a foto do casamento de Benita há muito tempo, uns dois anos depois do julgamento. Ela contém só a informação mais básica. Na foto, Benita sorri para um homem muito branco com um nome muito branco. Os pais da noiva são o sr. e a sra. Martin Alvarez, e os do noivo são sr. e sra. Joseph Smith Sr.

Muito bem, Benita, ou sra. Joe Smith. Digito *Benita Smith* na barra de pesquisa do iPad e clico em imagens. Os primeiros vinte e cinco rostos não pertencem à minha Benita Smith. A vigésima sexta foto é de uma Mercedes vermelha, e a próxima é da árvore de Natal de um shopping center, seguida por um bracelete de pérolas e um pé de bebê. Mais embaixo, uma despensa de cozinha com maçanetas vermelhas na porta. Clico nessa página, porque ela pode ter cumprido a ameaça de ir trabalhar com o tio vendendo armários. Não. Passo por intermináveis e inúteis links de histórias de Benita Smith, até ir ao Facebook procurar Benita *Alvarez* Smith. Nada. Apago o nome de solteira, e o Facebook me mostra centenas de Benita Smith.

Em parte, não quero me dedicar muito a isso. *Ela realmente poderia saber alguma coisa capaz de ajudar Terrell? Ouviu alguma coisa? Desconfia de alguma coisa?*

Deixei Benita sair da minha vida há doze anos. Tem que haver uma boa razão para isso, certo? Tomamos café juntas nas tardes de quinta-feira por alguns meses depois de eu ter testemunhado. Na última vez, ela abandonou toda a farsa oficial. Entrou no café vestindo jeans preto e justo e uma camiseta com a inscrição *Remember Selena*, e segurava a mão da irmã de 6 anos de idade. O *Texas Monthly* havia feito de Selena sua trágica garota da capa naquele mês, em vez de mim, e eu ainda saboreava a alegria ingênua de ter virado notícia velha.

O assassino de Selena havia sido condenado e preso em Gatesville na semana anterior, confinado durante 23 horas diárias em uma cela pequena por causa das ameaças de morte. Os fãs do músico tejano atrás das grades queriam que Yolanda Saldivar morresse por seus pecados. Enquanto Benita e eu cochichávamos sobre isso, a irmã dela enfiava contas de plástico em um cadarço de sapato. Ela havia amarrado o cadarço no meu pulso como uma minhoca roxa e amarela.

Duvido que Benita Alvarez apareça com algum destaque nos registros oficiais do caso das Margaridas Amarelas. Se o nome dela era mencionado, Bill e Angie não deram atenção. Ela nunca foi entrevistada pela mídia. Não testemunhou e só compareceu ao julgamento nos dois dias em que ocupei a cadeira das testemunhas. Era uma peça sem importância para todo mundo, menos para mim, ofuscada pelo brilho constante de Al Vega, ou *Alfonso*, como se apresenta agora. O sr. Vega, cem por cento italiano, adotou o *fonso* para conquistar o eleitorado hispânico quando disputou sua primeira corrida bem-sucedida para o cargo de procurador-geral do Texas.

Quando alguém o questiona sobre o caso Terrell Darcy Goodwin, o sr. Vega declara *sem nenhuma hesitação* que não trataria o caso de maneira diferente hoje. Ele mandou um cartão de parabéns quando completei 18 anos, e outro de condolências quando meu pai morreu. Nos dois, assinou seu nome e escreveu embaixo: *Pode contar comigo sempre*. Minha parte cética ainda desconfia de que diz a mesma coisa para todas as vítimas que coagiu a testemunhar. Mas Tessie? Tessie acredita que é só telefonar, e ele vai aparecer na porta da casa dela em segundos.

Limpo a barra de busca. Hesito, mas só por um segundo. Digito. A maior parte da minha angústia adolescente relacionada ao terapeuta desapareceu. Encontro links para vários artigos bombásticos que ele escreveu para blogs e jornais de psiquiatria. Tem um novo, um trabalho que não estava disponível na última vez que pesquisei: "O caso de amor Colbert: por que nos vemos em um imaginário francês narcisista e conservador".

Limpo a barra de busca e digito outro nome com relutância ainda maior. Clico no link no alto da lista pela primeira vez.

Vejo o blog semanal de Richard Lincoln, ou Dick, o Canalha, e me arrependo imediatamente de ter dado a ele uma chance, um pequeno incentivo para continuar. O post de hoje: *Falta de ar*. É difícil não ler, agora que cheguei até aqui. Angie sempre quis que eu falasse com ele. Sempre achou que poderia me ajudar a lembrar de alguma coisa. *Ele está mudado.*

Não suporto ler a biografia, por isso passo os olhos pelo texto. *Richard Lincoln, ativista. Advogado especializado em pena de morte nacionalmente famoso. Autor do livro que esteve na lista dos mais vendidos no New York Times,* Meu olho negro.

Meu olho negro. Sua confissão, um ano depois do julgamento. Sempre que entro em uma livraria, olho a contracapa, embora tenha lido que ele doa metade do valor das vendas para os filhos de detentos. Por que não doa tudo?

Ao lado do blog tem um link para um vídeo no YouTube, e meus dedos clicam sem esperar permissão do cérebro. Imediatamente, a voz dele ecoa na casa silenciosa, modulando como a de um pregador, ainda uma serra cortando minha pele. Abaixo o volume depressa. Ele é uma barata sobre duas patas perambulando por um palco anônimo. *Lincolnesco*, é assim que os fãs dele o descrevem. *Falhei com Terrell*, ele diz. *Destruí aquela menina. O caso Margaridas Amarelas foi o ponto de transformação em minha vida.*

Não consigo ouvir mais nada.

Não fui a única destruída. Ele também destruiu meus avós. A polícia e Dick, o Canalha, trabalharam numa estranha associação para isso. A polícia revistou o castelo deles e foi embora levando a caminhonete de meu avô como evidência. Ninguém no Texas tomava a caminhonete de um homem, a menos que fosse muito culpado, por isso até seus melhores e mais leais amigos fazendeiros ficaram em dúvida. Não fez diferença o fato de a polícia ter recuado meses antes do julgamento. Dick, o Canalha, continuou insistindo no tribunal. Um tabloide gritou: *vovô pode ser o assassino?* Não, não posso perdoar *Dick*, apesar de Richard Lincoln ter passado os últimos treze anos usando provas de DNA para libertar três inocentes do corredor da morte do Texas. Puxo a coberta sobre o iPad. Jogo dois travesseiros no chão e afundo um pouco mais nos lençóis cheios de areia de uma zona de guerra. Fecho os olhos. Imagino o médico de pijama de patinhos na frente de uma reprise de *Colbert*. Espero que a vida de Benita seja uma festa enfeitada com contas roxas e amarelas.

Começo a cochilar quando Lydia encontra uma brecha.

Varri a internet mais de cem vezes procurando por ela. Nada. Também não achei nada sobre o sr. e a sra. Bell. É como se eles andassem na ponta dos pés, cobertos de tinta invisível, enquanto todo mundo galopa em cores fluorescentes. Os Bell *eram* estranhos. Tinham poucos parentes e criaram poucas relações profundas na cidade. Os avós de Lydia haviam morrido. Tenho vagas lembranças de um primo distante da sra. Bell que mandou um vaso de bico-de-papagaio no Natal. Mas como uma família podia simplesmente desaparecer? Como era possível que ninguém se importasse?

Ao longo dos anos, imaginei todo tipo de enredos ultrajantes sobre o destino dessas pessoas. Meu monstro podia tê-los matado porque Lydia sabia alguma coisa. Ela sempre recortava artigos sobre o caso das Margaridas Amarelas e colava-os em um álbum sobre o qual achava que eu não sabia. Fazia anotações nas margens com sua letra pequena, inteligente. Meu monstro não transformou o abrigo de tempestade em mausoléu familiar, mas podia ter espalhado seus ossos pelo deserto do Oeste do Texas.

Ou os corpos podiam estar no fundo do mar, quilômetros e quilômetros abaixo da superfície, com o lixo do oceano. A família podia ter saído de férias e desaparecido no Triângulo das Bermudas, a bordo de um barco à deriva pilotado pelo sr. Bell. Ele sempre se esquecia de comprar uma licença para o barco. Eles podiam ter naufragado sem documentos.

Minha teoria mais lógica era a proteção à testemunha. Alguém teve que colocar a placa de venda na casa. O sr. Bell negociava peças recicladas de automóveis com gente da máfia mexicana em lugares perigosos. Vivia saindo no meio da noite para ir encontrá-los. Lydia me mostrou a gaveta dele, cheia de dinheiro vivo.

Uma coisa eu sei. Se outra família do quarteirão houvesse saído da cidade em sigilo logo depois do julgamento, e Lydia especulasse, ela ia sugerir que o pai era o assassino das Margaridas Amarelas. Esposa e filha eram cúmplices. Assustados por eu ter sobrevivido, eles agora viajavam de cidade em cidade, mudando de nome e matando meninas.

Era exatamente o tipo de história que Lydia teria criado para me assustar naquelas noites que passávamos embaixo do cobertor com nossas lanternas.

Tessie, 1995

3 de outubro de 1995, 13h.

O. J. foi libertado há uma hora, o que me deixou enjoada.

Em poucos minutos, se eu não estragar tudo, também estarei livre.

Esta é minha última sessão. O médico recomenda uma consulta de acompanhamento a cada seis meses nos próximos dois anos, e, é claro, eu devo telefonar a qualquer hora se não me sentir bem. Ele vai passar um tempo na China, por isso não estará disponível, mas encontrará alguém *perfeito* para recomendar. Na verdade, ele já pensou em alguém. É preciso preencher a papelada para a transferência, mas ele vai cuidar disso antes de viajar. *Que sorte o julgamento ter durado só um mês*, diz. E o júri só precisou de um dia para chegar a um veredito.

Todo mundo está radiante. O médico. Meu pai. Eu também, ou vou acabar explodindo. *Quase livre, quase livre, quase livre.*

"Quero falar mais uma vez sobre o quão corajosa você foi ao testemunhar", o médico comenta. "Você se controlou. E o principal: por sua causa, um assassino está agora no corredor da morte."

"Sim. É um alívio." Minto. A única coisa que me deixa aliviada é saber que meu médico vai embora para a China.

Ele está ali sentado, todo convencido. Não posso deixar que comemore a vitória. Eu não me perdoaria.

"Pai, pode nos dar licença um segundo? Quero me despedir."

"Sim. É claro." Ele beija minha cabeça. Aperta a mão do médico.

Meu pai deixa a porta encostada ao sair, e o médico se levanta para fechá-la. *Clique.* Confidencialidade entre médico e paciente.

"Por que nunca fala sobre Rebecca?" Pergunto antes de ele sentar novamente.

"Tessie, é muito doloroso. Acho que você entende. E não teria sido profissional. Eu não devia nem ter dito o que disse. Esquece esse assunto. Ele não pode fazer parte do nosso relacionamento profissional."

"Que está acabando. Agora."

"Sim, mas isso não importa. Você continua sendo minha paciente até sair por aquela porta."

"Eu vi você com ela."

"Começa a me preocupar, Tessie." E o rosto dele parece preocupado. "Tem razão, é bem provável que minha filha esteja morta. Ela não... fala com você, fala? Como as Margaridas?"

"Não falo sobre sua filha."

"Então não sei do que fala."

Não falo alto, de que adianta?

Nós dois sabemos que ele está mentindo.

"A gente se vê", digo.

PARTE II
Contagem regressiva

"De acordo com o *L.A. Times*, o procurador-geral, John Ashcroft, quer adotar 'uma postura mais dura' com relação à pena de morte. O que é uma postura mais dura com relação à pena de morte? Já estamos matando o cara. Como se adota uma postura mais dura com relação à pena de morte? Qual é, vai fazer cócegas nele antes? Jogar pó-de-mico? Deixar uma tachinha na cadeira elétrica?"
· Jay Leno ·

TESSA, OUVINDO *THE TONIGHT SHOW* EM SUA CAMA, 2004

Setembro, 1995

SR. VEGA: *Sei que esse foi um dia muito difícil de testemunho, Tessie. Agradeço por se dispor a falar por todas as vítimas, e sei que o júri também é grato. Agora só tenho mais uma pergunta. Qual foi a pior parte de ter ficado dentro daquela cova?*

SRTA. CARTWRIGHT: *Saber que, se eu desistisse e morresse, meu pai e meu irmão teriam que seguir vivendo sem saber o que aconteceu. Pensariam que tudo foi mais horrível do que foi. Queria dizer a eles que não foi tão ruim.*

SR. VEGA: *Você estava quase em coma e com um tornozelo fraturado dentro de uma cova com uma menina morta e os ossos de outras vítimas e queria dizer a sua família que não foi tão ruim?*

SRTA. CARTWRIGHT: *Bom, foi ruim. Mas passar o resto da vida imaginando o que aconteceu é pior. Sabe, deixar a cabeça preencher todas aquelas lacunas de um milhão de maneiras diferentes. Foi nisso que pensei muito... em como eles teriam que fazer esse tipo de coisa. Quando me tiraram de lá, fiquei muito aliviada por poder dizer ao meu pai que não foi tão ruim.*

29 dias para a execução

Em um mês, o caixão de Terrell, preto e brilhante como um Mustang novo, será colocado em um carrinho atrás de um trator John Deere. Será enterrado com os corpos de milhares de estupradores e assassinos que apodrecem no cemitério Captain Joe Byrd. A maioria daqueles homens viveu de forma violenta, mas foi enterrada em uma bela colina no leste do Texas, um lugar extraído dos sonhos de Walt Whitman. Esses homens não foram reclamados depois de mortos. Mas, no caso de Terrell, as pessoas o querem bem, o *amam*... só não têm dinheiro para enterrá-lo. O estado do Texas vai cuidar disso com dois mil dólares do dinheiro dos contribuintes e uma benevolência surpreendente.

Os detentos vão seguir o trator. Serão os carregadores de caixão e ficarão de cabeça baixa. Vão entalhar sua lápide. Registrar seu número de detento. Talvez escrever seu nome errado.

Usarão uma pá como a que tenho na mão.

Meu estômago ferve por Terrell, e olho para a área de terra preta que meu avô cultivava atrás de sua casa de conto de fadas. O mesmo lugar onde, doze anos atrás, em um dia quente de julho, encontrei meu segundo canteiro de margaridas-amarelas. É o último lugar que eu gostaria de cavar em busca de um presente deixado por meu monstro, por isso é o que faço. Eu o deixo por último. Naquele dia meu estômago também fervia.

Eu tinha 22 anos. Tia Hilda e eu havíamos colocado a placa de venda da casa no gramado da frente algumas horas antes. Minha avó havia morrido oito meses atrás. Estava enterrada ao lado da filha e do marido em um pequeno cemitério no campo, doze quilômetros distante de sua casa fantástica.

Naquele dia, eu saí para respirar depois de abrir uma gavetinha do porta-joias de minha avó e aspirar uma nuvem do perfume que ela usava para ir à igreja. Charlie tinha três anos, e havia batido a porta de tela da varanda dos fundos poucos minutos antes disso. Quando abri a porta, minha filha radiante estava parada alguns metros longe do fim da escada, com as mãos para trás. Ela me ofereceu a margarida-amarela que apertava na mãozinha suada. Atrás dela, a uns trinta metros, as irmãs daquela flor dançavam em saias de babados amarelos, pequenas provocadoras ao lado de uma fileira de feijões secos e uma figueira bonsai.

Despejei uma chaleira de água fervente nos miolos delas enquanto Charlie me espiava da varanda. Quando minha tia me chamou da casa e perguntou o que eu fazia, respondi que me livrava de um formigueiro. *Não quero que Charlie seja picada.* Algumas formigas já carregavam as companheiras mortas nas costas.

Sou trazida de volta ao presente quando Herb Wermuth bate a porta de tela. O barulho ecoa como uma pequena lembrança. Mais de uma década depois, este castelo é dele, e não do meu avô. Ele entrou depois de nos prevenir, Lucas e eu, do terrível sol de inverno e o jardim que sua esposa, Bessie, limpa duas vezes por ano. Herb nos desejou boa sorte na empreitada, deixando claro que não poderia estar menos interessado na nossa escavação, desde que não procurássemos um cadáver e não envolvêssemos a mídia. Pediu para tentarmos acabar tudo antes de a esposa voltar, dentro de duas horas, da sessão com o novo personal trainer.

No começo, quando nos recebeu na varanda dos fundos, Herb não foi muito compreensivo.

"Eu acompanho as notícias", disse num tom sombrio. "Depois de todo esse tempo, não tem mais certeza de que pegaram o cara certo. Você trabalha com o advogado do homem preso." Seus olhos notaram a pá que eu segurava. "Acha realmente que uma das meninas dele está enterrada lá atrás?"

"Não, é claro que não." Respondi rápido para tranquilizá-lo, escondendo a repulsa provocada pelo uso do pronome. *Dele*. Como se o monstro fosse nosso dono. Meu dono. "Os policiais já teriam vindo, nesse caso. Como disse, sempre pensei que o mon... o assassino podia ter deixado alguma coisa para mim no jardim."

Herb não consegue disfarçar. Acredita, como muita gente por aqui, que a menina Cartwright não bate bem da cabeça.

"Tem que prometer", insiste. "Nada de mídia. Ontem mesmo tive que me livrar do fotógrafo de um tabloide que queria fotografar o quarto onde a Margarida Amarela dormia. E outro dia um sujeito do *Texas Monthly* telefonou pedindo permissão para fazer um retrato seu na frente da casa. Disse que você não tinha retornado a ligação dele. A situação está tão complicada que Bessie e eu vamos para um apartamento na Flórida até essa coisa da execução acabar."

"Sem mídia", Lucas declarou firme. "Tessa só precisa ter certeza." Condescendente. Sinto um arrepio irritado subindo pelo pescoço, mas Herb está convencido. Até foi buscar na garagem uma pá nova em folha para Lucas.

Herb nos deixou trabalhar. Mas Lucas e eu não saímos do lugar desde que a porta de tela ricocheteou nas dobradiças há um minuto. Em vez de investigar o jardim, Lucas olha com atenção para as paredes e janelas da casa mítica que foi do meu avô. Nunca esteve aqui antes, embora a viagem de carro desde Fort Worth não levasse mais que uma hora. Na época em que Lucas e eu nos agarrávamos nos bancos traseiros dos carros, meu avô estava meio cego e preso permanentemente à cama.

É bom saber que Lucas tem toda essa determinação. Ele me protege do monstro, apesar de sempre ter acreditado, não importando o que eu diga, que o monstro existe principalmente na minha cabeça.

A casa projeta um braço frio e escuro sobre meus ombros. Conheço esta casa como se fosse meu corpo, e ela me conhece. Cada recanto escondido, cada defeito, cada fachada falsa. Cada truque astuto da imaginação do meu avô.

Eu me assusto quando Lucas para ao meu lado, armado com a pá e pronto para trabalhar.

· · ·

A Margarida programa o aviso para o momento em que piso na terra fofa. *Talvez ele tenha enterrado uma de nossas irmãs aqui.*

Não fosse pela figueira ali em pé como uma velha idosa, eu não saberia onde cavar. O jardim tem o dobro do tamanho de quando minha avó cultivava suas fileiras precisas de tomates, feijões e pimentas habanero, que ela transformava na geleia que escorria pela minha língua como lava. Hoje, com exceção da figueira que brota dele, o canteiro é só um retângulo marrom e plano.

Eu tinha o hábito de ficar aqui brincando. Os pássaros negros cruzando o céu eram bruxas malvadas em suas vassouras. O trigo distante era a franja loira de um gigante adormecido. As enormes nuvens escuras no horizonte eram mágicas, capazes de me levar para Oz num turbilhão. As exceções eram os brutais dias de verão quando não havia movimento. Nem cor. Um nada tão infinito e sem graça que fazia meu coração doer. Antes do monstro, eu sempre preferia o medo ao tédio.

"Esta área é muito aberta, Tessa", Lucas comenta. "Qualquer pessoa que olhasse por uma janela do lado leste da casa poderia ter visto o cara plantar as flores. Teria sido muita ousadia de alguém que você acredita que conseguiu convencer todo mundo de que não existe." Ele protege os olhos do sol e olha para cima. "Aquilo no teto é uma mulher pelada? Deixa para lá. É."

"É uma réplica da estátua da Pequena Sereia no porto de Copenhague. A de Hans Christian Anderson... não a versão da Disney."

"Entendi. Definitivamente, não é a versão infantil."

"Meu avô esculpiu a estátua. E teve que alugar um guindaste para colocar a obra lá em cima." Partindo da figueira, dou três passos medidos cuidadosamente em direção ao norte. "É mais ou menos aqui", digo.

Lucas enterra o metal brilhante da pá de Herb com uma determinação precisa, contundente. Minha pá enferrujada está apoiada na árvore. Trouxe uma pilha de jornais, uma velha peneira de metal da cozinha e um par de luvas de trabalho. Abaixo e começo a peneirar as primeiras porções de terra revolvida. Escuto a voz de Jo na minha cabeça dizendo que *não é por aí*.

Olho para cima e, por um segundo, vejo a pequena Charlie na varanda. Pisco, e ela desaparece.

Não demora muito para Lucas tirar a camisa. Continuo peneirando, evitando olhar para os músculos das costas dele.

"Conta uma história", pede.

"Sério? Agora?" Um inseto preto rasteja no meu jeans. Pisco, e ele some.

"É claro", Lucas insiste. "Tenho saudade das suas histórias. Conta sobre a garota lá em cima, no telhado, a dos peitos bonitos."

Pego um pedaço de metal velho. Penso em quantas camadas devo eliminar de uma fábula com muitas camadas. Lucas se distrai depressa. Sei que só está tentando me deixar mais calma.

"Há muito tempo, uma sereia se apaixonou loucamente por um príncipe que ela salvou do mar. Mas os dois eram de mundos diferentes."

"Já estou sentindo um final infeliz. Ela parece solitária lá em cima."

"O príncipe não sabia que foi a sereia que o salvou." Paro para desmanchar um torrão de terra. "Ela o beijou e o deixou na praia, inconsciente, e nadou de volta para o mar. Mas queria desesperadamente estar com ele. Por isso, tomou a poção de uma bruxa que tirou dela sua linda voz de cantora, mas, em troca, criou duas pernas humanas. A bruxa disse à sereia que ela seria a dançarina mais graciosa na terra, mas cada passo daria a ela a sensação de andar sobre facas. A sereia não se importou. Procurou o príncipe e dançou para ele sem falar nada, muda, incapaz de declarar seu amor. Ele ficou encantado. E ela dançava e dançava para ele, apesar da dor intensa."

"Que história horrível."

"Tem um imaginário lindo quando é lida em voz alta. Mas perde muito quando conto." Olho para a janela do meu antigo quarto na torre. A cortina parcialmente fechada a faz parecer um olho meio fechado. Imagino o som abafado do meu avô recitando do outro lado do vidro manchado. *Um oceano tão azul quanto a mais bela centáurea. Icebergs como pérolas. O céu, uma redoma de vidro.*

"E esse príncipe tonto também gostava da sereia?", Lucas pergunta.

"Não. O que significa que a sereia estava condenada à morte, a menos que esfaqueasse o príncipe e deixasse o sangue pingar sobre seus pés, o que devolveria às pernas dela a forma de nadadeiras."

Neste momento, eu paro. Lucas já abriu um buraco impressionante, mais ou menos do tamanho de uma piscina de plástico e com a mesma profundidade. Preciso peneirar a terra que cavou. Meu esforço só rendeu uma pilha de pedras, o pedaço de metal enferrujado e duas placas identificadoras de amor-perfeito.

Lucas solta a pá e se ajoelha ao meu lado. "Precisa de ajuda?", pergunta. Eu o conheço bem o bastante para traduzir. Acha que isso é inútil. Também não estou muito animada.

Ouço o rangido de uma porta abrindo, depois uma batida forte. Bessie Wermuth caminha em nossa direção vestida com roupa de ginástica vermelha, grudada nos dois pneus de gordura em torno de sua cintura. Tem nas mãos copos altos com tampa cheios de gelo e de um líquido de cor âmbar.

"Bom dia, Tessa", diz radiante. "É bom ver você e... seu amigo."

"Lucas, senhora. Quer ajuda com os copos?" Ele pega um copo e bebe um quarto do conteúdo de uma vez só. "Chá delicioso. Obrigado."

Bessie olha para a tatuagem de Lucas, uma cobra que começa no umbigo e desaparece dentro do jeans.

"Já encontrou algo?" Ela desvia os olhos da fivela do cinto de Lucas.

"Alguns fósseis, uma plaquinha de identificação de plantas, um pedaço de metal enferrujado."

Bessie nem toma conhecimento dos objetos. "Queria falar com você sobre a minha caixa. Herb me disse que não contou sobre ela."

"Sua caixa?" Um arrepio de desconforto.

"É um monte de porcaria, na verdade. A etiqueta é clara, *Coisas que Ninguém Quer, Só a Mãe*. Sabe, é para não dar trabalho para os meus filhos quando eu morrer. Mas pode ter alguma coisa lá dentro que interesse você."

O suor nas minhas axilas é gelado. *Qual* é o problema comigo? É só coisa que ninguém quer.

"Vou lá dentro buscar a caixa", ela diz. "Não dava para trazer com os copos. Me encontrem na mesa de piquenique."

"Está tudo bem? Você não parece bem." Lucas me ajuda a ficar em pé. "Precisamos mesmo de um intervalo."

"Sim. Tudo bem." Não conto o que penso, que tenho um mau pressentimento sobre Bessie e sua incansável limpeza do jardim. Andamos trinta metros e sentamos no banco perto de uma velha mesa de piquenique coberta de descuidadas pinceladas verdes.

Lucas inclina a cabeça para a casa. "Lá vem ela."

Bessie carrega uma velha caixa pelo quintal e arfa, a respiração alterada pela determinação furiosa. Lucas levanta para encontrá-la no meio do caminho e pegar a caixa. Ele a põe na minha frente, mas não me mexo. Estou hipnotizada pelas letras grandes que anunciam exatamente o que Bessie falou há pouco, o que garante que esta será a única caixa que os filhos enlutados e emocionados nunca jogarão fora, aconteça o que acontecer.

"Aqui estão todas as coisas que encontrei na parte externa da propriedade desde que nos mudamos." Bessie abre a caixa de papelão. "Velharia inútil, com certeza. Com exceção das garrafas. Peguei no parapeito da janela da cozinha. Mas se sai da terra, não se contorce e não me morde, eu guardo aqui. Não organizo por ano nem por localização. Jogo tudo aí dentro. Não sei o que saiu do jardim e o que foi desenterrado pelo cortador de grama."

Lucas está debruçado sobre a caixa, vasculhando o conteúdo.

"Vira a caixa", Bessie sugere. "Não tem nada para quebrar. Assim Tessie pode ver também."

Antes que possa me preparar, o conteúdo da caixa se espalha sobre a mesa. Molas de arame e pregos enferrujados, uma lata de Dr. Pepper velha, meio amassada, com listras vermelhas e amarelas, um carrinho Matchbox azul sem as rodas. Uma latinha de aspirina Bayer, um osso mastigado de cachorro, uma pedra grande e branca com manchas douradas, uma ponta de flecha quebrada, fósseis de cefalópodes que um dia se moveram com tentáculos e olhos feito câmeras.

Lucas examina cacos de vidro vermelhos. Ele separou um objeto pequeno e marrom com uma ponta.

"Isto é um dente", diz.

"Foi o que eu pensei!", Bessie exclama. "Herb falou que era resto de doce."

Mas olho para um objeto que se separou dos outros e foi parar na ponta da mesa.

"Acho que era de Lydia." As palavras enroscam na garganta.

"Sinistro." Bessie pega a presilha de cabelo cor-de-rosa, olha para ela com a testa franzida. Tiro as luvas e pego a presilha com os dedos trêmulos.

"O que acha que significa?", Bessie quer saber. "Pode ser uma pista?"

Bessie não está ofegante por ser velha, ou porque Lucas é um deus suado. Bessie é viciada. Provavelmente, devorou tudo que jamais foi escrito sobre as Margaridas Amarelas. *Como eu não percebi antes?* Ela comprou a casa do meu avô, que ninguém queria. E, aparentemente, não precisa de uma explicação para saber quem é Lydia.

Lucas pôs a mão no meu ombro. "Vamos levar o dente e... essa coisa de cabelo, se não se incomodar", ele diz a Bessie.

"É claro, é claro. Herb e eu faremos tudo que for possível para ajudar."

Passo o dedo distraidamente sobre o rosto amarelo e sorridente gravado no plástico. *Isso* não significa nada, falo para mim mesma. Deve ter sido arrancado da cabeça de Lydia por um caule de milho durante uma brincadeira de esconde-esconde, quando achávamos que monstros eram produtos da nossa imaginação.

Mas... a presilha cor-de-rosa com a carinha sorridente. O anel vitoriano, o livro de Poe, a chave. *Por que tenho a sensação de que Lydia brinca comigo, e que o jogo foi planejado com antecedência?*

Lucas olha para mim, e nem discutimos se vamos peneirar o resto da terra.

Olho para cima. No telhado, um lampejo de duas meninas. Uma delas com cabelo ruivo e brilhante. Pisco, e elas desaparecem.

A presilha de Lydia está na minha bolsa, embrulhada em um lenço de papel. O dente está no bolso de Lucas. Percorremos pouco mais de vinte quilômetros pela estrada, quando ele pigarreia e põe fim ao silêncio. "Vai me contar o que aconteceu com a sereia?"

A paisagem ao meu lado flutua entre azul e marrom. O céu do Texas, a grama seca; a terra cultivada, no passado submersa por um mar insondável. *Um sol tão poderoso que a sereia era forçada constantemente a mergulhar na água para refrescar o rosto queimado.*

Silencio a voz de meu avô. Levo as mãos ao rosto quente. Olho para o perfil de Lucas, uma rocha a que me agarrar.

"A sereia não consegue matar o príncipe", falo. "Ela se joga no mar, se sacrifica e vira espuma nas ondas. Mas um milagre acontece, seu espírito flutua sobre a água. Ela se transforma na filha do ar. Agora pode ter sua alma imortal e ir morar com Deus."

Filhas do ar. Como nós, como nós, como nós, sussurram as Margaridas.

"O batista que habitava seu avô devia adorar essa parte", Lucas comenta.

"Na verdade, não. Os batistas não acreditam que é possível conquistar o céu. A única possibilidade de salvação é o arrependimento. Então fica tudo certo, mesmo que você tenha transformado adoráveis sereias em espuma do mar."

Ou meninas em ossos.

Setembro, 1995

SR. LINCOLN: *Tessie, você ama seu avô?*

SRTA. CARTWRIGHT: *Sim. É claro.*

SR. LINCOLN: *Seria muito difícil pensar alguma coisa horrível sobre ele, certo?*

SR. VEGA: *Protesto.*

JUIZ WATERS: *Vou lhe dar um pouco de liberdade, sr. Lincoln, mas não muita.*

SR. LINCOLN: *A polícia revistou a casa do seu avô um dia depois de você ter sido encontrada?*

SRTA. CARTWRIGHT: *Sim. Ele permitiu.*

SR. LINCOLN: *Eles levaram alguma coisa?*

SRTA. CARTWRIGHT: *Alguns objetos de arte dele. Uma pá. A caminhonete. Mas devolveram tudo.*

SR. LINCOLN: *E a pá havia acabado de ser lavada, certo?*

SRTA. CARTWRIGHT: *Sim, minha avó havia lavado a pá com a mangueira no dia anterior.*

SR. LINCOLN: *Onde está seu avô hoje?*

SRTA. CARTWRIGHT: *Em casa com a minha avó. Ele está doente. Teve um derrame.*

SR. LINCOLN: *Ele teve um derrame cerca de duas semanas depois de você ter sido encontrada, certo?*

SRTA. CARTWRIGHT: *Sim, ele ficou muito abalado com... comigo. Queria ir atrás de quem fez aquilo e matar o culpado. Disse que a pena de morte não era suficiente.*

SR. LINCOLN: *Ele disse isso a você?*

SRTA. CARTWRIGHT: *Ouvi quando ele conversava com minha tia.*

SR. LINCOLN: *Interessante.*

SRTA. CARTWRIGHT: *Quando eu estava cega, as pessoas se esqueciam de que eu ainda podia ouvir.*

SR. LINCOLN: *Gostaria de falar sobre o episódio da cegueira um pouco mais tarde. Nunca achou seu avô estranho?*

SR. VEGA: *Protesto. O avô de Tessie* não está em julgamento.

SR. LINCOLN: *Meritíssimo, estou quase concluindo o questionamento.*

JUIZ WATERS: *Pode responder, srta. Cartwright.*

SRTA. CARTWRIGHT: *Não entendi o que ele quer saber.*

SR. LINCOLN: *Seu avô pintava algumas imagens macabras, não?*

SRTA. CARTWRIGHT: *Sim, quando ele imitava Salvador Dalí, Picasso ou alguma coisa assim. Ele era um artista. Sempre experimentava.*

SR. LINCOLN: *Ele nunca contou histórias assustadoras para você?*

SRTA. CARTWRIGHT: *Ele lia contos de fada quando eu era pequena.*

SR. LINCOLN: *"A noiva do ladrão", que rapta uma menina, corta pedaços dela e a cozinha? "A moça sem mãos", uma menina que tem as mãos cortadas pelo próprio pai?*

SR. VEGA: *Ah, francamente, Meritíssimo.*

SRTA. CARTWRIGHT: *As mãos dela crescem de novo. Depois de alguns anos, elas crescem.*

26 dias para a execução

Queria saber se Jo está no laboratório gelado, raspando esmalte de um dente que parece resto de doce, enquanto eu dobro roupas que acabei de tirar da secadora. Se Terrell está sentado em sua cama dura, escrevendo suas últimas palavras, bebendo água com gosto de nabo cru, enquanto eu saboreio meu vinho de doze dólares e decido jogar fora a meia cor-de-rosa de Charlie, a que tem um buraco no calcanhar esquerdo. Se Lydia está em algum lugar por aí rindo de mim, ou sentindo saudades, ou no céu atormentando autores mortos, enquanto seu corpo apodrece em um lugar que só o monstro sabe qual é. Penso se o dente na terra do quintal da casa do meu avô pode ser dela.

Passei três dias refletindo se devia entregar o dente a Jo. Não conseguia explicar para Lucas por que esperava. Fazia sentido tentar de tudo, até as coisas mais improváveis, não deixar escapar nada, a menos que meu verdadeiro desejo fosse *não saber*. Jo foi nos encontrar no estacionamento do North Texas Science Center algumas horas atrás. Ainda usava os protetores brancos do laboratório nos sapatos. Ouviu num silêncio tenso minha história sobre ter afogado as margaridas-amarelas em água fervente e sobre a caixa de coisas inúteis com que ninguém se importava, só a Bessie. Não mencionei a presilha cor-de-rosa com a carinha amarela sorridente. Jo aceitou o dente de Lucas. Falou pouco.

Queria saber se ela vai nos perdoar por não a termos levado conosco, embora isso seja pouco importante agora. Nada é importante. Uma apatia me domina, um veneno que me deixa mais lenta, faz as Margaridas dormirem e, mesmo assim, me permite construir pilhas perfeitas de roupas limpas. Roupas que se misturaram com intimidade na máquina de lavar, as cuecas de Lucas, o pijama de flanela de Charlie, aquele com o carneiro de algodão-doce rosa, meu short de corrida.

Lucas bebe uma cerveja sentado na ponta do sofá enquanto assiste à cnn e enrola suas cuecas à maneira do Exército, depois faz pontaria e as joga na minha cabeça, na minha bunda, o que servir de alvo. Estamos fingindo que está tudo bem enquanto o relógio marca os segundos que faltam para o fim da minha sanidade. Porque, depois que Terrell for executado, e aí?

Continua dobrando. Alguém toca a campainha, e Lucas vai abrir a porta. Deve ser Effie com uma daquelas bombas calóricas. Olho para o relógio. São 16h22, faltam duas horas para eu ter que ir buscar Charlie no treino.

"Tessa está em casa?" Um nervo reage como uma corda de violão assim que ouço a voz dele.

Lucas continua parado na frente da porta, bloqueando minha visão. "Qual é o assunto?" O sotaque revela o texano nele. Em câmera lenta, vejo a mão esquerda de Lucas, a mão de apoio, subir devagar até a parte superior do peito. Os dedos da mão direita se fecham. A posição de prontidão para sacar rapidamente a arma que ele leva na calça. Lucas fez essa demonstração para mim no quintal há menos de uma hora.

"Lucas!" Pulo do sofá e derrubo três pilhas de roupas. "É o Bill, o advogado que cuida da apelação de Terrell. Já conversamos sobre ele. O amigo de Angie." Tudo que consigo ver além dele é a ponta de um boné do Boston Red Sox. Estou atrás de Lucas, empurrando inutilmente seus músculos firmes. Tateio sua cintura procurando a arma que não está lá. Os movimentos que ele fez há alguns segundos foram só o reflexo de um homem atento. Bill não pode ver meu rosto, eu sei, mas tem uma visão perfeita da minha mão tocando de forma íntima a região perto da virilha de Lucas.

O antigo ressentimento esquenta meu rosto. A idiotice machista de Lucas é a principal razão para termos nos sentido atraídos quando eu era uma garota de 18 anos, amedrontada e inundada de hormônios, e o principal motivo do nosso rompimento. Ele é descendente de homens que provocavam paradas cardíacas de medo com um simples estalar de dedos. Que viviam como se todo mundo estivesse a um segundo de sacar a arma. Lucas se sobressalta com brecadas, estouros de escapamento e batidas na porta. É um bom homem e um soldado fabuloso, o melhor. Mas como parceiro de vida, eletrocuta as raízes de cada pelo do meu corpo.

"Lucas, *sai*." Empurro com mais força.

Ele dá um passo para o lado e me deixa passar.

"Bill, Lucas", apresento. "Lucas, Bill."

Bill estende a mão. Lucas ignora o gesto. "Oi, Bill. Estava esperando para conhecer você. Queria saber por que envolver Tessa nessa história depois de tanto tempo. Não acha que é hora de sumir? Partir na sua BMW? Dar à Tessa e à minha filha a paz que elas merecem?"

Por um momento, fico sem fala. Não tinha ideia de que Lucas guardava esse tipo de raiva. Estamos à beira de um colapso, cada um de nós. Saio para a varanda. "Lucas, não se mete nisso. Eu decido o que faço da minha vida. Bill não me obriga a nada." Fecho a porta na cara dele, e não é a primeira vez. "E você, Bill, pode parar de sorrir." Não era exatamente o que eu queria dizer. Não, *senti sua falta*.

"Então, esse é o seu soldado?", Bill pergunta.

"Se está se referindo ao pai de Charlie, sim."

"Ele mora aqui?"

"Por pouco tempo. Longa história, mas Charlie se apavorou na noite do... vândalo. Ela conversou com Lucas pelo Skype, e pouco depois ele chegou aqui sem aviso prévio. Lucas tem um superior compreensivo, e fazia tempo que ele não tirava uma licença para visitar a filha. Não o convidei para vir, mas não estou aborrecida por ele ter vindo. E ele está... dormindo no sofá."

"Não é uma história muito longa." A voz de Bill é fria. "Se ainda gosta dele, é só falar."

Cruzo os braços sobre o suéter fino. Não tenho nenhum interesse em convidar Bill para entrar e ter que administrar a animosidade entre os dois.

"Essa conversa... não é necessária", falo. "Você e eu... não podemos ter nada. Dormimos juntos pelos motivos errados. Não costumo agir por impulso. *Não sou esse tipo de mulher*."

"Você não respondeu à pergunta."

Olho nos olhos dele. Controlo o impulso de me encolher. A intensidade é quase insuportável. Lucas nunca olhou para mim daquele jeito. Lucas sempre foi mãos e instinto.

"Não sou apaixonada pelo Lucas. Ele é legal. Você só chegou num momento complicado." Já me pergunto se o olhar de laser é real, ou só um gesto ensaiado que ele consegue ligar e desligar. Útil para intimidar uma testemunha, ou despir uma garota e exibir suas cicatrizes.

Lydia sempre jurou que nenhum homem conseguia alcançar sua vagina com os olhos, só Paul Newman, "apesar de ser velho". Ela não conhecia Bill. Eu nem ia *querer* que ela o conhecesse. Que maculasse tudo isso, o que quer que fosse *isso*.

Por que penso em Lydia agora?

Bill senta no balanço, deixando claro que não vai a lugar nenhum. Relutante, me acomodo do outro lado. Pela primeira vez, percebo um grande envelope pardo na mão dele, um envelope de uns cinco centímetros de espessura.

"O que é isso?", pergunto.

"É para você. Já leu algum trecho do seu testemunho?"

"Nem pensei nisso." Mentira. Pensei muito. O júri olhando para mim como se fosse uma alienígena, e o desenhista riscando a folha para reproduzir meu cabelo. Meu pai, na primeira fila da sala lotada, aterrorizado por mim. E Terrell, com gravata barata azul de listras douradas, os olhos fixos no pedaço de papel em branco na frente dele, o papel onde faria suas anotações. Não olhou para mim nem uma vez, nem anotou nada. O júri interpretou essa atitude como sinal de culpa.

Eu também.

"Trouxe alguns trechos para você", diz Bill.

"Por quê?"

"Porque você se sente muito culpada por esse testemunho." Bill para o balanço de repente e dá uma batidinha no envelope entre nós. "Por favor, leia. Pode ajudar. Não é por sua causa que Terrell está na prisão."

Cruzo os braços com mais força. "Você pensa que, quanto mais eu voltar ao passado, maior é a chance de lembrar algo que possa ajudar Terrell."

"E tem alguma coisa errada nisso?"

Meu coração começa a bater mais forte, odiando tudo isso. "Não. É claro que não."

Ele levanta, e o balanço range e se move. "Jo me contou sobre o dente. Devia ter avisado a gente sobre a visita ao quintal do seu avô. Seria bom se não insistisse tanto em me alienar. Tem planos de escavar algum outro lugar?" Ele segura o balanço quando fico em pé.

"Não. Foi a última vez. Jo ficou... brava?"

"Vai ter que perguntar a ela."

Ele se afasta, e sua frustração é evidente. Bill está frustrado com a vida. Comigo. Pego o envelope do balanço e o sigo até a escada. "Fala a verdade. Terrell tem alguma chance?"

Ele desce um degrau antes de virar de repente, e quase me derruba. Estou bem ali, a poucos centímetros dele. "Ainda temos mais algumas apelações a fazer", Bill responde. "Vou a Huntsville para visitá-lo pela última vez na semana que vem."

Seguro seu braço. "Última vez? Isso não é bom. Pode dizer a Terrell... que ainda me esforço muito para lembrar?"

Os olhos de Bill estão grudados nas minhas unhas em seu moletom, sempre sem esmalte e curtas, ainda com restos de terra do quintal do meu avô.

"Por que não fala você mesma?"

"Não pode falar sério! Eu sou a última pessoa que ele quer ver!"

Bill tira minha mão deliberadamente. Podia ter me empurrado, o efeito teria sido o mesmo.

"A ideia não foi minha", diz. "Foi dele."

"Terrell não... me odeia?"

"Terrell não é do tipo que odeia, Tessa. Não é amargo. É um dos homens mais impressionantes que já conheci. Acredita que você foi a maior prejudicada nisso tudo. Durante muito tempo, ele disse que conseguia ouvir você chorar à noite, apesar dos outros ruídos no corredor da morte. Reza por você antes de dormir. E disse que não devo pressionar você."

Terrell me ouvia chorar do corredor da morte. Eu o mantinha acordado. Sou um eco em sua cabeça, como as Margaridas na minha.

"Por que não me contou isso antes?"

"Não há contato humano. Pode imaginar? Vinte e três horas por dia em uma cela minúscula com uma abertura na porta para receber a comida. Uma janelinha de acrílico, e tão alta que ele tem que enrolar o colchão e subir em cima para ter uma visão turva de nada. Uma hora por dia para andar ao redor de outra cela pequena e se exercitar. Todos os segundos para pensar em morrer. Sabe o que ele diz que é pior? Mais que o barulho dos homens gritando, ou tentando se enforcar, ou discutindo enquanto jogam um xadrez imaginário, ou batendo incessantemente em máquinas de escrever? O cheiro. O fedor do medo e da falta de esperança que exala de quinhentos homens. Terrell nunca respira fundo no corredor da morte. Caso contrário, ele acha que pode sufocar ou enlouquecer. Não consigo respirar fundo sem pensar em Terrell. Por que não contei a você antes, Tessa? Porque você já tem coisas demais para carregar."

Ele bate com o dedo no envelope que eu carrego. "Leia isto."

Bill não se despede quando vai embora.

Quando entro em casa, Lucas está apoiado no encosto do sofá, olhando para a porta, bebendo a cerveja. Esperando.

"Que foi?" Ele já arrumou as pilhas de roupas que derrubei. "O que ele queria?"

"Nada. Acho que vou dar um cochilo antes de ir buscar Charlie."

"Você está dormindo com ele." Uma afirmação, não uma pergunta.

"Vou descansar um pouco." Passo por ele a caminho do corredor.

"Ele pode estar usando você, Tessa."

Fecho a porta do meu quarto e, com as costas apoiadas nela, escorrego até o chão. Lucas continua falando comigo. Lágrimas surgem no canto dos meus olhos.

Abro o envelope e pego os documentos do tribunal.

Bill pode achar que Tessie não é culpada. Mas eu sei que ela é.

Setembro, 1995

SR. LINCOLN: *Tessie, você fazia brincadeiras incomuns na infância?*

SRTA. CARTWRIGHT: *Não entendi a pergunta.*

SR. LINCOLN: *Vou colocar de outra maneira. Você tem uma imaginação bem fértil, não é?*

SRTA. CARTWRIGHT: *Acho que sim. Sim.*

SR. LINCOLN: *Alguma vez brincou de um jogo chamado Ana Bolena?*

SRTA. CARTWRIGHT: *Sim.*

SR. LINCOLN: *Alguma vez brincou de Amelia Earhart?*

SRTA. CARTWRIGHT: *Sim.*

SR. LINCOLN: *Alguma vez brincou de Maria Antonieta? Apoiou a cabeça em um toco de árvore e deixou alguém fingir que a decapitava?*

SR. VEGA: *Meritíssimo, mais uma vez o questionamento do sr. Lincoln tem o único propósito de desviar a atenção do júri de tudo que é importante e do homem sentado no banco do réu.*

SR. LINCOLN: *Pelo contrário, Meritíssimo, tento ajudar o júri a entender o ambiente onde Tessa cresceu. Acho que isso é muito significativo.*

SR. VEGA: *Nesse caso, quero acrescentar aos autos que Tessa também jogava xadrez, brincava de boneca, de fazer comidinha, de guerra de polegar e de roda.*

O TRIBUNAL: *Sr. Vega, sente-se, está me aborrecendo. Eu aviso quando estiver me aborrecendo, sr. Lincoln, mas falta pouco.*

SR. LINCOLN: *Obrigado, Meritíssimo. Tessa, quer água antes de continuarmos?*

SRTA. CARTWRIGHT: *Não.*

SR. LINCOLN: *Alguma vez brincou de enterrar um tesouro?*

SRTA. CARTWRIGHT: *Sim.*

SR. LINCOLN: *E de Jack, o Estripador?*

SR. VEGA: *Meritíssimo...*

SRTA. CARTWRIGHT: *Sim. Inventamos a brincadeira, mas eu não gostava dela.*

SR. LINCOLN: *Quando diz nós, está se referindo a você e sua melhor amiga, Lydia Bell, que já mencionou antes?*

SRTA. CARTWRIGHT: *Sim. E meu irmão. E outras crianças da rua que estavam com a gente. Era um dia muito quente. Estávamos entediados. Mas nenhuma das meninas quis ser a vítima, depois que um dos garotos apareceu com um vidro de ketchup. Talvez tenha sido a Lydia. Decidimos trocar a brincadeira por uma barraquinha de suco instantâneo.*

SR. VEGA: *Meritíssimo, eu dissecava girinos vivos na beira do rio quando tinha 6 anos. O que isso diz sobre mim? Quero lembrar o promotor e o júri de que Tessa é a vítima aqui. E essa testemunha já está sendo interrogada há muito tempo.*

SR. LINCOLN: *Sr. Vega, tenho uma resposta muito boa para sua pergunta sobre os girinos. Mas, no momento, só quero apontar que a infância de Tessa teve brincadeiras que simulavam mortes violentas, pessoas desaparecidas e objetos enterrados. A arte imitou a vida muito antes de ela ser encontrada naquela cova. Por quê?*

SR. VEGA: *Meu Deus, você está realmente depondo. Chama de "arte" o que aconteceu com Tessa? Está sugerindo que foi algum tipo de carma divino? Você é um filho da puta.*

O TRIBUNAL: *Aqui em cima, os dois.*

19 dias para a execução

Terrell e eu não respiramos o mesmo ar. Essa é a primeira coisa que penso. Imagino quantas bocas de mães e amantes beijaram o vidro embaçado que nos separa.

A primeira coisa que *sinto* é vergonha. Até o momento, nunca examinei realmente o rosto dele. Nem no tribunal, quando estava a pouco mais de cinco metros de mim, nem na televisão, quando os jornais gritavam meu nome e o dele como se fôssemos um casal de celebridades, nem na imagem granulada dos jornais impressos.

Os olhos dele são buracos injetados de sangue. A pele é uma pintura negra e brilhante. Cheia de marcas. Uma linha desenhada por uma faca desce como um fio de leite pelo queixo. Olho para sua cicatriz, e ele, para a minha. Mais de um minuto se passa antes de Terrell pegar o fone do seu lado da parede. Ele faz um gesto indicando que devo fazer a mesma coisa.

Pego o fone e o aperto com força contra a orelha. Assim, Terrell Darcy Goodwin não consegue ver que minha mão treme. Está sentado em um cubículo do outro lado do vidro. A ventilação sobre minha cabeça sopra ar gelado e seca minha garganta, que já parece uma lixa.

"Billy falou que você viria", diz.

"Billy?" Repito involuntariamente, a voz rouca.

"Sim, ele odeia, mas alguém tem que pentelhar o cara, não é?"

Terrell me ajuda a relaxar. Tento sorrir.

"De onde veio a sua?" Minha unha descendo pelo queixo é como a lâmina de uma faca, a tortura antes de um assassino tirar sangue.

"Ah, é lembrança das amizades ruins que fiz quando tinha 13 anos." Terrell fala com tranquilidade. "Eu me desviei bem cedo do caminho de Deus. E aqui estou."

Dois minutos, e já falou em Deus.

"Acredita em nosso salvador Jesus Cristo?", Terrell pergunta.

"Às vezes."

"Bom, Jesus e eu ficamos bem próximos aqui. Temos tempo de sobra todos os dias para conversar sobre como estraguei minha vida. Como destruí a vida da minha família. Minhas filhas, meu filho, minha esposa, todos pagam caro por aquela noite em que fiquei chapado de novo e não sabia onde estava." A testa dele quase toca o vidro. "Escuta, você foi corajosa vindo até aqui, e não temos muito tempo. Tenho uma coisa para falar. Tenho que tirar você da minha lista. Você precisa aceitar que não é culpada pela minha morte. Não quero morrer sendo o fardo de alguém, sabe?"

"Eu não devia ter testemunhado. Não lembrava de nada. Fui só uma ferramenta. Foi tudo uma encenação, mágica. Os jurados não conseguiam olhar para mim sem ver suas próprias filhas."

"E o homem do saco negão que pegou elas." É espantoso, mas ele fala sem rancor. "Tive que deixar isso para trás há anos. Essa história me devorava vivo. Todas as noites, escuto os que ficaram malucos. Falam com gente que nem está aqui. Ou passam semanas em silêncio, e a gente se pergunta se o cérebro desses homens fugiu da cabeça, deixando só um grande buraco negro no lugar. Decidi que não ia enlouquecer desse jeito. Eu medito. Leio a Bíblia e o sr. Martin Luther King. Jogo muito xadrez na minha cabeça. Trabalho no meu caso. Escrevo para os meus filhos."

Ele tenta *me* tranquilizar. "Terrell, há anos pensei que você poderia ser inocente. E não fiz nada. Você tem todo direito de me odiar."

"Se não consegue lembrar, por que tem tanta certeza que não fui eu quem pegou você naquela noite?"

"O assassino continua plantando margaridas-amarelas para mim. A primeira vez foi cinco dias depois da condenação." Forço um sorriso. "Se acha que sou maluca, tudo bem. Eu pensaria igual." *Eu penso igual.*

"Não acho que você é maluca. O mal se aproxima a passos leves. *Fica sentado olhando o porto e a cidade em silêncio.* Sei que o poema não é bem assim. É a névoa que se aproxima a passos leves. Névoa. Mal. Funciona bem para os dois. Normalmente, não dá para ver as luzes vindo em sua direção, até que é tarde demais."

Pisco para apagar da cabeça a imagem daquele gigante sentado em uma cama estreita, recitando um poema de Carl Sandberg, tentando não ouvir os detentos que arranham as paredes como gatos.

"Quando vi você pela primeira vez", Terrell fala, "estava sentada na cadeira das testemunhas, com um vestido azul bem bonito, tremendo tanto que pensei que ia se desmanchar em pedaços. Vi minhas filhas sentadas ali."

"Por isso não olhou para mim", respondo devagar. Houve muita discussão sobre O Vestido Azul. Todo mundo tinha uma opinião. O sr. Vega, Benita, o médico, Lydia, até tia Hilda. A renda me dava coceira, mas eu nunca contei a ninguém. Enquanto testemunhava, eu tinha que tocar meu pescoço e os ombros para ter certeza de que não havia insetos de verdade andando por meu corpo. O Vestido Azul era uma roupa que Tessie nunca teria usado na vida real. *O comprimento deve ser logo acima dos joelhos, porque o júri precisa ver os ferros em seu tornozelo. Nada muito sensual. Ela vai usar os ferros, não vai? Podemos apertar a cintura para mostrar que ela ainda está muito magra? Praticamente pele e ossos. A cor a faz parecer um pouco amarelada, mas acho que é bom.*

"Eu não ia piorar a situação para você." A voz de Terrell me traz de volta. Sorri. "Sou um homem muito feio."

Um guarda bate na grade atrás de Terrell. "O tempo acabou, Terrell. Vamos fechar as celas mais cedo."

"Um homem vai morrer hoje à noite", Terrell me explica num tom prático. "O corredor sempre fica mais tenso quando vai acontecer uma execução. É a segunda este mês." Ele se levanta enquanto fala pelo fone. Seu corpo largo ocupa toda a janela, mais suave e arredondado do que eu imaginava. "Foi muito corajosa vindo aqui, Tessie. Sei que está presa a essa história. Não esquece o que eu falei. Quando eu morrer, siga em frente."

Meu estômago se comprime com um pânico repentino. É isso.

As palavras saem num jorro desesperado.

"Vou testemunhar de novo, se você tiver a chance de uma nova audiência. Bill é um ótimo advogado. Ele realmente acredita que há... alguma esperança. Especialmente agora, com o resultado do exame de DNA no fio de cabelo ruivo. Não é meu, é claro." Coloco uma mecha cor de cobre sobre a orelha.

Terrell já sabe de tudo isso. Bill já passou uma hora com ele. Está por perto, terminando a petição do habeas corpus em seu laptop. Todas as outras coisas com que Bill contava para fortalecer a apelação não aconteceram.

"Sim, Bill é um bom rapaz. Nunca conheci um homem mais guiado por Deus e que não acredita no Senhor. Ainda tenho um tempinho para fazer Bill mudar de ideia." Terrell pisca. "Tessie, se cuida. E supera, segue sua vida." Terrell desliga.

Fico paralisada na cadeira de plástico. Parece que tudo foi ordeiramente decidido com o clique do fone que encerrou aquela conversa. O destino de Terrell. O meu.

Ele se inclina e encosta o dedo no vidro apontando para minha cicatriz de meia lua. Ela começa a latejar. Uma Margarida me cutuca. *Ele é bom demais para ser verdade, bom demais para ser verdade.*

A boca de Terrell se move. Estou em pânico. Não consigo ouvir o que ele diz do outro lado.

Ele repete o que disse, articula as palavras com mais cuidado.

"Você sabe quem é."

Bill não queria me trazer aqui hoje, mas eu insisti. Estamos a poucos metros da famosa unidade do corredor da morte conhecida como "As Paredes", onde Terrell me contou algumas horas antes que um homem morreria hoje à noite. As Paredes é um prédio velho, cansado demais para suspirar. Tem sido testemunha de mortes por enforcamento, eletricidade, tiro e envenenamento por mais de um século.

Ao lado há uma casa branca com uma churrasqueira perfeitamente coberta na varanda da frente. Do outro lado, uma igreja.

Terrell está deitado em sua cela alguns quilômetros longe dali, na Unidade Wynne, no corredor da morte, prestes a deixar de lado sua leitura. Bill me contou que mesmo com as portas fechadas e as luzes apagadas, Terrell saberá antes de nós se a execução desta noite aconteceu.

Quando pergunto como, ele dá de ombros. Os detentos têm seus jeitos.

A chuva de gelo faz barulho na minha jaqueta. Puxo o capuz sobre a cabeça. Não vão nos deixar entrar. Somos apenas voyeurs.

Inspirei a terra da minha sepultura prematura, mas nunca senti nada tão opressor quanto o peso deste ar. É como se uma fábrica de moribundos vomitasse morte, cuspisse fumaça de luto e infelicidade, esperança e inevitabilidade. A esperança é o que faz o ar ferver. Quanto eu teria que correr para me afastar desta nuvem tóxica? Onde estão suas extremidades transparentes? A dois quarteirões da câmara de morte? Dois quilômetros? Se eu olhasse do alto, do espaço, veria a fumaça cobrindo toda a cidade?

Huntsville é um lugar mítico que imaginei totalmente diferente. Na minha cabeça, Huntsville era uma casa de horrores. Uma gigantesca placa de concreto no meio do nada, o lugar onde o estado do Texas tranca as Coisas que merecem morrer. Onde acontecem coisas sobre as quais você não precisaria nunca saber, a menos que seja em um filme com Tom Hanks.

Era o que o pai de Lydia, grande fã de Tom Hanks e da filosofia revanchista do Deuteronômio, sempre nos dizia.

Eu estava muito mal informada. Huntsville não é só uma prisão de segurança máxima, são sete prisões espalhadas pela área. A casa da morte que se ergue na nossa frente não fica no meio do nada.

É um prédio de tijolos aparentes com 150 anos de idade, uma torre e um relógio onde o tempo parou, literalmente. Fica a dois quarteirões da praça do tribunal, no meio da cidade. Neste exato momento, tem gente comendo filé de frango frito e bolo de morango no melhor restaurante da cidade, de onde é possível ver as paredes do lugar.

Os policiais isolam casualmente a frente da prisão com fita amarela. De onde estamos, é possível ouvir os gritos no canto do prédio sem janelas, onde vai acontecer a execução.

Tento não deixar Bill perceber o quanto me incomoda toda essa eficiência prática. Começou imediatamente, quando Bill parou o carro em uma vaga ao lado do muro da prisão e gritou para a guarda no telhado, perguntando se podia estacionar ali. "É claro", ela gritou de volta, como se fôssemos a um jogo de basquete no colégio.

Os Favoráveis e os Contrários se posicionam obedientes em lados opostos do prédio, com quatrocentos metros de espaço entre eles, lutadores que nunca se encontrarão no ringue.

Tão civilizado. Tão incivilizado. Tão *casual*.

Alguns patrulheiros do Texas estão por ali, observam o pequeno grupo que se forma lentamente. Ninguém parece esperar problemas. Duas equipes da televisão espanhola se prepararam para transmissões ao vivo, enquanto os outros grupos da imprensa são formados por cabeças escuras em um prédio iluminado na frente da prisão. Um grupo de mulheres mexicanas se ajoelha ao lado de um retrato ampliado do condenado e canta em espanhol. Dois terços da população contrária à pena de morte são mexicanos. O outro terço é basicamente branco, velho, resignado e quieto.

Hoje à noite, um mexicano será executado por ter enfiado três balas na cabeça de um policial de Houston. E depois, em dezenove dias, será a vez de Terrell. E depois a de um cara que bateu na cabeça de uma entregadora de pizza com um taco de beisebol, e depois de um homem que participou do estupro coletivo e assassinato de uma menina deficiente mental em uma estrada deserta. E assim por diante.

De vez em quando, motoqueiros Blue Angels dão voltas no quarteirão em suas Harleys; ex-policiais vingando um companheiro, homens que não hesitariam em aplicar a injeção letal com as próprias mãos. Eles se posicionam do outro lado da prisão, o lado favorável, perto da câmara de execução. A polícia e os guardas ganharam vida, e os orientam a estacionar um pouco mais longe.

"Tem certeza de que quer ficar aqui?" Bill me pergunta mais uma vez. É terra de ninguém, estamos no meio dos dois grupos. "Não sei se vai servir para alguma coisa."

É claro que vai servir para alguma coisa. A questão é que não sei em que eu acredito. Só sei no que quero acreditar.

Mas não digo isso. Quanto menos emoção, melhor. Assim que telefonei e pedi para ir com ele a Huntsville para encontrar Terrell, concordamos com uma *détente*, uma redução diplomática na tensão. Prometi que não perderia o controle. Vejo do outro lado da rua um homem segurando uma vela de Natal à pilha. Ele está encostado em uma cerca na frente de um cartaz de posto de gasolina que convida os prisioneiros recém-libertos a trocar seus cheques ali. O homem está confortavelmente encaixado entre duas mulheres com a atitude tranquila de freiras, e dois homens, todos com mais de 60 anos.

Bill segue a direção do meu olhar. "Aquele é Dennis. Não falta nunca. Às vezes, é o único aqui fora."

"Pensei que haveria mais gente. Cadê todo mundo que grita no Facebook?"

"No sofá. Gritando."

"Quando vai começar?"

"A execução?" Ele olha para o relógio. "São 20h. Em quinze minutos, provavelmente. Normalmente, é marcada para às 18h, mas acontece às 19h. Hoje houve um atraso porque o tribunal federal analisava uma apelação de última hora que alegava que o condenado era deficiente mental." Ele aponta para o outro lado da rua. "Dennis e aquele grupo de quatro pessoas aparecem mais para fazer a vigília do que para protestar. Quero dizer, a essa altura, está bem claro. Dennis é um dos que sempre ficam até o fim, mesmo nas raras ocasiões em que a apelação adia a execução até a meia-noite. Ele espera a família do executado ir embora. Quer que eles saibam que tem alguém ali para ampará-los."

Imagino a cena. Um Papai Noel magro e velho, sua vela de Natal, uma esquina solitária ao lado de uma placa de pare, e a noite.

"A mulher com o megafone é Glória." Ele desvia minha atenção para as pessoas que protestam empunhando cartazes na rua, todas estranhamente silenciosas. "Ela também vem sempre. Acredita que todo mundo no corredor da morte é inocente. É claro, a maioria é culpada. Mas ela é muito amada pela dedicação. Logo vai começar a contagem regressiva."

"Onde estão os familiares?"

"Se alguém da família da vítima quis vir, já está dentro da prisão. A família do prisioneiro fica no prédio do outro lado da rua. Ouvi dizer que Gutierrez pediu para a mãe não estar presente. Quem for testemunhar vai atravessar a rua com alguns repórteres assim que todas as apelações forem negadas. Aquele é o sinal." Ele aponta para baixo da torre do relógio, onde há uma escada que sobe para o interior.

Um jovem repórter de televisão vestindo um terno azul novo e uma gravata lilás pronto para a câmera apareceu à minha direita. Põe o microfone na frente do rosto de uma mulher que carrega um cartaz no qual o governador é chamado de assassino em série. A câmera projeta uma luz sinistra no rosto dos dois.

Os ombros da manifestante estão encolhidos numa montanha de artrite. Ela usa botas vermelhas de caubói. Responde às perguntas do repórter com um pouco de descaso, como se já tivesse visto uma centena deles. *Sim, as luzes da cidade toda perdiam força por um segundo cada vez que um prisioneiro era eletrocutado. Sim, essa é uma plateia típica. Sim, Karla Faye Tucker atraiu o maior público por ser mulher. Alguém na praça até anunciava uma "Liquidação Matadora".*

De repente o repórter a interrompe.

Bill cutuca meu ombro. Glória aproxima o megafone da boca.

Sombras se movem do outro lado da rua. O gelo continua caindo do céu.

De repente o ar vibra com o rugido de cem tigres furiosos, tão alto e tão forte que faz tremer meu cérebro, a ponta dos meus pés, meu estômago.

O barulho retumbante abafa o grito de Glória em seu megafone e o hino das mulheres, cujas bocas continuam abrindo e fechando como bicos de pássaros famintos.

Os Blue Angels aceleram suas motos em uníssono para o prisioneiro poder ouvir.

Matem-no.

Setembro, 1995

SR. VEGA: *Pode dizer seu nome completo, por favor?*

SR. BOYD: *Ural Russell Boyd. As pessoas me chamam de You-All. Desde que eu jogava basquete no colégio. É por causa do grito das líderes de torcida.*

SR. VEGA: *Como prefere ser chamado hoje?*

SR. BOYD: *Pode ser You-All. Estou um pouco nervoso.*

SR. VEGA: *Não precisa ficar nervoso. Está indo muito bem. É dono de quatrocentos acres de terra, mais ou menos vinte quilômetros ao norte de Fort Worth, certo?*

SR. BOYD: *Sim, senhor. Pertence à minha família há sessenta anos. Mas todo mundo ainda chama o lugar de propriedade Jenkins.*

SR. VEGA: *Pode nos dizer o que aconteceu na manhã de 8 de setembro de 1994?*

SR. BOYD: *Sim, senhor. Meu cão de caça desapareceu. Íamos caçar aves naquela manhã. Não encontrei o cachorro e levei Ramona.*

SR. VEGA: *Quem é Ramona?*

SR. BOYD: *Uma égua. É da minha filha. Ela estava muito animada para dar uma volta naquela manhã.*

SR. LINCOLN: *E o que aconteceu depois disso?*

SR. BOYD: *Quase imediatamente, ouvi Harley começar a uivar perto do pasto Oeste. Achei que ele podia ter encontrado uma cobra.*

SR. VEGA: *Foi ver por que ele uivava?*

SR. BOYD: *Sim, senhor. Ele não parava de uivar. Acho que sentiu a vibração dos cascos de Ramona e soube que nos aproximávamos. Ele é um cachorro muito esperto.*

SR. LINCOLN: *Que horas eram, aproximadamente?*

SR. BOYD: *Umas 4h30.*

SR. LINCOLN: *Quanto tempo demorou para encontrar Harley?*

SR. BOYD: *Dez minutos. Estava escuro. Ele estava no canto mais distante da propriedade, a uns três quilômetros da estrada. E estava alerta.*

SR. VEGA: *O que o colocou em alerta?*

SR. BOYD: *Duas meninas mortas. Eu não sabia que uma delas estava viva. Ela não parecia estar viva.*

SR. VEGA: *Pode, por favor, descrever para o júri exatamente o que viu quando se aproximou da cova?*

SR. BOYD: *Primeiro, apontei a lanterna para Harley. Ele estava deitado sobre um maço de flores, em um buraco. Não se mexia. Não vi a mão logo de cara, porque o focinho dele estava em cima. Sabia que era a mão de uma menina por causa do esmalte azul nas unhas. Senhor, posso parar um minuto?*

SR. VEGA: É claro que sim.

SR. BOYD: *(inaudível)*

SR. VEGA: *Não tenha pressa.*

SR. BOYD: *Foi um momento horrível. Minha filha estava sempre colhendo aquelas flores. Eu não havia checado o quarto dela antes de sair de casa.*

18 dias para a execução

Enquanto Bill e eu esperávamos Manuel Abel Gutierrez morrer, uma chuva leve e congelante transformou a estrada de volta para casa em uma faixa de gelo cintilante. É o tipo de tempestade da qual os ianques debocham no Facebook com a foto de uma xícara de café derramado numa calçada que fecha escolas, ou um desenho retratando vários carros engavetados e um floco de neve como culpado pelo desastre. Seria engraçado se quatro centímetros de gelo no Texas não fossem mortais.

Seis minutos depois de entrarmos na I-45, Bill anunciou que não ia fazer uma viagem de quatro horas derrapando e fez o retorno. Então, aqui estamos nós, presos em um castelo vitoriano de gelo a dois quarteirões da câmara de morte e sua nuvem em dissipação. Tivemos sorte, porque a sra. Munson, a mulher de 87 anos dona da pousada, atendeu ao telefonema às 23h26. Todos os outros hotéis ao longo da estrada estavam lotados, todos com o estacionamento cheio de carros cobertos de gelo.

Bill está com a torneira aberta no banheiro dele. O som atravessa a parede e passa pela fresta de dois centímetros embaixo da porta de ligação. A sra. Munson nos chamou três vezes quando subíamos a escada para dizer que a casa toda havia passado por uma reforma no encanamento e equipada com aquecimento central, como se pudéssemos não entender o preço de trezentos dólares por quarto. Dou uns pulinhos na cama, deslizo os dedos pela costura vermelha e amarela que forma o bordado na colcha.

Lydia adoraria este quarto de paredes amarelas e os rostos sombrios de pessoas mortas olhando da cômoda. O abajur de ferro com uma cúpula de franjas douradas que brilha como fogo. O gelo batendo na janela, os dentes rangendo.

Ela ficaria deitada nesta cama e construiria um romance condenado para o antigo vestido de noiva feito de gaze e pendurado como um fantasma no guarda-roupa entreaberto, e uma história ainda mais aterrorizante sobre a porta para outra dimensão escondida nas sombras logo atrás. Talvez ela juntasse as duas histórias em uma só. A noite passaria depressa, uma aventura esplêndida, radiante. Seríamos meninas de novo, antes de monstros e mundos devastadores, minha imaginação e a dela unidas.

Ouço a batida na porta de ligação.

"Entra, Bill", digo imediatamente.

Bill fica parado na soleira vestindo um jeans e uma camiseta que devia estar escondida embaixo da camisa. "Encontrei escovas de dente no armário do meu banheiro. Quer uma?" Levanto da cama e me aproximo dele.

"Obrigada." Escolho a azul e deixo a amarela para ele. "Queria uma taça de vinho também. Talvez uma dose de tequila."

"Acho que não tem nada disso no armário do banheiro. Vou pegar uma garrafa de água no frigobar do corredor. Quer uma?"

"Claro."

Bill volta ao seu quarto antes que eu tenha tempo para dizer que ele pode usar a porta do meu lado para ir ao corredor. Estamos nos comportando de um jeito muito educado. Mais cedo, antes de irmos ao local da execução, Bill havia pressionado uma tecla de seu computador e enviado o pedido de habeas corpus de Terrell para o tribunal federal. Ele enfatiza os resultados do exame de DNA do cabelo ruivo e como foram obtidos por pseudociência, as estatísticas esmagadoras sobre identificação falha por testemunhas, e uma declaração minha, a vítima sobrevivente que acha que o verdadeiro assassino das Margaridas Amarelas podia estar atrás dela ainda e está disposta a fazer essa declaração oficial.

Sem mencionar as misteriosas margaridas-amarelas plantadas ou um livro de Poe enterrado no quintal da casa de Lydia, ou um dente encontrado em uma caixa de papelão velha.

Mais de uma vez, desejei ter guardado o trecho doentio de poesia que encontrei embaixo da minha casa na árvore, em vez de rasgá-lo em pedaços e jogar fora a embalagem de remédio em que ele veio. Podia ser impossível extrair DNA ou digitais do papel ou do plástico tantos anos depois, mas era uma prova tangível de que eu não inventava tudo isso.

O pedido de habeas corpus não chegou nem perto do que Bill queria ter feito a esta altura, mas ele tem esperança de que seja suficiente para o juiz conceder uma audiência. Espera que, enquanto isso, Jo consiga tirar mais alguma coisa dos ossos.

"Aqui está", diz Bill. "Vejo que você também tem TV a cabo. É meio difícil ver alguma coisa com essas colunas da cama que mais parecem troncos. Conseguiu falar com Lucas?"

"Está tudo bem. Ele cuida de tudo, Charlie foi dormir."

"Posso sentar aqui por um segundo?"

"É claro."

Puxa uma cadeira de encosto reto debaixo da penteadeira e repousa sobre o assento de rosas bordadas. Retomo minha posição no canto da cama.

"Outra noite você perguntou se havia esperança", Bill lembra. "Depois de hoje... Bom, acho melhor ser honesto. Acho que é provável que Terrell seja executado. Ele está em um trem descarrilado. Sei que hoje foi difícil. Encontrar Terrell. A execução. Não importa o que você pensa sobre a pena de morte. Há cinco anos, eu era a favor à pena de morte, e é terrível de qualquer jeito."

Fico perplexa com essa admissão. Nunca imaginei que ele tivesse uma única dúvida.

"Duas coisas me fizeram mudar de ideia. O momento óbvio de advogado, quando percebi que você nunca vai encontrar um cara rico e branco naquela maca. E o momento Angie. Ela me fez conhecer alguns homens no corredor da morte. Culpados, como um cara que invadiu um quintal quando estava chapado de metanfetamina e atirou numa mulher idosa que estava no jardim em sua cadeira de rodas, porque assim poderia entrar na casa e roubar a bolsa dela. Angie não acreditava que eu podia fazer esse trabalho de forma satisfatória enquanto não entendesse que não era só uma questão de provar inocência. Que eu precisava estar completamente envolvido. Entender que homens no corredor da morte eram seres humanos que haviam feito coisas horríveis, mas isso não significava que *eles* eram coisas horríveis. Os homens que conheci no corredor da morte não eram os mesmos que cometeram aqueles crimes. Estavam sóbrios. Tinham nascido de novo. Arrependeram-se. Ou estavam completamente malucos." Ele se recosta na cadeira. "De vez em quando, mas nem sempre, eram inocentes."

Há quanto tempo ele guarda esse discurso, e por que escolheu esta noite para falar?

"Não sei o que penso sobre a pena de morte", respondo. "Eu só... não... aceito." *Tenho promessas a cumprir.*

"E Terrell?"

"Não posso falar sobre Terrell."

Ele assente. "Vou deixar você dormir um pouco."

Assim que Bill fecha a porta entre nós, fico desesperada para varrer tudo deste dia. Entro em um banheiro que é, ao mesmo tempo, antigo e modernamente equipado, tiro toda a roupa e a deixo sobre a bancada. Odeio pensar em vesti-las amanhã. Estão maculadas pela morte. Mas não trouxe nada na mochila, só duas barrinhas energéticas, uma garrafa de água, uma meada de fio de seda e agulhas para uma tentativa de fazer renda. E, no último instante, enfiei o testemunho lá dentro, principalmente porque Bill poderia perguntar se o li. E não li. Abri o envelope, peguei os papéis e os guardei.

Abro a cortina do boxe e giro a torneira do chuveiro. A água quente responde, abundante e imediata. Lavo tudo três vezes antes de pisar no ladrilho branco e escorregadio e vestir relutante a calcinha e a regata branca, minha tentativa infrutífera de me agasalhar melhor. Enxugo o cabelo com a toalha e provoco um frenesi de cachos, exausta demais para usar o secador caro que vi sobre a bancada.

Deito entre os lençóis gelados e começo a tremer, tento não pensar na mãe enlutada que correu para um necrotério hoje à noite. Que teve a esperança, pela primeira vez em anos, de tocar o corpo do filho, um assassino, enquanto ainda estava quente.

Às 4h02, meus olhos se abrem do nada. Estou ofegante como se alguém houvesse acabado de tirar um travesseiro de cima do meu rosto.

Lydia.

A luz fria entra pela janela. A tempestade de inverno está adormecida. Meus pensamentos correm.

Para Charlie, que está segura em casa, enrolada no edredom. Eu a imagino respirando tranquilamente, inspirando e expirando, e respiro no mesmo ritmo. Para Lydia, segurando o saco de papel na frente do meu rosto depois de uma corrida, me dizendo para respirar, e respiro. Inspiro e expiro.

Lydia, Lydia, Lydia. Ela invadiu este quarto. A velha Lydia, que verificava minha pulsação, e a outra, que quer sair do envelope de Bill na minha mochila.

Perdi todas as dicas? Ou todas nós estamos a uma traição, até uma frase, de nunca mais falarmos umas com as outras? Sempre, sempre defendi minha melhor amiga. Até meu avô, que era fã de sua imaginação raivosa, não estava completamente convencido.

Ele me perguntou uma vez: "O que você vê em Lydia?".

"Ela é diferente de todo mundo", respondi meio na defensiva. "E é leal."

Ela havia mudado no mês que antecedeu o julgamento. A velha Lydia debochava do sutiã de bojo para levantar os seios. Punha as mãos sob os dela, ajeitava-os formando pequenas montanhas e ria dos outdoors de Eva Herzigova. *Olha nos meus olhos e diz que me ama.* Lydia dobrava um joelho, punha as mãos na cintura, empinava o peito e murmurava: *quem se importa com um dia de cabelo feio?*

A nova Lydia *comprou* um sutiã de bojo e o usava. E se queixava dos garotos do colégio, dizia que todos só queriam uma lousa limpa para passar o lápis. As notas dela caíram. Renunciou ao refrigerante e aos salgadinhos e, pior de tudo, parou com a conversa incessante de enciclopédia. Sabia que devia pressioná-la, mas estava presa em minha própria cabeça.

A velha Lydia guardava todos os meus segredos.

A nova Lydia contou meus segredos ao mundo.

Estou em pé ao lado da cama. As cobertas formam um monte, como se a neve caísse do teto. Bill está virado para o outro lado. Seu corpo sobe e desce, devagar e numa cadência constante.

Não é minha cara fazer esse tipo de coisa, penso quando tiro a camiseta e a jogo no chão. Não faço joguinhos. Não sou impulsiva. *Não sou esse tipo de mulher.* Levanto a coberto e deito. Pressiono meu corpo nu contra o calor das costas dele. A respiração de Bill para. Ele espera alguns segundos antes de virar e olhar para mim. Agora há alguns centímetros de distância entre nós.

"Ei", diz Bill. Está escuro demais para ler sua expressão.

Isso foi um erro, penso. Ele já superou. Vai me empurrar.

Em vez disso, os dedos deslizam pelo meu rosto, no lado sem a cicatriz. De repente percebo que meu rosto está molhado.

"Tudo bem?" A voz dele é rouca. Bill se comporta como um cavalheiro, me dá a última chance de escapar, apesar de eu ter vindo procurá-lo em sua cama.

"Não sou esse tipo de mulher." Eu me aproximo. Deslizo a língua pela curva de sua orelha.

"Ainda bem", ele responde e me puxa.

O pio de uma ave interrompe o silêncio e me acorda. É um apelo agudo que vem de um galho perto da janela. *Por que meu mundo está congelado? Para onde foi todo mundo?*

Saio da cama, me afasto do calor delicioso do corpo de Bill. A respiração dele é cadenciada.

Fecho a porta de ligação e fico do meu lado do quarto. Revejo mentalmente a intimidade do que acabou de acontecer. Coisas que eu não faria, a menos que estivesse apaixonada. *Como posso ter certeza de que esta atração é por mim, e não pelo brilho da Margarida Amarela?*

Minha jaqueta vermelha parece sangue pingando da maçaneta da porta do guarda-roupa. Tem uma orquídea branca e fresca em um vaso estreito, embora ninguém soubesse que eu chegaria na noite passada. Uma mulher jovem na moldura antiga da penteadeira olha para mim com frieza, como se não houvesse lugar para mim em seu quarto.

Ela é só uma menina na foto, mais ou menos da idade de Charlie. Uma trança grossa, daquelas que provocam enxaqueca, contorna sua cabeça. Eu a imagino de cabelo solto e com um pouco da maquiagem Mac que Charlie usa nos olhos. Pego a foto e a viro.

Mary Jane Whitford, nascida em 6 de maio de 1918,
morta em 16 de março de 1934, quando um condenado
que perambulava pelo canavial surgiu de repente na
frente de sua carruagem e assustou os cavalos.

Uma atração turística. Como eu.

Faz sentido que Lydia me procure aqui, neste quarto, bordada como uma toalhinha no tecido escuro desta cidade. Onde uma menina bonita de tranças me faz lembrar que não temos escolha.

Quase morri há três horas na I-45, na metade do caminho entre Huntsville e Corsicana. Que fim irônico teria sido. A única sobrevivente do assassino das Margaridas Amarelas morta por um caminhão de nove eixos cheio de produtos de panificação. Um motorista de caminhão na frente do nosso carro derrapou em um trecho coberto de gelo e perdeu o controle. Se derrapagem fosse um esporte olímpico, a medalha seria dele. Tudo em que consegui pensar durante seis segundos, enquanto Bill e eu nos aproximávamos da foto de uma gigantesca rosquinha colorida, foi: *vai acabar tudo desse jeito?*

Mas o que aconteceu foi que tive que repensar completamente o conceito BMW. Os motoristas desses carros se sentem superiores por um motivo.

Lucas abre a porta de casa antes que eu tenha tempo para tentar, o que é bom, porque não consigo lembrar o novo código de segurança que ele insistiu em registrar, e é ruim, porque Bill ainda está parado na porta de casa esperando eu entrar e fechar a porta. Viro para acenar, mas Bill já está indo embora. Espero que ele tenha acreditado quando eu disse que não estava dormindo com Lucas.

O café da manhã na pousada foi meio estranho. Bill sentou na minha frente à mesa arrumada com formalidade, cristais frágeis e vários talheres, enquanto a sra. Munson, à cabeceira da mesa, falava sobre como prisioneiros entalharam os detalhes complexos no armário atrás de nós. Foi impossível resistir à obra de arte que a filha da sra. Munson colocou na nossa frente, uma panqueca holandesa com um leque de morangos e uma camada de açúcar de confeiteiro.

Bill podia estar aborrecido por ter acordado sozinho na cama. Mais tarde, no carro, cada um de nós parecia esperar o outro mencionar os trinta minutos de intimidade. Parecia quase um sonho produzido por uma casa que sentia falta do barulho e do significado de sua velha vida, das pessoas que se casaram no gramado, deram à luz em suas camas, foram veladas em seus caixões no salão da frente. Mas ainda podia sentir as marcas das mãos dele em minha pele.

Depois que Bill evitou o acidente na estrada, o silêncio no carro ficou ainda mais desconfortável. Como se ele estivesse exausto de salvar vidas.

Por estar distraída com essas preocupações de homem e mulher, ainda vestindo a morte como um casaco, ainda eufórica por não *ser* uma panqueca holandesa, levo um segundo para perceber a expressão de Lucas.

"Bem-vinda." Ele parece desconfortável. Quando entro, Lucas tira a mochila das minhas costas.

"Que foi?", pergunto.

"Alguém divulgou sua... impressão... de que o assassino das Margaridas Amarelas tem plantado flores para você durante esses anos. Especialistas estão nas redes de televisão discutindo sua saúde mental. Tem uma foto circulando pela mídia, uma mulher com uma pá naquela velha casa vitoriana onde você morava. Parece que é você na foto. Bom, é você. Mas é difícil ter certeza."

"Quando descobriu isso?"

"Por que não senta?"

"Passei horas sentada."

Lucas examina meu rosto com cuidado. "Charlie me mandou uma mensagem. A foto foi parar no Twitter e no Instagram."

"Merda. Merda, merda, *merda*."

Ele hesita. "Tive que tirar o som do telefone. Por que ainda tem uma linha fixa?"

"A gente pode não falar sobre isso agora? Não é importante, é? Terrell vai morrer. É impossível proteger Charlie. Minha energia está acabando." Agora estou na cozinha, perto da bancada onde Lucas deixou a correspondência. Ele está atrás de mim, massageando meus ombros. Gentil. Preocupado. Mas não me ajuda em nada. Seus dedos esfregam em minha pele a morte que está grudada nas minhas roupas.

Tento ser casual quando me afasto. "O que é isso?" Toco uma caixa de papelão aberta. Um livro novo foi deixado ao lado dela na bancada.

"Chegou ontem pelo correio. Charlie abriu a caixa porque achou que era *Ardil-22* e queria começar a leitura para um trabalho do colégio. Disse que pediu para você comprar o livro há uma semana."

"Esqueci. Não comprei *Ardil-22*. Não comprei nenhum livro."

"Tem seu nome na etiqueta da remessa." Ele vira a caixa para me mostrar o destinatário.

"Cadê a nota fiscal?" Olho para a capa do livro. Uma imagem nebulosa de uma criatura meio espírito, meio menina, se erguendo de um mar cheio de pedras. *Belo Fantasma*, de Rose Mylett.

Rose Mylett. O nome provoca uma resposta desagradável no fundo do meu cérebro.

Lucas põe a mão dentro da caixa. "A nota está aqui. Parece que foi um presente. Tem uma mensagem. *Espero que goste.* Mais nada."

Espero que goste. Palavras simples que sobem por minhas costas como aranhas.

"Tudo bem?", Lucas pergunta.

"Sim", respondo sem me alterar. "É só um livro. Um presente. Preciso tirar essa roupa."

"Tem mais uma coisa. Sua amiga Jo esteve aqui. Você precisa ligar para ela. Aquele amigo geoquímico que ela mencionou vem para cá, o que trabalha nos ossos das Margaridas. Ela quer que você o conheça. Ah, e o dente que achamos no quintal do seu avô, lembra? É de um coiote."

Vinte minutos para Charlie chegar do colégio. Mais um pouco até Lucas voltar com *Ardil-22* e "uma nova amizade" feita na cafeteria, a senha de Lucas para "mulher".

Não tenho tempo para secar o cabelo. Fecho o roupão com a faixa em torno da cintura, reviro a gaveta de Charlie em busca de meias grossas e me acomodo na cama desarrumada dela com meu laptop, que havia encontrado um lar entre os lençóis de minha filha durante minha ausência.

Estou embebida em uma energia eufórica, devolvida à vida por uma ducha e a certeza de que Rose Mylett significa alguma coisa. O nome dela é um ruído constante na minha cabeça, mais importante que eu, no papel da Morte Sombria, passeando agora pelo Twitter, mais importante que ligar para Jo e ouvir sobre mais esforços inúteis para tirar nomes de pó. Aqueles ossos são teimosos.

Encontro uma resposta logo de cara. A primeira Rose Mylett que aparece não é uma autora de livros. A imagem que vejo não é de uma mulher de cabelo feito, tentando parecer inteligente, linda e dez anos mais jovem.

Essa Rose Mylett está bem morta. Foi assassinada em 1888. Uma suposta vítima de Jack, o Estripador. Uma prostituta também conhecida como Catherine, Lizzie Bêbada e Boa Alice. Vestia um avental lilás, um saiote de flanela vermelha e meias de listras azuis e vermelhas quando foi encontrada com a marca de algum tipo de corda no pescoço.

Por um segundo, volto a ter 14 anos, estou na segunda fileira passando brilho labial rosa, ouvindo o trabalho de Lydia sobre Jack, o Estripador, que provocou pesadelos em metade dos alunos da nossa classe.

Meus dedos continuam trabalhando no presente. Passam para a página seguinte e, quatro links abaixo do topo, encontram *Rose Mylett, autora, Belo Fantasma, O que Elizabeth Bates tenta nos dizer sobre seu assassinato cinquenta anos depois*. Sim, é o mesmo livro que está agora sobre a bancada da cozinha. Leio a sinopse rapidamente. O crime não provoca nenhuma associação, é a história de uma jovem nobre inglesa que desapareceu do litoral escarpado de North Devon em sua lua-de-mel. 184 críticas. 4,6 estrelas. Publicado no Reino Unido cinco anos atrás. Esses 0,4 que faltavam para a perfeição incomodariam Lydia. Não tem biografia da autora. Nenhum outro livro de Rose Mylett. O site sugere que "se você gostou desse autor, talvez também goste dos livros de Annie Farmer e Elizabeth Stride". Faço uma busca rápida no Google, embora já saiba a resposta. Mais duas vítimas do Estripador. Lydia esperta.

Só pode ser Lydia, certo? Mandou as flores. Mandou um livro pelo correio.

Ainda anda pelo mundo, afinal. Ainda xereta as coisas do mal. Rouba pseudônimos de pobres prostitutas mortas. Lucra com sofrimento agoniante. Por alguma razão terrível, ela me atormenta.

Por que você voltou de repente, Lydia?

Fecho o laptop.

Minha filha vai chegar logo em casa.

Por alguns momentos preciosos, me delicio com a essência boêmia de Charlie. A parede preta que ela mesma pintou no verão passado, agora ocupada por citações de Stephen Colbert e desenhos feitos pelos amigos; a coleção de lua e estrelas pendurada no teto com linha de pescar amarrada a tachinhas; a variedade de velas em vários estágios de derretimento no parapeito. Os troféus que guardou na última prateleira do closet porque são "exibidos".

Jogo sabão na máquina de lavar quando escuto o barulho da chave na porta. "Mãe?"

"Na lavanderia!", grito. Três baques. A mochila caindo no chão. Um sapato, depois o outro. *Barulhos do bem.*

Charlie me abraça pelas costas quando fecho a máquina para lavar as roupas que, provavelmente, nunca mais vou sentir limpas.

"Por que este frio todo?", pergunta. Nada de *Por que você é tão bizarra, por que é o tipo de mãe que vai parar no Twitter?* Puxo os braços de Charlie para apertar o abraço.

"Estava com saudade", diz. "O que vamos comer?" E me solta. Decido jogar mais um pouco de sabão na máquina.

"Também senti saudade. Penso em fazer *eggala*."

"Que delícia." *Eggala*, ovos Goldenrod, nossa comida reconfortante. Ovos cozidos, as claras picadas em molho branco, tudo espalhado sobre torrada de pão branco e salpicado com as gemas esfareladas. Muito sal e pimenta. Refrigerante para acompanhar. Tia Hilda fazia para mim uma vez por semana quando eu estava cega.

"Sinto muito por... hoje", falo.

"Tudo bem. Meus amigos não acreditam em nada daquilo. Estão começando uma campanha contra isso. Faz um pouco de bacon? Ei, não liga a máquina. Tenho uma tonelada de uniformes do vôlei. As pessoas esquecem suas mer... coisas a semana toda, e o técnico continua fazendo a gente correr. *Tudo* cheira mal. E tem mais, a mãe de um dos meninos está ficando *furiosa* porque ele está com uma descamação no pé. Aquela gente com roupa de Guerra nas Estrelas limpou todos os vestiários, e agora a escola toda cheira a Lysol. Bom, os meninos cheiram a Lysol *e* Axe."

"Que horror." Fecho a máquina. "Tudo bem, eu lavo suas roupas depois."

"Mas não tem quase nada aí dentro", ela insiste. "Vou buscar as roupas agora. Não posso esquecer nada amanhã. O time não aguenta mais correr."

Já tirou a roupa. Está ali parada de sutiã, calcinha e meias três quartos, a alegre e melodramática imagem da garota americana. Há catorze anos, ela era o lindo pacotinho cor-de-rosa e vermelho enviado para uma adolescente chamada Tessie para convencê-la a ficar na terra.

"Tudo bem." Mantenho a máquina fechada. "Não quero misturar essas roupas com as suas."

Minto e digo a verdade..

Estou de pijama quando me lembro de ligar para Jo. Ela atende no primeiro toque.

"Tessa?" Está ansiosa.

"Desculpa, não deu para ligar mais cedo."

"Tudo bem. Falei com Bill. Ele me contou sobre a viagem. Gelo, sofrimento e nenhuma tequila. Que coisa horrível. Pode passar no meu escritório amanhã?"

"Sim. É claro." Minha resposta é imediata, apesar de, na verdade, eu só querer trancar a porta da frente e nunca mais sair de casa.

"Quero contar algumas coisas antes do nosso encontro, porque isto vai fazer parte da apresentação dele." Jo fala depressa. "Escondi uma coisa de você porque parecia... um pouco demais. Sabe? Há uma semana e meia, um dos meus alunos do doutorado terminava de catalogar os restos das Margaridas dos dois caixões que exumamos. Tinha muito detrito, como você deve imaginar. Terra, argila, poeira, fragmentos de osso. Eu só queria garantir que cada pedaço de osso fosse registrado, depois que deduzimos que o legista original não tinha notado que havia um terceiro fêmur direito. Na verdade, analisamos alguns dos outros casos sem solução em que ele trabalhou e encontramos outros erros."

"Fala de uma vez, Jo."

"Meu aluno teve um pressentimento com relação a um pedacinho de cartilagem. Confirmei esse pressentimento. A cartilagem era de um feto. Uma das duas meninas não identificadas estava grávida de uma menina. Acabamos de comparar o DNA do bebê com o de Terrell. Tem 99,6% de chance de Terrell não ser o pai. Estamos inserindo o DNA do bebê em bancos de dados criminais. Talvez tenhamos alguma resposta. Uma nova pista."

É claro, Terrell não é o pai.

Conto mentalmente. Seis meninas naquela cova. Merry e eu. Hannah, mais duas ossadas não identificadas. E agora um bebê, uma menina. Uma delas acorda na minha cabeça e me lembra, caso eu tenha esquecido.

Eu tenho as respostas.

Setembro, 1995

SR. VEGA: *Tessie, pode falar um pouco sobre o glitter Margarida Amarela?*

SRTA. CARTWRIGHT: É difícil *explicar. Minha amiga Lydia escolheu esse nome.*

SR. VEGA: *Faça o melhor que puder. Talvez possa começar falando sobre quando ficou fora de casa no meio de uma forte tempestade, e seu pai não conseguiu fazer você entrar.*

SRTA. CARTWRIGHT: *Achei que, se eu ficasse lá fora por tempo suficiente, a chuva lavaria todo o glitter Margarida Amarela.*

SR. VEGA: *Consegue ver esse glitter?*

SRTA. CARTWRIGHT: *Não.*

SR. VEGA: *E quando o notou pela primeira vez?*

SRTA. CARTWRIGHT: *No dia em que voltei do hospital para casa. Repito, não consigo ver. Durante um tempo, decidi que ele estava no meu condicionador de cabelo. No sabonete. No sabão que usávamos na máquina de lavar. Decidi que era por isso que eu nunca conseguia tirá-lo de mim.*

SR. VEGA: *Tem glitter em você agora?*

SRTA. CARTWRIGHT: *Só um pouco. O pior foi quando ele estava no parmesão que coloquei no espaguete. Vomitei a noite toda.*

17 dias para a execução

Não tem nenhum osso de Margarida sobre a mesa de reunião na sala de Jo. Só aquela caixa de lenços de papel marrom e solitária. Tenho a sensação de que alguém martelou um prego no meu coração.

Fiquei preocupada com a possibilidade de me atrasar para a reunião com Jo, mas quando abro a porta da sala fica claro que todas as outras pessoas se atrasaram ainda mais. A sala está vazia, exceto pelas mesas e cadeiras, a menos que a gente considere o réquiem de sofrimento que a mãe e o irmão de Hannah deixaram quando estiveram aqui outro dia. Se houvesse uma luz negra para revelar dor e raiva, certamente veríamos uma pichação neon no estilo Dalí nestas paredes. Um sofrimento que não foi absorvido apenas da família de Hannah, mas de outras pessoas que estiveram ali sentadas, vendo seus entes queridos reduzidos a teimosas regras da ciência.

Ouço o barulho da porta atrás de mim. O olhar fluorescente parece estar restringindo o fluxo de sangue para a minha cabeça. Escolho a cadeira onde o irmão de Hannah sentou não muito tempo atrás e, por alguns minutos, tento esvaziar a mente.

Todo mundo entra na sala ao mesmo tempo. Bill, a tenente Myron, Jo e seu amigo russo, dr. Igor Aristov, o gênio de Galveston.

"Igor, como Igor Stravinsky", Jo havia me falado na noite passada pelo telefone, sabendo que eu imaginava o corcunda do Frankenstein, não o Igor que compôs *A sagração da primavera*.

Mas esse Igor não é corcunda, não usa capuz preto, nem me assusta com olhos brancos de bola de golfe. Ele é alto e forte, usa calça cáqui e camisa polo vermelha. Seus olhos são calorosos e castanhos. Linhas finas brotam do canto de seus olhos e desaparecem em seguida. Alguns fios brancos começam a colorir suas têmporas.

Ele atravessa a sala e aperta minha mão. "Você deve ser Tessa. É um prazer." O sotaque é forte, e muitas mulheres devem querer que pronuncie seus nomes e nunca mais solte suas mãos. Eu, não. Só estou aqui por Jo. Não quero ouvir *talvez* e *se* de Igor. A menos que o gênio deste laboratório esteja pronto para tirar um milagre do rabo, preciso ouvir Bill. Preciso aceitar o destino de Terrell.

A tenente Myron é a primeira a sentar. Queria saber se pareço tão abalada quanto ela.

"Sentem-se", Jo diz a todos. "A reunião vai ser o mais breve possível. Ellen teve uma noite difícil."

"Um policial e a mulher de quem ele estava noivo havia seis meses", explica a tenente. "Ele deu um tiro no rosto dela para cada mês de casamento. Prossiga, Jo."

Jo assente. As mãos dela se agitam sem ter para onde ir. Nunca a vi tão visivelmente abalada. "Normalmente", começa, "eu mandaria as amostras de pó dos ossos para Igor, e ele me devolveria os resultados por e-mail. Mas essa é a relação burocrática entre dois cientistas. Quero que vocês três ouçam tudo direto da boca de Igor, para o caso de alguns detalhes estimularem a reflexão." Ela toma o cuidado de não olhar para mim. É evidente que sou eu quem tem que ser mais estimulada.

Igor se acomodou na ponta da mesa. "Sou geoquímico. Um geólogo forense. Alguém conhece o básico da análise de isótopos? Vou simplificar o máximo possível", continua sem esperar uma resposta. "Vou me referir a cada caso como Margarida Um e Margarida Dois. Recebi amostras do crânio e dos dentes de Margarida Um e do fêmur de Margarida Dois. Também recebi o fragmento de um feto que pertencia à Margarida Dois. Consegui determinar que uma das mulheres passou boa parte da vida no Tennessee, e a outra era do México."

"Quê?" A surpresa de Bill desperta a tensão na sala. "Como pode saber?"

Igor olha para Bill. "Os ossos absorvem os diferentes marcadores químicos do solo do lugar onde a pessoa vive. Alguns preservam a mesma proporção de elementos, oxigênio, chumbo, zinco e outros, por centenas de milhares de anos, até a época em que os rios e montanhas se formaram. E há também marcadores mais modernos. É fácil saber que a Margarida Um era americana, não europeia, porque América e Europa usavam diferentes fontes de refinaria para gasolina com chumbo."

"Nossos ossos absorvem porcarias do ar?" A tenente Myron se inclina para a frente, subitamente envolvida. "Seja como for, não usamos mais gasolina com chumbo nos carros."

"Não importa", responde paciente. "Os resíduos da gasolina com chumbo, que foi banida há anos, ainda persistem no solo e são absorvidos pelos ossos. Os marcadores da Margarida Um também indicam que, por um período significativo da vida, ela morou perto de um conjunto específico de minas, provavelmente perto de Knoxville, Tennessee. Não sei dizer com precisão quanto tempo. Ou onde morreu, especificamente. Talvez conseguisse, se tivesse uma costela. As costelas crescem e se remodelam constantemente e absorvem o ambiente. Normalmente, é possível usá-las para descobrir onde a vítima morou nos últimos oito ou dez anos de vida. E, é claro, muitos ossos foram perdidos, o túmulo só forneceu peças aleatórias do quebra-cabeça."

"México. Tennessee." Bill olha para a tenente Myron. "Nesse caso, seu assassino pode ser um viajante. Terrell era caseiro."

"Não é *meu* assassino." O sarcasmo da tenente não provoca nenhuma reação em Bill, que continua digitando anotações no celular.

"Por favor, deixem Igor falar", pede Jo.

"Tudo bem, não me incomodo", o cientista responde. "É ótimo estar fora do laboratório, honestamente. E especialmente conhecer você, Tessa. Raramente conheço uma vítima. Isso torna minha ciência... viva. E esse caso é particularmente interessante. Consegui saber ainda mais sobre a Margarida Dois e seu feto. Os ossos da Margarida Dois refletem uma dieta à base de milho e elementos de solo vulcânico. Se eu pudesse arriscar um palpite, diria que ela nasceu na Cidade do México, ou perto dela. Concordo com Jo sobre a idade dela quando morreu, vinte e poucos anos."

"O que mais?", Bill pergunta.

Igor apoia as mãos abertas na mesa.

"Só havia um crânio naquele túmulo, o da Margarida Dois. Pedi para Jo me mandar raspas de dentes bem específicos, porque os dentes podem fornecer uma linha do tempo." A voz dele, até então em modo palestra, agora vibra animada. "É fascinante o que essa ciência revela. Crianças colocam coisas na boca. O esmalte dos dentes absorve o pó. O primeiro molar se forma por volta dos 3 anos de idade e congela o sinal de isótopo para esse momento. Portanto, o primeiro molar da Margarida Dois conta que morava no México quando era pequena. Os caninos gravam o sinal aos 6 ou 7 anos. Os marcadores químicos em um dos caninos indicam que ela ainda morava no México. O sinal do terceiro molar é gravado na adolescência. Margarida Dois ainda morava no México. Depois disso, não sei. Em algum momento no fim da adolescência, ou por volta dos vinte e poucos anos, ela se mudou ou foi raptada."

"Isso é impressionante." A tenente Myron olha as pessoas em volta da mesa. "Não é?"

Não sei se está realmente envolvida, ou atordoada com a falta de sono e uma dieta regular de selvageria.

"Como sabe que ela saiu do México?", Bill pergunta. "Sabemos que os ossos foram transferidos pelo menos uma vez, porque não estavam desde o início naquele campo de flores onde Tessa foi jogada." Ele olha rapidamente para mim como se lembrasse da minha presença na sala. "Desculpa, Tessa. O que quero dizer é que os ossos podem ter sido simplesmente levados para o outro lado da fronteira."

"O bebê conta essa parte da história", Igor responde depressa. "Essa jovem viveu no Texas nos meses que antecederam sua morte. Sei disso porque os ossos fetais são os marcadores mais atuais que se pode encontrar. Ainda estavam em desenvolvimento e, portanto, ainda absorviam o ambiente imediato no momento da morte."

A tenente Myron passa os dedos pelo cabelo despenteado. "Se ela era imigrante ilegal, ou se foi raptada, isso torna nosso trabalho quase impossível. A família não ia querer revelar sua condição de ilegal e certamente não registrou o DNA da desaparecida em um banco de dados. Se acreditavam que a filha foi levada por um cartel de drogas, as chances são ainda menores. Eles não iam querer desafiar os traficantes. Esses caras penduram corpos decapitados em pontes. A família teria que proteger as outras filhas, se as tivesse."

Jo concorda balançando a cabeça. "Ela tem razão. Trabalhei nos ossos de algumas meninas e mulheres que foram assassinadas e enterradas no deserto perto de Juarez. Conversei com as famílias. Estavam apavoradas. Há centenas de garotas naquele deserto. Mais a cada ano."

"Só posso oferecer minha ciência", diz Igor. "E, francamente, descobri muito mais do que é habitual em casos tão antigos. Essa é uma estratégia bem nova em ciência forense. Foi sorte essas mulheres terem vivido em lugares cujos solos foram cadastrados em nosso banco de dados. Meu sonho é conseguir mapear boa parte do mundo geológico na próxima década, mas, no momento, temos poucos dados."

O rosto de Bill é indecifrável, mas sei o que ele pensa. É tarde demais para isso. Um dia a ciência pode devolver às Margaridas seus verdadeiros nomes, mas não a tempo de salvar Terrell.

É a tenente Myron quem demonstra ânimo renovado. Ela se aproxima e dá um soco amistoso no ombro de Bill. "Ânimo! Você é um daqueles texanos que acredita em evolução, não é?" Ela olha para nós. "Vamos nos ocupar com os bancos de dados dos jornais e de pessoas desaparecidas", diz. "Em uma hora procuraremos garotas desaparecidas no Tennessee e no México, com pouco menos ou pouco mais de 20 anos, de acordo com nosso perfil. Tenho mais esperança no Tennessee. Bom trabalho, dr. Frankenstein. Isso é real. Acha que não me importo? Eu me importo. Só que gosto do que é real."

Ela não ia querer estar na minha cabeça. Queria saber por que nenhuma das Margaridas fala comigo em espanhol.

Entro em casa silenciosamente e vejo minhas roupas do corredor da morte dobradas e empilhadas em uma cadeira da cozinha. Charlie e Lucas as separaram das outras? Não sei dizer qual dos dois me conhece melhor.

Os uniformes de vôlei da Charlie estão em cima da mesinha da sala. Um aspirador de pó engoliu as migalhas de pipoca da frente do sofá. Lucas tem cuidado dos detalhes rotineiros e importantes da minha vida, enquanto eu tento entender como somos tão profundamente ligados à terra e ao vento, tanto que eles vivem em nossos ossos.

Não tenho dificuldade para acreditar no dr. Igor. Não era exatamente ciência, mas houve um tempo em que acreditei que, se alguém esbarrasse no meu ombro por acidente ou apertasse minha mão, aquele pólen de Margarida Amarela grudaria na pessoa como uma maldição pegajosa. As pessoas achavam que era transtorno obsessivo-compulsivo que me fazia ignorar mãos estendidas. Eu só estava protegendo quem se aproximava de mim.

Agora sou adulta. Aperto a mão de desconhecidos com a firmeza que aprendi com meu avô, abraço minha filha duas vezes por dia e deixo os amigos beberem do meu copo de chá gelado. Tudo sem suar frio. Isso não significa que deixei de ser uma Margarida Amarela. Isso é uma marca. Como *esquizofrênico. Gordo.* DDA.

Lucas levanta do sofá por um instante, mas senta de novo quando me vê. Ele já está dormindo outra vez, um soldado tirando cochilos enquanto pode, por isso não grito para chamar Charlie. Ela deve estar no quarto fazendo sua complicada coreografia. Jane Austen, cálculo, Snapchat. Repetir.

Em momentos como esse, tenho dificuldade para explicar a Charlie e a mim mesma por que Lucas e eu não damos certo como uma equipe permanente. Quantos tenentes-coronéis dobrariam roupas íntimas de uma mulher? Sinto cheiro de sopa de batata fervendo no fogão, e esse é todo o repertório de Lucas na cozinha. Batatas, cebolas, leite, sal, pimenta, manteiga. Pedaços de bacon para Charlie. Se for absolutamente necessário, ele também consegue fazer um sanduíche decente de mortadela e mostarda.

A normalidade sempre tenta se aproximar de mim, mas a empurro para longe. Minha mãe fazia biscoitos, e no segundo seguinte estava morta no chão da cozinha. Essa é minha linha básica de normalidade. Depois desse episódio, o gráfico tem curvas bem instáveis.

Deixo a bolsa em cima da bancada da cozinha. *Belo Fantasma* foi empurrado para o lado com a correspondência fechada. Quero ler o livro, mas não suporto tocá-lo. Ele contém respostas sobre Lydia que nem imagino e não vou querer saber, ou vou cortar o dedo em suas páginas e cair num sono amaldiçoado. Meus dedos examinam distraídos o pacote de papel alumínio que não estava em cima da bancada naquela manhã. O garrancho na etiqueta adesiva anuncia o *Pão Surpresa de Figo e Alfarroba da Effie*. Quase todas as receitas da Effie têm a palavra "surpresa", e as que não têm deveriam ter.

Imagino se a filha dela está na casa vizinha agora, tentando educadamente mastigar e engolir. Quando paro na porta da garagem, percebo o Ford Focus com placas de Nova Jersey parado na frente da casa de Effie. Na noite anterior, ela me disse em tom animado que a filha viria visitá-la. Não dei ouvidos, achei que ela estava confusa com a época em que Sue fez essa falsa promessa há um ano, ou há três anos. Não sei o que a chegada dela significa depois de anos de espera, mas espero que seja bom para Effie. Talvez Sue consiga ver o ladrão de pás que mora na cabeça de Effie. Um ladrão de primeira, é verdade, mas não do tipo em que Effie pensa. Lembrar de todas aquelas pás enfileiradas ainda me provoca arrepios.

Jogo uma colcha em cima de Lucas e decido dar uma olhada em Charlie. A porta do quarto dela está fechada. Eu bato. Nada. Bato de novo com mais força antes de entrar. As luzes brancas que contornam o teto piscam, sinal de que tem planos de passar um bom tempo no quarto. Mas Charlie não está ali.

Um barulhinho do outro lado da parede, no meu quarto. Um choramingo? Ela está doente? Foi procurar conforto na minha cama enquanto estou fora, em uma pesquisa de campo com as Margaridas? A culpa me invade. Lucas devia ter telefonado para me avisar. Talvez a vacina de gripe não tenha funcionado, ou as alergias despertaram, ou o técnico partiu seu coraçãozinho adolescente com um comentário rude.

Não. Não está doente. Charlie está sentada na minha cama de pernas cruzadas, como Lydia costumava fazer, os cachos caindo para frente, atenta ao que lê. Tem papel espalhado para todo lado, em cima da cama, no tapete antigo no chão. Minha mochila está apoiada no travesseiro atrás dela. Aberta pela primeira vez desde que voltei de Huntsville. Quero gritar *não*, mas é tarde demais.

O rosto de Charlie está molhado. "Eu procurava um marcador de texto."
Ela mostra um pedaço de papel.

Neste instante, sei que nosso relacionamento nunca mais será o mesmo.

"É por isso que não come Snickers?", pergunta.

Antes que consiga responder, Lucas entra no quarto. Ele segura meu celular, que deixei sobre a bancada da cozinha com a bolsa.

"É Jo. Disse que você tem que voltar ao escritório dela. Imediatamente."

Setembro, 1995

SR. LINCOLN: *Lydia... Posso chamar você de Lydia, certo?*

SRTA. BELL: *Pode.*

SR. LINCOLN: *Há quanto tempo conhece Tessa Cartwright?*

SRTA. BELL: *Desde o segundo ano. As carteiras eram arrumadas em ordem alfabética. A tia de Tessie sempre dizia que Deus tinha feito aquele mapa de classe.*

SR. LINCOLN: *E são melhores amigas desde então? Por mais de dez anos?*

SRTA. BELL: *Sim.*

SR. LINCOLN: *Então, deve ter ficado apavorada quando Tessie desapareceu.*

SRTA. BELL: *Eu tive uma sensação ruim imediatamente. Tínhamos uma espécie de jeito secreto para avisar a outra que estávamos bem. Telefonávamos e deixávamos tocar duas vezes. Depois esperávamos cinco minutos e deixávamos o telefone tocar mais duas vezes. Era uma coisa boba que a gente fazia quando era pequena. Mas eu fiquei em casa esperando.*

SR. LINCOLN: *Tessie não telefonou? E você não saiu de casa?*

SRTA. BELL: *Não. Bom, saí por dez minutos para dar uma olhada na casa na árvore dela.*

SR. LINCOLN: *Foi olhar a casa na árvore e procurar... Tessa?*

SRTA. BELL: *A gente costumava deixar bilhetes em uma daquelas frestas.*

SR. LINCOLN: *E não tinha nenhum bilhete?*

SRTA. BELL: *Nenhum bilhete.*

SR. LINCOLN: *Seus pais estavam em casa nesse período de espera, enquanto Tessa esteve desaparecida?*

SRTA. BELL: *Minha mãe estava. Meu pai teve que sair para atender a uma emergência no trabalho. O motor de um carro explodiu, alguma coisa assim. Ele voltou para casa mais tarde.*

SR. LINCOLN: *Voltamos a isso depois. Em um depoimento anterior, você mencionou que tinha pesadelos desde que Tessa sofreu o ataque. Isso é verdade?*

SRTA. BELL: *Sim, mas não eram pesadelos tão terríveis quanto os de Tessie.*

SR. LINCOLN: *Pode descrever alguns dos seus?*

SRTA. BELL: *Só tem um, na verdade. E se repete todas as noites, praticamente. Estou no fundo do lago. É clichê. Freud não se interessaria tanto, sabe?*

SR. LINCOLN: *Tessie aparece nesse sonho?*

SRTA. BELL: *Não. Eu vejo meu rosto, mas não é meu rosto. Meu pai estende a mão para o fundo do barco dele. Ele sempre teve medo de uma de nós afundar. Enfim, o anel de faculdade cai do dedo dele e começa a afundar. Ele sempre teve muito medo disso também e nunca usava o anel no barco. Meu pai estudou na Ohio State durante um ano. Ele se orgulha muito disso. E adora aquele anel. Ele o comprou em um bazar de garagem.*

SR. LINCOLN: *Sei que é difícil, mas tente simplificar um pouco suas respostas. Agora, me diga: Tessa alguma vez teve medo do seu pai?*

16 dias para a execução

Dessa vez, não sou a primeira a chegar. É pouco mais de meia-noite. A caixa de lenço sobre a mesa de reunião não está no mesmo lugar. Alguém a deixou do outro lado da mesa. Jo coloca luvas de látex. Ela me falou pelo telefone que eu precisava vir *já*, mas eu não podia deixar Charlie em um mar de páginas do meu testemunho. Precisávamos conversar. Às vezes, Charlie é um pouco Tessie. Rápida demais para garantir aos adultos que está bem.

Jo não quis dizer *por que* eu tinha que vir. Foi enlouquecedor. *Dirija com cuidado*, concluiu. Assim que terminei a conversa com Charlie, saí dirigindo numa velocidade maluca e passei por dois radares com suas luzes vermelhas, tentando imaginar o que me esperava. Meu monstro algemado. Mais esqueletos de Margaridas mostrando os dentes num sorriso feio.

Tem outra pessoa na sala. Uma jovem parada ao lado da janela. Está bem viva. Um rabo de cavalo preto e sedoso desce por suas costas. Olha pela janela para as árvores prateadas, iluminadas pelo luar, no gramado do Museu de Arte Moderna do outro lado da rua. Duas árvores de aço inoxidável, os galhos emaranhados tediosamente soldados, atraídos entre eles como que por uma força magnética. Era como eu me sentia em relação àquela garota, como se ela demorasse demais para me olhar. Quando ela vira, tenho uma impressão imediata de familiaridade. De apego.

"Essa jovem é Aurora Leigh", diz Jo. "Ela diz que é filha de Lydia Bell."

Esse era meu palpite. O cabelo era mais escuro, a pele ainda mais clara, mas os olhos, cheios de inteligência azul e sonhadora, eram inconfundíveis.

E o nome. Aurora Leigh. A heroína épica do poema favorito de Lydia.

"Oi, Aurora", digo. Tento silenciar as palavras que as Margaridas cospem para ela. *Mentirosa*, grita uma. *Repórter. Impostora.*

Jo batuca com os dedos na mesa e chama minha atenção.

"Aurora esteve na delegacia antes. Eles telefonaram para a tenente Myron, que estava de folga. Ela orientou a recepção a ligar para mim."

"Eu fazia um escândalo." Aurora senta relaxadamente na cadeira mais próxima e joga sobre a mesa um lenço de papel amassado. O nariz, furado por uma argola prateada, está vermelho e brilhante. Os lindos olhos estão bem vermelhos. "Desculpem. Agora estou mais calma."

"Senta, Tessa." Jo olha para Aurora. "Quer que eu explique?" Ela toca o ombro da jovem, que se encolhe.

"Não", responde Aurora. "Tudo bem. Eu explico. Já estou bem. Sério. Só queria que alguém me ouvisse. Você ouviu." Olha para mim com ansiedade. "Vi uma reportagem na Fox sobre a caixa que foi desenterrada. São coisas da minha mãe. Elas me pertencem."

"Já expliquei a ela que aquilo tudo é evidência", diz Jo. "Que talvez ela possa pegar as coisas mais tarde."

"Não quero mais tarde. Quero agora." Direta e petulante ao mesmo tempo. Ela me lembra Charlie. Essa garota não deve ser dois anos mais velha que ela. Dezesseis. Dezessete, no máximo.

"Não sabia que Lydia tinha uma filha." Minha voz soa surpreendentemente calma. "Onde está sua mãe?"

"Nunca a conheci." Palavras agressivas. Acusadoras.

Jo compõe o rosto em uma máscara profissional.

"Aurora me contou que ela mora com os avós desde que nasceu. O sr. e a sra. Bell. E ela disse que acabou de saber que eles mudaram de sobrenome. Eles disseram a ela que a mãe tinha morrido, e que não sabiam quem era o pai. Aurora não tinha motivo nenhum para duvidar dos avós. A avó já morreu. O avô teve um derrame no ano passado e vive em uma clínica onde recebe cuidados constantes. Aurora vive com uma família adotiva na Flórida. Já liguei para eles para avisar que ela está bem."

"Então...", começo.

"Então, um advogado limpou o cofre dos avós dela há um mês. Certidões de nascimento. Documentos do imposto de renda. Está tudo ali, na bolsa de Aurora." Ela aponta uma valise cheia e estampada com flores cor-de-rosa.

"Eles mentiram para mim. Todos os dias, mentiram para mim. Não sou Aurora Leigh Green. Sou Aurora Leigh Bell." Ela pega mais um lenço de papel. "Guardava dinheiro para contratar um detetive particular e entender essa história. Fiquei apavorada quando fui pesquisar minha história no Google e o nome Lydia Bell apareceu algumas vezes. Sempre associado àquelas histórias das Margaridas Amarelas. Mas eu não sabia se era a mesma Lydia Bell. Não queria que fosse. Depois vi aquela reportagem sobre o policial que foi cavar o quintal da antiga casa dos meus avós. Disseram o nome verdadeiro deles no ar. E eu soube. Não podia mais esperar. Roubei dinheiro da bolsa da minha mãe adotiva para comprar a passagem de ônibus." Lágrimas novamente. "Ela vai me matar. Não vai me aceitar de volta, provavelmente. Ela não é tão ruim."

"Ela ficou feliz por você estar bem, Aurora. Já conversei com sua mãe adotiva, e ela disse para você não se preocupar", Jo tenta acalmá-la. "Aurora teme que a mãe tenha sido vítima do assassino das Margaridas Amarelas, e que por isso os avós se esconderam. Eu já falei que não temos nenhuma evidência disso. Expliquei que você é a pessoa que tem mais coisas para contar sobre a mãe dela. Como ela era. Com quem namorava."

Abro e fecho a boca.

Até onde eu sabia, Lydia só havia chegado aos finalmentes uma vez com um dos astros do time de beisebol do colégio. Ela me contou tudo, literalmente. Chegou a dizer que pensava em fazer um campeonato comparando esse garoto com outros dois jogadores do time. Eu sofria por ela. Com Lydia, os garotos só queriam a adrenalina: encontrar uma menina linda e maluca no escuro e torcer para ela não chegar com um machado.

O rosto de Aurora revela impaciência. Lá está ela, a prova desafiante e viva de que perdi mais do que imaginava da vida de Lydia. Sinto que não vou conseguir responder sem magoá-la. Os olhos de Aurora são poços incandescentes, apesar da luz forte da sala de reuniões. Mesmo com o piercing no nariz e a expressão carrancuda, ela é uma réplica impressionante da mãe.

"Jo, para que as luvas?", pergunto.

"Eu ia colher o DNA de Aurora. Já expliquei que não temos provas, mas posso cadastrar o DNA dela em todos os bancos de dados."

"Talvez ela consiga encontrar meu pai. O nome dele não está na minha certidão de nascimento." Aurora é tão esperançosa. Tão inocente. "Talvez ele nem saiba que eu existo."

"Quantos anos você tem?", pergunto.

"Dezesseis."

Lydia estava grávida quando sumiu da cidade. O cenário fica um pouco mais claro. Por que os Bell fugiriam. A sra. Bell sempre acreditou que uma noiva deve subir ao altar com o hímen intacto. Esperma e óvulos produzem instantaneamente pessoinhas microscópicas. Uma filha grávida seria a humilhação máxima no mundo em que ela vivia. Aborto não era uma opção. Mas mudar de sobrenome?

"Jo me contou que você era a melhor amiga da minha mãe." A filha de Lydia está me pedindo. Implorando alguma coisa.

Acho que a chegada de Aurora é um pouco conveniente demais.

Ela pode estar falando a verdade. Ou pode ser uma peça no jogo da mãe dela.

"Ela era leal", minto. "Como ninguém mais."

280

Setembro, 1995

SRTA. BELL: *Não. Tessa não tinha medo do meu pai. Ele era meio grosso depois de algumas cervejas, mas nunca mexeu com Tessa. Ela era bem dura às vezes. Defendia todo mundo. Uma vez falei que não saberia lidar com a situação, se fosse eu que tivesse acordado naquela cova. Não me entenda mal, ela ficou péssima. Ou agora se tornou mortal, como todos nós. Mas eu ficaria maluca. E sabe o que ela falou? Ela disse: "Por isso aconteceu comigo, e não com você". Não para me fazer sentir culpada, nem para se fazer de mártir, mas porque ela realmente não suporta ver alguém sofrer. Você precisa saber uma coisa. Tessie é a* MELHOR *pessoa.*

SR. LINCOLN: *Vou pedir novamente, tente abreviar as respostas e limitá-las às minhas perguntas. Tenho certeza de que o sr. Vega já pediu a mesma coisa.*

SR. VEGA: *Não estou protestando.*

SR. LINCOLN: *Lydia, preciso perguntar: você já teve medo do seu pai?*

SRTA. BELL: *Só de vez em quando. Quando ele bebe. Mas ele está cuidando disso, procurou ajuda.*

SR. LINCOLN: *Lydia, seu sonho é bem assustador. No fundo de um lago, sem ninguém para ajudar você...*

SRTA. BELL: *Eu não disse que não tinha ninguém para me ajudar. Meu pai sempre mergulha para ir me buscar.*

SR. LINCOLN: *Interessante, você não mencionou esse desfecho quando tomei seu depoimento. Como pode ter certeza de que seu pai não mergulhava para ir buscar o anel que ele tanto amava?*

SR. VEGA: *Tudo bem, Meritíssimo, agora eu protesto.*

12 dias para a execução

"Reconstruir a memória não funciona desse jeito", diz a dra. Giles. "Não é magia. E não sou especialista em hipnose leve. Já disse isso antes."

Olho para a mesma cadeira vazia de veludo dourado da última vez, aquela em que a dra. Giles sugeriu que eu imaginasse meu monstro e o interrogasse. Tem uma Barbie de cabelo arrepiado aninhada em um canto, os braços confirmando um *touchdown*. "Então me explica como funciona", peço.

"Alguns terapeutas usam a imagem de uma corda, ou de uma escada de corda. Ou orientam o paciente a olhar um evento doloroso de cima, como um voyeur. Tem uma citação famosa, a de que uma lembrança traumática é uma série de tomadas estáticas em um filme mudo, e o papel do terapeuta é encontrar a música e as palavras."

"Vamos encontrar a música", digo. "E as imagens. Prefiro... olhar de cima. Vamos fazer meu filme."

Não conto a ela sobre Aurora, que voltou para a Flórida e para a casa da mãe adotiva.

Não conto a ela que hoje vou dar a Lydia o papel da protagonista. Ela sempre o quis, e sempre o peguei para mim. Eu era a garotinha cuja mãe estava morta. Era a Margarida Amarela.

Tenho esperança de que Lydia apareça naquela cadeira e me conte alguma coisa que não sei. Normalmente, é o que faz.

"Se quer realmente tentar a hipnose, vou ter que recomendar outro terapeuta. Não posso ajudar você. Não é assim que trabalho. Pensei que já tivesse entendido."

"Não quero outro terapeuta."

Minha testa começa a suar. Estou pendurada no teto, um morcego no escuro.

Lá estou eu. No fundo do estacionamento. Amarro o tênis Adidas de cadarço cor-de-rosa que encontrei na minha meia de Natal. Olho para cima. Vejo Merry amordaçada com alguma coisa azul, o rosto pressionado contra o vidro traseiro de uma van azul. Eu corro. Encontro um telefone público. Rezo para que a silhueta que liga o motor da van não tenha me visto. De repente, a dor lancinante no tornozelo. O impacto contra o concreto. O rosto dele em cima de mim. Os braços fortes me levantando. Negros.

"Tessa, vê alguma coisa?"

Agora não. Não posso parar o filme para conversar. Quero mais. Fecho os olhos e vejo uma luz tão forte que me queima. Lá está Lydia dançando com as Margaridas. Empurrando-as para fora da pista. Dançando "Vogue", da Madonna, na minha cozinha. Escovando meu cabelo até o couro cabeludo arder. Imitando a conversa do técnico Winkle sobre sexo: *Toda vez que pensarem em fazer isso, quero que apareça uma imagem da minha cabeça. Eu direi "Verrugas genitais, verrugas genitais!"*

Imagens se chocam dentro da minha cabeça. O desenho que Lydia fez da menina ruiva e das flores furiosas. O sr. Bell bêbado. Os cachorros ganindo e correndo em círculos enlouquecidos. A sra. Bell chorando. Lydia e eu pedalando em direção à minha casa, inclinando o corpo para aumentar a velocidade gerada por nossos pés. O Ford Mustang do sr. Bell bufando na garagem como um dragão cruel enquanto a gente se escondia no canteiro de flores. Meu pai conversando tranquilamente com os pais de Lydia na varanda. Mandando o sr. Bell embora. Uma noite, e uma centena de noites.

Eu, a protetora. Um soluço fica preso em minha garganta.

Corte. Nova cena. Lá vem o médico. Bem na hora. Já vi essa parte do filme antes. Lá está Lydia. E ali, embaixo daquela árvore, Oscar e eu. Um lindo campus para dar uma volta. Se eu tivesse deixado Oscar me puxar para o outro lado, nunca teria visto aquilo.

A câmera aproxima a imagem. Quase posso ler os títulos dos livros que Lydia carrega. Lydia, a falsa universitária. Falando sem parar com o médico daquele jeito habitual, frenético. O médico apressado tenta ser cortês, mas parece que só quer sair dali.

Setembro, 1995

SR. LINCOLN: *Meritíssimo, peço permissão para tratar a testemunha como hostil. Tenho sido paciente, mas chegamos ao limite. A testemunha se esquivou de responder às minhas cinco últimas perguntas.*

O TRIBUNAL: *Sr. Lincoln, não vejo nada de hostil em uma menina de cinquenta quilos e de óculos, a menos que seja por ela ter um QI mais alto que o seu.*

SR. LINCOLN: *Protesto... contra o seu comentário... Meritíssimo.*

O TRIBUNAL: *Srta. Bell, precisa responder. Tessie mentiu sobre alguma coisa relacionada ao caso?*

SRTA. BELL: *Sim, Meritíssimo.*

SR. LINCOLN: *Muito bem, vamos rever essa questão mais uma vez. Tessie mentiu sobre os desenhos?*

SRTA. BELL: *Sim.*

SR. LINCOLN: *E mentiu sobre quando voltou a enxergar?*

SRTA. BELL: *Sim.*

SR. LINCOLN: *E antes do ataque, ela mentiu sobre o lugar onde ia correr?*

SRTA. BELL: *Algumas vezes.*

SR. LINCOLN: *E seu pai também mentiu algumas vezes sobre onde ia?*

SR. VEGA: *Meritíssimo, protesto.*

9 dias para a execução

Falta pouco mais de uma semana para execução de Terrell, e limpo o freezer de Effie.

O juiz recusou o pedido de habeas corpus há cinco horas, uma notícia que já faz efeito no meu estômago. Bill me avisou por telefone. Quase não consegui ouvir mais nada depois da palavra *recusou*. Teve a ver com a maneira como o juiz compreendia a *dificuldade da situação*, mas não via nenhuma *evidência convincente* de que Terrell fosse inocente e o júri tivesse errado em sua decisão.

A polícia ainda trabalha nas novas teorias de Igor. Encontraram 68 nomes, todos de mulheres com idade entre pouco menos e pouco mais de 20 anos, residentes do México e do Tennessee, que haviam desaparecido entre a metade e o fim da década de 1980, período que Jo calculou com base na avaliação dos ossos.

O problema é que a lista de 68 nomes se traduz em centenas de buscas por membros das famílias, gente que mudou de endereço, morreu, não quer atender ao telefone ou simplesmente se nega a fornecer o DNA para ajudar na identificação das Margaridas. Pelo menos quinze pessoas procuradas pela polícia ainda são relacionadas como suspeitos em alguns desses casos. Alguns são assassinos, provavelmente, mas não o que procuramos. Onze garotas da lista eram só fugitivas e foram encontradas vivas, mas os nomes não foram retirados do banco de dados de pessoas desaparecidas. É um trabalho que pode levar meses, ou anos, e que tem como base um código muito antigo encontrado na terra. Parece impossível. Não consigo nem imaginar qual é a melhor maneira de limpar a mancha roxa de picolé no freezer de Effie.

"Effie, guardo ou jogo fora?" Já sei qual é a resposta, esse tem sido meu mantra na última hora, mas pergunto assim mesmo. Seguro um saco plástico que contém uma velha cópia de *Na trilha da solidão*. Gus McCrae e Pea Eye Parker estão congelados há anos, atrás de outros pacotes de papel alumínio cobertos de cristais de gelo. Esses já foram para a lata de lixo lá fora sem o conhecimento de Effie.

"Guarda", Effie responde. "Com certeza. *Na trilha da solidão* é meu livro favorito. Eu o guardei aí para saber onde está."

Nunca sei se essas explicações de Effie são verdadeiras ou só um disfarce.

Dois dias depois da execução de Terrell, Effie vai se mudar para Nova Jersey para ir morar com a filha. Mal consigo respirar quando penso na ausência dela nesta casa, mas aqui estou, ajudando minha amiga a colocar um quarto de sua vida dentro de caixas. Esse era o plano, pelo menos.

Até agora, ela não se desfez de nada, nem das quatro frigideiras de ferro que são quase idênticas, exceto pela história frita no fundo preto. Em uma, Effie fez as panquecas Surpresa de Mirtilo, favoritas do marido, no dia em que ele morreu. A que tem o cabo meio enferrujado era da mãe dela. Depois do funeral, Effie brigou por ela e quase trocou socos com a irmã que *não sabe nem fazer água fervendo*. As outras duas deixam a casquinha mais crocante, *quase queimada*, na sua receita de quiabo com broa de milho, e *todo mundo precisa de duas panelas de quiabo*.

Effie está com elegância largada no chão da cozinha, veste um pijama vermelho de seda e parece uma antiga diva de Hollywood, se isso for possível para alguém que está sentada em linóleo preto e branco amarelado e cercada de potes e panelas velhas. A cozinha, como o resto da casa, é a imagem do caos. Ela passou os últimos três dias tirando tudo de todos os armários e prateleiras e jogando sobre as camas, no chão, em cima das mesas, em qualquer espaço disponível. O efeito é o de um tornado numa loja de antiguidades.

"Sue, você está quieta demais. É aquela porcaria de história do Terrell Goodwin?"

Paro de raspar o freezer com o garfo. Tiro a cabeça do compartimento. Effie me chamou de Sue, o nome da filha dela, quando fez a pergunta mais direta do nosso relacionamento.

"Por que a surpresa? Não estou tão maluca assim, meu bem. Achei que finalmente ia conversar comigo sobre esse assunto depois que a polícia arrombou a porta da minha casa e arrancou meus fones de ouvido. Mas você não falou nada, e não faz mal. Isso não é nem uma migalha de quem você é, meu bem. Quem você é... bom, vou sentir falta de quem você é. Muita saudade. E da Charlie. Quero ver aquela menina crescer. Ela vai me ensinar a usar aquele tal de 'Sky-hype'. Já contei que o noivo da Sue e eu tivemos uma boa conversa ontem à noite? Ele é descendente de italianos que imigraram para Nova Jersey. Quinta geração. E me falou que, na família dele, sempre foi uma honra e um privilégio cuidar dos mais velhos. Acho que foi isso que ele disse. Não consegui entender metade da conversa. Nos primeiros quinze minutos, pensei que ele tivesse algum impedimento vocal grave."

Dou risada porque já ouvi Effie falar um francês fluente com seu sotaque do leste do Texas, e não foi tão bonito quanto um sotaque de Hoboken. É uma risada ligeiramente desconfortável, porque não estou interessada em um adeus emocionante, em uma despedida na qual se diz tudo. Não com Effie. Vou deixar os sonhos dela onde estão. Não quero que veja meus olhos dilatados como poços negros, nem que percorra intermináveis campos de flores amarelas que guardam o cheiro da morte. Não quero que acorde com o cheiro das flores no nariz.

Fico aliviada quando meu celular começa a tocar perto de uma bancada coberta de temperos variados. Puxo o telefone de baixo do catálogo amarelado de uma cafeteira Sunbean e de uma receita de salada. Não lembro de ter deixado meu celular embaixo de nada; parece que a cozinha está se transformando em uma espécie de kudzu que cresce sem parar.

Vejo o nome de Jo na tela. Sinto de imediato uma mistura de medo e esperança.

"Alô."

"Oi, Tessa. Bill me contou que já falou com você sobre a decisão do juiz. Que droga."

"É, ele me ligou." Quero falar mais, mas Effie está ali.

"Estou um pouco preocupada com Bill. Parece que ele não dorme há dias. Nunca o vi desse jeito com um caso. Acho que tem a ver com a dor pela perda de Angie. É como se ele não quisesse desapontá-la."

Se eu começar a sentir alguma coisa por Bill ou Terrell agora, vou sentir tudo. As lágrimas já me ameaçam.

"Ligo por outro motivo", diz Jo. "Os policiais pegaram o cara que deixou os cartazes no seu jardim. Foi pego vandalizando o gramado de um padre católico em Boerne. Achei que ia querer entrar com um pedido de ordem de restrição. Ele foi solto sob fiança. O nome do cara é Jared Lester. Provavelmente vai acabar com uma multa severa e prestação de serviços à comunidade, em vez de prisão."

"Tudo bem. Obrigado. Vou pensar nisso." *Vou pensar em não irritar o cara deliberadamente, por enquanto.*

"Mais uma coisa. Ele declara com muito orgulho que plantou as margaridas-amarelas embaixo da sua janela há várias semanas. Verifiquei, e a terra no vaso na garagem dele tem a mesma composição básica daquela que colhi no seu quintal naquele dia. Acho que não está mentindo. Fez a declaração espontaneamente durante o depoimento. Mas tem um detalhe: ele só tem 23 anos." Ou seja, não é o meu monstro. Faço as contas. Ele só tinha 5 anos quando fui jogada naquela cova.

Effie olha para a minha garganta, onde uma veia pulsa. Uma das minhas lágrimas cai nas instruções amareladas da cafeteira, que tem a cara de um sr. Kool-Aid cobrindo o desenho de coador. Começo a enfileirar metodicamente os pacotes de temperos.

Há quanto tempo Jo sabe? O suficiente para a polícia ter capturado o homem, colhido seu depoimento e estabelecido o valor da fiança. O suficiente para fazer os testes na terra de um vaso.

Eu devia dar um tempo a Jo, é claro. Quando fez aquele teste, ela devia saber que o resultado não me tranquilizaria.

Meu monstro continua por aí.

Desta vez, a porta abre e sou eu quem está do outro lado, esperando para entrar.

Olho para o rosto dele, e meu coração se parte.

Imploro em silêncio para que ele me veja por inteiro. A Margarida Amarela que conversa com gente morta, a artista com a cicatriz de meia lua que tortura as tintas e tenta garantir que a beleza exista em algum lugar dentro dela. A mãe que deu à filha o nome de Charlie em homenagem ao arremessador favorito do pai no Texas, e a corredora que nunca parou de correr.

"Você está um trapo", digo.

"O que faz aqui?", Bill pergunta, me puxa para dentro e então para seus braços.

Não conversamos muito nem trocamos muitas mensagens nos últimos dias. Bill me dá a impressão de não ter tomado banho nesse tempo. Não faz mal. Ele tem cheiro de vida. Seu queixo arranha meu rosto como uma lixa. Nossas bocas se encontram e, por um bom tempo, isso é tudo que existe.

"Não é uma boa ideia", Bill declara e se afasta de mim.

"Essa fala é minha."

"É sério. Estou ficando sem gás. Vou pegar uma cerveja para você, vamos conversar."

"Lamento sobre Terrell", falo e vou atrás dele. "Lamento por tudo." Minhas palavras soam… inadequadas.

"É, também lamento." A voz dele é sombria.

"Não queria ser grossa no telefone. É que fiquei chocada."

Ele dá de ombros. "Próxima parada, Tribunal de Apelações dos Estados Unidos. Um bando de palhaços com carimbos de borracha. O pedido de habeas corpus foi nosso tiro mais certeiro. Senta, vou pegar a cerveja."

Ele desaparece por uma arcada, enquanto olho pela primeira vez a sala da casa dele. Olho para os quadros nas paredes como outras pessoas olhariam para os livros na estante e os CDs nas prateleiras. Ou costumavam olhar, pelo menos. Algumas gravuras modernas em tons de vermelho, verde e dourado. Nada que me deixe espiar a alma de Bill, e se houver alguma coisa, prefiro não me decepcionar.

Escolho uma poltrona de couro branco e me pergunto, meio tarde demais, se não causaria problemas para a jovem estagiária de direito chamada Kayley por tê-la manipulado para conseguir o endereço da casa de Bill. Eu a comovi com meus olhos vermelhos, minha carteira de motorista e uma dissertação maluca sobre Santo Estevão, ainda apedrejado até a morte no altar sobre a mesa de Angie. Kayley passou boa parte do meu discurso tentando não olhar para a cicatriz, francamente impressionada por estar diante do mito.

Tudo isso me trouxe até esta garagem da década de 1960 transformada em apartamento. O lugar deve valer uns seiscentos mil dólares. Talvez mais. Fica entre os rios sinuosos e as árvores de Turtle Creek, um famoso, rico e antigo bairro de Dallas, onde os indígenas costumavam montar acampamento. Adoro a dança das luzes na madeira, a graciosa lareira de tijolos brancos com a grade coberta de fuligem, até os círculos concêntricos da xícara de café ao lado do laptop sobre a mesinha da sala. A arte não me agrada muito. Combina com as almofadas.

Bill volta com duas cervejas. St. Pauli Girls. Prefiro acreditar que ouviu quando disse que era a minha preferida e deixou algumas na geladeira.

"Caso ache estranho", diz, gesticulando com a cerveja na mão, "sou apenas um intruso. Meu pai gosta de reformar casas, agora que está aposentado, e acho que é melhor que ir jogar baralho no Choctaw. Minha mãe é a decoradora. Estou aqui só para deixar tudo com um ar mais vivo até eles conseguirem vender a casa." Bebe um gole da cerveja e senta no sofá, bem na minha frente. "Tenho que confessar", diz. "Kayley ligou para me avisar que você estava a caminho."

"Para você poder carregar a arma." Sorrio.

"Bom, não seria a primeira vez", admite.

Mudo de assunto, volto a falar de Terrell. "Quantas vezes conseguiu um adiamento em um caso de pena de morte?"

"Adiamento? Cinco ou seis vezes. Esse é o verdadeiro objetivo, na maioria das vezes. Prolongar a vida o máximo possível, porque quem está no corredor da morte do Texas provavelmente vai morrer lá. Só trabalhei em um caso que teve um fim de sucesso total. Angie estava no comando. Não faço isso em tempo integral. Mas você sabe disso."

"Essa única vez... você deve ter ficado... eufórico", falo.

"Eufórico não é exatamente a palavra certa. A vítima teve uma morte horrível, isso não mudou. Tem uma família por aí que sempre vai pensar que libertamos um assassino. Por isso, prefiro dizer que fiquei muito, muito, muito aliviado. Angie insistiu em manter nossa comemoração privada." Bill bate na almofada ao lado dele no sofá. "Vem aqui. Está muito longe de mim."

Levanto muito devagar. Ele me puxa, me abraça e beija minha boca. "Deita."

"Pensei que isso não fosse uma boa ideia."

"É uma ótima ideia. Vamos dormir."

As batidas violentas nos acordam.

Bill pula do sofá e me deixa sozinha, esparramada em cima das almofadas. Ele já espia pelo olho mágico antes de meus pés tocarem o chão. Em um segundo estou do lado dele.

"Vai para a cozinha", Bill ordena. "Se quiser manter segredo sobre nós dois."

Não me movo, e ele gira a maçaneta.

O verde-limão me ofusca. Uma jaqueta de esqui que pode ser vista de longe, em caso de necessidade de resgate com helicóptero em uma montanha nevada. Jo está dentro dela. Ela entra como alguém que já esteve aqui antes.

E deduz rapidamente o que minha presença significa. "Tessa? Por quê...?" Jo balança a cabeça. "Ah, esquece. Não tem importância. Você também tem que saber."

"Saber o quê?" Meio sem graça, ajeito o cabelo.

"Sobre Aurora."

"Algum problema? Ela está ferida?" *Ou morta?*

"Não, não. É o DNA. Encontramos uma compatibilidade. É bizarro."

"Fala, Jo. O que é?" Bill está impaciente. Ele observa meu rosto.

"O DNA de Aurora é compatível com o que extraímos do osso do feto da Margarida Amarela na cova. O pai das duas é o mesmo. Devem ser meias-irmãs."

"DNA compatível com... a filha da Lydia?" Bill está incrédulo, faz a pergunta enquanto eu ainda tento entender alguma coisa. Tento esquecer a imagem de Lydia e um garoto do colégio abraçados e nus.

Lydia dormiu com o assassino. Ou foi estuprada.

Eu tenho as respostas, cochicha uma Margarida.

O telefone de Bill começa a tocar. Ele o tira do bolso e, irritado, olha para a tela. De repente sua expressão fica fechada, carrancuda.

"Tenho que atender." E aponta para Jo e para mim. "Não falem nada enquanto eu estiver no telefone."

Jo segura meu braço e me leva de volta para o sofá. As Margaridas agora falam baixinho, como o vento soprando por aquele buraquinho na minha casa na árvore.

Naquela noite, as Margaridas me procuram quando estou dormindo. Estão agitadas, correm de um lado para o outro, um borrão de membros jovens e saias esvoaçantes, mais vivas do que jamais as vi. Procuram meu monstro em cada canto, como se a mansão em que moram dentro da minha cabeça fosse explodir. Como se fosse a última vez.

Elas gritam e se xingam, me xingam.

Acorda, Tessie! Lydia sabe alguma coisa! Elas se espalham como soldados do exército. Abrem e fecham as portas do closet, arrancam as roupas de cama, tiram teias de aranha dos lustres, arrancam o mato do jardim. Merry, a doce Merry, cai de joelhos para implorar pela misericórdia de Deus.

Uma Margarida grita. *Aqui! Encontrei o monstro!* Ela me diz *corre, corre, corre*, porque não vai poder segurá-lo por muito tempo.

Estou na fronteira da consciência. A Margarida está plantada em cima dele, a saia vermelha cobrindo seu corpo como sangue. Ela usa toda força que tem para virar a cabeça dele para eu poder ver seu rosto. Um verme sai de sua boca. O rosto está coberto de lama.

Acordo soluçando.

Meu monstro ainda usa uma máscara. E Lydia sabe exatamente quem é ele.

Setembro, 1995

SR. LINCOLN: *Acho que terminamos, srta. Bell. Obrigada por ter testemunhado. Lamento que tenha sido um dia difícil para você.*

SRTA. BELL: *Não foi difícil. Tenho mais uma coisa para falar, é sobre o diário da Tessie.*

SR. LINCOLN: *Não sabia que ela mantinha um diário.*

SR. VEGA: *Protesto. Não sei nada sobre esse diário. Não está entre as evidências, Meritíssimo, e não vejo qual é a relevância.*

JUIZ WATERS: *Sr. Lincoln?*

SR. LINCOLN: *Estou pensando.*

JUIZ WATERS: *Tudo bem, enquanto pensa, vou fazer algumas perguntas à testemunha.*

SR. VEGA: *Protesto. Creio que ultrapassa os limites das suas atribuições, Meritíssimo. Só temos a palavra dessa testemunha sobre a existência do diário.*

SR. LINCOLN: *Também protesto, Meritíssimo. Como o sr. Vega, desconheço a existência desse diário e o que ele pode conter.*

JUIZ WATERS: *Agradeço pelo interesse dos dois na busca da verdade, cavalheiros. Olhe para mim, srta. Bell. Vai ter que falar de maneira bem generalizada. Mencionou o diário por acreditar que há nele alguma coisa pertinente a este julgamento?*

SRTA. BELL: *A maior parte é sobre coisas de corrida e assuntos pessoais. Às vezes ela lia uns trechos do diário para mim. Um conto de fadas que havia inventado. Ou me mostrava um desenho que havia feito. Ou...*

JUIZ WATERS: *Um minuto, srta. Bell. A srta. Cartwright permitia que você lesse o diário?*

SRTA. BELL: *Não exatamente. Mas quando ela se comportava daquele jeito estranho, eu lia. E vasculhava a bolsa e as gavetas dela para ter certeza de que ela não escondia Benadryl e outras coisas. É o que fazem as melhores amigas.*

JUIZ WATERS: *Srta. Bell, precisa responder às minhas perguntas com sim ou não. Acredita que aquele diário tem alguma coisa pertinente a este julgamento?*

SRTA. BELL: *É difícil dizer, mas, sabe, tipo, eu imagino. Nunca li aquilo tudo. Só dei uma olhada. Fazíamos nossos diários juntas. Era uma das nossas coisas.*

O TRIBUNAL: *Sabe onde está o diário de Tessie?*

SRTA. BELL: *Sim.*

O TRIBUNAL: *E onde está?*

SRTA. BELL: *Entreguei ao psiquiatra dela.*

O TRIBUNAL: *Por que fez isso?*

SRTA. BELL: *Porque havia nele um desenho que ela fez quando estava cega, uma sereia ruiva pulando de cima do telhado da casa do avô dela. Sabe, se matando.*

PARTE III
Tessa e Lydia

"É relaxante olhar as flores.
Elas não têm emoções nem conflitos."

LYDIA, 16 ANOS, LENDO AS PALAVRAS DE SIGMUND FREUD
ENQUANTO RELAXAVA NO BARCO DO PAI, 1993

Tessa, no presente

1h46

Effie está parada na varanda da frente da minha casa e segura um pacote marrom e irregular. O roupão dança ao vento. A vizinhança dorme, exceto por nós duas e algumas lâmpadas da rua. Antes de ela tocar minha campainha, eu estava acordada lendo *O pintassilgo*, mas pensando em Terrell.

Faltam três dias.

"Esqueci de dar isto a você antes." Effie põe o pacote nos meus braços. "Vi quando uma menina de vestido roxo o deixou. Ou será que foi um homem bonito de terno? Enfim, vi o pacote na sua varanda hoje à tarde. Ou ontem. Ou há uma semana, talvez. Achei que devia trazer para você."

"Obrigada", falo distraída.

Na frente do pacote há um rabisco. *Tessie*. Não tem selo. Nem remetente. O pacote é mole, com alguma coisa dura lá dentro.

Não abre, uma Margarida me avisa.

Olho para o gramado escuro atrás de Effie. Espio os arbustos entre minha propriedade e a dela. As sombras dançam ao som de um ritmo silencioso na entrada da garagem.

Charlie foi dormir na casa de uma amiga. Lucas saiu, só volta amanhã. Bill está na pousada Days Inn, em Huntsville, porque Terrell implorou para que ele fosse.

Effie já cruza o jardim de volta à sua casa.

Lydia, 16 anos

43 horas depois do ataque

Esta não é minha melhor amiga.

Isto é uma coisa com uma peruca de Bozo, um rosto inerte, flácido, e tubos saindo dela em todas as direções como escorregadores de um parque aquático insano, mas a água é amarela e vermelha.

Seguro e afago a mão de Tessie, cada movimento programado de acordo com o relógio, como Hilda, a tia dela, me disse para fazer. *Mais ou menos um por minuto*, ela disse. *Queremos que ela saiba que estamos aqui.* Tento não apertar aquela parte da mão dela onde o curativo está ficando meio rosado. Ouvi uma enfermeira comentar que as unhas de Tessie foram arrancadas, como se ela tivesse tentado escalar a parede para sair da cova. Tiveram que tirar pétalas amarelas do corte em sua cabeça.

"Pode levar dezoito meses para as unhas dos pés crescerem de novo", falo, pois tia Hilda disse para continuar falando porque *a gente não sabe o que ela pode ouvir*, e porque já expliquei a Tessie que as unhas da mão vão crescer em apenas seis meses.

Assim que soube que Tessie havia desaparecido, vomitei. Depois de doze horas, tive certeza de que alguma coisa muito ruim havia acontecido com ela. Comecei a escrever o que diria no funeral. Escrevi como nunca mais sentiria seus dedos trançando meu cabelo, nem a veria fazer lindos desenhos em trinta segundos, não veria seu rosto se transformar em algo selvagem quando ela corria. As pessoas teriam chorado ao me ouvir.

Eu ia citar Chaucer e Jesus, e prometer que dedicaria toda minha vida a encontrar o assassino. Ia me colocar naquele púlpito na igreja Batista e mandar um recado, um aviso para o assassino, caso estivesse me ouvindo, porque os assassinos normalmente estão perto. Em vez de dizer *que a paz esteja com você*, as pessoas se virariam nos bancos e se olhariam assustadas e, a partir daquele momento, elas passariam a imaginar o que exatamente vivia na casa ao lado. Há uma faca em cada gaveta de cozinha, travesseiros em todas as camas, anticongelante em todas as garagens. Armas em todos os lugares, pessoas em todos os lugares, e estamos prontas para atirar. Essa teria sido minha mensagem.

Tessie acredita que os humanos são essencialmente bons. Eu não. Queria muito perguntar se ela ainda acha que o mal é uma aberração, mas não quero que pense que esfrego sal na ferida.

O monitor sobre a cama dela apita pela centésima vez, e dou um pulo assustado, mas Tessie não se move. Tenho a sensação de afagar um pedaço de queijo. Pela décima vez, mais ou menos, eu me dou conta de que ela nunca mais será a mesma. O curativo no rosto esconde alguma coisa. Ela pode não ser mais bonita, ou divertida, ou entender todas as minhas referências literárias, pode não ser mais a única pessoa na terra que não pensa que sou uma vampira. Até meu pai me chama de Mortícia de vez em quando.

O apito *não para*. Aperto *de novo* o botão para chamar a enfermeira. Uma delas abre a porta e me pergunta se vai demorar para chegar algum acompanhante adulto. Como se *eu* fosse o problema.

Não quero voltar à sala de espera. Tem um milhão de pessoas lá. E o técnico de corrida da Tessie me deixa maluca. Toda hora repetindo que foi muita sorte o *calvário* ter socorrido Tessie a tempo. *Calvário é onde Jesus morreu na cruz, idiota.* Conto a história a Tessie outra vez, apesar de já ter contado há alguns minutos.

As pálpebras dela tremem. Tia Hilda me avisou que isso acontecia o tempo todo. Não significa que ela está acordando.

Escolhi Tessie no segundo ano da escola, no instante em que ela sentou na carteira ao lado da minha.

Afago a mão dela. "Pode voltar. Não vou deixar ele pegar você."

Tessa, no presente

1h51

Fecho a porta. Digito o código de segurança.

Viro e quase paro de respirar.

O rosto de Merry está pressionado contra o reflexo do espelho na parede.

Ela está presa do outro lado do vidro, como na noite em que seu rosto foi empurrado contra o vidro de trás do carro no estacionamento da loja. Quanto esforço deve ter feito para se jogar do banco de trás, meio morta, meio drogada, amordaçada com um lenço azul, um último esforço na esperança de alguém como eu passar por ali e salvá-la. De todas as Margaridas na minha cabeça, Merry é a menos carente, a menos acusadora. A mais culpada.

Tudo bem, falo baixinho, andando em direção a ela. *Não é sua culpa. Eu é que tenho que me desculpar. Devia ter salvado você.*

Quando toco o espelho com a palma da mão, Merry já desapareceu, foi substituída por uma mulher pálida com cabelos ruivos e desgrenhados e um pingente dourado em uma gargantilha. Minha respiração embaça o espelho, e eu também desapareço.

Merry apareceu duas vezes antes. Uma vez na janela do consultório do médico quando eu tinha 16 anos, cinco dias depois de eu recuperar a visão. Há quatro anos, ela cantou "I'll Fly Away" na última fileira do coro da igreja no funeral do meu pai.

Vou até a cozinha, abro a gaveta, pego uma faca e corto a fita adesiva do pacote. As Margaridas, uma vibração crescente na minha cabeça.

Lydia, 16 anos

6 meses antes do julgamento

Bato à porta e grito o nome de Tessie.

Ela me trancou pelo lado de fora. Estou trancada naquele quarto idiota de conto de fadas, o quarto cor-de-rosa dela, que era legal *quando a gente tinha 10 anos*. Acordei e ela não estava na cama, e agora não consigo abrir a porta para a varanda. Eu *falei* que não queria que fosse lá fora sozinha esta noite, porque está cega e é perigoso, e fui encarregada de cuidar dela. Mas, na verdade, é porque acho que ela pode pular.

Hoje foi outro Dia Triste. Para ela, são 26 consecutivos. Marco uma carinha sorridente na minha agenda cada vez que ela sorri. Ninguém mais desenha carinhas sorridentes em uma agenda, mas se Tessie se matar esta noite, a culpa vai ser de Lydia Frances Bell.

Lydia nunca foi boa influência. Lydia é mórbida. Lydia pode ter dado um empurrãozinho em Tessie.

Colo a orelha à porta. Ainda viva. Está tocando flauta. É preciso ter muito fôlego para isso. Eu não ia querer estar perto sentindo o cheiro. Ela não escova os dentes há seis dias. Sou a única fazendo *essa* contagem também. Uma lição de vida nessa história da Tessie é que é mais difícil amar as pessoas quando elas cheiram mal. É claro, tem muitas partes boas também. É legal ser chamada de *amiga de conto de fadas* pela revista *People*. E agora sinto uma animação secreta o tempo todo, a mesma que eu sentia quando olhava para o mar e pensava no quanto ele é profundo e escuro, e no que há lá no fundo. Eu *gosto* de perambular por uma novela terrível, *vivê-la*, acordar todo dia para escrever uma nova página, mesmo que as pessoas sempre vejam Tessie como a personagem principal.

A porta cede um pouquinho, por isso bato o quadril na madeira com mais força. A ideia estúpida de trazer Tessie para passar o fim de semana no castelo foi do avô dela, não minha. É claro, eles foram para a cama às 21h30 e estão meio mortos.

Tenho certeza de que ela não ia pular por causa daquele comentário sobre Frida Kahlo que fiz durante o jantar. A avó dela me olhou feio. Mas foi o avô que tocou no assunto.

Ele contava a Tessie sobre como Frida Kahlo havia pintado na cama depois do terrível acidente de ônibus que a deixou paralisada dentro de um gesso aos 18 anos de idade. A mãe de Frida fez aquele cavalete especial para ser usado na cama. O avô de Tessie perguntou se ela gostaria de ter alguma coisa parecida, algo que ele pudesse fazer. Tentava inspirá-la, mas, para mim, a lição ali era que um acidente aleatório de ônibus destruiu Frida Kahlo para a vida, como Tessie vai ficar destruída também. E tudo que eu *disse* foi que tinha sido bom Frida ter se matado, porque estava literalmente se matando de tanto se pintar. Achei engraçado. Tipo, quantas caras de Frida Kahlo o mundo pode aguentar?

De repente a porta cede, e caio na varanda. Ela está sentada no parapeito, de costas para mim, vestida com uma camiseta branca enorme do avô, parecendo Gasparzinho, o Fantasminha Camarada. Tessie havia se esquecido de levar a camisola, por isso pegou a camiseta emprestada na gaveta do avô.

Existem maneiras muito melhores de se matar, penso. *E eu não vestiria essa coisa.*

Talvez eu deva deixar Tessie pular. A ideia passa pela minha cabeça.

Se pular, vai acabar numa cadeira de rodas, porque ela é esse tipo de pessoa de sorte. Ou sem sorte. O limite é bizarro. Todo esse esforço para trazê-la de volta à vida, e tenho certeza de que tudo que queria era dormir naquela cova e nunca mais acordar.

Estou muito, muito brava. Mais que de costume. Estou *chorando*. Não sei por quanto tempo vou conseguir aguentar. Todas aquelas matérias nos jornais, mas a história verdadeira, a versão horrenda, nunca é contada.

Ela continua tocando a porcaria da flauta. Isso *me* faz querer pular.

"Por favor, sai daí", peço com a voz sufocada. "*Por favor.*"

Tessa, no presente

1h54

Tiro um saco plástico de dentro do pacote.
    Uma camisa lá dentro.
    Suja de sangue.
    Eu a reconheço.

Lydia, 17 anos

Dez semanas antes do julgamento

Hoje eu poderia desenhar *vinte* carinhas felizes na minha agenda.

Minha mãe acabou de trazer Coca geladíssima com canudinho e salgadinhos para nós. Disse que era bom ouvir a gente rindo muito de novo. Depois disso, tranquei a porta. Foi ideia de Tessie fazer os desenhos falsos para o novo médico, uma grande surpresa, porque é mais a *minha* cara fazer esse tipo de coisa. Tessie nunca foi uma grande mentirosa, mas jamais tive problema com isso, se fosse um meio para um fim. Ela me explicou que não quer esse novo médico lendo sua alma. A história da alma era uma imitação, o jeito de falar do médico a quem ela ficou presa antes desse. O idiota falou que ela poderia curar a cegueira se mergulhasse de um penhasco alto e abrisse os olhos embaixo da água. Nunca vi o pai de Tessie tão bravo como no dia em que contei isso a ele. É como sugerir que ela se mate!

Tessie usa aquele pijama azul com renda que sua tia Hilda deu para ela. Se pudesse enxergar, ela não deixaria que a vissem com aquela coisa nem morta. Mas não pode, e o pijama até que é fofo. Dá a ela um ar inocente, como se o mundo não estivesse acabando.

"Tem hidrocor preto?" Tessie pergunta.

"Tenho." Aperfeiçoo uma careta em uma flor e dou o marcador a ela.

É a primeira vez que não me sinto constrangida por desenhar no mesmo ambiente que Tessie. Ela teve que ficar cega para isso acontecer. Tudo que desenha é *perfeito*. Gosto do cenário. Definitivamente, desenho muito melhor quando Tessie deixa de ser uma concorrente.

Mas ainda acho que esse desenho é um pouco *literal*. Um campo de flores monstruosas. Uma menina encolhida. Isso precisa de *drama*.

Desenho outra menina em cima da primeira. Rabisco com o lápis vermelho. Elas estão brigando? Uma está matando a outra? As pobres florezinhas estão preocupadas, tentando acabar com a briga?

Haha. Ele que tente descobrir.

Tessa, no presente

2h03

Meus olhos estão grudados na mancha escura na camisa cor-de-rosa. Minha camisa. Ela a pegou emprestada há muito tempo e nunca mais devolveu.

É muito sangue.

Não pela primeira vez, penso na ideia de Lydia ter sido assassinada.

Lydia gostava de ketchup, penso. De glucose de milho e corante vermelho, manipulação e jogos de adivinhação.

Tem mais alguma coisa no pacote.

Um caderno de folhas pautadas. Também o reconheço. Havia uma caixa cheia deles.

Este tem uma data escrita na frente. E um nome.

O L faz uma volta no final, como o rabo de um gato. Eu a vi escrever aquele L centenas de vezes.

Minha mão hesita entre o caderno e o celular.

Decidindo como jogar.

Lydia, 17 anos

Três semanas antes do julgamento

"Sou Lydia Frances Bell", me apresento, já arrependida de ter incluído o Frances. Ou de usar o Lydia, que nunca senti como meu nome de verdade. Combinava mais com Audriana, Violetta ou Dahlia. Devia ter dado a ele um nome falso. Tessie teria dito que foi idiotice me apresentar. Ficaria furiosa. Disse a ela que só assistiria a uma aula do novo médico para observar e que não levantaria a mão nenhuma vez. Já vim duas vezes. Tessie me deixa louca. Ontem à noite, quase arrancou minha cabeça quando fiz um sanduíche de manteiga de amendoim e levei ao quarto dela. Tem dó, supera! É só um *sanduíche*.

Hoje foi a primeira vez que me inscrevi para o horário do consultório. Estou me sentindo tão preparada quanto possível. Pesquisei tudo que podia sobre ele. Li sua série de palestras intitulada "De Marilyn Monroe a Eva Braun: as burrinhas mais poderosas da História". Devorei o estudo de caso daquela menina que sobreviveu depois de ter sido enterrada viva pelo padrasto e que convenceu todo mundo de que ele seria o melhor terapeuta para Tessie quando seu nome apareceu na lista de candidatos. Ele é professor visitante em *três* escolas da Ivy League. Nunca ensina nenhuma matéria que tenha algo como "introdução" no título. Não encontrei nenhuma informação pessoal, o que me intrigou, e *nada* sobre a filha dele, desaparecida, mas tenho certeza de que é um homem discreto e totalmente dedicado ao trabalho.

"Que bom que veio, Lydia", ele diz. "Vi você sentada na primeira fileira." Seu sorriso é um raio de sol. Ele me faz *pensar* em Keats.

Ponho sobre a mesa minhas *copiosas* anotações feitas em sua última aula sobre a Tríade Sombria de Personalidade, de forma que pode ver que boa aluna sou. Ele me pergunta se concordo com Maquiavel sobre não sermos impotentes nas mãos do azar. Aparentemente, a pergunta é retórica, porque continua falando. Adoro o som da voz dele pronunciando todas aquelas palavras de quatro sílabas. É como se fizesse sexo com meu cérebro.

Tenho dez perguntas brilhantes prontas para impressioná-lo, e ainda não fiz nenhuma.

Ele arrasta a cadeira de trás da mesa. O joelho pressiona minha perna daquele jeito gostoso que mistura prazer e dor. Mal consigo *pensar* com o joelho dele me tocando, mas ele se comporta como se eu nem estivesse ali.

Sei que devia dizer a ele que sou a Lydia, melhor amiga da Tessie, mas não quando olha para mim daquele jeito.

Na próxima vez.

Tessa, no presente

2h24

Leio as páginas. São brutais. Apelidos, facadas, chutes no meu estômago. E alguns beijinhos. Amor e ressentimento juntos.

Outra Lydia se mostrando quando eu tinha 16 anos. Uma foto atrás da foto. Um flashback daquela noite na varanda, quando pensei que havíamos esclarecido tudo. Cada pedregulho de raiva não mencionado. Cada tumor benigno que havia crescido desde o início da nova amizade, os tumores que vivem embaixo da pele de todo relacionamento, até o momento imperdoável que muda a química das duas pessoas para sempre.

Eu me enganei. Havia muito mais.

Tento unir a menina deste caderno com a outra, a que me ajudava a recuperar o fôlego com um saco de papel. A que me abraçou a noite toda quando minha mãe morreu e que trançava meu cabelo quando eu estava cega. A que lia para mim poesias de tirar o fôlego. E escrevia anotações em seu código favorito de Edgar Allan Poe, usando tinta invisível feita de suco de limão, e deixava na fresta da minha casa na árvore para eu encontrar no dia seguinte. Para eu segurar a folha contra o sol e revelar suas palavras.

Estou enjoada.

O telefone toca. Eu me sobressalto, derrubo uma garrafa de água.

A tinta de Lydia começa a borrar.

Tento desesperadamente secar as páginas.

O telefone toca de novo. Insistente.

Dou uma olhada na tela para ver quem liga.

Outler, Euphemia

Falta ler um quarto das páginas, pelo menos. Não sei como acaba a história de Lydia. Ou quanto tempo ainda tenho com o diário. Imagino que não é muito.

"Sue? Sue?" A voz de Effie transborda pânico.

Ela abaixa o tom.

Acho que o maldito ladrão de pás está aqui.

Lydia, 17 anos

Dois dias depois do julgamento

Tessie *grita* comigo.

Você entregou meu diário ao médico? Mexeu nas minhas coisas?

"Tive que dar o panorama geral aos jurados." Caramba, ela está *surtando*. Pensei que entenderia. "Dei o diário ao médico para *proteger* você. Contei todas aquelas coisas quando testemunhei para ajudar a condenar Terrell."

"Sei, certo. Tinha que contar que eu não tomava banho? Que encontrou piolho no meu cabelo? Que eu roubava analgésicos do armário de remédios da tia Hilda?"

"Peço desculpas por ter contado que os garotos chamavam você de Suzy Scarface. Foi um comentário infeliz."

"Eles realmente me chamam desse jeito, Lydia?" Tessie parece estar prestes a começar a chorar. Mas não posso ceder. Ela sempre quer as coisas do jeito dela. "Você testemunhou por *você* mesma! Para poder ser a estrela."

Estamos na varanda da casa do avô dela, como já estivemos um milhão de vezes antes. Ela treme, furiosa comigo. Mas também fico mais furiosa a cada segundo. *Tessie não entende tudo que fiz por ela?* Ela grita, eu grito de volta, é a briga do século. Finalmente, ela fica sem resposta. Agora é só o silêncio, a noite escura e nós duas ofegantes.

"Eu vi você com o médico." O tom dela me apavora.

"Do que fala?" Eu *sei* do que ela fala, é claro. *Mas quando? O quanto ela sabe?* "Viu quando eu dei seu diário a ele?"

"Talvez. Eu passeava pelo campus com Oscar. O que achou que fazia, Lydia? *Some.*"

De repente a vó dela aparece atrás de mim e segura meus ombros com força. Ela está meio arfante porque teve que subir todos aqueles degraus. Nunca gostou muito de mim. "Meninas..."

"Some daqui, Lydia." Tessie soluça. "*Somedaquisomedaquisomedaqui!*"

Tessa, no presente

2h29

Atravesso o quintal correndo. Descalça. Parece um sonho. Uma noite estrelada sobre minha cabeça. Um perfume doce e enjoativo paira no ar.

Sombras penduradas nas árvores, prontas para pular em cima de mim. Eu me concentro na luz da janela da cozinha da casa de Effie. No aço frio em minha mão. Na ideia de Effie sozinha com um monstro. Um monstro que devora seu cérebro, que transformou meninas em ossos, que penteava meu cabelo e, em segredo, desprezava minha fraqueza. Talvez os três.

Espera por mim. Usa Effie como isca.

O que é aquilo no chão? Eu me abaixo e passo os dedos na grama. Confete. Formando uma trilha entre minha casa e a de Effie. Esfrego os pedacinhos de papel entre os dedos. Vejo os fragmentos caindo, flutuando como pensamentos abstratos brilhantes.

Não é confete.

A grama está coberta de margaridas-amarelas.

Alguém arrancou as pétalas e desenhou uma trilha com elas.

Estou sufocando, tento respirar um ar que evapora.

O céu de Van Gogh gira lá em cima.

Minha cabeça explode com imagens variadas e focaliza uma só.

Ele enfim limpou a lama de seu rosto.

Meu monstro. O assassino das Margaridas Amarelas.

Limpo e barbeado. E sorrindo.

As Margaridas gritam de alegria. É ele, é ele, é ele!

Sinto seu braço em torno dos meus ombros. Sinto o cheiro da colônia em seu paletó.

Ouço o sotaque lento, relaxante.

Se pudesse fazer três pedidos, Tessie, quais seriam?

Lydia, 17 anos

Três dias depois do julgamento

Fizemos amor duas vezes. Ele já está na beirada da cama.

"Vou tomar uma ducha, benzinho", diz. "Depois vou ter que sair. Então, se arrume, OK?"

Benzinho. Como se eu fosse um acessório da década de 1940. Que tal ser um pouco mais mitológico? Por que não me chama de Eurídice? Ou Isolda? Penso que Lydia Frances Bell merece mais que lençóis ásperos, "se arrume" e *benzinho*.

O chuveiro já está ligado.

Saio da cama nua, tremendo. Ele sempre deixa o apartamento gelado. Não gosta do barulho do aquecedor ligando e desligando. *Tanto faz*. Pego a camisa dele no chão e a visto. Balanço as mangas compridas como se fossem as asas de um pássaro. É o último dia dele na faculdade antes da viagem à China. Ele diz que Tessie nem precisa saber que dormimos juntos, o que é, tipo, *uau*. Acho que ela vai superar a história do meu depoimento. Vou esperar um mês.

As caixas de papelão estão em todos os lugares.

Talvez eu dê uma olhada nelas. Procurar uma lembrancinha da qual não sentirá falta.

Enfio as mãos nos bolsos dos ternos de velho. Queria que me deixasse escolher suas roupas. As camisas são ásperas. Dão coceira no pescoço. Dou uma olhada em uma pilha de livros didáticos que me matariam de tédio. Espio a gaveta de cuecas samba-canção. Comum, comum, comum.

O chuveiro continua ligado.

Abro e fecho mais gavetas vazias. Dou uma olhada no freezer.

Leio os envelopes da correspondência. Caramba, até a Tessie me deixa surpresas melhores.

Quase não me dou o trabalho de abrir o armário embaixo da pia da cozinha.

Mas é lá que as encontro.

As flores amarelas com miolo preto, crescendo irregularmente no escuro.

Tessa, no presente

2h34

Estou de joelhos. Olho para a pétala grudada em minha mão. Pulso de ódio.

Dele. De mim, por ter sabido o tempo todo, mas não ter enxergado por medo.

De Lydia.

Não sei quanto tempo passa. Segundos? Minutos? A luz continua acesa na janela da cozinha de Effie.

Você controla sua mente, Tessie. O médico. Na minha cabeça. Rindo. Debochando.

Fico em pé.

Há pétalas em todos os lugares, coladas nos meus joelhos, nas solas dos meus pés descalços.

Abaixo para tirá-las de mim.

Não são pétalas.

São pedacinhos torcidos de lenço de papel. Fragmentos que se desmancharam na água. Os que estão sempre escondidos nos bolsos dos roupões e suéteres da Effie.

É a trilha de Effie. Ela me leva até a porta da frente de sua casa, a quilômetros de distância do túmulo onde Tessie foi dormir.

Mas Tessie está acordando. A velha Tessie, que corria mais que os meninos, que tinha um coração de batidas lentas, que se expunha ao risco de ter feridas, ossos quebrados e cicatrizes, *que nunca perdia* porque a mãe morta a incentivava do outro lado da linha de chegada.

Vejo Tessie abaixada em um caminho ofuscado pela luz do sol. O calor se eleva em ondas visíveis. Ela mantém os olhos baixos. Para chegar em primeiro lugar, vai passar o menor tempo possível no ar, saltando os obstáculos.

Seus dedos tocam a terra.

Os meus giram a maçaneta da porta da casa de Effie.

Nós duas, prontas para o tiro.

Lydia, 17 anos

Dez dias depois do julgamento

Ele é uma versão serial killer do sr. Darcy, estendendo a mão para me ajudar a entrar no barquinho que balança sobre as ondas no píer. Descemos pela trilha sinuosa da cabana até aqui. Foi ideia dele alugar a cabana. Nossa noite especial de despedida, diz, antes de sua partida para a China, ou para onde quer que vá de verdade. O lugar é isolado. Penso se ele já trouxe outras garotas aqui. Ou escolhia um lugar novo para cada uma? Tudo é preto. A água, o céu, a floresta atrás de nós. E aquela lona no fundo do barco? Ele realmente pensa que Lydia Bell é tão burra assim? É claro, entro em um barco com um assassino em série, mas é isso que você tem que fazer quando não tem nenhuma prova concreta e é sua última esperança.

"Cuidado", ele avisa quando embarco. "Quer pilotar?" Quando sento, ele puxa a corda do motor e tem um pouco de dificuldade para fazê-lo pegar. Eu poderia dar algum conselho, mas fico quieta.

"Não, obrigada", respondo. "Tenho medo. Vou ficar aqui sentada olhando a lua, se eu conseguir descobrir onde ela está. E tenho uma lanterna. Posso ler para você." Estou com o livro na mão, *O grande livro dos poemas de amor: de Browning a Yeats*, apesar de ter uma memória fotográfica e já ter lido este livro um bilhão de vezes.

"Não sabia que tinha medo de alguma coisa", ele brinca.

Hum, talvez tenha exagerado quando disse que estava com medo.

"Vai adorar o lago no escuro", diz. "É bem o seu estilo. Deixa para ler quando chegarmos a um lugar bem legal. Eu desligo o motor e ficamos um pouco à deriva. Bebemos um pouco de vinho."

Estamos a uns três quilômetros da margem, ele começa a reduzir a velocidade do barco e eu abro o livro. Começo a ler:

"Você me ama. Você *não* me ama."

As palavras se perdem em meio ao barulho do motor.

"Quê?" Impaciente. "Falei para não ler ainda."

Fico em silêncio, o que é difícil.

Ele desliga o motor no meio do lago.

Estou preparada, é claro. Dez perguntas datilografadas dentro da minha cabeça, numeradas, um em cima da outra. Fecho o livro.

Pergunta n. 1. "Você matou aquelas meninas?"

"Que meninas, benzinho?"

"Acha que deixaria de amar você? Que o denunciaria?"

"Lydia. Para."

"Sabia quem eu era desde aquele primeiro dia no seu consultório? Sabia que eu era a melhor amiga de Tessie?" Quero que ele diga *não*. Que me dê *explicações*.

É difícil ver seu rosto no escuro. O corpo continua totalmente relaxado.

"Benzinho, é claro que eu sabia. Sei tudo sobre você e Tessie. Menininhas doidas."

Vejo as mãos dele pegando um rolo de corda.

É oficial. Lydia Frances Bell amava um assassino.

Meu coração bate acelerado, o que era de se esperar. Continuo olhando para a corda. "Para onde vai de verdade?"

"Seu cérebro grandioso tem perguntas melhores que essa, Lydia. Mas... ainda não sei."

"Tenho dez perguntas para fazer."

"Vai falando."

"Tem mesmo uma filha chamada Rebecca?"

"Não." Ele sorri.

"Família? Amigos?"

"Desnecessário, não acha?"

"As outras três perguntas não são importantes."

Meus dedos tocam a arma do meu pai no bolso do casaco.

"Estou grávida", anuncio.

A arma agora está apontada para o peito dele.

O sangue começa a escorrer do ombro.

Nem ouvi o disparo. Um tiro no lago dá a impressão de que o céu está rachando. Como se fosse chover cacos de vidro. Era o que Tessie costumava dizer.

Estabilizo minha mão.

"Espera, benzinho." Ele suplica. "Podemos resolver tudo isso. Você e eu, nós somos iguais."

Tessa, no presente

2h44

O hall está escuro.

"Effie?"

"Na cozinha, Sue." A voz dela é cadenciada no outro cômodo. O pânico desapareceu. Sinto cheiro de alguma coisa queimando.

Pólvora? Imagino se minha vizinha arrebentou a cabeça do ladrão de pás com o revólver de cabo de madrepérola que ela mantém carregado em cima da mesa de cabeceira, contra minha vontade.

Você consegue. Por Charlie.

Vou até a cozinha.

O cenário é comum.

E aterrorizante.

Lydia, uma Lydia muito viva e *loira*, sentada à mesa.

Effie sorridente colocando uma xícara de porcelana com florezinhas azuis diante dela.

"Aí está você!" Effie exclama. "Alarme falso! Não era o ladrão de pás, afinal. Era só a Liz. Que é uma gracinha."

Lydia sorridente. Ela não foi sepultada em uma cova comum e anônima. Não foi destruída. Não está arrependida. Ela é parte de tudo.

Seus lábios estão pintados de vermelho. Vejo o sinalzinho de nascença no lábio superior, aquele que um garoto dizia ser um carrapato para provocá-la. Ela passou uma semana cobrindo a boca com a mão.

A perna esquerda está cruzada sobre o joelho direito, formando um ângulo meio estranho. Passou a sentar desse jeito naquele verão para esconder a marca deixada pela fivela do cinto do pai. E nunca mais abandonou o hábito.

Eu conhecia seus hábitos. Sabia segredos que a faziam chorar. Podia destruí-la.

Lydia olha para mim cautelosa. Ainda não disse nada.

Minha arma cai no chão.

Não me movo. Porque esse foi meu movimento.

"Deixou cair alguma coisa, meu bem", diz Effie. "Não vai pegar? Já falei sobre Liz, lembra? Ela é pesquisadora da sociedade histórica nacional e vem me visitar de vez em quando. Liz guardou umas caixas com resultados de pesquisa sobre Fort Worth no meu galpão, não faz muito tempo. Ela visita sociedades no país todo!"

Eu lembro. *Caixas fechadas, lacradas. Charlie ajudando Effie e uma desconhecida a guardá-las no galpão.*

"Liz veio buscar uma coisa que está em uma das caixas e não quis me acordar", Effie continua. "Disse a ela que é melhor não se esconder desse jeito aqui no Texas. Ela passa a maior parte do tempo em lugares mais civilizados, como Washington e Londres, não é verdade?"

Lydia, esta versão *platinada*, sorridente e afável, tem se esgueirado para dentro da vida de Effie. Fingindo ser alguém que não é. Espionando, como sempre fez. *Vigiando minha vida. E a de Charlie. Deixando seu diário na minha varanda. Devolvendo minha camisa suja de sangue. Fazendo seus joguinhos.*

"Onde ele está?", pergunto a Lydia em voz baixa.

Foi ela quem sempre me falou para não dizer o nome do médico em voz alta. *Assuma o controle.*

"O ladrão de pás não está aqui, meu bem", Effie repete, tentando esclarecer as coisas. "Já falei, era Liz lá no quintal. Falávamos sobre Mudgett, aquele homenzinho de Chicago que tentou construir um dos seus castelos da morte no centro da cidade. Liz sabe *tudo* sobre a velha Fort Worth. Concordo com ela, devia haver uma placa naquele lugar onde ele planejou seu matadouro de meninas."

"Ah, ela deve saber tudo sobre assassinos em série." Não consigo parar de olhar para ela. Os olhos brilhantes, conhecidos. Os óculos caros de aro de casco de tartaruga. Cabelo preso num coque despojado, chique. Um relógio Breitling de pulseira de couro. Uma aliança larga de prata na mão direita.

"Ele está morto, Tessie." As primeiras palavras que Lydia me diz em dezessete anos. E a voz dela é triunfante. "Eu o matei."

"É claro que ele está morto", Effie interfere. "O sr. Mudgett morreu na prisão, em 1896. Foi enforcado em Moyamensing, Liz. Você acabou de me contar que ele se contorceu por quinze minutos."

Lydia, 17 anos

Aperto o gatilho quatro vezes.

Bem simples para uma menina doida do Texas.

Passo por cima dele e assumo o leme.

Levo quinze minutos para fazer o retorno no lago escuro e encontrar o Dumbo. Minha bússola. A grande árvore na margem oeste com um galho curvado para cima como uma tromba de elefante.

Este é o ponto mais sinistro do lago. Triângulo do Homem Morto. Boa pesca, mas as pessoas afundam ali, e é comum que nem voltem à superfície. Dirijo um barco neste lago desde que passei a alcançar o leme, sempre que meu pai ficava bêbado, o que significa que foram muitas vezes desde o dia em que nasci. Meu pai e eu tivemos nossos melhores momentos neste lago. Eu limpava o peixe sem vomitar, e ele bebia vodca em latas de Coca. Sempre.

Minha mente está *muito quieta*. Mais do que jamais esteve. É estranho. Desligo o motor. Fico parada por um segundo. Melhor resolver logo a questão. Não é difícil empurrá-lo para fora do barco. *Ploft.* O corpo afunda em menos de um minuto. Não sinto nada quando o vejo afundar. Jogo na água o velho livro que encontrei embaixo da pia da cozinha dele, com as margaridas-amarelas e o detergente. *Rebecca*, de Daphne du Maurier. Teria ficado com ele se não estivesse sujo de sangue. Aquele livro era o tema das minhas perguntas n. 8, 9 e 10, mas ele se preparava para me enforcar com aquela corda horrorosa.

Não demoro para ligar novamente o motor, puxar a lona e recolher todas as nossas coisas na cabana. *Saia até às 11h*, diz a plaquinha atrás da porta. *Certifique-se de que o barco esteja devidamente atracado. Deixe a chave da cabana em cima da mesa.*

Meus dentes batem, e meus pés e mãos estão dormentes quando enfio a chave na ignição do carro dele, mas me sinto muito bem. Dirijo pela área de camping do Parque Estadual Lake Texoma e jogo a lona e a mala dele em duas latas de lixo enormes, uma de cada lado do parque.

Estou na metade do caminho para a locadora e vou devolver o carro quando a gasolina acabar.

Tessa, no presente

2h52 da manhã

Meu monstro está morto.
 Minha melhor amiga está viva, dobrando um guardanapo branco num triângulo perfeito.
 Então, por que sinto este terrível impulso de fugir?
 De gritar para Effie.
 Corre!

Lydia, 17 anos

Pensei que meu pai ia me matar. Ele foi me buscar no Whataburger, em Sherman. Tive que caminhar uns seis quilômetros. Tinha sangue no meu rosto e nas roupas. Quando pedi para usar o telefone, falei para a mulher atrás do balcão que havia estourado uma embalagem de ketchup. Meu pai não é bobo.

Ele me venceu como sempre fazia. Estava cansada. Mal conseguia me mexer. Não precisou me ameaçar muito. Queria poder ligar para a Tessie.

Meu pai disse muitas coisas a caminho de casa. *Você não tinha prova de que ele era o assassino. Aborto está fora de cogitação. Jesus Cristo, Lydia. Jesus Cristo.*

Ouvi quando ligou para dois conhecidos. Ia pagar para os caras colocarem combustível no carro alugado pelo médico e devolvê-lo na locadora.

Por mais que tente, não consigo me aquecer.

Parece que faz um milhão de anos desde que fiquei atrás de um galpão e o vi plantar flores embaixo da casa na árvore de Tessie.

Agora, meus pais estão no sofá planejando o que fazer, e eu estou no quintal enterrando algumas coisas. Chamo de caixinha das Coisas Ruins. A chave da cabana, que esqueci de deixar em cima da mesa. O anel de Tessie, que roubei e guardei no canto do meu porta-joias, porque dava azar para ela. Meu livro favorito de Edgar Allan Poe, pois tenho a impressão de que ouvi um tique-taque dentro dele esta noite, na estante, e não ia viver com isso para sempre. *Nunca* ficarei maluca como Tessie.

Tessa, no presente

2h53 da manhã

Ela é louca. *Lydia é maluca.*

Quando eu devia ter percebido? Assim que sentou ao meu lado no segundo ano, com as os lápis vermelhos e brilhantes apontados como picadores de gelo?

Ela fala sem parar, como sempre faz quando diz a verdade, sobre Keats e o céu rachando e o lago e como *a última coisa que vi dele foi a careca, como uma grande picada de mosquito*, depois *preto, preto, preto.*

O médico. Meu monstro. Seu amante.

No fundo do lago. O mesmo lago onde ensinei Charlie a esquiar. Ela deve ter passado por cima dele.

Ele sempre esteve morto.

O alívio me invade. A percepção me abala profundamente.

Fui eu quem manteve meu monstro vivo.

Minha melhor amiga deixou isso acontecer. Ela me deixou sofrer. Deixou Terrell pagar pelo que não fez.

Lydia, uma flor ambiciosa. Mais Margarida Amarela que qualquer menina dentro daquela cova. Controladora. Fértil em solo devastado.

"Eu o vi plantar margaridas-amarelas embaixo da sua casa na árvore quatro horas depois de termos feito amor pela última vez", conta num tom suave. "Eu as encontrei em potinhos plásticos embaixo do armário da pia da cozinha, depois o segui e vi quando cavou o buraco. Não precisa *me* dar uma pancada na cabeça." Lydia dá risada.

Ele nunca vai tocar minha filha.

Ele agora é só osso.

Lydia o amava.

"Você está estranha, querida", Effie comenta. "Parece cansada. Devia sentar."

"As flores...?", balbucio para Lydia.

"Sim?" Impaciente. Esperando alguma coisa.

Gratidão. Lydia espera minha gratidão. Sou invadida por uma enxurrada de raiva e incredulidade. Ela fez minha sanidade refém por treze anos e quer eu agradeça por isso. Sinto uma urgência furiosa de estapeá-la, puxar seu cabelo brilhante e falso, gritar *por quê*? até a velha casa de Effie tremer nas bases.

Lydia já está inquieta, e preciso ter certeza. "Lydia", recomeço, "se ele está morto, quem plantou as margaridas-amarelas para mim durante todos esses anos?"

Ela me encara. "Está me acusando? Como vou saber? Eram só *flores*, Tessie. Você ainda surta com manteiga de amendoim também?"

"O trabalho de Liz não tem nenhuma relação com plantas", Effie interfere. "É a Marjorie Schwab, da sociedade de jardinagem, que se encarrega das flores. E Blanche alguma coisa fornece os sanduíches. Ou o nome dela é Gladys? E é Liz, não Lydia, querida."

"Tudo bem, Effie", respondo.

Lydia dá umas batidinhas nos lábios com um guardanapo. Mais encenação. Não comeu nada do que Effie serviu no prato que está diante dela. "Sei que está zangada, Tessie. Mas assassinatos perfeitos não *acontecem* de forma simples. O timing é tudo. Fui muito O. J. quando decidi guardar a camisa, não acha?"

"Aquela... é o sangue *dele* na camisa", falo devagar. "Na noite em que o matou..."

"Não terminou de ler o diário? Eu dei a você 45 minutos."

Não escuto mais o que diz. Minha mente focaliza como um raio laser a única coisa que ainda é importante. Que ainda pode ser consertada. *Terrell.*

O sangue do médico na camisa cor-de-rosa. O feto na cova. O DNA de Aurora.

Tudo relacionado. Ciência que pode ajudar a salvar Terrell. Se Lydia diz a verdade, o sangue naquela camisa vai conectar todos eles. O médico não era pai só da filha de Lydia, mas do bebê de uma Margarida Amarela assassinada.

"Não vai perguntar o que vim fazer aqui?" Lydia fala num tom queixoso, como fazia aos 10, 12 e 16 anos. "Tem três anos de pesquisa sobre o médico naquele galpão. Faculdades onde ele lecionou. Meninas que desapareceram enquanto ele estava na área. Circunstancial, mas tudo bem alinhavado. E vamos pedir a drenagem do lago, é claro. Vou deixar que me interroguem, mas estarei devastada demais para contar *tudo*." Ela está embriagada com sua "lydiazice". "Vim *por um motivo*, Tessie. A revelação de último minuto será o fim perfeito para o meu novo livro. Eles o mataram, mas eu sou uma heroína por ter tentado. O livro é todo sobre *outra* Margarida Amarela sobrevivente. *Eu*. Fiz dele um conto de fadas do feminismo moderno. Você vai adorar. Resumindo, o monstro tomou no rabo."

"Começo a pensar que você não é da sociedade histórica", diz Effie.

Lydia enfia o garfo na fatia de bolo. A fatia está bem próxima aos seus lábios.

Eu não a impeço.

Pela primeira vez em muito tempo, sinto esperança. Como se um vento frio houvesse varrido e limpado minha cabeça.

O monstro, 1995

3 de outubro de 1995, 13h.

Aplausos para O. J., que acaba de sair livre do tribunal.

Em nossa última sessão, Tessie tinha aquele rubor revelador no rosto. Está perturbada.

A cicatriz se destaca na pele bronzeada como uma lua nova em um céu de sardas. Hoje não cobriu a marca com maquiagem. Gosto assim. Um sinal de confiança recuperada. Os olhos de esmeralda são atentos e focados. Aquele glorioso cabelo cor de cobre está preso, puxado para trás como se ela fosse disputar uma prova de corrida. Os músculos do rosto são firmes, deliberados, e não sacos flácidos pendurados nos ossos, como no primeiro dia em que entrou aqui. Ainda rói as unhas, mas agora as pinta com um lindo esmalte lilás.

Quero dizer muitas coisas a ela.

Queria destroçá-la, mas era muito, muito mais excitante recuperá-la.

Como Rebecca era uma mentira que contei a um repórter e uma metáfora para tudo. Rebecca foi o fantasma que me fez companhia na pior noite da minha vida. Ela é toda esposa e toda filha que eu nunca terei, e toda garota especial que assistiu à minha aula, ergueu os olhos e não vislumbrou o próprio destino.

Quero dizer à Tessie que, às vezes, muitas vezes, eu lamento muito.

Quero terminar aquela história que comecei sobre o garoto solitário que voltava para uma casa solitária depois da escola e ligava o aquecedor.

Tessie ficou preocupada com esse menino, eu sabia. Quando fica triste, sempre franze o rosto de um jeito bonitinho, como origami.

A mãe daquele garoto sempre deixava uma surpresa horrível para o filho encontrar enquanto ela estava no trabalho. Um filhote de passarinho morto em seu travesseiro. Uma cobra viva no banheiro. Cocô de gato na caixa de chocolate. Brincadeiras, era como ela chamava.

Na noite de sábado em que ele jogou vinte comprimidos na lata de Coca da mãe, ela dormiu quando lia a página 136 de Rebecca. Daphne du Maurier. Ela pronunciava Dumáier, como a burra gorda que era.

Ele afofou o travesseiro, ligou o ar-condicionado no máximo em pleno inverno e leu o livro inteiro antes de chamar a polícia e informar que ela falava em suicídio havia meses.

"Vi você com ela." Tessie me provoca.

Quero segurar o joelho de Tessie para impedir o tremor de nervoso.

Quero pôr aquele livro bem manuseado na mão dela.

Quero contar que flores vermelhas, e não amarelas, tinham um significado especial para Rebecca.

Quero contar que, muito em breve, vou passar o dedo sobre a borboleta tatuada em seu quadril. Aquela igual à de Lydia.

Imaginação, é claro, pode abrir
qualquer porta – virar a chave
e deixar o terror entrar.

LYDIA, 16 ANOS, LENDO *A SANGUE FRIO*
EMBAIXO DA PONTE NO TRINITY PARK,
ESPERANDO TESSIE TERMINAR DE CORRER,
DEZ DIAS ANTES DO ATAQUE, 1994

EPÍLOGO

Tessa

Uma por uma, as peças apareceram como meninas tímidas se apresentando para dançar.

Lydia confessou um assassinato a sangue-frio e o relacionamento com o médico, mas nunca admitiu que plantou as margaridas-amarelas no próprio quintal, no meu antigo apartamento, entre os tomateiros mortos da minha avó ou embaixo da ponte que rugia como o oceano.

Se isso tudo for verdade, o médico plantou flores só uma vez, a primeira. O vento e um maluco obcecado pela pena de morte foram os responsáveis pelo restante. Deixei um jardineiro diabólico viver na minha cabeça por mais de uma década. Como os irmãos Grimm, conferi poder a um objeto comum, inocente. Ah, o inferno pode ser forjado a partir de um espelhinho. Uma ervilha. Uma flor de miolo preto.

Lembrei da camiseta que Merry vestia em uma manhã, enquanto eu observava Charlie comendo cereal em uma tigela amarela que havia sido da minha mãe. *Bem-vindo ao* ACAMPAMENTO SUNSHINE, dizia a inscrição na camiseta, mas terra e sangue cobriam todas as letras, menos SUN. S-U-N. Meu desesperado joguinho mnemônico para dar nome às mães daquelas meninas era só um chip solto no meu cérebro. *Um mecanismo de sobrevivência*, diria a dra. Giles.

A dr. Giles tenta me convencer em uma outra sessão de que as Margaridas na minha cabeça não existem. Eu nunca vou acreditar nela. As Margaridas são tão reais quanto é possível ser. Costumo ficar acordada à noite, imaginando minha cabeça como a casa do meu avô, com corredores e salas escuras pedindo uma vela enquanto Margaridas dormem e acordam em todas as várias camas. Agora a lua penetra como manteiga derretida por aquelas janelas. Os assoalhos foram varridos. As camas foram arrumadas. Os armários foram esvaziados.

As Margaridas saíram da minha cabeça, mas só porque cumpri o que prometi. Essa foi a única dica de sobrevivência que meu avô me deu, caso algum dia eu ficasse presa em um conto de fadas. Cumpra suas promessas. Coisas ruins acontecem se você não cumpre o que promete.

Os ossos das duas outras Margaridas naquela cova foram oficialmente identificados, eram de Carmem Rivera, uma mexicana que fazia intercâmbio, na Universidade do Texas, e Grace Neely, graduanda de estudos cognitivos, em Vanderbilt. O código da terra acabou sendo muito preciso. Mais oito garotas não identificadas em necrotérios de três estados foram relacionadas à meticulosa pesquisa de Lydia.

Para meu alívio, Benita Alvarez Smith não aparece em nenhuma coleção de fotos, exceto na do catálogo de sua igreja. Lucas a localizou para mim. Ela se casou e é a feliz mãe de dois filhos em Laredo, e vai me encontrar para um café quando vier a Fort Worth no mês que vem para visitar familiares.

A melhor parte, é claro, foi Terrell. A pesquisa enciclopédica de Lydia libertou Terrell. Isso e a compatibilidade entre o DNA na camisa do médico e o do feto criaram dúvida suficiente para um tribunal estadual suspender a execução e libertar Terrell seis semanas mais tarde. Tive receio de que três dias não fossem suficientes para brecar o trem da morte do Texas. Bill declarou que, no corredor da morte, três dias são uma eternidade.

Agora Terrell nos emociona em programas de entrevistas, falando sobre uma vida com propósito, Deus, perdão e todas as coisas que jamais deveriam sair da boca de um homem que foi vítima inocente de um sistema racista. Quando está longe das câmeras, Terrell vive em um cômodo, cujas cortinas mantém fechadas, dorme melhor no sofá e ainda não consegue se livrar da claustrofobia.

Ele também vai receber uma indenização de um milhão de dólares do estado do Texas e oitenta mil dólares anuais para cada ano de vida. Quem poderia imaginar que o estado que mais executa prisioneiros é também o mais generoso ao indenizar por seus erros?

Charlie e eu sentimos saudade de Effie. Ela fala com a gente pelo Skype usando bobes cor-de-rosa, manda pelo correio verdadeiros tijolos de comida sem se importar com o custo da remessa e continua brigando com seus gremlins. Os novos donos da casa vizinha a pintaram de amarelo e dourado, uma escolha nada histórica. Os três pequenos terrores humanos que agora moram lá arrancaram cada folha do paisagismo criado por Effie. Charlie se recusa terminantemente a trabalhar como babá eventual por surpreendentes vinte dólares a hora.

Jo continua em sua batalha contra um exército interminável de monstros, vestindo o avental branco todos os dias e ralando os ossos dos desaparecidos. Nós nos tornamos parceiras de corrida, e mais que isso. Na noite anterior à grandiosa aparição de Lydia, ela passou na minha casa. Tirou do pescoço a corrente com o pingente dourado e a colocou no meu pescoço como um amuleto para me proteger.

Passo muito mais tempo do que gostaria de admitir pensando em Lydia Frances Bell, vulgo Elizabeth Stride, vulgo Rose Mylett. Ela foi morar na Inglaterra, onde vive com dois gatos, Pippin e Zelda. Pelo menos, é o que está escrito na biografia dela na lista dos mais vendidos do New York Times, ao lado do título de seu livro, *A Margarida secreta*. Charlie lê escondida o livro de Lydia. *Deixa ela*, diz a dra. Giles.

Charlie e Aurora trocam mensagens de texto. Elas se adicionaram no Facebook depois da cobertura da mídia que jogou todas nós em um caldeirão fervente e turvo, onde passamos dois meses. Charlie me diz que Aurora teve uma vida horrível, e ela, não, como se defendesse o relacionamento. *Ela quer ser enfermeira. Os pais adotivos acabaram de comprar para ela um velho fusca amarelo. Ela ainda espera que um dia a mãe telefone.*

O relacionamento delas me deixa feliz e desconfortável.

Meus olhos procuram enxergar além do Golfo turvo e revolto. Penso em como pintá-lo. Com pinceladas sombrias, livres e abstratas? Com um radiante Jesus no céu ressuscitando tudo que vive abaixo da superfície?

Hoje Jesus não é uma explosão de sol. Houve um ataque de tubarão há uma hora, por isso há poucos pontos coloridos de coragem na água. Está nublado. A água é cinzenta e impenetrável, como ocorre frequentemente em Galveston, mesmo quando o sol brilha. A areia está coberta de algas que dão a impressão de se andar descalço sobre mil cobras.

Minha filha e eu sempre voltamos a esta casa alugada para passar uma semana no verão. A areia dura é perfeita para construir castelos. O pôr do sol vale cada segundo que passamos sentadas esperando por ele. À noite, dá para ver os peixes que pulam da água no mar banhado pela lua. É uma ilha feia e bonita, com uma história tão profunda, sombria e peculiar quanto a nossa.

Pela primeira vez, tentamos convidar alguém para vir conosco. Bill pode aparecer no fim de semana. Estou no deque, vendo Charlie correr na beira do mar com a amiga, Anna, cuja mãe foi internada para passar por três meses de desintoxicação e superar o hábito de Coca Diet e vodca. Ninguém que passa por elas pode imaginar o que existe dentro das duas adolescentes. Elas chutam a água, dão risada, e suas vozes se misturam aos gritos das gaivotas.

Elas me lembram duas outras garotas.

Antes de embarcar em um avião, Lydia contou à polícia uma história rebuscada e convincente sobre a noite em que matou o assassino das Margaridas Amarelas. Legítima defesa. Estupro. Manipulação dos pais. A polícia nem pensou em indiciá-la em inquérito. Quando eles encontraram os mesmos artigos de jornais de psicologia que eu encontrei on-line, todos escritos pelo médico, Lydia confessou espontaneamente que ela os havia escrito.

"Usar o nome dele me fez sentir menos vítima", disse. "Não consigo explicar." E eles a deixaram livre.

Manifestantes contra a pena de morte ainda tentam convencer Terrell a processá-la. As apresentadoras de programas de televisão não aprovam o fato de Lydia ganhar dinheiro com a história. Grupos contra a violência doméstica a apoiam. Ela era uma adolescente sexualmente manipulada por um assassino. *Ou o contrário*, eu penso. Muito tem se especulado sobre a inteligência do médico. Os riscos que ele assumiu para obstruir o processo. A habilidade dele em enganar o promotor e um pai dedicado. O jeito como ele se esgueirou para a lista de possíveis médicos para que eu mesma o escolhesse.

Eu tranquei minha raiva em um lugar que visito cada vez menos. Uso os truques que ele mesmo me ensinou. Quando eu deixo ele rastejar de volta para minha cabeça, ele está bem vivo. Sentado em sua cadeira debaixo da pintura de Winslow Homer, com as pernas esticadas, esperando por mim. Deslizando para o fundo negro do lago. Áreas do lago Texoma foram drenadas três vezes com equipamento de última geração, e foi encontrado o crânio de uma mulher de cinquenta e poucos anos, não identificada, e outro de um menino de 2 anos que caiu na água no último outono, mas nada dos restos do monstro.

É claro, isso me faz pensar.

Se quase tudo que ela disse era mentira.

Se os bolsos dela estavam cheios de sementes.

Se Lydia e eu realmente não temos mais nada para resolver.

Por precaução, guardo o que pode ser uma arma. O diário dela. Escondi o caderno no buraco na parede do porão da antiga casa do meu avô, meu velho esconderijo. Não vou hesitar em abrir a tumba se for preciso. Trazer à luz toda escuridão e vaidade dela. Deixar as próprias palavras de Lydia acabarem com ela. Despi-la até deixar à mostra a menina pálida e esquisita com quem ninguém além de mim queria brincar.

Vou dormir com uma certeza.

Onde quer que Lydia esteja, sozinha com a caneta, deitada sobre areia macia ou em um campo de flores, as Margaridas estarão construindo silenciosamente sua nova mansão na cabeça dela, tijolo por tijolo.

O FIM

"Olha, você atirou na cabeça de um homem com a calça abaixada, e pode acreditar, não vai querer ser pego no Texas."

LYDIA E TESSIE, 14 ANOS,
ASSISTINDO A *THELMA E LOUISE* NA CARROCERIA
DE UMA CAMINHONETE NO DRIVE-IN BRAZOS, 1992

AGRADECIMENTOS

Este livro contou com um exército de pessoas gentis e brilhantes — cientistas, terapeutas e especialistas jurídicos — que generosamente me aconselharam sobre a ciência de ponta do DNA, o impacto do trauma psíquico em adolescentes e o lento caminho para uma execução no Texas.

A especialista em DNA mitocondrial e garota de Oklahoma, Rhonda Roby, prestou consultoria para *Sono Eterno das Margaridas* por texto, telefone, e-mail e cerveja. Ela também compartilhou suas experiências profundas na identificação de vítimas de serial killers, da Guerra do Vietnã, da ditadura de Pinochet, de acidentes aéreos e do 11 de Setembro. Ela esteve com alguns dos melhores cientistas do mundo no Marco Zero nos dias após o ataque e passou anos buscando respostas para as famílias. Sua personalidade, experiência e humanidade estão presentes em todo o livro. E a história do veado maluco? É verdade. Rhonda agora tem um emprego dos sonhos como professora no J. Craig Venter Institute.

O Centro de Identificação Humana da Universidade do Norte do Texas (UNTCHI na sigla em inglês), em Fort Worth, é representado com um pouco de licença ficcional, mas não muito. Sua missão, sob o comando de Arthur Eisenberg, vai além da imaginação: dar nomes a ossos não identificados quando ninguém mais consegue. Agências de aplicação da lei de todo o mundo enviam seus casos mais difíceis para cá. E, sim, o UNTCHI identificou uma das vítimas não identificadas do serial killer John Wayne Gacy, 33 anos depois que seus restos mortais foram retirados de um local sob uma casa em Chicago.

George Dimitrov Kamenov, geoquímico da Universidade da Flórida, abriu minha mente para o milagre da análise de isótopos e seu uso atual na solução de crimes e na identificação de ossos antigos. Ele me fez entender, mais do que ninguém, que nós somos a Terra. George também inspirou uma de minhas reviravoltas favoritas.

Nancy Giles, uma terapeuta infantil de longa data, forneceu detalhes intrincados sobre como os terapeutas bons e ruins operam e uma lista de leitura de livros psiquiátricos (*Shattered Assumptions*, *Too Scared to Cry*, *Trauma and Recovery*) que mudaram o curso deste livro. Também tive a ajuda de seu filho, Robert Giles III, especialista do Programa de Assistência à Criança do Corpo de Advogados Gerais da Marinha dos EUA, e de sua esposa, Kelly Giles, terapeuta que dedicou boa parte de sua vida ao tratamento de crianças vítimas de abuso. O marido de Nancy, Bob Giles, editor duas vezes vencedor do Prêmio Pulitzer e meu ex-chefe, acreditou em mim no início da minha carreira jornalística. Ele é um grande motivo pelo qual acabei tendo a confiança louca de escrever um livro.

David Dow, um renomado advogado que trabalha com pena de morte no Texas, entrou diretamente no enredo imaginário do meu livro e me disse como lidaria com o caso. O que eu não esperava é que ele acabaria alimentando o núcleo filosófico de um dos meus personagens. Seu livro de memórias, *The Autobiography of an Execution*, é inesquecível, e o recomendo muito, independentemente de sua opinião sobre a pena de morte.

Um dos ex-clientes de David no corredor da morte, Anthony Graves, tirou um tempo de um precioso dia de liberdade para conversar comigo ao telefone e compartilhar suas experiências como um homem inocente atrás das grades. Ele passou dezoito anos na prisão, falsamente acusado de matar uma família de seis pessoas. Agora livre, ele opera com uma confiança espiritual que faz com que a maioria de nós seja insignificante em comparação.

Dennis Longmire, professor da Sam Houston State University, aparece há anos como um assíduo frequentador das execuções no Texas. Ele segura uma vela de Natal que funciona com bateria. Em uma noite fria, em frente à Casa da Morte do Texas, ele e outros frequentadores me explicaram a realidade concreta das execuções. John Moritz, ex-repórter do *Fort Worth Star-Telegram* que testemunhou mais de uma dúzia de execuções, forneceu mais detalhes.

A equipe de mãe e filha, Mary e Mary Clegg, que administra a pousada Whistler a apenas alguns quarteirões da infame Unidade Walls, revelou o lado mais suave de Huntsville, Texas. Tomei um pouco de licença fictícia com os fantasmas de sua bela casa ancestral, mas elas me serviram a mais deliciosa panqueca holandesa que já comi. Se alguém passar por Huntsville, não deixe de visitá-las.

Também gostaria de mencionar um artigo de Cathy A. Malchiodi sobre o uso da intervenção artística com crianças traumatizadas. Ela detalhou o caso da pequena "Tessa" e uma casa de bonecas, que incluí como uma anedota neste livro.

Laura Gaydosh Combs me levou a informações sobre ossos fetais.

Sono Eterno das Margaridas é ficção, mas era importante para mim que a ciência forense, o papel da terapia no trauma psíquico e o caminho legal das execuções no Texas estivessem enraizados na verdade. Se houver algum erro ou fantasia, eles são meus.

Também gostaria de agradecer a:

Christopher Kelly, um amigo e escritor fenomenal que é crítico quando preciso e um ombro amigo quando não preciso.

Kirstin Herrera, a única amiga que conheço que aceitaria meu convite para ficar do lado de fora da câmara de extermínio do Texas na noite de uma execução.

Christina Kowal, por ter me passado a fala do Big Mac e por ser parte da Charlie. Também sua mãe, a querida Melissa.

Sam Kaskovich, meu filho, por desenhar bigodes em Jane Eyre, por achar que troféus são motivo de orgulho e por agir com tanta fé e bondade. Este livro é apaixonadamente dedicado a ele.

Kay Schnurman, que faz mágica com linha e aço e foi a inspiração para o lado artístico de Tessa.

Chuck e Sue Heaberlin, meus pais, que devem estar se perguntando por que todas essas coisas obscuras saem da minha cabeça para o papel, mas que, de qualquer forma, têm orgulho de mim.

Na Random House, uma comunidade: Kate Miciak, minha editora, um bulldog e poeta que executa as melhores edições do planeta; Jennifer Hershey, uma das primeiras defensoras de *Sono Eterno das Margaridas*; Libby McGuire; Rachel Kind e sua equipe de direitos internacionais; minha publicitária de primeira, Lindsey Kennedy. E as pessoas que me salvam de meus erros e transformam um livro em um belo pacote: o editor de produção Loren Noveck, a editora de texto Pam Feinstein, a gerente de produção Angela McNally, a designer de texto Dana Leigh Blanchette e os designers de capa Lee Motley e Belina Huey.

Além disso, Kathy Harris fez uma edição inicial da cópia.

Maxine Hitchcock, da Michael Joseph/Penguin UK, por seu apoio entusiasmado a este livro e à minha carreira.

Danielle Perez. Não vou me esquecer. Obrigada.

Steve Kaskovich, meu marido, terapeuta e leitor precoce. O dia mais sortudo da minha vida foi quando ele jogou aquelas contas de Mardi Gras em uma redação e depois me convidou para sair até que eu disse sim.

Garland E. Wilson, artista, fotógrafo de necrotério, cantor e contador de histórias. Ele era o melhor avô que uma garota poderia ter. Sinto falta de seu porão assustador.

E, finalmente e mais enfaticamente de todos, minha agente, Pam Ahearn, que esteve presente em todas as reviravoltas destas páginas. Ela nunca deixou de acreditar neste livro ou em mim. Serei eternamente grata.

Case No. #02   Inventory
Type 2ª temporada
Description of evidence coles

Quem é ELA?

JULIA HEABERLIN publicou, além do best-seller *Sono Eterno da Margaridas*, *Paper Ghosts* e *We Are All the Same in the Dark*, entre outros. Os thrillers da autora se passam em seu estado natal, o Texas, e já foram traduzidos para mais de 20 países. Em seu trabalho como jornalista, fez parte das equipes do *The Detroit News*, *Fort Worth Star-Telegram* e *The Dallas Morning News*. Heaberlin vive em Dallas/Fort Worth, e trabalha em seu próximo livro. Saiba mais em juliaheaberlin.com.

E.L.A.S

CONHEÇA, LEIA E COMPARTILHE NOSSA COLEÇÃO DE EVIDÊNCIAS

1ª Temporada

"Katie Sise é uma nova voz obrigatória no universo do suspense familiar."
MARY KUBICA, autora best-seller do New York Times de *A Outra*

"Sise mostra seu domínio do suspense com uma obra de tirar o fôlego."
PUBLISHERS WEEKLY

1. KATIE SISE — ELA NÃO PODE CONFIAR

Uma mãe, um bebê e um suspense arrebatador que vai assombrar a sua mente neste instigante thriller que aborda a saúde mental materna de maneira dolorosa e profunda.

"Inteligente e deliciosamente sombrio. Fui fisgada até o fim."
ALICE FEENEY, autora do best-seller *Pedra Papel Tesoura*

"Fascinante, sombrio e tão afiado quanto uma coroa de espinhos."
RILEY SAGER, autor de *The House Across the Lake*

2. KATE ALICE MARSHALL — O QUE ESTÁ LÁ FORA

Um thriller poderoso e inventivo. Uma história cruel e real sobre amizade, segredos e mentiras, inspirada em um crime real, e que evoca as grandes fábulas literárias.

"Uma leitura diabolicamente planejada e deliciosamente sombria."
LUCY FOLEY, autora de *A Última Festa*

"Alice Feeney é única e excelente em reviravoltas."
HARLAN COBEN, autor de *Não Conte a Ninguém*

3. ALICE FEENEY — PEDRA PAPEL TESOURA

Dez anos de casamento. Dez anos de segredos. E um aniversário que eles nunca esquecerão. Um relacionamento construído entre mentiras e pedradas.

"Instigante, inteligente, emocionante, comovente."
PAULA HAWKINS, autora de *A Garota no Trem* e de *Em Águas Sombrias*

"*Anatomia de uma Execução* é um thriller irresistível e tenso."
MEGAN ABBOTT, autora de *A Febre*

4. DANYA KUKAFKA — ANATOMIA DE UMA EXECUÇÃO

Um suspense que disseca a mente de um serial killer. Uma reflexão sobre a estranha obsessão cultural por histórias de crimes reais e uma sociedade que cultua e reproduz essa violência.

"Uma prosa hipnotizante sobre um mundo que todos conhecemos e tememos."
ALEX SEGURA, autor de *Araña and Spider-Man 2099*

"O melhor thriller de Jess Lourey até agora."
CHRIS HOLM, autor do premiado *The Killing Kind*

5. JESS LOUREY — GAROTAS NA ESCURIDÃO

Um thriller atmosférico que evoca o verão de 1977 e a vida de toda uma cidade que será transformada para sempre — para o bem e para o mal.

E.L.A.S

2ª temporada

"Para um fã de suspense e mistério, esse romance é arrebatador."
LAURA'S BOOKS AND BLOGS

"Sua escrita é rápida e dinâmica, com pontos de vista se alternando."
BRUNA MANFRÉ

A. R. TORRE
A BOA MENTIRA

Seis adolescentes assassinados. Um suspeito preso. Uma psiquiatra com uma questão ética. Um pai desesperado. Todos buscam a verdade, mas também a ocultam.

"Nasce uma nova rainha do suspense."
MARY KUBICA, autora de *A Garota Perfeita*

"Miranda sempre oferece suspenses emocionantes."
CRIMEREADS

MEGAN MIRANDA
SOBREVIVENTES

Um acidente terrível. Nove sobreviventes. Incontáveis segredos e mistérios. Um thriller arrepiante e engenhoso que rompe totalmente com todas as fórmulas.

"Rose é uma das grandes rainhas das reviravoltas."
COLLEEN HOOVER, autora de *Verity*

"Uma estreia magistral e arrebatadora sobre traição e justiça."
SAMANTHA M. BAILEY, autora de *Woman on the Edge*

JENEVA ROSE
CASAMENTO PERFEITO

Um livro viciante que vai se desvelando aos poucos e mantém o leitor preso até a última página, enquanto trilha pelas suspeitas e intimidades de uma intensa relação conjugal.

"Uma ficção capaz de enriquecer nossas vidas."
STEPHEN KING, autor de *O Iluminado*

"Absolutamente hipnotizante."
GILLIAN FLYNN, autora de *Garota Exemplar*

TANA FRENCH
ÁRVORE DE OSSOS

Uma exploração da fragilidade da memória, os privilégios e as complexidades morais da justiça, escrito por uma mestra do crime e do suspense.

Capture o QRcode e descubra.

Conheça agora todos os títulos do projeto especial **E.L.A.S — Especialistas Literárias na Anatomia do Suspense**, que integra a marca Crime Scene® Fiction, da DarkSide® Books, para apresentar uma seleção criteriosa das mais criativas e inovadoras autoras contemporâneas do suspense mundial.

CRIME SCENE FICTION